KB275540

UPgraded

꿈틀거리는
어린이설교

신교횃불

꿈틀거리는 어린이 설교

초　판　**1**쇄 인쇄 · 2008년 4월 25일
재　판　**6**쇄 인쇄 · 2012년 11월 7일
지은이 · 이돈하
발행인 · 김수곤
기　획 · 기태훈
편　집 · 서용주
일러스트 · 이정환 / 윤인영
교재편집 · 신영화
발행처 · 도서출판 선교횃불
등록일 · 1999년 9월 21일/제54호
주　소 · 서울시 송파구 삼전동 103번지
전　화 · (02) 2203-2739　팩스 · (02)2203-2738
이메일 · mtorchksg@hanmail.net
http://www.ccm2u.com
ISBN 978-89-5546-064-3　03230

값 15,000원

사용하시면서 궁금하신 내용은 홈페이지를 방문해 주세요
총 판 : 선교횃불　전화:2203-2739　팩스:2203-2738
ⓒ 이돈하 2008

꿈틀거리는 어린이설교

신교횃불

저자 서문

이 시대의 아이들에게는 그들만이 들을 수 있는 '주파수'가 있습니다. 이 '주파수'가 맞지 않으면 아무리 큰 소리로 외쳐도 아이들은 듣지 않습니다. 하지만 일단 설교자가 이 '주파수'에 맞춰서 소리를 내기 시작하면, 아이들은 무섭도록 빨리 이 '주파수'에 반응하며 설교 안으로 빨려 들어오게 됩니다. 강력한 흡입력으로 현대를 살아가는 아이들을 사로잡는 이 '주파수'는 바로 '멀티미디어'입니다.

10여 년 전만 해도 대부분의 교회들은 TV, 만화, 영화 등의 멀티미디어를 곱지 않은 시선으로 경계했습니다. 그런가 하면 요즈음은 최신 멀티미디어의 사용에 지나치게 의존한 나머지, '설교를 위해 멀티미디어가 존재하는지, 멀티미디어를 위해 설교가 존재하는지' 혼돈스러울 정도로 멀티미디어를 남용하는 경향도 있습니다. 중요한 것은 멀티미디어를 하나님이 주신 좋은 '수단'으로 잘 활용하는 것입니다. 멀티미디어를 좋은 '수단'으로 바르게 사용하면, 멀티미디어는 오감을 통해서 지식을 수용하는 현대 어린이들을 향한 가장 강력한 선교의 도구가 될 수 있습니다.

값진 선물은 값진 포장을 해야 합니다. 아무리 값진 선물이라도 시시하게 느낄 포장을 한다면, 받을 사람은 그 선물에 대해 별로 기대하지 않게 될 것입니다. '꿈틀거리는 어린이설교'는 세상에서 가장 값진 선물인 예수그리스도의 복음을 현대 어린이들이 가장 좋아하는 '멀티미디어'라는 포장지로 예쁘게 포장해 전달하는 방법을 배우기 원하는 설교자들을 위해 쓰여 졌습니다. 설교자는 끊임없이 변하는 세상을 향해 영원토록 불변하는 하나님의 말씀을 전달하는 부르심을 받았습니다. 이 소명에 합당한 설교자가 되기 위해서는, 말씀 속에 나타난 진리를 깨달을 수 있는 영성과 함께, 시시각각 변하는 문화 코드를 정확하게 해석할 수 있는 센스를 가지고 있어야 합니다.

제가 전도사로서 처음 어린이 목회를 시작하게 된 곳은 다름 아닌 15년 전에 졸업한 모교회의 주일학교였습니다. 그곳은 어린 시절의 제가 예수님을 처음으로 인격적으로 만났던, 장차 목회자가 되겠다고 고백했던 뜻 깊은 곳이었습니다. 예수님을 만나고 목회자가 되겠다고 고백했던 그 모든 체험은, 바로 그 당시 전도사님의 설교를 들으며 생겨난 체험이었습니다. 저는 확실히 알고 있습니다. 어린 영혼을 향한 설교자의 사명이 얼마만큼 중요한지, 뼛속 깊이 느끼고 있습니다.

이 시대의 어린이들을 향한 '성공적인 설교' 는 설교자의 특별한 재주나 재능에 의해 좌우되지 않습니다. 설교자의 사랑에 의해서 좌우됩니다. 설교 한편을 준비하더라도 자신에게 맡겨주신 어린 영혼들을 위해 울며 기도할 수 있는 사랑이, 그들을 변화시킵니다.

날이 새도록 키보드 앞에서 씨름한 날이 하루 이틀이 아니었습니다. 준비하다가 어린이들 수준에 이해하기 힘든 어려운 개념을 만나면, 어떻게 이해시켜야 할지 가르쳐 달라고 무릎 꿇고 기도드렸습니다. 그때마다 하나님께서는 한번도 거절하지 않으시고, 어린이들에게 친숙한 다양한 매체를 통해 진리를 전달하는 방법을 가르쳐 주셨습니다. 그 결과, 말씀을 듣는 어린이들의 태도는 전과 확연히 달라지게 되었고, 아이들의 삶속에도 긍정적인 변화들이 생기게 되었습니다. 이 책은 하나님 말씀을 통해 제가 경험한 놀라운 체험을 더욱더 많은 동역자들과 나누기 위해 만들게 된 것입니다.

이 글이 나오기까지 많은 분들께 사랑의 빚을 졌습니다. 먼저 저의 신앙의 모범이 되어주시고, 늘 기도 후원자와 격려자가 되어 주신 부모님께 감사드립니다. 그리고 제가 성장하는 동안 영적 스승이 되어주신 김상복 목사님과 은진교회 류성칠 목사님, 그리고, 힘든 이민 목회 속에서도 참된 목자의 모범을 보여주시고 계신 시카고 한인교회 서창권, 유선명 목사님께 존경의 마음을 드립니다. 또한 바나바 같은 따뜻한 격려자가 되어주신 배준완 목사님과 어린 시절부터 요나단처럼 든든한 벗이 되어준 남호진 목사님께 감사드립니다.

또한 원고를 감수하는 과정에서 세심하게 지도해 주시고 따뜻한 격려를 아끼지 않으신 김만형, 류응렬 교수님께 감사한 마음을 전합니다. 대학원 시절 바른 신학적 사고 위에 교육학을 공부할 수 있도록 방향을 지도해 주신 황성철, 정일웅 교수님, 그리고 저의 어린 시절, 전도사님으로서 어린이 설교의 모델이 되어주신 이순근 목사님께 마음 깊은 감사를 드립니다. 특별히 트리니티 신학교에서 참된 교사의 모범이 되어주신 Perry G. Downs, Miriam Charter, Duane H. Elmer,

Mark H. Senter, Peter Cha 교수님의 배려깊은 사랑과, 그리스도의 참된 교육 공동체를 꿈꾸며 대학원에서 형제같이 함께 공부하고 있는 박정식, 김병주, 박신용 목사님, 유은희 전도사님께 고마운 마음을 전합니다.

무엇보다 저의 가장 훌륭한 스승은 제가 가르치면서 오히려 더욱 많이 배웠던 학생들과 선생님들이 아닐까 생각합니다. 특별히 어려운 주일학교 사역 속에서도 해맑은 미소를 잃지 않고, 매주일 어린이들을 말씀으로 양육하고 계신 오인숙, 이수진, 정캘리, 신은주, 신진이, 김태수, 정금주, 윤인영, 오승훈 선생님, 그리고 강성로 장로님께 표현할 수 없는 존경의 마음을 갖고 있습니다.

이 부족한 자료를 한국교회학교에 나눌 수 있는 기회를 주신 횃불출판사 김수곤 사장님과 편집부 형제, 자매님, 바쁜 일정 속에서도 표지와 삽화를 그리느라 수고해 주신 윤인영 자매님께 감사드리며, 마지막으로 이 책이 나오기까지 늘 가장 가까운 곳에서 따뜻한 격려자가 되어준 사랑하는 아내 미림에게, 아빠의 기쁨이자 희망인 아들, 민식이에게 깊은 감사와 고마운 마음을 전합니다.

2008년 2월
저자 이돈하 드림

이 책의 특징

1. 어린이들의 눈높이에 맞는 복음주의 신학에 기초한 설교집이다.

2. 영성(Spirituality)과 흥미(Fun)를 조화시킨 설교집으로 어린이들의 균형적인 신앙이 계발되는데 목적을 두었다.

3. 기존의 예화, 율법중심의 어린이 설교와는 달리 말씀 중심의 강해 설교집이다(제시된 설교샘플은 주해 –〉 강해 –〉 설교의 3단계 과정을 거쳐 완성되었다).

4. 신세대 어린이들이 가장 좋아하는 현대적인 시청각 자료를 사용한 최초의 설교집이다.
   1)실물(일반실물, 공작, 실험)　**2)영상**(성화, 일반영화, 애니메이션, TV영상)
   3)사진(인터넷, 역사, 연예인, 디지털 카메라)　**4)그림**(제작·대중만화, 융판 이동그림)
   5)드라마(일반드라마, 인터뷰, 협동드라마)

5. 설교는 모두 1년치(52편)이다. 모든 설교는 현장에서 15분 정도 설교할 수 있는 분량(B5용지 5매이상)으로 되어 있다.

6. 실제로 어린이들 앞에서 성공적인 설교를 했던 원고를 사용하여 구성했으므로 구어체이며, 현장감이 느껴진다. 따라서 어린이 설교자들은 원고를 설교강단에서 그대로 이용할 수 있다. 또한 설교했던 장면과 사용했던 시각 자료를 사진이나 그림의 형태로 삽입했기 때문에 이해하고 적용하기가 쉽다.

7. 각 단원의 서론마다 사용자가 직접 시청각 자료를 제작해 볼 수 있도록 제작 과정과 방법을 상세하고 친절하게 설명해 놓았다. 비디오의 경우는 상영하는 구간의 시간까지 기록했으므로 이용하기가

매우 편리하다.

8. 참고한 성경본문 구절을 함께 수록하여 성경공부 교재를 편집하기 쉽게 했다. 또한 각 설교는 현대 기독교 교육과정 이론에 기초하여 교육계획, 교육목표, 교육방법의 틀 안에서 제작되었다.

9. 방송장비가 완벽한 대형교회뿐만 아니라, 개척교회에서도 적용해 볼 수 있는 시청각 설교들로 구성했다.

10. 이 책의 내용은 3가지 관점에서 각각의 전문가들이 세심하게 감수해 주었다.
   신학적 관점-김상복 목사(그레이스 신학교 신약학 Ph.d. 할렐루야교회 담임목사)
   설교학적 관점-류응렬 목사(Southern 신학교 설교학 Ph.d. 총신대 설교학교수)
   교육학적 관점-김만형 목사(Trinity 복음주의 신학교 교육학 Ph.d. 합동신학교 교수
   에듀넥스트대표, 분당친구들교회담임목사)

11. 저자는 원래 이 책을 서론을 포함해 각 자료(실물, 영상, 사진, 그림, 드라마)에 대한 자세한 설명과 각각의 설교를 실었으나 52주로 맞춰 재구성하면서 주제별로 설교를 나눴다. 원래 내용은 372~373p를 참조하기 바란다.

12. 성경공부를 할 수 있도록 설교내용에 맞게 교사용 시청각 교재를 전·후단계로 나눠 별도로 제공하고 있다. 진행해 가면서 궁금한 내용은 www.ccm2u.com에 문의하기 바란다.

추천의 글 1

한국교회의 어린이 사역은 크게 발전을 하지 못해 왔다. 내가 거의 30년을 미국에서 사역을 하다 1990년에 한국에 돌아와 보니 시설 면에서나 프로그램에 있어서나 교육방법론에 있어서나 내가 주일학교 다닐 때와 별로 차이가 없는 것을 발견하고 놀랐다. 교회는 어른 중심 사역을 전개하여 후세를 위한 투자를 별로 하지 않았다. 하나님께서 기회를 주시면 다음 세대를 위한 투자를 하고 싶다는 마음을 우리에게 주셨다. 새 성전을 건축하면서 다음 세대를 위한 투자를 하기로 결심하고 상당한 자원을 투자했다. 시설 면에서는 많은 준비를 하고 있으나 그 다음은 프로그램이다. 아이들을 위한 예배, 설교, 훈련 등에 있어서 젊은 세대 지도자들의 창의적인 접근이 시작되며 아이들이 구원 받고 좀 더 재미있게 영적인 성장을 할 수 있는 기회가 오고 있다.

나는 늘 2세 신앙교육에는 두 가지를 염두에 두어야 한다고 생각해 왔다. '재미'(fun)와 '영성'(spirituality)이 그것이다. 아이들은 먼저 재미가 있어야 흥미를 끌 수 있다. 교회에 재미가 없으면 금방 흥미를 잃을 수 있다. 흥미만 있고 영성이 없으면 그것은 교회는 아니다. 이 두 가지가 균형 있게 함께 가야 한다. 어린이와 청소년 목회자들과 교사들은 자기 개발을 이 두 가지에 두어야 할 것이다.

어린이 설교에 있어서도 마찬가지이다. 이돈하 전도사가 이번에 N세대 어린이들을 위하여 시청각을 이용한 강해설교집을 출판하게 된 것은 어린이 사역을 위해 새로운 지평을 연 것이다. 큰 발전이다. 컴퓨터에 익숙한 어린이들에게 관심과 흥미를 끌 수 있는 모든 방법을 총동원해서 그 동안 설교나 성경공부를 시행해 온 이돈하 전도사는 한주

한주를 생각 없이 보내지 않고 동역자들에게 그 동안 연구하고 실험한 것을 나눌 수 있도록 철저하게 자료를 수집하고 정리해 왔다.

눈으로 보고 만질 수 있는 실물로 성경의 진리를 가시적으로 설명하여 아이들의 마음에 깊이 남아 있게 시도했다. 영상을 사용하며 성화, 영화, 애니메이션, 아이들이 익숙한 TV영상 등을 설교에 도입하고 필요한 자료수집 방법에 이르기까지 세밀한 접근을 통해 목회자들과 선생님들에게 도움을 준다. 인터넷이나 디지털 카메라 사진 활용, 그림, 만화, 융판, 이동그림 등을 이용한 그림설교, 일반 드라마, 인터뷰, 스킷과 같은 방법을 도입한 드라마 설교 등 다양한 설교방법을 활용하여 어린이들이 지루하지 않게 흥미를 일으키면서 영적인 진리를 전달하고 있다. 이와 같이 잘 준비된 새로운 설교방법에 대한 책은 아직 나와 있지 않다. 이 책이 처음이 아닌가 싶다. 「꿈틀거리는 어린이 설교」는 자료와 구체적 방법에 목말라 하는 어린이 사역자들에게 큰 관심을 불러일으킬 것이다.

영성과 창의성과 학구심과 신앙적 인격이 잘 겸비된 이돈하 전도사는 앞으로 미국의 신학대학원에서 기독교교육을 계속 더 연구할 예정인데 오늘까지의 사역을 정돈하여 이 좋은 새로운 이정표를 제시해주어서 많은 동료사역자들이 고마워 할 것이다. 어린이 사역에 헌신한 분들에게 큰 유익이 될 줄 믿으며 이 책을 자신 있게 추천한다.

김상복 목사 Ph.D.

할렐루야교회 담임

햇불트리니티 신학대학원 대학교 명예총장

아시아복음주의협의회(EFA) 회장

세계신학교총학장회(PAD) 회장

추천의 글 2

설교란 어려운 일이다. 어린이들에게 설교하기란 더욱 어려운 일이다. 집중을 하기가 쉽지 않은 어린이들에게 효과적으로 설교하기란 가장 어려운 일이다. 어린이들을 20분 동안 말씀의 세계로 끌어올 수 있는 설교자는 장년들을 은혜의 세계로 2시간 동안 쉽게 인도할 수 있다. 장차 하나님 나라의 주역이 될 어린이들의 중요한 위치만큼이나 그 어려움 또한 크다.

어린이 설교에 대한 교재가 가뭄과 같은 상황 가운데 우리는 오늘 이 한 권의 책으로 어린이 설교에 새로운 장을 열게 되었다. 나는 이 책의 첫 페이지부터 마치 소중한 보물을 만지듯 매료되어 읽으면서 몇 가지를 발견하게 되었다.

첫째, 이 책은 '어린이설교' 하면 쉽게 가질 수 있는 흥미위주의 설교가 아니라 철저한 복음주의에 기초한 설교집이다. 설교란 하나님의 말씀을 저자의 의도를 따라 오늘의 청중에게 가장 적절하게 증거하는 행위이다. 설교집을 읽고 있노라면 말씀이 살아있기에 어린이들에게 한 설교가 아니라 바로 나 자신에게 들려주는 하나님의 말씀으로 여겨질 것이다.

둘째, 흥미 없이 불가능한 어린이 설교에 이 책은 복음의 진수를 가장 재미있게 제시함으로써 어린이들이 한 순간도 다른 곳에 시선을 두지 않도록 해 준다. 하나님의 말씀으로 청중을 지루하게 하는 것은 죄악이다. 이 책에서 우리는 꿈틀거리는 생동감과 긴장을 호흡하며 읽게 될 것이다.

셋째, 이 책은 어린이들의 세계를 깊이 이해한 현장감이 생생히 넘치는 설교집이다. 설교집을 읽으면 마치 저자의 설교를 직접 듣는 듯한 느낌을 받게 된다. 어린이들을 향한 저자의 땀과 눈물이 배어있는 설교집이란 사실을 독자는 쉽게 발견할 것이다.

넷째, 이 책은 어린이들을 대상으로 설교하는 목회자들이 당장 사용할 수 있는 설교집이다. 주어진 설교의 내용은 누구나 쉽게 이해하고 자기 것으로 소화하고 응용해서 사용할 수 있게 되어 있고 이런 과정을 통해 자신의 어린이 설교를 창의적으로 계발할 수 있다.

다섯째, 이 책은 어린이 사역자들 뿐 아니라 다른 층의 목회자들에게도 새로운 복음의 세계와 전달의 기술과 흥미를 불러일으키는 설교집이다. 나는 이 책을 처음 펼친 후 단숨에 끝까지 시선을 뗄 수 없는 관심을 가지고 읽었다. 여러분이 누구든지 나와 동일한 관심으로 책을 읽게 될 것이다.

어린이들을 바르게 이해하고 설교하기를 원하는 어린이 사역자들 뿐 아니라 효과적으로 복음을 전달하기를 원하는 주일학교 교사들 그리고 자녀들과 마음을 열고 대화하기를 열망하는 부모님들에게도 이 책은 매우 소중한 해답을 던져줄 것을 확신한다. 이 책을 읽고 난 후 변화 없이 어린이 설교를 할 사역자는 한 사람도 없을 것이다.

류응렬 목사 Ph.D.
총신대 신학대학원 설교학 교수

차 례

차 례

별책 꿈틀거리는 어린이 설교 성경공부 교사용 시청각 교재가
전·후반기로 사용하도록 준비되어 있습니다.

어린이 설교에 대한 이해

1. 어린이 설교에 대한 이해

1. 어린이 설교의 중요성

"어린이들에게는 무신론자가 없다"는 말이 있다. 어린이에게 복음을 전했을 때는 의심하거나 거부하는 경우가 극히 드물다는 것이다. 어린이들은 토기장이의 손 안에 있는 진흙과 같이, 빚는 대로 인격과 성격이 형성된다. 따라서 하나님을 영접하고 균형있는 예수 그리스도의 제자로 자라가기에 가장 좋은 시기이다.

어린이 설교가 중요한 이유 역시 인간의 발달단계에 있어 이 시기가 가진 잠재력 때문이다. 이 시기는 감수성이 가장 풍부하기 때문에 설교자의 한마디 말은 인생을 송두리째 변화시킬 수 있다. 그래서 모세, 사무엘, 디모데와 같은 성경속의 위대한 인물들은 어린시절부터 말씀을 통해 변화받은 체험이 있었다. 또한 세계적으로 영향력 있는 크리스천 지도자들의 80% 이상이 14세 이전에 말씀 앞에 회심해 주님을 만났다는 통계가 있다. 이런 통계를 볼 때 어린 심령을 향해 하나님의 말씀을 선포하는 것만큼 값진 사역은 없다고 본다.

또한 어린이들이 처해 있는 시대적 상황이 어린이 설교에 대한 가치를 증폭시키고 있다. 현재 한국 가정의 이혼률은 40%로, 세계 2위에 이르렀다. 실제로 학교 일선에 있는 교사들은 반 학생 35명 중에 7~8명은 부모가 이미 이혼했거나, 내색은 안하지만 이혼의 위기에 직면해 있다고 증언한다. 또한 세계 1위라는 초고속 인터넷의 보급은 이로 인한 긍정적인 혜택에도 불구하고 어린이들에게 심각한 위해환경을 조성했다.

컴퓨터를 통한 수많은 외설과 폭력은 죄에 대해 무감각하고 주위가 산만한 어린이들을 만들었다. 또한 쏟아지는 상업성 광고는 어릴 때부터 외모 지상주의와 황금 만능주의를 심어 주고 있다. 그래서 어린이들 사이에서도 얼굴만 잘 생기면 된다는 '얼짱 신드롬' 과 벌써부터 돈이면 안될 게 없다는 풍조가 생기게 되었다. 뿐만 아니라 그들에게도 불어닥친 생존경쟁, 학업열풍은 어린이들의 영혼을 질식시키고 있다. 따라서 이러한 시대를 살아가는 어린이들에게 복음을 전해야 될 필요는 그 어떤 시기보다 절실해지고 있다.

암담한 현실 속에서 상처입고, 방황하는 어린이들을 진리의 길로 안내해 주는 역할은 학교교육이 감당할 수 없다. 따라서 설교자는 흔들리는 세대 속에서 그들을 바르게 세울 수 있는 길은 복음뿐임을 확신해야 한다. 동시에 복음을 선포하여 그들을 그리스도의 밝은 소망 가운데로 인도할 수 있어야 한다. 한국의 미래가 말씀을 맡은 교회학교 사역자들에게 달린 것이다.

2. 어린이 설교의 현실

어린이 설교가 이처럼 중요한데도 불구하고, 이 설교에 대한 몇가지 오해 때문에 설교다운 설교가 행해지지 않고 있는 현실은 참으로 안타깝다. 어린이 설교에 대해 갖기 쉬운 오해는 다음과 같은 것이 있다.

1) 어린이 설교에 대한 오해: 도덕적 훈화

첫째 오해는 어린이 설교를 도덕적인 훈화로 여기는 것이다. 이와 같은 윤리적 설교는 어린이를 사회가 필요로 하는 성품과 행동을 갖춘 인재로 양성할 수는 있겠지만, 생명이신 예수 그리스도께로 인도할 수는 없다. 이것은 유익한 강연이나 다를 바가 없다. 윤리적 설교의 대표적인 특징은 율법적이라는 것이다. 맹목적인 선행을 강요하며, '~은 하지 말라. ~은 하면 안된다' 식의 금지목록이 자주 등장한다. 그 결과 아이들의 양심은 억눌리고, 마지못해 순종하게 된다. 또한 불순종했을 때는 끝없는 죄의식에 시달리게 된다.

하지만 복음적인 설교는 다르다. 오직 예수 그리스도를 믿음으로만 얻게 되는 구원이 강조된다. 따라서 선행은 구원의 조건이 아니라, 구원을 얻은 자의 감사한 생활 속에 자연스럽게 나타나는 열매일 뿐임을 강조한다. 따라서 설교를 들은 아이들은 죄의식로부터 자유로워지며, 자발적인 동기에 의해 선을 행하게 된다.

2) 어린이 설교에 대한 오해: 성경동화

둘째 오해는 어린이 설교를 성경동화와 혼동하는 것이다. 일부 어린이 사역자들은 아이들의 흥미와 상상력을 자극할 수 있는 용어와 허구적인 줄거리를 이용해 구연동화를 하고는 설교를 했다고 착각하곤 한다. 하지만 성경의 내용을 쉽고 재미있게 풀어 놓는다고 해서 설교가 되는 것은 아니다.

설교는 본문의 핵심 메시지를 전달해야 한다. 예컨대 선악과를 따먹은 아담 사건을 이야기로만 끝낸다면, 사과 먹고 죽었던 백설공주 이야기와 아무런 차이가 없을 것이다. 이 본문이 설교가 되기 위해서는 진리에 관한 핵심적인 메시지가 들어있어야 한다. 타락의 원인이 된 죄에 대한 지적과 범죄의 심각성, 그리고 타락 후에도 변함 없는 하나님의 사랑과 성실함이 증거되어야 설교가 되는 것이다. 어린이 설교의 효과를 높이기 위해 동화적인 요소가 들어갈 수는 있으나, 설교 자체가 동화가 될 수는 없다.

3) 어린이 설교에 대한 오해: 차별화 없는 설교

셋째는 어른 설교가 어린이들에게도 그대로 적용될 수 있다고 믿는 착각이다. 일부 설교가들은 어린이들의 눈높이를 전혀 고려하지 않는다. 어른이나 이해할 정도로 본문을 추상적인 내용으로 전달한다. 본문을 정확히 전달하는데 방해가 된다고 시청각 자료의 사용을 꺼린다. 어른의 어휘와 예화를 사용하고, 어른의 관심을 반영해 놓고는 본문에 가장 적합한 설교를 했다고 주장한다.

하지만 어린이에게는 어린이에 맞는 예화와 어휘가 있다. 어린이에게는 어린이에 맞는 설교가 있는 것이다. 어른 설교를 하면서 아이들이 듣지 않고 자고 있다고 탓하면 안된다. 이것은 어린이들의 수준과 그들의 관심을 전혀 고려하지 않은 어리석은 설교자의 책임이기 때문이다.

4) 어린이 설교에 대한 오해: 신앙 위인전

마지막으로 어린이 설교를 신앙 위인전으로 생각하는 경우이다. 설교자들이 아브라함이나, 모세, 다윗, 바울에 대하여 설교하다 보면 인물의 탁월함과 인물에 대한 교훈만을 전달하기 쉽다. 이것은 구약성경을 설교할 때 더욱 빈번하게 발생한다. 구약시대에는 예수 그리스도가 직접적으로 드러나지 않고 예표의 형태로 등장하기 때문이다. 하지만 훌륭한 인물의 삶만 본받아야 한다고 설교한다면, 이것은 올바른 설교가 될 수 없다.

물론 이러한 성경의 인물들 역시 얼마든지 설교의 주제가 될 수 있고 본받을 만한 모델이 될 수 있다. 하지만 하나님과 인물과의 관계, 하나님의 구원 계획 안에서 인물이 갖는 위치에 대한 설명 없이, 단지 훌륭하기 때문에 모방해야 된다는 식은 안된다. 설교자는 어떤 본문이든지 예수 그리스도가 전달될 수 있는 통로를 찾아야 하는 것이다. 그래서 아이들을 신앙의 위인 앞에 세우는 것이 아니라 예수 그리스도 앞에 세워야 한다.

신앙의 위인은 그리스도를 닮은 모델은 될 수 있다. 하지만 그 역시 흠 많은 인간에 불과하다. 어린이들이 따라야 할 분은 흠 없는 예수 그리스도임을 명심해야 한다. 설교는 그리스도 중심적이어야 하는 것이다.

지금까지 살펴본 현장 속에서 일어나는 오해들을 종합해 보면 공통적인 원인을 찾을 수 있다. 그것은 모두 균형을 잃었다는 점이다. 설교자는 말씀을 전달할 뿐만 아니라, 어린이가 독특한 대상임을 알고 그들의 눈높이에 맞추어 전달해야 한다.

하지만 대부분의 설교자들은 말씀을 충실히 전달하지만 어린이에게 맞게 전달해야 한다는 사실을 잊는다. 반대로 다른 부류의 설교자들은 어린이의 흥미와 기대만을 고려한 채 말씀을 양보해 버린다.

위의 사례에서 보자면 어린이 설교를 (성경동화)나 (신앙 위인전), (윤리적 훈화)로 생각한 오해는 어린이의 기대에 맞추기 위해서 말씀을 망각한 데서 비롯되었다. 또한 어린이 설교를 어른 설교와 다르지 않게 생각한 오해는 말씀대로 전했으나 어린이의 수준을 망각했기 때문에 발생한 것이다. 양쪽 모두 문제가 있다. 말씀을 전했으나 이해되지 않게 전한 것도 문제가 되고, 이해될 수는 있으나 내용이 빠진 것도 문제가 되기 때문이다.

따라서 설교자는 말씀과 어린이 양쪽 모두를 붙들 수 있어야 한다. 어느 한쪽이 빠지거나 어느 한쪽으로 기울기만 해도 어린이 설교는 건강을 잃는다. 말씀을 충실하게 전하면서 동시에 어린이들의 발달수준과 그들에게 친숙한 문화와 어휘에 맞게 전해야 한다. 이것이야말로 어린이 설교자들이 추구해야 될 이상인 것이다. 그 방법으로 어린이 설교는 말씀을 충실히 전할 수 있는 강해설교가 되어야 한다. 동시에 어린이들의 눈높이에 맞는 시청각적인 설교가 이루어져야 한다.

본 설교집은 강해설교와 시청각 설교의 만남을 통해 이와 같은 어린이 설교의 이상을 실현해 보고자 한다.

> **N세대 어린이설교를 위한 이상적 모델 : 강해설교와 시청각 설교와의 만남**
> (어린이를 붙들라 ⇨ 시청각설교적 접근) + (말씀을 붙들라 ⇨ 강해설교적접근)

3. 진정한 어린이 설교란 무엇인가?

1) 어린이가 누군지 알고 하는 것이다 ⇨ 대상의 이해

처음 어린이 부서의 설교자로 사역하게 되었을 때의 느낌은 지금도 생생하다. 정말 앞이 깜깜했다. 어린이 설교에 대해서 아는 것이 전혀 없었다. 군대를 제대하고 바로 신학교에 간 나에게 어린이 부서는 꿈에서도 생각해 보지 못한 사역현장이었기 때문이다. 주일밤이면 어떻게든 이번주 설교를 끝냈다는 생각에 그렇게 안심이 될 수가 없었다. 하지만 다음 주일이 또다시 다가오기 시작하면 몰려오는 걱정 때문에 소화가 되지 않았다. 그러던 중에 깨달은 것이 있었다. 설교가 이렇게 두려운 이유는 대상을 정확히 알지 못하기 때문이라는 것이었다. 친구와 이야기하는 것은 하나도 겁날 게 없다. 그만큼 친구에 대해서 잘 알고 있고 친밀하기 때문이다. 마찬가지로 어린이에 대해서도 속속들이 잘 알고 있다면 두려울 것이 없을 거라는 생각이 들었다.

모든 공포가 모르기 때문에 생겼다는 것을 알게된 뒤, 1달 동안은 아이들의 뒤를 따라다녔다. 점심시간에 학교에 들러 운동장에서 아이들과 함께 축구를 했다. 하교 시간에는 아이들이 귀가길에 들리는 곳을 함께 따라가 보기도 했다. 문방구, PC방, 만화가게, 놀이터에서 즐거워하는 아이들을 보면서 참 많은 것을 배울 수 있었다. 아이들이 사용하는 어휘는 물론, 웃고 울게 하는 생활 속의 다양한 소재들을 발견한 것이다. 또한 가정 심방을 통해서도 설교의 예화나 적용에 도움이 되는 많은 접촉점들을 발견할 수 있었다. 집에 온 아이들이 대부분의 시간을 어떻게 보내는지, 부모와 자녀 관계, 형제지간의 문제들이 무엇인지 관찰할 수 있었다.

이런 현장 체험을 통해 어린이에 대한 지식이 늘어나면서, 차츰 어린이 설교에 대한 자신감이 생겼다. 말씀을 선포해야 할 대상이 누구인지 알았기 때문이다. 지금도 "어린이 설교를 어떻게 하냐"고 묻는 사람들에게 하는 대답은 한가지다. 먼저 하루든 일주일이든 시간을 내어서 어린이들의 뒤를 쫓아가 보라고 한다. 대상을 알면 설교준비는 절반이 끝난 것이나 다름없다.

한편 어린이 설교자가 아이들을 이해하는데 대단히 중요한 관점이 있다. 아이들이 좋아하는 것에는 과거와 비교했을 때 변하지 않은 것과 변한 것이 있다는 사실이다. 어린이들과 설교자는 최소한 15년 이상의 세대 차이가 난다. 10년이면 강산도 변한다는데, 과연 외계인 같은 아이들을 감당할 수 있을까 겁부터 내는 설교자들이 있다. 하지만 이런 설교자들은 어린이가 좋아하는 것들 중에는 과거와 비교해서 달라지지 않은 것이 많다는 사실을 모르고 있는 것이다.

실제로 학교 근처 문방구점에 가보면 이 사실을 정확히 알 수 있다. 방과 후 아이들이 몰려와 사가는 인기 품목들은 우리들의 초등학교 시절과 별반 다르지 않다. 눈깔사탕과 쫄쫄이류의 간식부터 프라이드 모델, 공기, 본드 풍선까지 꼭 타임머신을 타고 15년 전으로 돌아온 것 같은 향수를 느낄 수 있다. 새콤달콤하고, 재미있고, 화려하고, 호기심과 도전감을 주는 대상은 어린이들이 예전이나 지금이나 똑같이 선호하는 것들이다.

하지만 그럼에도 불구하고 어린이들의 기호에는 변한 것도 많다는 사실에 주목해야 한다. 시대환경이 급속하게 변하면서 어린이들의 문화와 취향에도 여러가지 변화가 생긴 것이다. 그 중에서도 가장 큰 변화는 컴퓨터의 대량 보급에 의한 것이다. 어느새 컴퓨터는 각 가정뿐만 아니라 각 방까지 보급되어 어린이에게 가장 친숙한 매체가 되었다.

소위 N세대(Net-generation)라고 일컬어지는 현재 어린이와 청소년들은 인터넷 공간을 자유롭게 누비며 현실세계만큼 사이버 세계를 중요한 삶의 무대로 생각한다. 학업은 물론 채팅, 이메일, 홈페이지를 통한 대인관계에 이르기까지 상당한 정도의 활동들이 이 곳에서 이루어지고 있다. 그 결과 컴퓨터를 이용한 어린이들의 신종 기호품들이 생겨났다. 인터넷 상의 컴퓨터 게임, 개인 홈페이지 꾸미기, 아바타 옷 입히기, 음악을 다운해 받아 듣기, 영상보기 등 지금의 어린이들은 어른들의 어린시절에는 상상할 수도 없었던 것에 매료되어 있다.

또한 컴퓨터와 같은 멀티미디어의 발달에 따라 어린이들이 지식을 수용하는 방식도 크게 바뀌게 되었다. 이제 어린이들은 이해되었다고 움직이지 않는다. 느껴져야 움직이는 것이다. 과거 지성 중심의 논리적 이해방식에서 오감을 통한 감성적 이해 방식으로 급속한 전환이 이루어진 것이다. 따라서 교육학에 있어서도 오감을 통해 학습 효과를 높힐 수 있는 시청각 교육이 강조되고 있다.

2) 어린이 설교 방법대로 하는 것이다 : 어린이를 붙들라 ⇨ 시청각 설교적 접근

그렇다면 현시대를 살아가고 있는 어린이들에게 어떻게 설교해야 하는 것일까? 이 질문은 다시 "어떻게 하면 어린이의 귀에 들리는 설교를 할 수 있을까?"라고 하는 문제로 바꾸어 볼 수 있다. 여기 어린이 귀에 들리게 하는 설교 방법 10가지를 소개한다.

(1) 10가지 어린이 설교방법

첫째, 어린이들의 눈높이에 맞아야 한다.

어린이는 성장해 가는 과정중에 있다. 따라서 어린이들의 인지적, 심리적, 도덕적, 사회적, 영적 발달수준을 고려해서 설교할 수 있어야 한다. 따라서 교육학 개론의 인간발달과정 편을 한 번씩 읽어 보는 것이 어린이 설교자에게 상당한 도움이 될 수 있다. 가르치고 있는 연령의 아이들에게 나타나는 보편적인 발달수준을 확인할 수 있기 때문이다.

둘째, 어린이 설교는 쉬워야 한다.

내용이 추상적이고 난해하면 무슨 뜻인지 몰라 금새 산만해 진다. 같은 내용을 전달하더라도 쉬운 표현과 어휘를 사용하면 쉽게 이해시킬 수 있다.

그리고 친근하고 적절한 예화를 들어준다면 추상적인 내용을 보다 분명하게 전달할 수 있을 것이다. 한편 본문의 사회적인 배경이나 신학적인 내용을 굳이 다 설명해 줄 필요는 없다. 갈릴리 호수가 바다같이 넓었다고 말하면 됐지, 주위가 52km, 깊이가 50m라는 사실을 가르치지 않아도 된다. 또한 위격과 속성을 설명하면서까지 삼위일체 하나님을 일일이 가르쳐 줄 필요가 없는 것이다. 어린이들은 아직까지 수치나 추상적인 개념을 이해하지 못한다. 이런 설명은 자칫 잘못하면 어린이들을 혼란에 빠뜨릴 수 있다.

셋째, 어린이 설교는 짧아야 한다.

그것은 어린이들이 집중할 수 있는 시간이 어른보다 떨어지기 때문이다. 하지만 몇 분 정도가 적당한지 말하기 어렵다. 설교자의 능력, 설교의 주제나 본문의 특성, 어린이들의 나이 및 영적인 성숙도, 그날의 컨디션에 따라서 집중할 수 있는 시간은 변하기 때문이다. 참고적으로 어린이 설교 현장에서는 유아, 유치부(3-7세)의 경우 보통 5~10분, 유년부(8-10세)는 10~15분, 초등부(11-13세)는 15~20분 정도 설교하는 사례가 많다.

넷째, 어린이 설교는 주제가 단순명료해야 한다.

이것은 한편의 설교가 하나의 포인트에만 집중해야 한다는 것이다. 세상이 복잡해 짐에 따라 요즘 어린이들의 머릿 속에도 얼마나 생각이 많은지 모른다. 이런 아이들에게 여러 가지 주제를 들려주면 아무것도 기억하지 못한다. 집에 와서 엄마가 오늘 설교에 대해서 물어보면, 내용을 한문장으로 요약해서 대답할 수 있게 만들어야 한다. 그러려면 설교주제를 하나로 모아야 하는 것이다.

다섯째, 어린이 설교는 재미가 있어야 한다.

재미 없는 설교를 듣기 싫어하는 것은 어른이나 아이나 마찬가지이다. 설교를 듣는 내내 호기심과 기대감이 떨어지지 않도록 설교를 구성할 때 세세한 신경을 써야 한다. 한편 재미있게 한다고 분위기를 소란스럽게 만들어서는 안된다. 어린이들은 옆 친구가 웃으면 같이 웃고, 울면 같이 우는, 감정의 파급이 잘된다는 특징이 있다. 따라서 목적 없이 웃게 만들어서 오히려 설교하는데 방해를 받아서는 안될 것이다.

여섯째, 스토리텔링을 사용하라.

설교문을 서론, 본론, 결론 혹은 본론을 첫째 대지, 둘째 대지, 셋째 대지로 논리적으로 전개하는 것보다는 스토리텔링을 이용하여 전개하는 것이 적합하다. 스토리텔링은 말로 그림을 연상하게 해주는 것이다. 즉 상상력을 자극하는 그림용어를 사용해서 어린이들이 설교의 세계에 빠져들게 만든다. 스토리텔링으로 설교하는 것과 허무맹랑한 동화설교를 하는 것과는 분명히 구분되어야 한다. 스토리텔링은 본문에 나오는 객관적인 사실에 근거해서 창의적으로 재구성하는 것이기 때문이다.

일곱째, 어린이 설교는 초반 제압이 중요하다.

강해설교의 아버지 해돈 로빈슨은 "만일 설교자가 처음 30초 내에 청중의 주의를 끌지 못하면 아예 주의를 끌지 못할지도 모른다"고 하였다. 설교할 때 서론이 얼마나 중요한 역할을 하는지를 강조한 것이다. 그런데 어린이에게 서론의 역할은 어른의 경우보다 더욱 중요하다고 할 수 있다. 설교를 시작한 뒤 처음 30초 동안은 설교자와 어린이 사이에 암암리에 거래가 이루어진다. 30초를 들어보고 재미있다고 판단되면, 어린이는 자기가 가진 나머지 뒷시간을 설교자에게 다 줘 버린다. 하지만 30초 안에 흥미를 얻지 못하면, 어린이는 그런 설교자에게 자기의 시간을 맡기지 않는다. 냉정하게 귀를 닫는 것이다. 따라서 설교의 초반에 흥미와 기대가 생기도록 모든 아이디어를

동원해야 한다. 승부는 초반 30초에 달려 있다.

여덟째, 어린이 설교는 감각적이어야 한다.

멀티미디어 사회가 되어 감에 따라 아동 교육에도 많은 변화가 생겼다. 지성을 통한 지식 중심의 교육에서 감각을 통한 체험중심의 교육으로 바뀌어 가고 있는 것이다. 어린이들은 어려운 개념을 이해할 수는 없어도 느낄 수는 있다.

예컨대 식물의 광합성 작용을 설명한다고 하자. 이 개념을 백과사전에서 얻은 지식 그대로 설명한다면 아이들을 이해시키기는 어려울 것이다. 미취학 아동은 글자를 모를 수도 있고, 글자를 알아도 뜻을 이해하지 못하기 때문이다. 하지만 식물의 광합성 과정을 어린이용 다큐멘터리로 제작해 TV로 방영한다면 사정은 달라질 수 있다. 어린이는 이해할 수는 없어도 보고 들으면서 느낄 수는 있기 때문이다. 이렇게 어린이들이 감각적인 교육환경 속에 자라가고 있기 때문에 설교도 다중감각을 이용할 수 있어야 한다. 실제로 보고, 듣고, 맡고, 맛보고, 만져보는 오감을 통해 진리를 전달하는 방법이 계발되어야 한다는 말이다.

아홉째, 어린이 설교는 청중의 참여가 이루어져야 한다.

학교 수업에서도 교사 중심의 일방적인 지식전달교육이 지양되고 있는 현실에 주목해 볼 필요가 있다. 교사와 학생 사이의 상호작용이 지식전달에 긍정적인 영향을 미친다는 연구결과가 계속해서 발표됨에 따라 학생들의 참여가 수업의 중요한 부분을 차지하고 있다. 그 결과 협동학습, 모둠단위 실험 및 토론수업, 발표수업 등과 같은 학생들의 참여가 두드러지는 수업형태가 계발되고 있다. 이러한 아이디어는 설교에도 이용할 수 있다. 가장 간단하게는 설교자의 말이나 제스처를 따라해 보는 것으로 어린이들의 참여를 유도할 수 있다. 또한 설교시간에 반별로 토의한 내용을 발표하게 할 수 있다. 그리고 협동 드라마를 통해 아이들을 참여시킬 수 있다.

마지막 열 번째, 어린이 설교는 어린이가 변화되는 데 초점을 맞추어야 한다.

어린이 설교에 있어 최고의 목표는 어린이를 하나님의 형상으로 변화시키는데 있다. 설교가 아무리 재미있고 외형적으로 완벽해 보여도 설교를 마친뒤 어린이들의 삶이 변하지 않는다면 무슨 의미가 있겠는가? 어린이의 행동이 변화되기 위해서 효과적인 적용이 있어야 한다. 먼저 적용은 설교 후 어린이들이 돌아가게 되는 생활 현장에서 바로 실천할 수 있도록 구체적이고 명확해야 한다. 이를 위해서는 어린이들의 고민과 처해 있는 환경에 대한 정확한 이해가 필요하다. 또한 '다음주까지 이것을 실천해 와라' 라는 형식으로 구체적인 행동과제를 부과하는 것도 좋은 방법이다.

하지만 어린이들의 본질적인 변화는 설교자의 노력만으로 되지 않는다. 전적으로 성령님의 역사이다. 따라서 설교자는 설교 준비과정 전체를 통해서 철저히 성령님의 도우심을 구해야 한다. 강단에서 선포할 때도 성령님께 어린이들의 심령을 감동시켜달라고 은혜를 구하면서 설교해야 한다. 또한 설교 후 어린이들을 돌려 보낸 뒤에도 어린이들이 집과 학교에서도 행동이 변화되도록 이를 위해서 중보 기도해야 한다.

(2) 시청각 설교의 정의

위의 조건을 만족시킬 수 있는 가장 적합한 설교 방법이 있다. 그것은 시청각 설교이다. 시청각 설교는 시청각 자료를 설교에 이용하는 것인데, 이 방법을 통해 어린이들의 눈높이에 맞고, 쉽고, 감각적이며, 참여적인 설교를 할 수 있다. 뿐만 아니라 시청각 설교는 설교의 주제를 명확하게 기억시키고, 초반에 높은 기대감과 결론에 강력한 메시지를 전달함으로써 행동 변화를 유발하는데 효과적이다.

시청각 설교에 대해 눈을 뜬 것은 뜻밖의 장소에서였다. 바로 군대였다. 필자가 ROTC 장교로 임관해서 배치 받은 곳은 신병 교육대였다. 그런데 군인들을 교육시킨 지 얼마 되지 않아 깊은 회의가 찾아들었다. 그것은 교육에 임하는 군인들의 태도가 말이 아니었기 때문이다. 열심히 교육받는다고 해서 봉급이 더 나오는 것도 아니고 평가를 해서 떨어뜨리는 것도 없다 보니 졸고 한눈 팔고, 학습에 대한 동기가 전혀 생기지 않았다.

이런 모습을 보고 답답해 하던 중에 어느날 기발한 생각이 떠올랐다. 기왕 하는 군대교육을 재미있게 바꿔보기로 한 것이다. 그날부터 수류탄에 대해서 설명할 때면, 이전처럼 패도나 교범을 사용하지 않았다. 탄약고에서 수류탄을 가지고 나와 직접 보여주고, 만져보게 했다. 또한 실습용 뇌관을 부착해 직접 던져보게 하고 5초 뒤에 폭파되는 것을 실습하게 했다. 실물을 통해 교육하자 병사들의 눈빛이 달라졌다. 졸거나 딴 것에 신경쓰는 일이 교육에 집중하는 것보다 힘든 일이 되었다.

각개 전투를 훈련시킬 때도 교육전에 먼저 영화를 상영했다. 「라이언 일병 구하기」의 시작부터 펼쳐지는 장엄하고 사실적인 전투씬을 보여준 것이다. 영화를 통해 실전에서 개인의 방호 능력이 생명과 직결된다는 것을 깨달은 병사들은 훈련태도가 180도로 달라지게 되었다.

어린이 부서 목회자가 된 다음에 군대시절 배운 시청각 교육의 노하우를 어린이 설교에 응용해 보기로 했다. 그렇게 했더니 아이들의 동기를 유발하는데 기대이상의 효과가 나타났다. 어린이들이 설교에 빨려드는 것을 경험할 수 있었다. 또한 시청각 자료는 동기유발에도 효과가 있을 뿐만 아니라 어린이들의 이해에도 상당한 기여를 한다는 사실을 발견하게 되었다.

설교할 때 실제로 시청각 자료를 활용하면 어린이들은 그 내용을 쉽게 이해하고, 오래 기억할 수 있다. 그것은 시청각 자료라는 교육 매체를 통해 어린이의 두뇌에 인지적 조작이 촉진되며, 재생이 용이해지기 때문이다. 더 나아가 시청각 설교는 효율적인 설교준비를 할 수 있도록 기여한다. 시청각 자료를 사용하면 개념을 설명하기 위한 부연설명을 줄일 수 있다. 시청각 자료가 개념을 압축하고 있기 때문이다. 또한 복잡하고 많은 양의 정보를 짧은 시간 안에 전달하고 이해하는 것이 가능해져서 설교자와 어린이 모두의 시간과 수고를 줄일 수 있다. 경제성이 있는 것이다.

(3) 시청각 설교의 5가지 유형

시청각 설교는 설교 때 제시되는 자료의 특성에 따라 매우 다양하게 구분된다. 하지만 그 중에서도 설교에 사용할 수 있는 가장 효과적인 시청각 자료는 실물, 영상, 사진, 그림, 사람이라고 볼 수 있다. 설교하는 사람 역시 매우 훌륭한 시각자료가 될 수 있다. 설교자 자신의 표정이나 제스처가 메시지의 전달을 돕는다. 또한 설교 중에 배역을 맡은 사람이 출연하는 것도 어린이들의 기대감을 높이고 설교의 이해를 도울 수 있다.

이와 같은 시청각 자료에 따라 어린이들이 가장 좋아하는 시청각 설교를 5가지로 구성해 보면 다음 페이지에 나온 것과 같다.

시청각 설교의 5가지 유형을 필자는 기억하기 쉽게 '옴쁘드'라고 부른다. 이것은 각 설교의 영어명의 앞자 OM(옴)PP(쁘)D(드)를 연결해서 발음

시청각 설교의 5가지 유형(OMPPD '옴쁘드')

설교유형	세부적인 설교유형
실물설교(Object)	일반실물설교, 공작설교, 실험설교
영상설교(Moving-Image)	성화설교, 일반영화설교, 애니메이션설교, TV영상설교
사진설교(Picture)	디지털사진설교, 인터넷사진설교
그림설교(Painting)	만화설교, 융판설교, 움직이는 그림설교
드라마설교(Drama)	일반드라마설교, 인터뷰드라마설교, 협동드라마설교

한 것이다.

옴쁘드에는 각각의 장점이 있다. 실물설교는 보여주면서 말하기 때문에 청중과의 상호작용이 잘 이루어진다. 또한 가상현실에 익숙한 아이들에게는 실물자체가 생소하게 느껴지기 때문에 참신한 자료제시가 될 수 있다. 영상설교는 설교의 핵심메시지를 영상에 압축해서 전달함으로써 잊지 못할 강렬한 인상을 남길 수 있다. 사진설교는 최신뉴스나 아이들의 일상생활을 소재로 다룰 때 적합하며, 그림설교는 설명하려는 개념을 그림을 이용해 단순화시키고 상징적으로 처리할 수 있어 유익하다. 또한 드라마설교는 성경의 내용을 연극을 통해 재현해 봄으로써 흥미와 현장감을 높일 수 있다.

설교 본문의 특성과 준비할 수 있는 시간, 주어진 설교시간, 예배실의 시청각 환경, 청중의 나이 등의 변수를 고려해서, 옴쁘드 중에 어떤 유형을 선택할지 결정한다.

(4) 시청각 설교시 유의점

첫째. 옴쁘드를 순환시켜야 효과적

시청각 설교 5가지 유형(옴쁘드)의 특징

설교유형	대상의 연령	설교시 자료 사용시간	설교자와 청중간 상호작용	자료준비시간
O 실물설교	영아 – 초등	1 ~ 3분	잘됨	짧게 걸림
M 영상설교	유치 – 고등	3 ~ 5분	약함	중간
P 사진설교	유아 – 초등	1 ~ 3분	잘됨	가장 짧음
P 그림설교	영아 – 초등	1 ~ 3분	잘됨	중간
D 드라마설교	영아 – 고등	5 ~ 10분	보통	길게 걸림

참고) 영아: 0-3세, 유아: 4-5세, 유치: 6-7세, 유년: 8-10세, 초등: 11-13세

시청각 설교 중에는 전통적으로 사용되던 유형과 근래들어 새롭게 등장한 유형이 있다. 실물, 그림, 드라마설교는 이전부터 교회학교에서 실시해 오고 있는 방법들이다. 반면 영상과 사진은 요즘들어 새롭게 활용되고 있는 설교다. 위에서 강조했던 것처럼 어린이들이 좋아하는 것에는 바뀐 것이 있고, 바뀌지 않은 것이 있다는 것을 명심해야 한다. 설교의 유형에 있어서도 마찬가지이다. 어린이들은 대중매체가 발달함에 따라 나타난 영상, 사진설교를 좋아한다. 하지만 여전히 이전부터 사랑을 받아오던 실물, 그림, 드라마와 같은 설교들을 좋아하고 있다. 최신 매체를 이용한 설교는 코드에 맞기 때문에 친근해서 좋아하고, 과거의 시청각 자료를 사용한 설교는 생소해서 좋아하는 것이다. 따라서 시청각 설교를 할 때는 한 가지 유형으로만 계속 설교해서는 안된다.

그러면 얼마 지나지 않아 지루해하고 산만해진다. 이번주에 영화설교를 했으면 그 다음주는 실물설교를 해서 설교의 유형을 계속 순환시켜준다.

둘째. 한 설교 안에 여러 옴쁘드의 사용

설교 한 편에 반드시 한가지 시청각 자료를 사용해야 하는 원칙은 없다. 한번의 설교에 여러 가지 시청각 자료를 다양하게 사용할 수 있다. 예를 들면, 도입은 영상으로 주제제기를 하고, 본론에 와서 개념을 설명할 때는 실물이나 그림, 사진을 사용할 수도 있다. 이렇게 다양한 옴쁘드의 사용은 어린이들을 마지막까지 설교에 집중시켜 흐름을 놓치지 않게 하는데 대단히 좋은 효과를 가져온다. 다만 지나치게 많거나 다른 형태의 자료를 사용하여 메시지에 혼란을 가져와서는 안된다.

한 설교 안에 여러 옴쁘드를 사용하는 것은 시청각 설교의 고급과정이다. 처음에는 한편의 설교에 한가지 시청각 자료를 사용하다가 익숙해지면 시도해 보는게 적합하다.

셋째. 제시 시간과 내용의 적정성

시청각 자료를 사용하는 이유는 설교의 메시지 전달의 효과를 높이기 위해서이다. 하지만 잘못 사용할 경우 반대로 메시지 전달을 방해할 수 있다. 시청각 자료를 사용할 때는 본문의 내용과 적절한 자료를 사용해야 한다. 만약 죄악에 대해 설명하면서 하얀 색상지를 보여준다면 어떻게 되겠는가? 죄는 어두운 색을 사용해야 한다. 하얀색으로 설명하면 금새 혼란이 온다.

또한 시청각 설교시 자료를 제시하는 시간이 길어지면 안된다. 시각 자료를 지나치게 오래 보여주면, 메시지의 내용이 생각나는 것이 아니라 시각자료만 기억나기 때문이다.

시각자료는 제시시간이 길어지는 영화의 경우에도 3분 정도가 적당하다. 5분이상 넘어가면 영화 장면만 기억하게 된다.

3) 무엇을 설교할지 알아야 한다 : 말씀을 붙들라
⇨ 강해설교적 접근

지금까지 누구에게, 어떻게 전해야 할지 살펴보았다. 이제 남은 것은 무엇을 전해야 할지 알아보는 것이다. 설교는 '말씀'을 전하는 것이다. 결코 자신의 경험이나 신념을 전하는 것이 아니다. 그렇게 된다면 전해지는 것은 내 자신이다. 설교는 말씀을 전해서 예수 그리스도에 의한 구원이 드러나야 한다. 이와같이 말씀을 전하는 설교가 되기 위해서 설교자는 두가지 원리대로 설교해야 한다. 그것은 '강해설교'와 '그리스도 중심의 설교' 원리이다.

(1) 강해설교 원리대로 전하라

시청각 설교에서도 전해야 할 것이 오직 '말씀'이라면, 말씀을 가장 잘 전할 수 있는 '강해설교'의 원리대로 설교해야 한다. 강해설교는 종교개혁의 전통에 따라 성경으로 돌아가서 설교하는 것이다. 이전까지 설교자들은 자신의 생각을 뒷받침하기 위해 성경을 사용하곤 했다. 하지만 강해설교는 성경 중심의 설교이다. 성경 본문을 택해서 본문이 말하고자 하는 뜻을 찾아낸다. 그리고 그 뜻에 근거하여 설교의 목적과 명제를 결정하고, 이 명제대로 실제적인 삶에 적용시키는 설교인 것이다.

이와 같은 강해설교의 원리가 어린이 설교에서도 적용되어야 한다. 종전의 어린이 설교는 대부분이 주제를 설명하기 위해 성경을 인용하는 식의 주제설교였다. 하지만 어린이도 구원받을 수 있고, 영적으로 갈급함을 느끼는 존재라는 사실을 알아야 한다. 어른과 똑같은 하나님의 자녀인 이상 반드시 제대로 된 말씀이 선포되어야 하는 것이다. 어린이라고 강해설교를 피하는 것은 "어린이가 내게 오는 것을 금하지 말라"(마 19:14)고 하신 예수님의 명령을 어긴 셈이 될 것이다. 강해설교의 구체적인 방법과 순서는 시청각 강해설교의 준비과정에서 살펴보도록 하자.

(2) 그리스도 중심의 설교의 원리대로 전하라

일상생활의 적용과는 상관없이 성경구절을 반복해서 제시한다고 강해설교가 되는 것은 아니다. 「그리스도 중심의 설교(Christ-Centered Preaching)」의 저자로 유명한 브라이언 채플(Bryan Chapell)은 지난 200년 동안 강해설교가 이와 같은 오류를 반복해왔음을 지적하고, 이제 강해설교를 회복해야 할 때가 왔음을 역설하고 있다.

그는 강해설교는 성경의 진리에 기초하되 예수 그리스도에 의한 구원에 초점을 맞추어야 한다고 지적한다. 즉 설교는 구속사적 강해설교가 되어야 한다는 것이다. 그는 성경이 우리의 타락한 상황에 초점(FCF : The Fallen Condition Focus)을 맞추고 있다고 확신한다. 설교자가 이와 같은 개념을 가질 때 설교할 본문의 목적과 주제를 발견할 수 있으며, 더 나아가 어떤 내용을 전해야 할지, 본문을 어떻게 구성해야 할지도 알게 된다고 하였다.

여기서 타락은 단순한 죄만을 가리키지 않는다. 질병, 슬픔, 상실, 이룰 수 없는 갈망, 두려움, 연약함 등 인간의 모든 한계적 상황이 포함된다. 그렇다면 FCF는 모든 사람에게 예외없이 공통적으로 적용될 수 있다. 설교는 오늘을 살아가는 사람들에게 말씀을 통해 자신의 타락을 깨닫게 해야 한다. 그리고 예수 그리스도를 선포함으로써 타락에서 구원으로 인도해야 하는 것이다. 설교가 그리스도 중심이 되어야 하는 이유가 여기에 있다.

또한 그리스도 중심으로 설교하는 관점으로는 **'3S개념'** 이 있다. 이 개념은 김상복 목사가 고안한 것으로, 로마서에 근거한 구원의 과정 3단계를 신앙교육에 응용한 것이다. 그는 사역자의 설교와 신앙교육이 3S를 목표로 해야 한다고 주장한다.

3S는 S1(구원: Salvation), S2(성화: Sanctification), S3(섬김: Service)을 뜻한다. 순서대로 살펴보자면 우선 로마서 1~5장에는 S1에 해당하는 '구원'에 대한 말씀이 기록되어 있다. 누구든지 예수 그리스도를 믿음으로 구원을 얻는다는 것이다. 따라서 설교를 할 때도 '믿음에 의한 구원'을 증거할 수 있어야 한다. 다음에는 로마서 6~11장은 S2인 성화에 대해 말씀한다. 구원받은 사람은 성령께서 그 안에 계셔서 신앙생활에 성장과 성숙이 일어난다는 것이다. 즉 예수 그리스도를 닮아가는 변화가 일어난다. 그런데 이것은 반드시 S1(구원)을 전제로 한다. 구원받지 못한 사람은 성화가 없다. 이것을 염두해 두고 예수 그리스도를 닮아가는데 설교의 초점이 맞추어져야 한다. 마지막 단계로 S3(섬김)은 로마서 12~16장의 주제라고 할 수 있다. 구원받고, 성장하는 사람은 결국 하나님과 이웃, 가족을 사랑하고 잘 섬기게 되어 있다.

따라서 설교는 하나님과 이웃을 사랑하도록 선포해야 한다. 만일 S1과 S2이 전제되지 않은 채 S3만 강조된 설교라면 이것은 율법적인 설교겠지만, 여기서 S3적인 설교란 복음 선포가 전제된 섬김을 강조하는 설교라고 할 수 있다. 결국 그리스도를 믿고, 그리스도를 닮아가고, 그리스도를 섬기는 것이 3S의 개념인 것이다. 따라서 설교의 주제와 내용, 적용을 3S에 맞게 선포한다면 그리스도 중심적인 설교를 할 수 있다.

(3) 시청각 설교와 강해설교 이렇게 만나게 하라 ⇨ 설교준비과정

이제까지 살펴본 바대로, 진정한 어린이 설교가 되기 위해서는 시청각설교와 강해설교를 연결시켜야 한다. 시청각 설교와 강해설교를 어떻게 하면 조화있게 결합할 수 있을까? 그 방법을 소개하도록 한다.

▪ 시청각 강해설교의 준비과정

첫 번째, 본문을 선택한다. 이때는 본문에 의해 주제가 결정될 수도 있고, 주제에 의해 본문이 선택되어질 수도 있다. 공과공부 진도에 맞추어 설교해야 한다면, 설교의 커리큘럼이 이미 결정되어 있는 것이므로 쉽게 본문을 선택할 수 있다. 주일에 할 설교는 최소한 그 주의 월요일에는 본문이 선택되어져야 한다. 그래야 본문을 충분히 묵상하고, 시청각 자료를 준비할 수 있는 여유가 생긴다.

두 번째, 본문을 연구하는 단계이다. 먼저 본문의 뜻이 이해될 때까지 여러번 읽는다. 그래도 명확하지 않은 부분이 있다면, 다른 번역본으로 확인해서 정확한 의미를 파악하도록 한다. 한편 본문의 역사, 문화, 지리적 배경을 알면 뜻을 더욱 정확히 이해할 수 있으므로 성경사전을 참고할 수도 있다. 그러면서 본문의 주제에 관한 자신의 생각을 치밀하게 정리하도록 한다. 그리고 주석을 참고해서 자신의 생각에 오류가 없는지 확인해 보도록 한다.

세 번째, 설교를 구성한다. 이 단계는 설교에 대한 투시도를 만드는 과정이다. 여기서는 세가지 단계로 본문의 개요를 작성한다. 먼저 주해적 개요(Exgetical outline)를 만든다. 이것은 성경 본문 속에 담긴 저자의 의도, 생각, 그 당시의 문화, 상황을 고려해 기록된 내용이 무슨 메시지인지를 뽑아내는 작업이다. 주해가 끝나면 강해적 개요(Expositional outline)를 작성한다. 이것은 주해를 기초로 본문이 시대를 초월해서 누구에게나 보편적으로 주고 있는 메시지가 무엇인지 밝혀내는 작업이다. 그리고 설교적 개요(Sermonic outline)을 작성 하는데 이것은 강해를 기초로 오늘날의 성도들에게 주시는 하나님의 메시지가 무엇인지 드러내는 작업이다.

네 번째, 어떤 시청각 자료를 사용할 것인지를 선택하고 삽입위치를 결정하는 단계이다. 설교 당일의 상황에 맞고, 본문의 메시지를 효과적으로 전달할 수 있는 시청각 자료의 종류를 결정한다. 옴쁘드 중에서 가장 적절한 유형을 선택하면 된다. 자료가 정해지면, 그 위치를 결정해야 하는데 설교적 개요의 어디쯤 위치시켜야 할지를 결정 한다. 주제제기에 적합하다면 서론에 위치시켜야 한다. 또한 본문의 설명에 도움이 되는 자료라면 본문의 어디에 위치시킬 지를 결정한다.

다섯 번째, 설교의 원고를 작성한다. 시청각 자료의 삽입 위치가 포함된 설교적 개요에 따라서 원고를 쓰도록 한다. 설교자는 자신의 말의 속도를 고려해 원고를 작성해야 하며, 설교하는 시간에 따라서 원고분량을 조절해야 한다.

여섯 번째, 시청각 자료를 준비 한다. 실물, 영화, 그림, 사진 등의 재료를 수집한 뒤 설교에 사용할 수 있는 형태로 편집하거나 작업하도록 한다. 또한 드라마설교라면, 이 단계에서는 배역을 정해서 미리 연습해야 한다. 하지만 시청각 자료를 준비, 제작하는데 시간을 지나치게 많이 소비한 나머지 정작 핵심인 설교를 준비할 시간이 충분하게 없어서는 안된다. 시청각 자료도 설교에 도움이 되기 위해서 사용하는 만큼, 가능한 여건 안에서만 준비하고 지나친 에너지 소모는 피해야 한다.

일곱 번째, 설교를 연습한다. 원고를 반복해서 읽어서 익숙해 지도록 한다. 불명확해지는 발음을 원고에 표시해서 연습한다. 말의 속도를 조절하기 위해서 쉬는 문장 사이에 끊어 읽기 표시(/)를 해두는 것도 도움이 된다. 시청각 자료를 사용할 때는 자료를 보여주면서 동시에 말하는 것이 쉽지 않다. 따라서 자연스럽게 말하기와 자료제시가 연결될 수 있도록 반복해서 연습해야 한다. 또 드라마설교는 설교 중간에 실제로 팀이 나와 공연을 해보면서 설교자와 호흡을 맞춰보고, 최종 리허설을 끝낸다.

<h2 style="text-align:center">시청각 강해설교준비 7단계</h2>

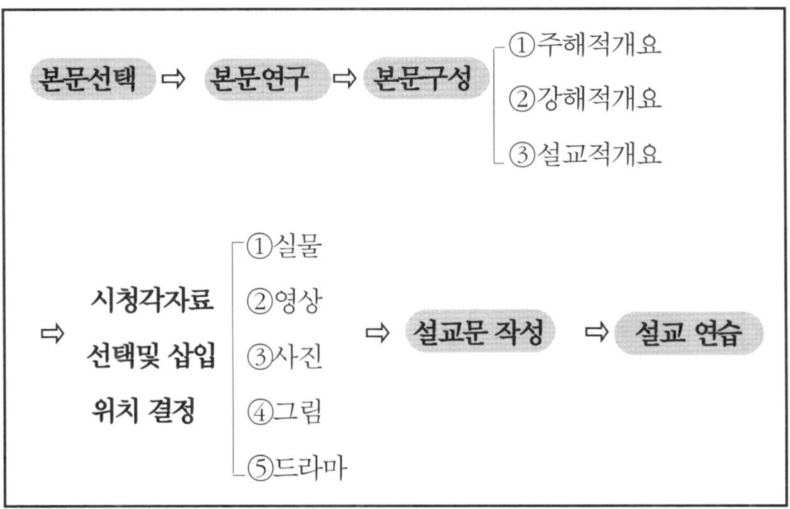

4. 시청각 설교 실행환경

시청각 설교를 하고는 싶어도 예배실의 열악한 시청각 환경 때문에 엄두가 나지 않는 경우가 있다. 하지만 걱정할 필요가 없다. 시청각 설교 중에 실물, 드라마설교는 시설과 장비가 전혀 필요하지 않다. 또한 나머지 3가지 유형의 설교도 기본적인 환경만 갖추고 있으면 실행할 수 있다.

영상설교는 상영하는 자료가 Video, DVD, CD 등이므로, VTR이나 컴퓨

터, 빔프로젝트가 필요하다. 빔프로젝트가 없는 예배실에서는 TV[1]에 연결해서 보여줄 수 있다.

사진이나 그림설교는 자료의 크기가 멀리서도 보일 정도로 클 경우 장비의 지원을 받지 않아도 된다. 그냥 들고 보여주면서 하면 되기 때문이다.

하지만 확대시켜야 할 경우는 OHP나 슬라이드, 컴퓨터와 연결된 빔프젝트(혹은 TV)를 사용한다. 그림자료를 제작할 때는 OHP필름지 위에 직접 그려도 되고, 이미 그려진 그림을 스캐너로 스캔(혹은 디지털 카메라로 촬영)하여 영상데이터로 변환시킨 뒤 컴퓨터에 입력하여 프린트로 출력한다.

이때 프린트 용지는 컬러 인쇄가 가능한 특수 OHP 필름지를 사용한다. 이렇게 그림이 특수 OHP 필름지에 인쇄되면 OHP 위에 올려놓고 투사하여 보여주면 된다.

하지만 만일 빔프로젝트(혹은 TV)가 있다면 자료를 확대시키기 위해 이런 번거로운 작업을 할 필요가 없다. 컴퓨터에 영상데이터를 입력시킨 뒤 빔프로젝트(혹은 TV)로 투사하면 된다.

---

1) Video는 VTR을 TV에 연결해서 보여주면 된다. 그 외 프로젝션 TV나 S-비디오 기능이 있는 근래 나오는 대부분의 TV는 노트북이나 데스크탑과의 연결이 가능하다.

각 설교당 필요한 장비를 소개하면 다음과 같다.

시청각 설교 유형별 필요한 시청각 장비

구분	실물설교	영상설교	사진설교	그림설교	드라마설교
자료형태	필요	Video, DVD, CD, 인터넷에서 다운받은 동영상화일	일반사진, 인터넷에서 다운받은 사진	제작만화, 대중만화, 융판, 이동그림	사람
영상변환장비	불필요	VTR, 혹은 DVD, 혹은 PC	스캐너, 혹은 디지털 카메라	스캐너, 혹은 디지털 카메라	불필요
영상입력장비	불필요		PC	PC	불필요
영상출력장비	불필요	빔프로젝트, 혹은 TV	OHP / 슬라이드, 빔프로젝트 / TV	OHP / 슬라이드, 빔프로젝트 / TV	불필요

www.ccm2u.com 참조

빔프로젝트가 없더라도 OHP, TV, VTR, PC의 4가지 장비만 있으면, 모든 시청각 설교를 어려움 없이 실행할 수 있다. 현재 OHP, TV는 대부분의 교회에 보급된 상황이므로 한두 가지 장비만 더 갖추면 이 정도는 어느 교회든지 완비할 수 있는 수준이라고 여겨진다. 또한 반드시 새것을 구입할 필요가 없다. 인터넷 경매나 벼룩시장정보를 이용해서 싼 가격에 중고를 구입해도 얼마든지 교육효과를 낼 수 있다.

시청각 설교를 할 수 없다면 돈이 없어서가 아닐 것이다. 마음이 없기 때문일 것이다. 시청각 환경을 구비하기 위한 투자는 어린이들의 신앙 교육을 위해서 가장 값진 투자가 될 것이다.

〈참 고 서 적〉
브라이언 채플, 그리스도 중심의 설교 (서울: 은성출판사), 1999
양승헌, 어린이설교 크리닉 (서울: 디모데출판사), 2001
해돈 W. 로빈슨, 강해설교의 원리와 실제 (서울: 대학기독교출판사), 1990
한치호, 애들이 설교를 좋아하기 시작했어요 (서울: 에벤에셀출판사), 2003
성장하는 장년부 14교회 부흥전략 (서울: 기독신문사), 1999

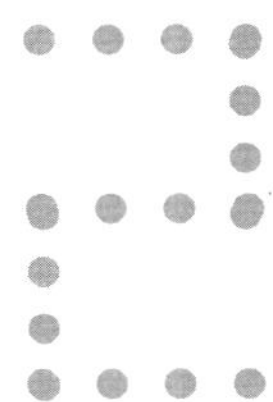

꿈틀거리는 52주
어린이 설교

52주 시청각 설교 분석표

순서	공과제목	본문	시각자료	주제	설교유형	전반기
1과	목마르셔요?	요4:13-14	사진	회복(S2)	사진설교	죄·구원
2과	선한 목자	요14:6	일반드라마	이단분별(S2)	드라마	
3과	밧줄에서 탈출하셨나요?	롬 6:23	실물	거듭남(S1)	실물설교	
4과	주홍같이 붉은죄 눈같이 희겠네	민 21:4-9	실험	구원확신(S1)	실물설교	
5과	예수님께 더 가까이 가야할 때	하 12:13-14	영화	용서(S2)	영상설교	
6과	예수님의 보혈	히 9:1-7	사진	율법과 복음(S1)	사진설교	
7과	하나님은 누구실까요?	요 3:16	제작만화	구원(S1)	그림설교	만남그이후
8과	성령충만을 받아요	엡 5:18-21	실험	성령충만(S2)	실물설교	
9과	하나님의 전신갑주를 입어요	엡 6:10-17	영화	영적무장(S2)	영상설교	
10과	무엇을 선택할거에요?	마 19:16-22	영화	결단(S3)	영상설교	
11과	헐크에서 하나님의 자녀로	롬 12:2	영화	성화(S2)	영상설교	
12과	예수님과 바꿀 수 없어요	롬 8:32	애니메이션	우선순위(S2)	영상설교	
13과	하나님과 떠나는 아름다운 비행	롬 8:30	편집영화	성화(S2)	영상설교	
14과	말씀으로 창조하셨어요	요1:1-5	융판	천지창조(S2)	그림설교	자존감
15과	난 하나님의 걸작품!	딤후 2:20-21	실물	자존감(S2)	실물설교	
16과	나는 누구일까요?	롬 8:15-16	성화	정체성(S2)	영상설교	
17과	내마음, 하나님의 집	고전 3:16-17	사진	정체성(S2)	사진설교	
18과	얼짱으로 충분한가요?	롬 12:1-2	사진	자존감(S2)	사진설교	
19과	창조자를 기억해	전12:1	인터뷰드라마	하나님께 순종(S2)	드라마설교	헌신
20과	예수님을 따라가요	마4:18-22	대중만화	부르심(S2)	그림설교	
21과	아낌 없이 드려요	요 6:10-13	실물	헌신(S3)	실물설교	
22과	축복은 이때를 위해 주셨어요	에 4:13-17	실물	섬김(S3)	실물설교	
23과	친절을 베푸셔요	요일3:18	일반드라마	친절(S3)	드라마설교	
24과	생일에 기억할 것 한가지	빌 1:3-11	애니메이션	하나님중심(S3)	영상설교	
25과	최후의 만찬	막14:22-25	협동드라마	성만찬(S1)	드라마설교	성만찬 고난주간
26과	대표선수의 승리	롬5:18-21	융판	부활절(S2)	그림설교	부활절

순서	공과 제목	본문	시각자료	주제	설교유형	후반기
27과	두려움을 이기려면	삼상17:41-49	대중만화	동행하심(S2)	그림설교	고난극복
28과	예수님이 해결해 주셔요	요11:25-27	인터뷰드라마	예수님의능력(S2)	드라마설교	
29과	약할 때가 강할 때!	고후 12:7-10	TV영상	자존감(S2)	영상설교	
30과	한치 앞을 몰라 불안할 때	약 4:13-17	TV영상	인도(S2)	영상설교	
31과	금보다 귀한 믿음을 갖고싶나요?	벧전 1:6-7	사진	시련극복(S2)	사진설교	
32과	하나님은 포기하지 않아요	롬 8:38-39	애니메이션	신뢰(S2)	영상설교	사랑
33과	아빠,엄마 사랑해요	잠언 1:8-9	TV영상	부모사랑(S3)	영상설교	
34과	용서하셔요	마 6:12	사진	원수사랑(S3)	사진설교	
35과	좋은 우정을 가꾸는 비결	삼상 20:17	공작	우정(S3)	실물설교	
36과	늦으면 안돼요	요 4:35	영화	전도(S3)	영상설교	전도
37과	니느웨로간 요나	욘3:2	이동그림	순종(S3)	그림설교	
38과	부자와 나사로	눅 16:19-26	영화	천국,지옥(S1)	영상설교	
39과	어린이 고구마 전도왕	롬 10:12-15	사진	전도(S3)	사진설교	
40과	안식일을 거룩히 지켜요	출 20:8-11	영화	안식일(S2)	영상설교	예배
41과	하나님이 기뻐하시는 예배	요 4:24	공작	예배(S2)	실물설교	
42과	급할 때는 부르짖어요	창 21:12-21	애니메이션	간구(S2)	영상설교	
43과	헌금을 드리는 마음	고후 9:6-7	일반드라마	헌금(S3)	드라마설교	
44과	질투하지 마셔요	삼상 18:5-9	영화	감사(S2)	영상설교	신앙생활
45과	낮아지면 높아져요	빌2:5-11	대중만화	겸손(S2)	그림설교	
46과	여리고 무너뜨리기	수6:20-21	협동드라마	순종의 결과(S3)	드라마설교	
47과	엘리야의 기도	왕상18:37-39	이동그림	기도의능력(S2)	그림설교	
48과	최고의 선장이신 예수님	눅8:22-25	편집영화	도우심(S2)	영상설교	
49과	서로 용서해요	요 8:1-11	실물	용서(S2)	실물설교	
50과	우리는 하나예요	엡 4:1-6	성화	교제(S3)	영상설교	
51과	추수감사절에 가져야할마음	느8:15-18	사진	추수감사(S2)	사진설교	추수감사절
52과	성탄절의 주인공	마 2:1-12	융판	성화(S2)	그림설교	성탄절

1. 밧줄에서 탈출하셨나요?

- ■ **읽을본문** : 로마서 6:23
- ■ **참고성경** : 요한복음 14:6, 로마서 5:8, 히브리서 9:27
- ■ **교육목표** : 예수 그리스도의 대속의 개념을 이해시킴으로써 자신의 죄을 회개하고 믿음으로 구원받도록 인도한다.
- ■ **포 인 트** : 예수님을 믿어요
- ■ **설교형태** : 실물설교(일반실물)
- ■ **준 비 물** : 로프 1m, 얇은 철사, 예수님으로 변장한 교사
  얇은 철사를 이용하여 로프 끝에 매듭을 만든다. 교사 한 명이 예수님으로 변장한다.

1. 세상에서 제일 무서운 적?

이 세상에 사람으로 태어난 이상 한 번씩은 반드시 만나야 하는 무섭고도 두려운 적이 있어요. 우리는 무섭거나 두려운 적이 나타날 때 친구라도 옆에 있으면 그 위기의 순간을 안심할 것 같아요. 하지만 이 적과 만날 때는 아무도 내 옆에 없어요. 반드시 나 혼자서만이 그 무시무시한 적을 만나야 해요. 생각만 해도 끔찍하고 이 무서운 적의 이름이 무엇일까요? 이 적의 이름은 바로 '죽음' 이에요.

여러분과 저는 언제 죽을지 몰라요. 하지만 분명한 사실 한 가지는 우리가 장차 늙어 죽든, 나쁜 질병에 걸려서 서서히 죽어가든, 사고로 갑작스럽게 세상을

떠나든 언젠가는 반드시 죽는다는 거예요. 정말 죽음이 얼마나 무서운지는 가까이 오기 전까지는 몰라요. 하지만 죽음의 그림자가 자기를 향해서 서서히 다가오는 것을 느낀다면 사정은 달라집니다. 제 아무리 난폭하고 힘세다고 소문난 장사나 깡패들도 공포에 질리게 되거든요. 여러분, 바로 이 '밧줄'(매듭을 묶은 밧줄을 위로 높이 쳐들면서) 앞에서 사형수들이 얼마나 부들부들 떠는지 아셔요?

하나님께서 히브리서 9장 27절에서 '한번 죽는 것은 사람에게 정하신 것' 이라고 말씀하셨어요. 우리 모든 사람들의 목에는 언제 당겨질지 모르는 사망의 밧줄이 걸려있다는 뜻이에요(매듭을 서서히 당기면서). 이 밧줄이 오늘 당겨질지, 아니면 일년 뒤에 당겨질지, 앞으로 몇 십년 뒤에 당겨질지는 아무도 몰라요. 하지만 우리는 너나 할 것 없이 언젠가는 반드시 죽게 되어 있어요. 밧줄이 당겨지고 세상을 떠나는 순간이 올 때 여러분은 밧줄을 풀지 못해 겁에 질린 죄수들처럼 마지 못해 이 세상을 떠나시겠어요, 아니면 밧줄에서 풀려나 환한 미소를 짓고 감사하며 세상을 떠나시겠어요? 사망의 밧줄에서 풀려나는 방법이 성경에 나와 있어요. "사망의 밧줄에서 풀려나 영원한 생명을 누리고 싶니? 그러면 예수님을 믿으렴."

사랑하는 여러분! 이제부터 여러분에게 들려주는 이야기는 사람이 태어나 들을 수 있는 소식 중에서 가장 기쁘고도 중요한 소식이에요.

여러분 목에 걸린 이 사망의 밧줄, 사망의 올가미를 풀 수 있는 비결을 알려주는 소식이기 때문이죠.

2. 우리는 왜 죽게 되었을까요?

먼저 우리는 왜 우리가 죽을 수밖에 없게 되었는지를 알아야 해요. 왜 우리들에게 사망의 밧줄이 걸리게 된 것일까요? 그것은 죄 때문이에요. 성경에서는 '죄의 값은 사망'이라고 단정하고 있어요. 사람이 죽을 수밖에 없는 이유는 죄를 지었기 때문이에요.

이 죄는 살인이나 강도, 도둑질같이 누가 보나 뻔히 죄라고 생각하는 것들만 뜻하지 않아요. 입으로 짓는 죄, 거짓말을 하고 욕을 하는 것도 죄라고 했어요. 더 나아가 좋은 것을 보면 갖고 싶은 욕심, 친구가 나보다 잘되고 칭찬을 받으면 느끼는 질투심까지도 죄라고 하고 있어요. 마음으로 짓는 죄도 죄에 해당한다면 여기 앉아 계신 여러분들 중에 솔직히 죄를 안 지어 본 사람 있으면 손들어 보세요. 아무도 없죠? 그래서 성경은 "의인은 없나니 한 사람도 없다"고 했어요. 그 결과 여러분이나 저나 할 것 없이 모두가 죽게 된 거예요. 이제 우리의 목에는 사망의 밧줄이 걸리게 되었고 죽는 날만 기다리게 된 거지요.

3. 이런 좋은 친구 본 적 있나요?

하지만 만약 이때 "잠깐 이 사람이 죄를 지었지만 내가 대신 죽겠습니다"라고 외쳐 줄 수 있는 친구가 있으면 얼마나 좋을까요? "제발 사랑하는 내 친구를 살려주십시오. 대신 죽으라면 죽을테니 제발 그를 살려주시오” 하고 말할 수 있는 진실한 친구를 한 명이라도 가진 사람은 얼마나 행복할까요?

그런데 사랑하는 여러분! 저와 여러분들은 정말 행복한 사람이랍니다. 우리를 위해서 대신 죽기로 작정한 분이 나타나셨거든요. 그분은 우리 죄인들을 자신의 생명보다 아끼고 사랑하셔서 목에 걸린 사망의 밧줄을 벗겨 주셨어요 (예수님 분장을 한 사람이 설교자 옆으로 다가와 목에서 밧줄을 받아간다) 그리고는 대신 죽겠다고 죄 없는 자신에게로 밧줄을 옮기셨어요 (벗긴 사람은 그 밧줄을 십자가에 건다). 그 분이 누구일까요? 바로 예수님이셔요.

예수님께서는 마땅히 죽어야 할 우리대신 죽으셨어요. 죄인을 사형시킬 때 쓰는 이 밧줄보다 더 끔찍한 십자가의 형틀에 매달려 죽으셨어요. 손과 발에는 바로 이 위치에 (손목과 발목을 가리키며) 10센티가 넘는 못이 박혀 혈관과 살이 터져나오고 뼈가 으스러지는 고통을 겪으셔야 했어요. 머리에는 가시로 만든 면류관이 씌워져 얼굴이 온통 피범벅이 되셨어요. 처참한 그 십자가의 형틀은 죄인인 우리들이 올라갔어야 했어요. 그런데 죄 없으신 예수님이 우리 대신 올라가신 거죠.

사랑하는 여러분, 여러분과 저를 살리기 위해 예수님께서 이런 아픔과 고통을 참고 견디신 것을 아셨나요? 바로 우리를 사랑한다는 이유 하나 때문에 말입니다.

4. 사망의 밧줄에서 벗어나는 비결을 가르쳐 드릴게요

사랑하는 여러분! 우리는 예수님을 믿을 때만 영원한 생명을 얻을 수 있어요. 예수님께서는 “나는 길이요 진리요 생명이니 나로 말미암지 않고서는 하나님께로 올 자가 없다” 라고 말씀하셨어요. 사망의 밧줄에서 풀려날 수 있는 방법은 예수님을 믿는 것 외에는 없어요. 죄를 범해서 죽어야 될 나대신 예수님께서 죽으셨다는 것을 믿으셔요. 그리고 이 사랑의 예수님을 마음 속에 모시고 평생 감사한 마음으로 순종하며 살겠다고 결단하셔요. 그러면 이제 사망의 밧줄에서 풀릴 수 있어요. 죽음의 밧줄에서 해방된 기쁨과 자유한 마음을 가지고 하루하루 살아가는 친구들 되기를 소망해요.

2. 선한 목자

- **읽을본문** : 요한복음 14:6
- **참고성경** : 사무엘상 17:34-36, 시편 23, 요한복음 10:1-17, 마태복음 24:11-14, 마가복음 13:5-6
- **교육목표** : 착한 목자이며 구원의 문이신 예수님을 알게 함으로써 이단의 거짓에 현혹되지 않고 예수님만 따라 살아가는 어린이가 되게 한다.
- **포 인 트** : 예수님을 따라가요
- **설교형태** : 드라마설교(일반 드라마)
- **개　　요** : 드라마제시 -> 설교
- **등장인물** : 해설자, 선한목자, 거짓목자, 양 1,2,3, 늑대 1,
- **소　　품** : 선한목자와 거짓목자 : 복장, 지팡이
　　　　　　 양 1, 2, 3 : 하얀 가운 3벌, 양 가면 3개
　　　　　　 늑대: 늑대가면 1개,
　　　　　　 절벽: 의자 4개, 책상 2개, 의자와 책상을 덮을 크기의 하얀 천

제1막 양들의 특징

해 설 : 지금부터 양의 특징에 대해서 말씀드리겠습니다. 양은 시력이 나빠서 앞을 잘 볼 수 없습니다.

양 1, 2, 3 : (양 세마리 모두 앞을 더듬거리며 등장한다) 우리는 눈이 나빠. 그래서 목자가 우리를 인도해 주셔야만 해.

목 자 : 양들아! 이리로 온. ('매에에~' 하면서 양들이 따라간다)

해 설 : 그래서 양은 반드시 목자가 앞에서 인도해야 올바른 길로 갈 수가 있어요. 또 어떤 특징이 있는지 아세요? 양은 시력이 나쁜 대신에 냄새를 잘 맡아요. (양 세 마리가 일렬로 서서 허리를 구부린 다음 앞 양의 엉 덩이에 코를 대고 한 줄로 이동한다. 가장 뒤에 서있는 양 3이 잠깐 머리를 관중을 향해 들고 이야기

한다)

양 3 : 우린 눈이 나빠도 앞 친구의 꽁무니 냄새를 맡고 방향을 잃지 않아요.

해 설 : 그래서 양은 혼자 있다가는 길을 잃어버리기가 일쑤지요. 함께 모여 있어야지만 살 수 있는 동물이에요.

제2막 선한 목자의 특징(1, 2, 3장)

1장 선한 목자는 양들의 이름을 기억함

해 설 : 이번에는 선한 목자의 특징을 알아볼까요? 선한 목자는 양들의 이름을 기억합니다(강단 가운데 양 세마리가 서 있고 무대의 양쪽에 선한 목자와 거짓 목자가 서서 양의 이름을 부른다).

거짓목자 : (이름을 몰라 고민하다가 떠올랐다는 듯이 고개를 번쩍 들고 양들을 향해 부른다) 양돌아.

(하지만 세 마리의 양은 반응이 없다. 모른채 하는 양들을 보고 거짓목자는 투덜거리며 말한다)

아니, 양돌이가 아니었잖아?

선한목자 : (이름을 알고 있기 때문에 여유있게 고개를 끄떡이며) 양순아!

(양 1이 '매에에~' 기쁜 목소리로 반응하며 목자에게 뛰어 간다)

거짓목자 : 양민아 (부르지만 양 두 마리는 반응하지 않는다) 이것도 아니잖아?

선한목자 : 양철아 (양 2가 '매에에~' 하면서 선한 목자에게 뛰어간다)

거짓목자 : 양동아 (부르지만 역시 양 3은 무반응이다)

양 3 : (무관심하다가 화를 내며) 아니, 내 이름을 양동이로 불러?

선한목자 : 양숙아 ('매에에~' 하고 선한 목자에게 뛰어간다)

양 3 : 그렇지, 난 내 이름을 알고 있는 선한 목자가 제일 좋아. 나에게 관심이 많다는 증거잖아?

(결국 거짓목자는 홀로 남게 되어 울고 착한 목자는 양들과 함께 즐거워하며 왼쪽 무대로 퇴장한다)

2장 선한 목자는 양들을 바른 길로 인도함

해 설 : 선한 목자는 양들을 올바르게 인도합니다. (양3마리를 데리고 퇴장했던 선한 목자가 다시 양들을 데리고 무대 중앙으로 이동한다)

선한목자 : (관중을 바라보며) 애들아. 푸르고 신선한 맛좋은 풀이 이렇게 널려 있구나. 마음껏 먹어라.

양 1, 2, 3 : 고마워요. 와~ 맛있는 풀이다.

해 설 : 하지만, 거짓 목자는 양들을 해로운 길로 인도합니다. (서서히 거짓목자가 풀들을 먹고 있는 양들에게로 다가가서 말을 건다)

악한목자 : 애들아. 맛있니?

양 1, 2, 3 : 예, 정말 맛있어요.

악한목자 : 내가 더 맛좋은 풀이 있는 곳을 알고 있단다. 안내해 줄테니 따라오너라.

양 1, 2, 3 : 정말이요? 야, 신난다.

(책상과 의자를 쌓아놓고 하얀 덮개로 덮어서 만든 절벽으 로 인도한다)

거짓목자 : 저 위로 올라가 보렴, 거기에는 세상에서 가장 맛좋은 풀이 있단다.

양 1, 2, 3 : 정말이요? 야 맛있겠다!

(한걸음씩 의자를 밟고 올라가다가 중간에서 떨어진다)

으~악, 속았다. 이곳은 떨어지면 끝장인 절벽이잖아.

거짓목자 : (통쾌하다는 듯이 웃는다) 으하하~!

3장 선한 목자는 목숨을 바쳐 양들을 보호함

(두 목자는 가운데 있는 양들을 바라보며 서로가 더 많이 사랑한다는 것을 표현하기위해 번갈아 가며 손가락으로 '하트' 모양을 그리며 경쟁한다. 그때 갑자기 이리가 출현한다)

이리 : 흐흠~ 냄새 좋다. 아니, 내가 제일 좋아하는 양들이 모여 있잖아? 내가 먹어치워주지(순간적으로 덮친다).

거짓목자 : 으악 늑대가 나타났다! 사람살려 (양들을 내팽개치고 도망간다)

선한목자 : 양들아, 모두 내 품으로 오렴, 이 나쁜 늑대! 내가 상대해주지.

(선한 목자는 자기 등뒤로 양들을 숨긴다. 그리고 가지고 있던 지팡이를 들어 늑대를 쫓는다. 대항하던 늑대는 포기하고 도망간다)

4장 생명의 문이 되는 착한 목자 예수님

해 설 : 착한목자는 생명의 문으로 양들을 인도하고 거짓목자는 거짓된 죽음의 문으로 인도합니다.

(두명의 목자는 각각 검지 손가락을 사용해 가상의 문을 그린다. 그린 다음 양 팔을 끼고 고개를 끄떡이면서 그럴듯하다는 표정을 짓는다. 오른손으로 가상의 문의 손잡이를 돌려 열어보고 양들을 부른다)

거짓목자 : 얘들아, 이 문으로 들어오렴.

양 1, 2, 3 : (열린 문인줄 알고 의심없이 들어오다 문에 머리를 박고 쓰러진다) 문이 닫혔잖아. 으~ 속았다. 속았어.

선한목자 : 얘들아, 이 문으로 들어와봐.

(양들은 또 다시 속지 않으려고 조심스럽게 들어온다. 그런데 통과하고 기뻐한다)

양 1, 2, 3 : 와~ 이 문은 정말 생명의 문이야! 역시 착한목자님의 말씀은 틀림이 없어.

(드라마팀은 퇴장하고 설교자가 강단위로 올라온다)

5장 설교시작: 예수님만 따라가요

지금까지 우리는 선한 목자들의 특징을 살펴보았어요. 여기서 선한 목자는 예수님을 뜻하는 것을 짐작할 수 있을 거예요. 선한 목자이신 예수님의 특징 세가지가 무엇인지 기억하셔요? 예수님은 우리들 한 사람 한 사람의 이름을 기억하셔요. 그만큼 우리에게 사랑과 관심이 많으시지요. 그리고 바른 길로 인도하실 뿐만 아니라 어려운 일 생기면 목숨을 바쳐 우리를 보호해 주셔요. 또 예수님은 우리를 영원한 생명으로 인도하는 생명의 문이에요. 예수님 외에 천국으로 가는 다른 문은 없는 거예요.

그런데 여러분! 이 세상에는 선한 목자만 있는 것이 아니라 거짓 목자도 있다고 했어요. 우리는 정신을 바짝 차려서 거짓 목자에게 속으면 안되요. 이것을

'이단'이라고 하는데 이단을 따라가면 그 안에는 생명이 없어요.

이단은 처음에는 친절하게 다가오지만 알고 보면 우리를 이용해 먹는 도둑이고, 강도들이에요. 말로는 사랑한다고 하지만 어려운 일이 생기면 책임감없이 도망가 버리죠.

지금까지 배운 비교 방법으로 선한 목자와 거짓 목자를 구별해 내서요. 그래서 평생 선한 목자되신 예수님만 따라가서요.

3. 목마르셔요?

- **읽을본문** : 요한복음 4:13-14
- **참고성경** : 요한복음 4:3-18, 25-26; 로마서 10:13; 요한계시록 7:17
- **교육목표** : 모든 사람들의 생활 속에는 죄로 인한 목마름이 존재한다.
  생수로 표현된 예수님이 주시는 영원한 생명만이 목마름을 채워줄 수 있음을 깨
  달아 예수님을 영접하고, 주위 친구들에게 생명의 소식을 전할 수 있도록 한다.
- **포인트** : 예수님은 원인을 고쳐주셔요
- **설교형태** : 사진설교

❶ MBC드라마 홈페이지에 들어가 대장금 인물 검색으로 자료를 저장한다.
❷ 이스라엘 지형도를 스캔하거나 자료에서 저장하도록 한다.

1. 예수님은 목마름의 원인을 아셔요

대단한 인기를 모았던 드라마, "대장금"이 지금은 중국과 동남아시아는 물
론, 유럽 전역에 까지 한국문화를 소개하는 중요한 역할을 하고 있어요. 그런
데 우리는 이 드라마를 볼 때, 장금이가 병 고치는 방법을 유심히 관찰할 필요
가 있어요. 잔금이는 누가 아파서 오면 먼저 병의 원인부터 찾으려고 해요. 진

맥을 하고, 얼굴색깔을 살펴요. 그리고 혓바닥도 내밀어 보라고 해서 병의 원인부터 찾으려고 해요. 지난번 임금님이 앞이 안보이실 때도 원인이 간에 있는 것을 알고 시간이 걸리더라도 간을 치료합니다.

여러분, 병을 제대로 고치려면 병의 원인을 알아야 하고, 그 원인을 고쳐야 제일 잘 고친 것이지 않아요? 그래야 병이 재발하지 않고 완전히 나을 수 있어요. 그런데 예수님이 꼭 이런 분이셔요. 우리들이 어떤 일로 그렇게 힘들어하는지 원인을 아는 분이십니다.

그리고 원인을 고칠 수 있는 능력이 있는 분이셔요. 특별히 예수님은 우리가 살면서 인간이기 때문에 겪을 수밖에 없는 모든 고통들을 '목마름'이라고 하셨어요. 사마리아 여인과 예수님의 대화를 통해서 예수님께서 우리들의 목마름을 어떻게 채워 주실 수 있는지 배워보도록 해요.

2. 예수님은 목마른 사람을 찾아다니셔요

우선 우리는 예수님께서는 목마른 사람을 찾아나서는 분이라는 것을 기억해야 해요. 예수님과 제자들이 예루살렘에서 전도활동을 마쳤을 때였어요.

모두들 고향이었던 갈릴리 지방에 빨리 가서 쉬고 싶었을 거예요. 그곳에서 갈릴리 지방까지는 쉽고 빨리 갈 수 있는 지름길이 있어요. 여기 지도를 보셔요.[1] 바로 요단강을 따라서 올라가는 평탄한 길이었어요.

● 당시 본 교회 초등부 어린이들을 대상으로 조사한 결과 대장금을 지속적으로 보고 있는 어린이들은 80%가 넘었다. 이것은 어른들의 시청률을 넘는 것으로, 어린이들 역시 어른들의 드라마를 함께 보고 있다는 것이다. 오히려 각 방송사에서 어린이들을 대상으로 하는 프로그램이 제대로 계발되지 않아 재미있는 성인 드라마는 어른들의 시청률보다 높게 나타나는 경우가 있다. 따라서 교사들은 연령에 부적절한 드라마는 보지 못하도록 지도해야 하며, 바람직한 드라마는 교육이나 대화의 소재로 효과적으로 이용할 수 있다.

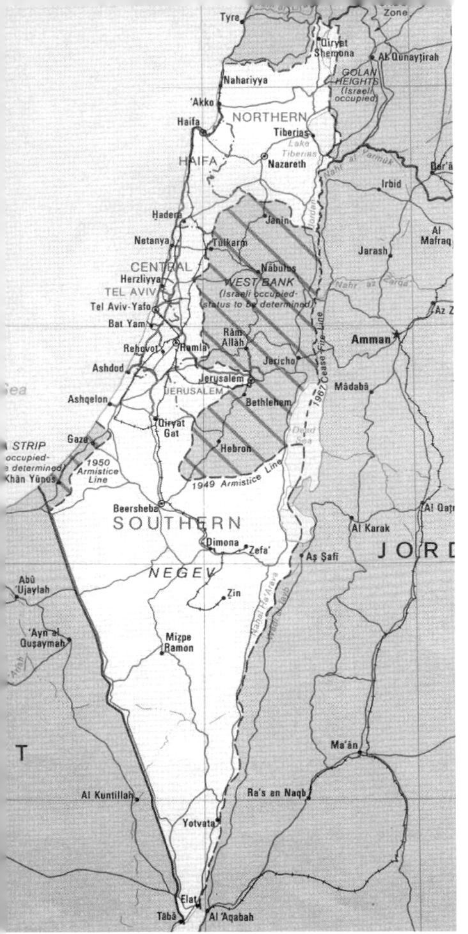

하지만 예수님은 편한 길, 빠른 길을 선택하지 않았어요. 사막과 산을 넘어가야 하는 사마리아 지방을 통해서 갈릴리로 가는 길을 선택하셨어요. 이 선택에는 이유가 있었어요. 그곳에는 복음을 전혀 듣지 못한 사마리아 사람들이 살고 있었기 때문이에요. 그래서 예수님은 처음부터 전도할 목적을 가지고 사마리아 여행을 시작하신 것입니다. 일부러 불편한 길, 먼 길, 더워서 목마른 길을 선택하신 거예요.

사랑하는 어린이 여러분, 오늘 우리들은 예수님을 닮겠다고 하면서 예수님처럼 전도하기 위해 얼마나 고통을 당해보았나요? 다른 사람을 살리는 영원한 생수를 나누어 주기 위해 얼마나 수고해 보았나요?

하나님께서는 전도하기 위해서 어려움을 당하는 사람을 축복하셔요.

예수님께서 사마리아 동네에 도착하셨어요. 그때는 12시, 가장 더운 시간이었어요. 예수님은 혼자서 우물가 옆에 앉아 계셨어요.

그런데 한 여인이 물을 길러왔어요. 예수님께서는 여인을 향해 "물을 좀 달라"고 말씀하셨어요. 이 말을 듣고 사마리아 여인은 깜짝 놀라고 말았어요. 예수님은 유대인이고 더구나 남자였어요.

그런데 사마리아 여자인 자기에게 물을 달라고 했기 때문이죠. 그 당시 유대

---

1) 지형적 배경의 이해를 돕기 위해서는 지도를 보여주는 것이 효과적이다.

인은 사마리아인을 천대했어요. 사마리아인이 사는 곳에는 얼씬도 하지 않고, 혹시 만나더라도 말을 걸지 않았어요. 그들과는 그릇도 함께 사용하지 않을 정도로 였으니까요.

그런데 예수님은 전도하기 위해서 체면을 생각하지 않은 거예요. 예수님은 목마른 사람들을 위해서 자기의 모든 것을 포기하고 희생하신 분이셨어요.

3. 예수님은 해결해 주실 능력이 있어요

그리고 예수님은 목마른 자를 채워줄 수 있는 능력이 있는 분이에요.

예수님의 "물을 좀 달라"는 말을 듣고 사마리아 여인은 예수님이 어떤 분인가 궁금해졌어요. 유대인이지만 모든 전통을 깨뜨리고 다가온 예수님에 대해 따뜻한 인상을 느낀 것입니다. 여인이 예수님께 말합니다.

"선생님은 유대인이신데 어찌하여 사마리아 여자인 저에게 물을 달라고 말씀하십니까?" 여인의 물음에 예수님께서 대답하셨어요.

"만일 당신이 하나님의 선물과 내가 누군인지 알았다면 구하였을 것이요, 난 생수를 주었으리라."

사랑하는 어린이 여러분! 이때 '하나님의 선물' 이 무엇일까요? 하나님이 우리에게 주시는 최고의 선물은 '예수님' 입니다. 예수님은 우리를 사망에서 생명으로 옮기게 해주시는 분이시기 때문입니다. 예수님께서는 목마른 우리들에게 영원한 생명을 주실 수 있는 능력이 있으셔요.

4. 예수님은 목마른 원인을 아셔요

마지막으로 예수님께서는 우리의 목마른 원인을 아시고, 그 원인을 해결해

주서요. 이와 같은 예수님의 모습은 여인의 과거를 낱낱이 아시는 예수님의 모습을 통해서 확인할 수 있어요.

영원히 목마르지 않는 생수를 줄 수 있다는 예수님의 말씀을 듣고 사마리아 여인은 "이런 물을 저에게도 좀 주서요." 하고 애원합니다.

그런데 예수님께서는 이때 느닷없이 "너의 남편을 불러오너라." 하고 말씀하십니다. 여러분, 왜 예수님께서는 '물을 달라' 는 여인에게 이런 이상한 명령을 내리신 것일까요? 그것은 예수님께서 여인이 목말라하는 원인을 아셨기 때문입니다. 여인은 목마름은 육체적인 것이 아니었어요. 마음 깊은 곳에 자리잡고 있는 '죄' 가 원인이었어요. 이 죄가 사마리아 여인을 그토록 답답하고 불안하고 절망스럽게 만든 거예요.

죄가 원인이라는 것을 안 예수님은 여인으로 하여금 죄를 고백하게 하기 위해 남편을 불러오라고 한 것입니다. 사실 여인은 여러 남편과 살면서 문란한 생활을 하고 있었어요. 하지만 여인은 예수님께 "전 남편이 없어요"라고 대답합니다. 죄를 숨기려고 거짓말을 한 거예요.

그러나 예수님는 여인의 모든 죄를 들추어 내셨어요. "너는 남편이 다섯이 있었고, 지금 너와 함께 사는 남자도 너의 남편이 아니니, 너의 말이 틀리지 않구나"라고 말씀하셨어요. 여인은 자신의 모든 죄를 알고 계신 예수님께 놀라고 말았어요.

사랑하는 여러분, 예수님은 우리의 모든 죄를 알고 계십니다. 우리가 잘한 일, 잘못한 일, 죄된 일, 귀한 일을 모두 알고 계셔요. 우리들 모두는 예수님 앞에서 피할 길이 없는 죄인이에요.

그렇다면 어린이 여러분, 멸망과 진노를 가져오는 이 죄를 어떻게 해야할까요? 하나님 앞에 고백해야 합니다.

하나님은 고백하지 않는 죄는 심판하시지만, 고백한 죄는 어떤 죄든지 용서하셔요. 여인은 비로소 예수님께 "선지자로소이다"라고 고백해요. 오늘 우리는 우리의 과거와 현재, 미래를 알고 계시는 주님 앞에 더 이상 버티지 말아야 해요. 하나님께 나가서 솔직하게 고백만 하면, 하나님께서는 우리의 모든 문제를 아시고 해결해 주셔요.

예수님께서는 죄를 깨달은 사마리아 여인에게 자신의 정체를 알리셔요. 자신이 세상의 모든 죄를 용서하기 위해서 온 구원자라는 것을 밝히십니다. 죄를 고백한 사마리아 여인은 뜨거운 눈물을 흘렸어요. 죄용서의 기쁨을 느낀 것입니다. 이제는 더 이상 목마르지 않았어요. 영원한 생수 즉 영원한 생명을 얻었기 때문입니다.

5. 사마리아 여인처럼 예수님을 만나요

사랑하는 어린이 여러분! 예수님은 어떤 분이신가요? 예수님은 우리들의 목마름을 채워주는 분이셔요. 그것도 목마른 원인을 아시고, 그 원인을 채워주셔요. 우리들에게도 사마리아 여자와 같은 말못한 답답함, 갈급함, 목마름이 있어요. 그것은 아직까지 "난 구원받을 수 있을까?" 하고 고민하는 구원의 확신이 없는 목마름일 수 있어요. 또 구원 받은 것은 확신하지만, 내 속에 여전히 남아 있는 죄 때문에 생기는 목마름일 수도 있어요. 아무에게도 보여줄 수 없는 부끄럽고 수치스러운 문제, 용서하려도 아무리 애써도 되지 않는 불편한 친구 사이, 엄마, 아빠에게 잘해드리고 싶은데 자꾸 화를 내게 되어 안타까운 마음이 나의 깊은 목마름일 수 있어요.

하지만 여러분! 이런 목마름이 있을 때마다 기도하셔요. 우물가에서 예수님을 만났던 사마리아 여인처럼, 기도해서 예수님을 만나셔요.

예수님께 나의 죄를 고백하세요. 그리고 필요한 모든 것을 말씀드리셔요. 하나님께서 응답하시고, 영원한 생명과 간구한 모든 것들을 가득히 채워주실 거예요.

4. 주홍같이 붉은 죄, 눈같이 희겠네

- **읽을본문** : 요한복음 3:14-15
- **참고성경** : 민수기 21:4-9, 이사야 1:18, 요한복음 3장
- **교육목표** : 인간의 죄와 믿음의 의미에 대하여 깨닫게 한다. 또한 예수님의 십자가를 믿음으로 바라볼 때 우리의 모든 죄가 용서된다는 진리를 믿고 날마다 짓는 죄를 회개하며 살아가는 순결한 어린이가 되도록 교육한다.
- **포 인 트** : 십자가를 바라봐
- **설교형태** : 실물설교(공작)
- **준 비 물** : 신문지, 플라스틱 눈알, 녹색 테이프로 제작한 뱀, 긴 못, 1m 70cm 정도의 장대, 락스, 요오드 용액(옥도종끼),투명한 큰 플라스틱통 1개, 투명한 작은 플라스틱통 2개, A4지 2장, 매직펜 *플라스틱 눈알은 문방구에서 구입

 ❶ 장대 끝에 모형 뱀을 거치할 수 있도록 못을 박는다. ❷ 큰 통에 '마음'이라는 카드를 붙인다 ❸ 첫 번째 작은 통에 '죄'라고 쓰여진 카드를 붙인다. ❹ 두 번째 작은 통에는 '믿음' 카드를 부착한다.

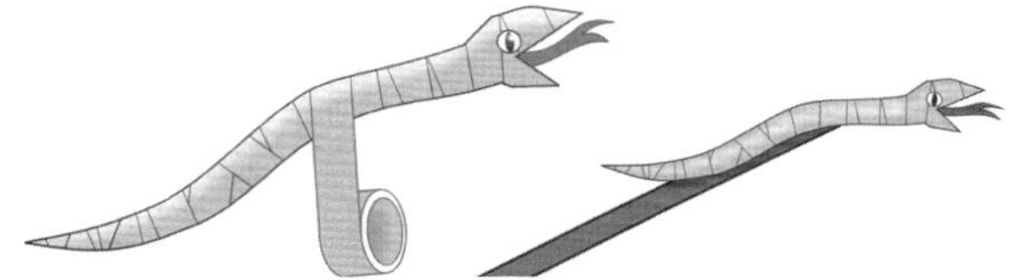

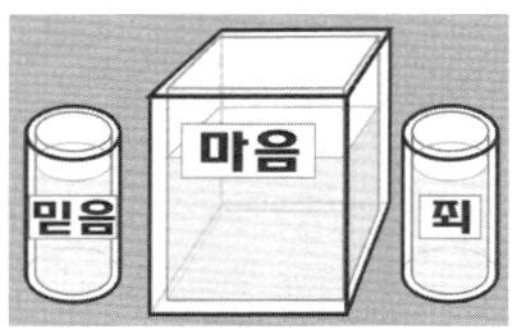

1. 믿은 사람만 살았어요

세계 제 2차 대전이 끝날 무렵 일본의 도시 히로시마에서 일어난 일입니다. 하늘에 미군기가 날아가더니 수십 만개의 전단을 뿌리고 지나갔어요. 떨어지는 전단에는 이런 내용이 적혀 있었어요.

"내일이면 이곳 히로시마에 원자폭탄이 떨어집니다. 이 폭탄 한방이면 도시 전체가 잿더미로 변합니다. 지금 즉시 이곳을 대피해야 살 수 있습니다."

이런 전단을 받고 사람들의 반응은 두갈래로 나뉘어 졌어요. 대부분의 사람들은 "무슨 폭탄이 도시 전체를 날려 버리겠어? 괜히 불안한 마음을 조장하려

고 하는 미군의 수작일거야." 하면서 이 경고를 믿지 않았어요. 하지만 다른 소수의 사람들은 신중했어요. 전단의 내용을 믿고 모든 것을 버리고 신속히 히로시마시를 빠져나갔어요. 다음날, 히로시마에는 거대한 버섯구름이 솟아올랐어요. 세계 역사상 처음으로 원자폭탄이 떨어진 거예요. 그 자리에서만 8만여 명이 즉사하고 7만 명 가량이 다쳤어요. 무사한 사람은 오직 전단의 내용을 믿고 대피한 사람뿐이었어요. 살기 위해서는 믿음이 이처럼 중요한 거예요.

그런데 우리가 순간적으로 죽음의 위기를 모면하는 것뿐만 아니라 영원히 살기 위해서도 믿음이 제일 중요해요. 그렇다면 믿음은 무엇일까요? 믿음은 바라보는 거예요. 바라보는 것은 의지하는 거예요. 사랑하는 여러분! 죽지 않는 영원한 생명을 원하셔요? 그러면 예수님을 믿으셔요. 예수님을 바라보셔요. 예수님을 의지하셔요. 오늘은 믿음이 무엇인지, 그리고 믿음이 어떻게 우리에게 영원한 생명을 줄 수 있는지 알아보도록 해요.

2. 믿음은 무엇일까요?

이스라엘 백성들이 홍해를 건너서 광야 생활을 시작한 지 40년이 가까이 왔어요. 백성들은 지칠대로 지치고 피곤했어요. 게다가 하나님께서는 약속하신 가나안 땅에 빨리 들어갈 수 있는 길을 막으셨어요. 오히려 에돔땅으로 돌아가야 하는 먼 길로 안내하셨어요. 이스라엘 백성들은 모세에게 원망하기 시작했어요.

"모세! 왜 우리를 이집트에서 데리고 나와 이런 고생을 시키는 거요. 이곳엔 먹을 게 없소. 이제 우린 모두 광야에서 굶어 죽게 생겼소!"

짜증내고 불평하는 백성들이 너무 싫었던 하나님은 하늘에서 불뱀을 보내셨어요 (뱀을 보여주며). 이 뱀들이 돌아다니며 사람들을 마구 물자 (뱀을 길게

피면서) 수많은 사람들이 죽게 되었어요. 뱀독이 올라 죽어가는 사람들은 모세에게 외쳤어요.

"우리가 잘못했어요. 제발 하나님께 기도해서 뱀들을 떠나게 해주세요."

백성들의 고통 소리를 듣고난 모세는 불쌍한 마음이 들었어요. 그래서 하나님께 용서해 달라고 기도했어요. 하나님께서는 모세의 기도를 들으시고 "모세야, 구리로 뱀의 형상을 만들어 높은 장대 위에 달아라. 아무리 위독한 사람도 이 뱀을 보면 살아날 것이다"라고 말씀하셨어요. 모세는 구리로 뱀을 만들었어요. 그리고는 이 뱀을 긴 장대 위에 걸고 힘껏 외쳤어요 (장대 위의 못에 뱀을 걸고 외친다).

"백성들은 들으시오. 뱀에 물린자들은 이 뱀을 봐야만 살 수 있소. 지금 당장 이 장대 앞으로 나오시오."

모세의 말에 백성들은 두가지 반응을 보였어요. 대부분의 사람들은 "치료를 해야 낫지 뱀 따위를 본다고 낫겠어? 그럴 기운있으면 차라리 이집트로 돌아가겠다"라며 믿지 않았지만 모세의 말을 믿는 사람들도 있었어요. 그들은 '이제 내 힘으로 살 수 있는 다른 방도가 없잖아? 모세의 말을 믿어보자. 장대 위에 매달린 뱀을 바라보자' 는 마음으로 힘든 몸을 일으켜 장대 앞으로 걸어갔어요. 그리고는 회복될 수 있다는 믿음을 갖고 구리 뱀을 바라봤어요. 그 순간이었어요. "어, 내 몸에 붓기가 빠지고 있잖아. 열도 내리고 있어. 이젠 살았다. 이제 살았다구!" 구리뱀을 바라본 사람은 한 사람도 빠짐없이 완전히 나았어요. 목숨을 구할 수 있었어요. 하지만 구리뱀을 보지 않은 사람들은 그날 밤을 넘기지 못하고 모두 죽었어요.

믿는 사람은 바라보는 사람이에요. 내 힘으로는 살 수 없다는 사실을 겸손하게 인정하고, 나를 살려 주실 분만 의지하는 사람이에요.

3. '구리뱀 = 예수님, 장대 = 십자가'인 사실을 아셨어요?

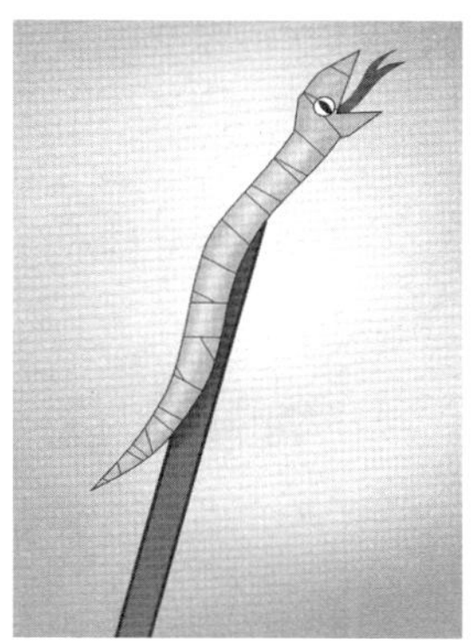

그런데 그로부터 시대가 한참 지난 다음에 예수님께서도 제자들에게 '장대 위에 들린 구리뱀'이야기를 들려 주신 거 아셔요? 이 장면이 요한복음 3장 14절에 나와있어요. 예수님께는 제자들을 모아 놓고 "모세가 뱀을 든 것 같이 나도 들려야 한다"고 말씀하셨어요.

당시 제자들은 이 말씀을 이해하지 못했어요. 하지만 예수님이 십자가에 못박혀 죽으시고 부활하신 다음에는 이 말이 무슨 뜻인지 이해할 수 있었어요.

이 말씀의 의미는 뱀이 장대 위에 들린 것처럼 예수님도 곧 십자가에 못박혀 들리실 거라는 뜻이었어요. 또 뱀에 물린 사람들은 장대 위의 구리뱀을 보아야 살아날 수 있듯이 우리도 십자가에 들린 예수님을 바라봐야 살 수 있다는 뜻이 었어요.

사랑하는 친구 여러분! 믿음을 갖고 예수님을 바라보는 사람은 영생을 얻을 수 있어요.

하지만 예수님을 바라보지 않고 믿지 않으면 형벌이 있어요. 광야에서 죽은 사람들처럼 죽음의 형벌이 기다리고 있어요.

4. 믿음이 우리를 영원한 생명으로 인도해요

그렇다면 어떻게 믿음이 우리를 살릴 수 있을까요? 이것은 죄의 특징을 이해할 때 정확히 알 수 있어요. 뱀에게 물려 죽을 때 그 원인이 '독'이라면 우리가 영생하지 못하는 원인은 바로 '죄'에 있어요. 죄 때문에 우리는 언젠가 죽게 되어 있는 거예요.

　그런데 믿음이 이 죄를 제거시켜 주는 역할을 해요. 믿음에 의해 죽음의 원인인 죄가 제거되고 그래서 우리는 죽지 않고 영원히 살 수 있는 거예요. 사실인지 한번 볼래요?

　여기 우리 마음이 있어요(물을 가득 담은 플라스틱통을 보여주며). 그런데 살다가 우리가 죄를 범하면 마음이 오염되는 거예요. 아무리 작은 양의 죄라도 우리 마음은 철저히 오염되고 말죠(플라스틱 통 안의 물[마음]에 요오드 용액[죄]을 두세 방울 떨어뜨린다). 어때요. 몇 방울만 떨어뜨려도 깨끗했던 마음이 주홍 같아지지요? 그래서 죽게 되는 거예요.

　그런데 이 죄는 예수님을 믿을때 없어져요. 나를 위해 십자가에 죽으신 예수님을 바라보는 믿음이 죄를 제거시켜 주는 거예요(요오드 용액으로 주홍빛이 된 용액에 락스[믿음]를 붓는다. 붓는 즉시 표백제 효과에 의해 다시 투명해지는 신비의 극치를 경험할 수 있다). 어때요? 믿음이 들어가니 우리 마음 속에 있는 주홍같은 죄가 모두 사라졌죠? 금새 눈과 같이 희어졌어요. 보셨듯이 믿음은 죄를 제거해요.

　결국 예수님이 들리신 십자가를 바라보는 믿음이 죽음의 원인인 죄를 없애고 천국으로, 영원한 생명으로 인도하는 거예요.

　친구 여러분들은 어떤 선택을 하실 건가요? 믿음을 갖고 십자가에 달린 예수님을 바라보시겠어요? 아니면 광야에서 죽었던 이스라엘 백성들처럼 의심해서 바라보지 않고 멸망을 당하겠어요? 십자가를 바라보는 선택을 하서요. 죄를 짓는 순간 순간마다 계속해서 십자가를 바라보서요. 그러면 여러분의 죄가 없어져요. 영원한 사망에서 영원한 생명으로 옮겨져요.

5. 예수님께 더 가까이 가야 할 때

- **읽을본문** : 사무엘하 12:13-14
- **참고성경** : 사무엘하 12장, 시편 51편, 마가복음 2:17
- **교육목표** : 죄를 지었을 땐 하나님과 멀어지는 것을 선택하는 것이 아니라 하나님 곁에 가까이 나가는 것을 선택함으로써 용서하시는 하나님의 긍휼을 체험하도록 한다.
- **포 인 트** : 하나님께 가까이 나아가요
- **설교형태** : 영상설교(일반영화)
- **영상삽입** : 미션(The Mission, 1986)

  감독: 롤랑 조페

  멘도자가 이과수 폭포에 죄의 짐을 갖고 올라가 과라니 족에게 용서를 구하는 장면(37:51-40:44)

  (www.ccm2u.com 참조 바람)

1. 죄를 짓고도 우리에겐 해결 방법이 있어요

우리는 아무리 바르게 살려고 노력해도 죄를 짓곤 해요. 그런데 죄를 짓게 되면 하나님과 멀어지게 됩니다. 아담과 하와가 선악과를 따먹고 숨은 것처럼 하나님의 눈을 피하려고 해요.

하지만 이럴 때일수록 우리는 예수님께 더욱 가까이 나아가야 해요. 왜냐하면 예수님은 우리들의 어떠한 죄라도 용서해 주실 수 있는 분이기 때문이에요. 어린이 여러분! 죄를 지었나요? 그래서 하나님과 사람들의 눈을 피하고 싶으서 요? 하지만 피하고 숨는 방법으로는 우리 죄가 해결될 수 없어요.

죄를 지었을 때 해결받는 가장 확실한 방법은 성경에 나와 있어요. "너희가 죄를 지었는가? 그러면 예수님께로 더욱 가까이 나아가라." 하고 성경은 말씀 하셔요. 이제 다윗의 이야기를 통해서 우리가 죄를 지었을 때 어떻게 해야 할 지 좀더 구체적으로 배워 보도록 해요.

2. 다윗왕은 간음죄를 저질렀어요

우리는 다윗을 훌륭하고 좋은 일만 했던 사람으로 생각하는 경향이 있어요. 거인 골리앗을 죽인 용감한 이스라엘의 영웅, 하나님께 찬양하는 것을 가장 큰 기쁨으로 여겼던 거룩한 사람으로만 생각해요. 하지만 다른 사람도 아닌 바로 그 다윗이 얼마나 악해질 수 있는지 이제 확인해 보도록 하지요.

다윗왕은 어느날 해가 질 무렵 왕궁의 옥상에서 한가롭게 산책을 하고 있었 어요. 하지만 지금 다윗은 이렇게 심심한 마음이나 달래고 있을 때가 아니었어 요. 왜냐하면 이스라엘의 군인들은 모두 암몬 사람들과 전투를 치르기 위해 전 쟁터에 나가 있었기 때문이에요. 이전에 다윗 같으면 지금쯤이면 전쟁터 중에 서도 가장 위험한 곳에 가 있었을 거예요. 거기서 병사들을 직접 지휘하고 마 음이 약해지지 않도록 격려해 주었겠죠. 하지만 왕이 된 다윗은 자신이 해야 할 모든 일을 부하 장군들에게 맡겼던 거였어요.

다윗이 왜 이렇게 변했을까요? 아마도 교만해지기 시작한 것 같아요. 모든 일들이 너무 잘 풀리고 실패가 없으니까 자기가 잘나서 그런 줄 알고 착각했던 것 같아요.

　그런데 다윗이 예루살렘 마을을 내려다보고 있을 때였어요. 이제까지 본적이 없을 정도로 눈부시게 아름다운 여인이 목욕을 하고 있는 거예요. 짧은 순간이었지만 여인의 미모에 다윗은 온 마음을 빼앗겼어요. 다윗은 즉시 신하를 불러 그 여자가 누군지 알아보고 오도록 했습니다. 신하는 즉시 그 여자의 정체를 확인해서 다윗왕에게 보고 했어요.

　"예, 여인의 이름은 밧세바라고 합니다. 그리고 그녀는 전투에 출전한 우리아 장군의 아내라고 합니다."

　다윗은 밧세바가 결혼한 여자라는 사실을 알고 안타까웠을 거예요. 하지만 그는 이것이 죄가 된다는 사실을 알면서도 밧세바를 불러오게 했습니다. 그리고 그 여인과 왕궁에서 깊은 사랑을 나누고 돌려보냈어요.

　얼마 뒤에 밧세바는 자기가 다윗왕의 아기를 임신했다는 사실을 알았어요. 당황한 밧세바는 즉시 다윗왕에게 이 소식을 알려주었어요. 이 말을 들은 다윗왕은 얼마나 놀랐는지 몰라요.

　'이거 큰일 났군. 이 사실을 밧세바의 남편 우리아가 아는 날엔 모든 게 끝장나겠군. 내가 간음했다는 소문이 흘러나가면 모든 백성이 등을 돌릴 거야.'

　고민하던 다윗은 이 곤란한 문제를 수습하기 위해 전쟁중에 나가 있는 밧세바의 남편 우리아를 불렀어요. 다윗왕의 명령을 받은 우리아는 왜 갑자기 자기를 부르는지 궁금했어요. 왕궁에 도착한 우리아에게 다윗왕은 능청스럽게 말했어요.

　"지금 전쟁의 상황은 어떠한가?"

　우리아는 씩씩하게 대답했어요.

　"예, 다윗 임금님의 기도와 걱정 덕분에 이제 곧 적의 성은 함락될 것 같습니다. 저와 모든 병사들은 임금님을 위해 열심히 싸우고 있습니다."

이런 충성스러운 부하의 말을 들었을 때 다윗은 얼마나 부끄러웠을까요? 하지만 다윗은 말했어요.

"오호 그래? 이거 고맙구만. 참, 그런데 우리아! 자네에게 아름다운 아내가 있다고 들었네. 오늘은 전쟁터에서 그동안 수고한 자네를 위해 진수성찬을 선물할 것일세. 그러니 집에 돌아가 아내와 함께 먹고 마시면서 즐거운 시간을 보내고 오도록 하게."

우리아를 집으로 돌려보내 아내와 하룻밤을 보내게 하려는 것은 다윗의 속셈이었어요. 임신된 아이가 자기의 아이가 아니라는 것을 숨길 수 있는 유일한 방법이었죠.

하지만 다윗의 뜻대로 되지 않았어요. 우리아가 그날 아내가 기다리는 집에 가지 않은 거예요. 기가 막힌 다윗왕은 우리아를 불렀어요. 그리고 물었어요.

"자네는 왜 어제 집에 돌아가지 않았나? 자네를 그토록 기다리는 사랑스러운 아내가 보고 싶지 않나?"

이 말을 듣고 수정보다 더 맑은 눈을 가진 우리아는 침착하게 말했어요.

"성은이 망극합니다. 하지만 저는 지금도 전투 현장에서 찬이슬을 맞고 고생하는 부하들을 생각하면 잠이 오지 않습니다. 그래서 저 혼자만 편히 쉴 수 없었던 것입니다. 부디 용서해 주십시오."

사실 이런 부하를 가진 왕은 얼마나 보람스럽고 행복하겠어요? 하지만 우리아의 책임감 있는 모습에 다윗의 마음은 더욱 두려웠어요.

'우리아는 보통 사람과 달라. 달랜다고 통할 인물이 아니야. 그래. 이젠 어쩔 수 없이……'

다윗은 인간이라면 도저히 생각할 수 없는 끔찍한 계획을 꾸몄어요. 우리아를 전쟁터로 돌려보낸 다음 살아올 수 없는 전투에 보냈어요. 결국 우리아는 화살을 맞고 시체로 돌아왔어요.

이 소식이 다윗에게 전해지자 다윗은 안도의 한숨을 쉬며 좋아했어요. 그 즉시 밧세바를 왕궁으로 불러서 결혼식을 올렸죠. 하지만 이 일을 알고 있는 분이 있었어요. 세상 사람들은 몰랐지만 하나님께서는 알고 계셨던 거예요.

이렇게 다윗이 한숨 돌리고 있을 때 나단 선지자가 찾아왔어요. 그 당시 나단 선지자는 하나님의 말씀을 전달하던 덕망이 높은 선지자 였어요. 다윗은 나단을 정중히 맞았어요.

"나단 선지자시여, 어인 일이십니까? 어서 들어오십시오."

다윗의 말에 나단은 천천히 입을 열었습니다.

"오늘 저는 임금님께 한 가지 딱한 처지에 놓인 사람의 이야기를 하려고 합니다. 부디 정의로우신 왕께서 올바른 판결을 내려 주십시오."

다윗이 선지자에게 대답했어요.

"그러세요? 그러면 어떤 일인지 말씀해 보시지요."

나단 선지자는 깊은 한숨을 쉬더니 말하기 시작했어요.

"한 마을에 수많은 소와 양을 가진 부자와 가진 재산이라곤 암양 한 마리밖에 없는 가난한 농부가 살았습니다. 그런데 이 가난한 농부는 암양을 얼마나 사랑했던지 마치 자기 딸처럼 양을 사랑했습니다. 먹을 때도 같이 먹고, 잘 때도 품에 안고 함께 잘 정도였으니까요. 그런데 어느날 부자네 집에 손님이 왔습니다. 그런데 부자는 자기집 소와 양은 아깝다면서, 가난한 농부의 암양을 빼앗아 손님을 대접했습니다."

나단 선지자가 말을 마치기도 전에 다윗은 크게 소리쳤어요.

"이런 고얀 것! 살아계신 하나님 앞에 맹세하노니 이런 일을 행한 자는 반드시 죽여야 합니다. 그리고 가난한 농부에게 변상해 주어야 하고 말구요."

다윗왕은 분노를 터트렸어요. 이 말을 잠잠히 듣고 있던 나단 선지자의 얼굴이 서서히 붉게 바뀌기 시작했어요. 그러더니 선지자의 입에서 갑자기 천둥과 같은 목소리가 불을 내뿜기 시작했어요.

"당신이 죽여야 한다고 외친 그 부자는 바로 당신, 다윗왕이오. 왕은 모든 것을 가졌으면서도 우리아의 하나밖에 없는 아내를 도적질했소. 그것도 모자라 우리아까지 죽였소! 그 죄가 얼마나 큰지 아시오? 하나님은 당신의 죄를 심판하시겠다고 하셨소. 이제부터 당신의 집안에는 칼이 떠나지 않을 것이오. 형제가 형제를 죽이는 재앙이 시작될 것이오. 그리고 두고 보시오. 지금 밧세바가 임신한 아이는 태어나자 마자 죽을 것이오. 이것은 모두 당신의 죄 때문이오"

나단에게서 이런 말을 들은 다윗왕은 너무나 부끄럽고 괴로웠어요. 어디 구멍이라도 있으면 들어가 숨고 싶었어요. 하지만 다윗은 그 자리에서 무릎 꿇고 회개했어요.

"내가 잘못했노라, 내가 잘못했노라." 이렇게 고백하면서 하나님께 용서해 달라고 가슴을 치고 눈물을 흘리며 처절하게 매달렸어요. 이때 다윗이 괴로워하며 눈물로 지은 시가 시편 51편이에요. 시편 51편의 위를 보셔요. 그곳에는 '다윗이 밧세바와 간음하고 나단이 찾아왔을 때 지은 시'라고 나와 있어요.

"정결한 맘 주시옵소서 오~ 주님, 정직한 영을 새롭게 하소서. 나를 주님 앞에서 멀리 하지 마시고 주의 성령을 거두지 마옵소서. 그 구원의 기쁨 다시 회복시키시고 정직한 영을 내안에 주소서(시편 51편)." 이 곡이 바로 이 순간 다윗왕이 작사한 찬양이라는 사실을 모르는 사람이 많을 거예요.

우리는 다윗왕과 사울왕을 비교하면서 사울왕만 나쁘다고 생각하는데 그건 잘못된 사실이에요. 다윗왕도 사울왕 못지 않게 큰 죄를 저질렀어요. 죄의 비중으로 본다면 간음죄와 살인죄를 범했으니 어쩌면 사울왕보다 더 심한 죄라고 볼 수 있어요. 하지만 다윗왕이 사울왕과 달랐던 이유, 그래서 지금까지도 위대한 왕으로 우리 머리 속에 기억되고 있는 이유는 한가지예요.

적어도 다윗왕은 죄를 범했을때 하나님 앞에서 회개했던 왕이라는 사실이에요. 사울왕은 범죄했을 때 하나님께 자기를 변명하기에 바빴어요. 하지만 다윗왕은 죄를 범했을 때 하나님께 나아가 자기가 잘못했으니 용서해 달라고 기도를 할 줄 알았어요. '나를 주님 앞에서 멀리 하지 말아달라' 고 눈물 콧물 다 흘리면서 간절히 기도할 줄 알았던 거예요. 다윗왕은 죄를 지었을 때 오히려 하나님께 더욱 가까이 다가갈 줄 알았어요.

죄를 지었을 때 우리에게 일반적으로 나타나는 가장 큰 특징은 하나님과 멀어지게 된다는 거예요.

'하나님이 나 같은 골치 덩어리, 기도도 하지 않고 착하게 살지도 않는 나를 좋아하실 리가 없어. 이번에도 또 잘못했다고 기도하면 얼마나 뻔뻔스럽게 생각하시겠어? 라고 생각하곤 해요. 하지만 우리들의 이런 마음을 가장 좋아하고 이용하는 것은 마귀예요. 예수님께서는 말씀하셨어요.

"의사는 건강한 사람이 아니라 환자를 위해서 필요하단다. 내가 온 것은 의인을 위해서 온 것이 아니라 죄인을 위해서야. 나는 죄인들의 친구란다."

그렇기 때문에 죄를 지었을 때 예수님을 피하면 안돼요. 더욱 예수님께 가까이 나아가야 해요. 우리 죄가 아무리 크다고 할지라도 하나님의 용서는 더욱 크시기 때문이에요.

3. 너희가 용서받은 참맛을 알어?

영화 「미션」 은 우리 인간들의 죄 문제를 다룬 너무나 좋은 영화라고 할 수 있어요. 선교사님들이 남미 정글에 들어가 선교활동을 했을 때 방해한 사람 중에는 멘도자라고 하는 인디언 사냥꾼이 있었어요. 그는 인디언을 짐승처럼 사냥했기 때문에 모든 인디언들의 원수가 되었어요.

그러던 어느날 멘도자에게 엄청난 불행이 찾아왔어요. 사랑하는 아내가 자기 남동생을 좋아하는 것을 알게 된 거예요. 질투심을 이기지 못한 멘도자는 결국 남동생을 죽이게 되지요. 죄책감이 너무나 컸던 그는 인생을 포기하려고 해요.

하지만 이때 한 선교사님이 찾아와서 그에게 특별한 기회를 권하게 됩니다. 그것은 바로 멘도자가 평소에 잡아 죽이던 인디언 부족에게 찾아가라는 권유였어요. 그들에게 용서를 구하고 새생활을 시작하라고 했습니다.

미션(이과수 폭포를 올라가는 장면)
상영시간(37:51~40:44) #영화를 보여주면서 설교한다

처음에 멘도자는 인디언들이 자신을 용서해 줄 리가 없다고 생각해 선교사님의 요청을 거절합니다. 하지만 시도는 해보기로 결심하지요. 그래서 지금 멘도자는 지난날의 자신의 죄를 의미하는 노예를 잡을 때 사용했던 무기들을 짊어지고 인디언을 찾아가고 있습니다. 총, 칼, 갑옷 같은 체포용 무기들의 무게가 무겁게 느껴질수록 멘도자는 자기의 지난 날의 죄가 얼마나 컸는지 뼈저리게 느꼈을 예요. 이렇게 멘도자는 인디언들에게 용서를 구하기 위해 부족이 사는 폭포 위로 올라가고 있어요.

멘도자가 올라오자마자 인디언들은 그가 노예 사냥꾼인 것을 한번에 알아보고 경계해요. 그리고는 복수를 하려는 듯 갑자기 칼을 빼들고 뛰어와 멘도자의 목에 갖다댑니다. '이젠 죽었구나.' 멘도자가 모든 것을 포기하고 눈을 감는 순간이었어요. 그런데

잠시 뒤 인디언은 칼로 멘도자의 목을 자르는 대신 엉뚱한 것을 자릅니다. 속죄하는 마음으로 그가 자신의 몸에 묶고 끌던 무기덩이에 달린 줄을 잘라버린 것이지요. 인디언들이 그를 용서하는 순간이었습니다.

절벽 아래로 데굴데굴 떨어지는 죄의 짐을 바라보면서 멘도자는 확신합니다. 하나님께서 자기의 모든 죄를 용서해 주셨다고요. 자기를 쉬지 않고 억누르던 죄의 짐에서 해방된 기분이 어땠을까요? 기쁨과 행복, 감사와 자유에 젖어 흐르는 멘도자의 저 눈물 좀 보셔요. 멘도자가 하나님과 사람 앞에서 용서받는 참맛을 느낀 순간이었어요.

4. 죄를 용서받고 홀가분한 마음으로 살아가요

죄를 지었을 땐 그것이 크든 작든 어떠한 죄일지라도 예수님께 나아가 용서해 달라고 기도하세요. 하나님께서는 어떤 죄든지 반드시 용서해 주셔요. 그리고 하나님께 죄를 용서해 달라고 기도했으면 다시는 그런 죄를 짓지 않도록 노력해야 해요. 멘도자의 죄덩이가 절벽 아래로 떨어져 나갔듯이 우리는 죄와 함께 있어서는 안되요. 그리고 죄가 없어져서 비어 있는 우리들의 마음을 하나님 말씀과 기도로 부지런히 채워 넣어야 해요. 죄를 지었을 땐 예수님께 더욱 가까이 나아가서 용서받고 홀가분한 마음으로 살아가는 여러분이 되세요.

6. 예수님의 보혈(성막설교 2)

- **읽을본문** : 히브리서 9:1-7
- **참고성경** : 출애굽기 25-31장, 35-40장; 고린도전서 3:16-17; 히브리서 9:22
- **교육목표** : 지성소의 구조와 특징을 통해 예수 그리스도의 대속의 의미를 설명한다. 특별히 율법과 복음의 차이 및 보혈의 의미를 깨닫게 한다.
- **포 인 트** : 예수님의 보혈
- **설교형태** : 사진설교, 실물설교(공작설교)
- **준비물** : 플라스틱 용기 1개, 마분지 5장, 셀로판 종이(빨간색, 검정색 각 1장)

❶ 성막 관련 책자 그림을 스캐닝하거나, 성막관련 CD의 자료를 사용한다.[3]

❷ 혹은 www.bibleplaces.com/tabernacle, www.mennoniteinfoctr.com에서 유용한 사진자료를 제공받을 수 있다.

❸ 플라스틱 용기와 마분지를 이용하여 언약궤를 만든다. 종이로 만나 항아리,지팡이를 만든다. 마지막으로 십계명 안경과, 양안경을 제작한다.

1. 지성소는 어떤 곳일까요?

이 시간에는 성막 중에서도 가장 신비한 장소인 지성소에 대해 살펴보겠어요. 여러분은 정말 시대를 잘 타고난 행운아인 것이 분명해요. 옛날에 지성소는 대제사장만 1년에 한 번씩 들어갈 수 있는 곳이었기 때문이에요. 그러면 지성소가 어떤 곳이지 들어가 보도록 해요.

---

3) Paul Zehr, 《Tabernacle》, Mennonite Information Center Ritch, John, 《The Taberancle in the Widerness》

지성소 안에는 언약궤가 있어요. 이 언약궤에는 손잡이가 달려 있어요. 그래서 성막을 다른 장소로 옮긴다든지 전쟁에 가져가야 할 때 사람들이 들고 다닐 수 있도록 되어 있어요.

그리고 언약궤 위에는 두 천사가 날개를 펴고 마주보고 있는 모습이 조각되어 있었어요. 성경에서는 하나님이 "내가 그룹 사이에서 너를 만나겠다"(출 25:21-22)고 했는데 '그룹'이 바로 천사라는 뜻이에요. 즉 마주 보고 있는 두 천사 가운데 지점에서 만나주시겠다는 말씀이에요.

이곳의 이름을 '속죄소'[4]라고 하는데 '은혜의 보좌'라는 뜻이에요. 이 자리에서 하나님께서는 인간을 만나시고 할 일을 일일이 말씀해 주시겠다는 것입니다.

2. 언약궤 안에 있는 3가지 기념품

2000년이 되는 해에 서울시에서는 새 천년을 맞이하는 기념으로 타임캡슐을 묻었어요. 그 캡슐 안에는 지난 100년 동안 기억할 만한 기념품들을 넣었다고 합니다.

그리고 앞으로 100년이 지난 뒤인 2100년에 꺼낸다고 해요. 그 안에는 신라면, 쵸코파이도 들어있고, 가수 서태지의 음반도 넣었대요. 100년 후면 우리 모두는 죽을 거예요.

하지만 기념품을 꺼내보는 후손들은 이것을 보면서 우리가 어떻게 살았는지 알 수 있을 거예요.

---

4) '속죄소(贖罪所)'는 영어로 '자비의 자리(Mercy Seat)'라고도 하며 '은혜의 보좌'라는 의미의 '시은좌(施恩座)'라고 부르기도 한다.

그런데 타임캡슐처럼 언약궤 안에도 기념품들이 들어 있었어요. 기념품은 모두 세 가지 였는데, 이스라엘 백성들이 이집트를 탈출하고 광야에 살고 있을 때 하나님으로부터 받은 것들이었어요. 이스라엘 백성들은 이것을 특별히 배고프고 병들고 힘들 때 받았어요. 그리고 이것을 통해 그들이 당한 어려움에서 구원받을 수 있었습니다. 그래서 이스라엘 사람들은 언약궤 안에 이 세 가지가 들어 있다는 사실을 생각하면 마음이 든든해 졌어요. 지난날 어려웠을 때 도와주신 하나님이 생각났기 때문이에요. 그 하나님이 지금도 나와 함께 계신다는 것을 믿고 용기가 생겼던 것입니다.

그러면 세가지 기념품은 무엇일까요? 그것은 십계명이 새겨진 두 개의 돌판과 아론의 싹난 지팡이, 만나가 들어 있는 항아리였어요.

십계명은 하나님께서 특별히 선택하신 이스라엘 백성에게만 주신 10가지 계명이었어요. 십계명을 받은 이스라엘 백성들은 이제야 하나님의 뜻을 제대로 분별할 수 있었어요. 십계명을 통해 하나님이 기뻐하시는 일과 싫어하시는 일이 무엇인지 알 수 있었기 때문이에요.

하나님께서는 계명을 지키는 사람은 복을 받지만 어기는 사람은 심판을 받을 것이라고 말씀하셨어요.

그러면 아론의 싹난 지팡는 무엇일까요? 모세의 형이었던 아론은 이스라엘의 첫번째 대제사장이었어요. 그래서 거룩한 옷을 입고 혼자서만 하나님을 만나러 지성소에 들어갈 수 있었어요. 하지만 이런 아론을 질투하는 사람들이 있었어요. "칫, 아론 혼자만 저런 일을 해야 하는 거야. 나도 얼마든지 할 수 있는데……." 하며 불평했어요.

이때 하나님께서 모세를 불러 말씀하셨어요. "너는 백성 대표 12명의 지팡이를 가지고 내 곁에 두어라. 내가 선택한 사람의 지팡이에는 싹이 날 것이다."

모세는 하나님 말씀에 순종했어요. 아론을 포함한 12명의 백성 대표들의 지팡이를 가져다가 언약궤 앞에 두었어요. 그런데 다음날이 되자 놀라운 일이 발생했어요. 아론의 지팡이에 초록빛 싹이 돋은 거예요. 게다가 꽃도 피고 살구 열매가 주렁 주렁 달려 있었어요.

마지막으로 만나가 든 항아리인데요, 이스라엘 백성들이 광야에서 굶주리고 힘들어 할 때 하나님께서는 매일 아침 만나를 내려주셨어요. 만나는 떡과 같은 음식인데 아주 달았어요. 이것을 40년 동안 먹으면서 배고픔과 죽음을 면할 수 있었던 거예요. 이렇게 언약궤 속에 있는 십계명, 지팡이, 만나를 기억하게 하면서 하나님께서는 "내가 어떻게 너희들을 보호하고 사랑했는지"를 알게 하셨던 거예요.

3. 보혈은 우리 죄를 제거합니다

이번에는 대제사장이 지성소에 들어가 하나님을 만나던 모습을 보면서 필요한 교훈을 배워보도록 하겠어요. 언약궤 앞에서 하나님과 만나고 있는 대제사장의 모습이 보입니다. 그런데 지금 대제사장이 무엇을 하고 있는지 잘 보세요. 언약궤 위에 무언가를 붓고 있지요. 이게 뭘까요? 이것은 양과 같은 희생 제물의 '피' 예요. 이 피를 두 천사의 날개 사이에 있는 '속죄소(은혜의 보좌)' 위에 뿌렸던 거지요.

왜 지성소에 들어온 대제사장은 제일 먼저 피를 뿌렸을까요? 그것은 죽지 않기 위해서 입니다.

대제사장도 인간이기 때문에 죄를 지을 수밖에 없었어요. 하지만 죄가 조금이라도 있는 사람은 거룩한 하나님을 만나면 죽을 수밖에 없어요. 그래서 대제사장은 자기의 죄를 용서받기 위해서 피를 뿌렸던 거예요.

히브리서 9장 22절에서 하나님께서는 "피 흘림이 없으면 죄의 용서도 없다"고 하셨어요. 이 말씀의 의미는 죄를 지은 사람은 누구든지 반드시 죽는다는 것입니다.

그래서 죄를 범한 사람이 살기 위해서는 누군가 대신 죽어야만 했어요. 즉 죄인을 위해서 대신 피 흘려 줄 자가 필요했던 것입니다. 그래서 대제사장은 양을 죽인 것입니다. 피 흘릴 사람은 죄인인 자신이었는데, 죄 없는 양이 대신 피 흘려 죽었어요. 이 피 때문에 용서받은 것을 믿고 나아갈 때 하나님을 만날 수 있었어요.

그런데 무엇보다 중요한 사실은 양의 피가 예수님의 피를 뜻한다는 거예요. 성경에는 예수님을 '죄없는 하나님의 어린양(이사야 53:7)'이라고 부르고 있기 때문이에요.

4. 보혈과 율법의 차이

사랑하는 어린이 여러분, 우리 한번 이렇게 생각해봐요. 언약궤 안에 있는 세 가지 물건 중에는 십계명도 있다고 했어요. 여기 십계명을 꺼내 보겠습니다(모형 법궤 안에서 십계명 안경을 꺼낸다).

만약에 하나님께서 십계명을 통해서 우리를 보신다고 생각해 보세요(십계명 모양의 종이 안경을 쓰고 청중을 바라본다/ 렌즈는 검정색 비닐로 제작). 십계명을 기준으로 하나님이 우리를 판단하시면 우리는 모두 죄인이에요. 하나님은 10계명의 1계명에 "나 외에 다른 신을 섬기지 말라"고 하셨어요.

하지만 우리는 기도하고 말씀 읽는 시간보다 TV보고 컴퓨터 게임하는 시간을 더 좋아해요. 그러면 우리는 하나님 보다 TV나 컴퓨터라는 우상을 더 사랑하고 섬긴 거예요.

그리고 하나님께서는 5계명에서 부모님을 공경하고, 9계명에서는 거짓말 하지 말라고 하셨어요. 하지만 우리는 부모님께 말대꾸하고 신경질을 낸 적이 많아요. 거짓말 한 적도 여러번 있어요. 십계명과 같은 계명들을 '율법' 이라고 하는데, 이런 율법으로 바라보면 우리는 모두 죄인들이에요. 그래서 모두 죽을 수밖에 없어요.

그런데 다행인 것은 예수님을 믿는다면 하나님께서는 율법으로 우리를 바라보시고 판단하지 않으신다는 거예요. 양의 피, 즉 우리 죄를 위해서 죽으신 예수님의 피를 통해 우리를 바라보셔요(종이로 만든 양 모양의 안경을 보여준다/렌즈는 빨간색 비닐로 제작).

율법을 통해서 우리를 바라보시면 하나님께서는 "야~ 너희들이 내 명령을 어겼구나. 마음 아프지만 모두 죄인이라서 용서할 수 없구나"라고 말씀하며 우리를 죽일 수밖에 없으셨을 거예요(십계명 안경을 쓰고 말한 다음 벗는다).

하지만 하나님은 율법이 아니라 예수님의 보혈을 통해서 우리를 바라보셔요. 그리고 이렇게 말씀하시죠. "너희는 죄인이지만 내 사랑하는 아들, 예수가 너희 대신 죽어서 죄가 없어졌구나." 하시면서 우리 죄를 용서해 주시고 우리와 만나주시는 것을 기뻐하십니다(양 안경으로 갈아끼고 말한 다음에 벗는다).

5. 휘장이 찢어졌어요

이제 예수님의 피로 죄가 없어진 우리는 하나님과 가까운 사이가 되었어요. 죄를 지었을 때는 하나님과 완전히 원수였어요. 하지만 예수님의 보혈로 죄를 용서받는 순간 하나님은 우리에게로 달려오셨어요. 그리고 이 세상 무엇과도 바꿀 수 없는 가장 좋은 친구가 되어주셨어요.

이 사실은 예수님이 십자가에 달려 죽으실 때 일어난 엄청난 사건을 보면 더욱 정확히 알 수 있어요. 성전에는 지성소와 성소 사이를 막았던 '휘장'이 있다고 했어요. 여기서 지성소는 하나님이 계신 가장 거룩한 곳이에요. 그래서 대제사장만 들어갈 수 있었어요. 그에 비해서 성소는 일반 제사장들도 드나들 수 있었던 곳이었어요. 그런데 하나님이 계신 지성소와 인간이 드나들 수 있었던 성소 사이를 휘장이 막고 있었어요. 그래서 어떤 의미에서 휘장[5]은 하나님과 인간 사이의 막힘을 뜻해요. 즉 휘장은 우리들의 죄를 의미한다고 볼 수도 있어요.

그런데 성경에는 휘장이 예수님이 죽는 순간 위에서 아래로 찢어졌다고 기록되어 있어요(마 27:50, 51). 휘장이 하나님와 인간 사이를 갈라놓은 죄를 뜻한다고 보았을 때(한 어린이가 '죄'라고 쓰여진 전지를 들고 나온다) 하나님은 아무리 우리를 만나고 싶으셔도, 우리가 지은 죄 때문에 등을 돌리실 수밖에 없었어요(어린이에게 가까이 가고 싶지만 막고 있는 전지 때문에 다가갈 수 없는 안타까움을 몸동작으로 표현한다).

하지만 예수님이 흘리신 보혈 때문에 휘장이 찢어졌어요. 즉 죄가 없어지면서 하나님과 우리는 만날 수 있게 된 거예요(설교자는 휘장 곧 죄를 뜻하는 4절

---

5) 휘장의 의미는 두 가지로 해석된다. 첫 번째 해석은 히브리서 기자처럼 휘장을 '예수 그리스도의 육체'로 보는 견해이다(히 10:20). 이것은 휘장이 찢어진 것을 예수 그리스도의 죽음과 연관시켜, 성도가 그리스도의 희생으로 하나님께 담대히 나아갈 수 있는 특권을 얻은 것으로 해석하는 입장이다. 두 번째는 휘장을 막힘과 분리를 뜻한다고 본다(히9:9). 이 두가지 해석 모두 타당하나, 하나님과 인간의 교제회복을 위해서 죄사함을 강조하기 위해 두 번째 해석을 적용했다(히9:9).
참고) 김태평, '자세히 보는 성막여행'(서울: 멘토, 1996) p.136.

지를 위에서 아래로 찢으면서 그 어린이를 꼭 껴안는다).

오늘 우리는 '예수님의 보혈' 때문에 죄를 용서받았다는 것을 알았어요. 또한 보혈 때문에 우리가 하나님과 가장 가까운 친구가 되었다는 것을 배웠어요. 이제 제가 어떤 질문을 던지든지 여러분은 '예수님의 보혈' 이라고 외치셔요.

무엇 때문에 우리 죄가 용서받았나요? 어린이: 예수님의 보혈!

무엇 때문에 우리는 하나님의 친구가 되었나요? 어린이: 예수님의 보혈!

무엇 때문에 하늘나라에서 영원히 살 수 있나요? 어린이: 예수님의 보혈!

우리가 아플 때도 의지해야 할 능력은 무엇인가요? 어린이: 예수님의 보혈!

모든것을 포기하고 싶을 때 무엇을 믿어야 하나요? 어린이: 예수님의 보혈!

예수님의 보혈의 능력을 믿고 감사하며, 날마다 승리하는 여러분들 되시길 바랍니다.

7. 하나님은 누구실까요?

- **읽을본문** : 요한복음 3:16
- **참고성경** : 이사야 12:2-3; 요한복음 1:12, 3:1-36; 로마서 5:9-10; 베드로전서 1:3-4, 3:18
- **교육목표** : 우리를 위해 독생자를 보내주신 하나님의 사랑을 깨닫고 예수님을 믿도록 한다. 또한 믿음은 예수님을 영접하는 것임을 알게 하여 결신할 수 있도록 한다.
- **포 인 트** : 사랑의 하나님을 믿으셔요
- **설교형태** : 그림설교(제작만화)
- **제시방법** : 1. 주제에 맞게 장면 별로 만화를 그려서 들고 설명한다.

  2. 그린 만화를 확대해서 제시하고 싶은 경우에는 ❶만화를 OHP 필름지에 복사한뒤(복사기이용) 환등기에 올려놓고 OHP에 투사한다.❷만화를 스캔하거나, 디지털 카메라로 촬영하여 컴퓨터에 입력한 뒤 파워포인트 프로그램을 사용하여 빔프로젝트로 영사한다.

1. 하나님은 사랑이에요

하나님께서는 어떤 분일 것 같아요? 어떤 친구는 백발이 성한 산신령 같은 분이 하나님일 것 같다고 말해요. 그리고 교문 앞에서 달콤한 솜사탕을 팔고 계신 마음씨 좋은 아저씨 같을 거라고 말하는 친구도 있었어요. 이렇게 우리가 생각하는 하나님은 제각기 다른 모습인 것 같아요. 그렇다면 하나님은 정말 어떤 분이실까요? 하나님이 어떤 분이신지 가장 정확히 알려주고 있는 책이 바로 성경이에요. 요한복음 3장 16절에는 하나님을 '사랑의 하나님' 이라고 하셨어요. 그리고 사랑의 하나님이신 분명한 증거가 있다고 하셨어요. 그 증거는 하나밖에 없는 아들인 예수님을 우리를 위해 주셨기 때문이라고 하셨어요.

이 말씀을 분명하게 이해하기 위해 지금부터 짤막한 만화를 볼 거예요. 먼저 말씀드리는데 여기서 등장하는 하은이 아빠는 성경에서 말씀하고 계신 하나님을 너무나 닮은 분이에요. 하은이 아빠가 어떤 마음을 가진 분인지 잘 생각하면서 보도록 하셔요.

(만화를 보여주면서 설교를 진행한다)

2. 아빠의 마음을 아시나요?

하은이는 강원도 어느 시골 마을에서 아빠와 단둘이 살고 있는 11살 소년입니다. 하은이가 갓난아기 일 때 아내를 잃은 아빠에게 있어서 하은이는 세상에서 가장 소중한 존재였어요. 하은이는 태어나서 한번도 엄마 얼굴을 볼 수 없었어요. 하지만 결코 외롭지 않았어요. 언제나 사랑하는 아빠가 옆에 있어 주었기 때문이에요. 하은이가 가장 기다리는 신나는 시간은 마을버스 운전기사인 아빠가 퇴근할 때였어요. 아빠는 집에서 기다리다가 쏜살같이 뛰어나오는

하은이를 번쩍 들어 안아주었어요. 그리고는 목마를 태우고 함께 노래하면서 코스모스 길을 따라 집에 돌아오곤 했어요.

그러던 어느날 오후, 하은이 아빠는 평소와 다름없이 버스를 운전하고 있었어요. 사람들도 모두 밖의 아름다운 경치를 보면서 즐거워 하고 있었어요. 그런데 구불구불한 산길을 타고 올라간 버스가 산을 내려오는데 뭔가 불길한 일이 발생한 것을 느낄 수 있었어요. 아빠 얼굴에는 식은땀이 흘러내렸어요.

"어! 이 버스가 왜 이러지? 내리막길인데 브레이크가 듣지 않아. 여, 여러분!이 버스는 지금 브레이크가 고장났어요. 버스를 꽉 붙잡으세요."

버스는 급경사가 진 비탈길을 계속해서 내려갔습니다.

"아이구 나 죽네. 살려주서요. 살려줘!'

갑자기 버스 안은 승객들의 울음소리,비명소리로 아수라장이 되었습니다. 하지만 브레이크가 작동하지 않는 버스는 멈추지 않고 계속 속도가 붙었어요.

결국 버스는 산을 내려와 그대로 마을을 향해 질주하기 시작했습니다. 산에서 내려온 버스는 가속도가 붙은 그대로 마을 입구를 지나 돌진해 들어왔어요. 그런데 바로 이곳에는 버스가 돌진해 오는지도 모르고, 뒤돌아 앉아 흙장난을 하는 어린이 네 명이 놀고 있었어요.

주위 사람들이 아이들을 향해 "비켜" 하고 소리를 질렀지만 너무 순식간에 일어난 일이라 한 명의 어린이는 버스에 치어 즉사하고 말았습니다. 아이를 친 버스는 사고 현장에서 멀리가지 않아 속도가 떨어지면서 결국 정지했습니다.

"안돼, 안돼! 죽으면 안돼!"

운전사는 울음을 터트리며 버스에서 쏜살같이 뛰어나가 쓰러진 그 아이를 품에 끌어 안았습니다. 아이의 온 몸에는 붉은 피가 흐르고 있었고 숨은 벌써 끊어진 상태였습니다.

아이를 끌어 안은 운전사 주위에 버스에서 내린 승객들이 몰려왔어요.

"이를 어째요. 쯔쯧…… 저 피흘리는 불쌍한 아이 좀 보셔요. 우리가 탄 버스에 치어 죽은 것 같아요. 저 살인자! 글쎄 우리를 죽일 뻔하더니 이제는 죄없는 저 아이를 죽였네요. 그런데도 양심을 남았나 보죠. 죽은 아이를 안고 안타까와 하며 울고 있는 것 좀 보셔요."

승객들은 어린 아이를 치어 죽이고, 그 아이를 안고 울고 있는 운전 기사를 향해 손가락질 했습니다. 이 광경을 보고 있다가 참다 못한 아주머니 한 분이 뛰어 나와 승객들을 향해 외쳤어요.

"전 이 마을 주민입니다! 제가 지금까지 참고 참았는데 이건 정말 너무 하네요. 지금 죽은 아이를 안고 울고 있는 사람은 그 아이의 아빠입니다. 그분은 여러분 모두를 살리기 위해 산 밑까지 내려왔어요. 하지만 노는 아이들 모두를 피할 수 없게 되자, 네 명의 아이 중에서 자기 아들을 치는 쪽을 선택한 것입니다. 여러분을 살리기 위해서 아들을 희생시킨 아빠의 마음을 아십니까? 아빠의 마음을 조금이라도 이해할 수 있냐구요?"

어린이 여러분, 바로 하은이 아빠의 상한 마음이 하나님이 상한 마음입니다.

하나님 아버지께서는 죄에 빠진 승객같이 죽을 수밖에 없는 우리들을 사랑하셨기 때문에 하나밖에 없는 아들, 예수님을 십자가에서 죽게 하셨어요. 예수님이 못박히신 십자가는 우리를 죽음에서 살려내신 하나님의 사랑인 것입니다.

3. 사랑의 하나님을 영접하셔요

그렇습니다. 여러분! 하은이 아빠는 너무나 하나님을 닮았어요. 휘파람을 불면서 목마도 태워주고 동화책을 읽어주실 정도로 자상하신 분이 하나님이셔요. 여러분 한 사람, 한 사람의 걱정을 속속들이 알고 함께 아파해 주시고 도와주시기를 원하는 분이 하나님이셔요. 우리를 사랑하신 증거가 우리 대신 죽으신 하나님의 아들, 예수님을 통해서 나타났어요. 그런데 사랑하는 친구 여러분! 우리는 마치 버스 안에 타고 있던 승객처럼 하나님의 은혜도 모르는 이기적인 생활을 해오진 않았나요? 하나님께서는 오늘 이 시간 우리 모두가 죄를 뉘우치시길 원하셔요. 예수님을 믿고 영원한 생명을 선물로 받기를 원하셔요.

그렇다면 예수님을 믿는 것은 무엇일까요? 요한복음 1장 12절에는 "내 마음 문을 열고 예수님을 초청하는 것이 믿음" 이라고 했어요. 내 마음 속에 예수님을 평생동안 주인님으로 모시고 순종하며 살아가는 것이 구원을 얻는 참 믿음이에요. 이 시간 예수님을 내 마음 속의 주인님으로 모시고 싶은 어린이가 있다면 일어나주서요. 함께 기도 하겠습니다.

"하나님, 저는 죄를 지었습니다. 저의 죄를 위해 예수님이 대신 죽어 주신 것을 믿습니다. 제 마음에 들어오서서 제 구주와 주님이 되어 주서요. 예수님의 이름으로 기도합니다. 아멘"

8. 성령 충만을 받아요

- **읽을본문** : 에베소서 5:18-21
- **참고성경** : 누가복음 4:1-13, 요한복음 7:37-44, 로마서 7, 8장, 갈라디아서 5:16, 에베소서 5장
- **교육목표** : 성령충만의 의미와 죄악에서 승리하는 방법은 성령으로 충만케 되는 것임을 깨닫게 하여 성령님과 가까워지는 어린이들이 되게 한다.
- **설교형태** : 실물설교(실험)
- **포 인 트** : 성령충만을 받으셔요
- **준 비 물** : 입구가 큰 투명한 플라스틱 통, 어두운 계통 색의 풍선(남색, 보라색, 진녹색)과 물감, 물이 담긴 큰 주전자, A4지 2장, 메인펜(A4지 2장을 여덟 조각으로 자른 다음 그 위에 메인펜으로 '성령님', '마음', '교만', '거짓말', '낙심', '하나님을 사랑함', '착한 행실', '복음전도'의 8개의 내용을 기록한다. 이중 '거짓말', '낙심', '하나님을 사랑함'을 쓴 세 장은 물에 적실 것이므로 젖지 않게 코팅처리한다), 핸드폰, 충전기

 플라스틱 통에 '마음'이라는 단어를 붙인다. 주전자에는 '성령님' 그 밑에 '하나님을 사랑함', '착한 행실', '복음전도'라는 세가지 단어 카드를 붙인다. 한편 남색 풍선을 플라스틱 통에 들어갈 크기로 불어서 '교만'이라는 단어카드를 붙인다. 이와 동일하게 보라색 풍선에는 '거짓말', 진녹색 풍선에는 '낙심'을 붙인다. 주전자 안에는 설교 전에 노랑색 물감을 푼 물을 넣는다.

1. 우리들의 에너지는 성령님이에요

작년에 필리핀에 갔을 때의 일이에요. 호텔에 들어갔더니 우리나라와는 전압이 달라서 불편이 이만 저만이 아니었어요. 가지고 간 헤어 드라이기, 전기 면도기, 여행 중간 중간에 음악을 듣고 싶어서 가져갔던 CD 플레이어기까지

모든 전자 제품을 쓸 수가 없었어요. 아무리 전기제품이 값 비싸고 고성능이면 무엇하겠어요? 일단 전기가 들어가지 않으니까 무게만 나가는 무용지물이 되더라고요. 예수님을 믿는 우리도 전자제품과 비슷한 점이 있어요. 우리 역시 에너지가 공급되지 않으면 힘이 없어져요. 에너지가 부족해지면 힘이 줄어들어요.

그렇다면 예수님을 믿는 우리를 움직이는 힘의 근원! 에너지는 무엇일까요? 바로 성령님이에요. 전자제품이 제대로 작동되려면 강력한 전기가 공급되어야 하는 것처럼 우리 안에도 성령님이 들어오시고 왕성하게 활동하셔야 힘이 생기는 거예요. 이 에너지가 강력해 질수록 하나님과 더 가까워질 수 있어요. 또 담대히 복음을 전할 수 있는 능력이 생기고 죄악과 싸워 이길 수 있는 거예요.

친구 여러분! 하나님과 가까워지고 싶으셔요? 용감하게 복음을 전하고 싶으셔요? 죄악과 싸워 승리하고 싶으셔요? 그 비결이 여기 있어요. 성령충만을 받으셔요. 그러면 좀더 구체적으로 성령충만은 무엇인지, 그리고 성령충만을 받기 위해서 어떻게 준비해야 하는지 알아보도록 해요.

2. 성령충만이란 무엇일까요?

성령님은 우리가 예수님을 믿고 영접할 때 마음 안에 들어오셔요. 이 자리에 앉아 있는 친구들은 이미 어릴 때부터 예수님을 영접한 친구들이에요. 그렇기 때문에 성령님께서는 지금 친구들 마음 안에 들어와 살고 계셔요. 그런데 마음 속에 성령님이 계신 친구들에게도 두가지 부류가 있는 것을 기억하셔야 해요. 한 부류는 성령님이 충만한 상태인 친구들이에요. 그렇다면 다른 부류는 두말할 것도 없이 성령님이 충만하지 않은 상태에 있는 친구들일 거예요.

지금 계속 충만에 대해 말하고 있는데 우리 친구들은 아직도 이 말이 생소하죠? 충만이라는 말은 '가득한 상태' 를 말해요. 빈 잔에 물을 계속 부어서 가득 담긴 상태, 이제는 더 이상은 담을 수 없을 정도로 철철 넘치고 있는 상태가 충만이에요.

충만이 이런 뜻이라는 것을 알았을 때 성령충만이라는 의미도 좀더 분명해질 수 있어요. 성령충만은 우리 안이 성령님으로 가득해지는 거예요. 즉 우리 안에 살고 계신 성령님의 영향력이 점점 더 커지신다는 뜻이에요. 반대로 성령충만하지 않다는 것은 성령님의 영향력이 작아지고 약해진 상태를 말해요.

3. 마음속 있는 죄악을 빼내는 효과 만점인 방법? = 성령 충만

우리가 갖고 있는 첫 번째 죄는 교만이에요(검은색 풍선을 보여주며). 우린 밖으로 표시는 안해도 마음 속으로 은근히 잘난 체 할 때가 많아요. 나보다 못생기거나 능력이 부족한 친구를 보면 깔보거나 업신여겨요. 이런 모든게 교만인데 바로 우리 마음 안에 있어요(검은색 풍선을 통안에 넣는다).

두 번째 죄는 거짓말이죠(남색 풍선을 보여주며). 우린 뭔가 불리해지면 위기를 넘기기 위해서 거짓말을 할 때가 있어요. 부모님이 외출 마치고 돌아오셔서 숙제했냐고 물어보셔요. 그러면 TV보다가 방금 껐는데도 숙제했다고 해요. 또 친구의 약점을 발견하면 덮어주진 않고 과장해서 소문을 내서 친구 마음을 아프게 만들어요. 이런 거짓말하는 죄가 우리 마음 속에 있어요(남색 풍선을 통안에 넣는다).

마지막으로 낙심하는 것도 죄예요(보라색 풍선을 보여주며). 할 수 있는데 할 수 없다고 말해요. 해보지도 않고 미리부터 걱정만 하고는 포기해 버려요. 어려운 것은 하지 않고 쉽고 편한 것만 골라서 해요.

그래서 이렇게 낙심한 친구들은 하루 종일 컴퓨터 게임에 빠져 있거나 잠자

는 것을 좋아해요(보라색 풍선을 통안에 넣는다). 이렇게 우리 마음은 죄로 가득차 있어요(세가지 풍선이 들어 있는 통을 들어 보여주며). 그렇다면 여러분! 우리가 어떻게 하면 마음 안에 있는 죄들을 빼낼 수 있을까요? 어떻게 하면 우리가 죄악을 이기고 하나님이 기뻐하시는 모습으로 변화될 수 있을까요? (풍선이 들어있는 통을 좌우로 흔들면서) 이렇게 애쓰면 죄악들이 빠질까요? 우리의 인간적인 노력으로는 안되요.

그 방법은 오직 하나! 성령충만이에요. 우리의 마음이 성령님으로 충만해 지면 이런 모든 문제가 해결될 수 있어요('성령님' 이라는 단어카드를 붙인 주전자를 기울여 그 안에 있는 노란 물을 '내 마음' 이 부착된 플라스틱 통안에 붓기 시작한다.

통은 투명하기 때문에 청중들은 플라스틱통 안의 노란물 수위가 점차 높아지면서 세가지 죄를 상징하는 풍선이 떠오르는 것을 관찰할 수 있다. 결국 노란물이 충만해 졌을 때 풍선은 빠져나오게 된다).

자! 보셨죠? 성령님이 우리 마음에 충만해 지니까 죄악이 제거되었어요. 교만, 거짓말, 낙심과 같은 죄들이 밖으로 나왔어요. 대신 성령님으로 가득찬 우리 마음은 하나님이 기뻐하시는 생각과 행동들이 생겨나기 시작했어요(이제부터 '하나님을 사랑함', '착한 행실', '복음전도' 세 단어카드를 주전자에서 떼어 아래의 순서에 따라 하나씩 플라스틱 통으로 옮겨 붙인다). 새로 생겨진 하나님이 기뻐하시는 성품은 다음의 세 가지예요.

4. 새로운 3가지 성품이 생기는 방법 = 성령충만

제일 먼저 하나님을 사랑하는 성품이 생겨요(내 마음을 뜻하는 플라스틱 통에 '하나님을 사랑함' 이라는 카드를 붙이면서). 성령충만했을 때 우리는 마음을 다하고 목숨을 다하고 힘을 다해서 하나님을 사랑할 수 있어요. 그리고 성령충만한 사람은 죄의 유혹을 물리치고 착하고 옳은 행실을 지킬 수 있어요 ('착한 행실' 을 붙이면서). 누가복음 4장 1절에는 예수님께서도 성령충만하게 되었을 때 마귀를 이기고 죄의 유혹에서 승리하셨다고 되어 있어요.

또한 성령충만한 사람의 특징은 복음을 전하고 싶은 열망이 넘친다는 거예요 ('복음전도' 를 붙이면서). 사도들은 성령충만해 졌을 때 더 이상 가만히 있을 수가 없었어요. 거리로 뛰어 나가 전도하기 시작했어요. 굶주림과 핍박, 창과 칼 같은 어떤 위협도 그들을 막진 못했어요. 심지어는 사도들은 복음을 전하다가 감옥에 들어갔을 때도 기뻐 찬양했어요.

오히려 감옥에 들어 온 것이 간수들과 죄수들에게 전도할 수 있는 절호의 기회라고 생각하고 감사했어요. 정말 성령충만한 사람들은 세상이 감당할 수 없는 사람들이에요. 여러분들도 성령충만해서 이와같은 신비한 능력을 얻고 싶으시죠?

5. 성령충만의 유일한 방법 = 기도

지금부터 그 방법을 말씀해 드릴게요. 핸드폰을 사용해 보셨나요?

(핸드폰을 보여주며) 핸드폰을 오래 쓰면 밧데리가 약해져요. 그래서 다음날에도 핸드폰을 계속해서 사용하기 위해서는 밤이 되면 충전기에 꽂아놔야해요 (충전기에 꽂으면서). 이렇게하면 아침에 충전된 밧데리를 핸드폰에 붙여서 계

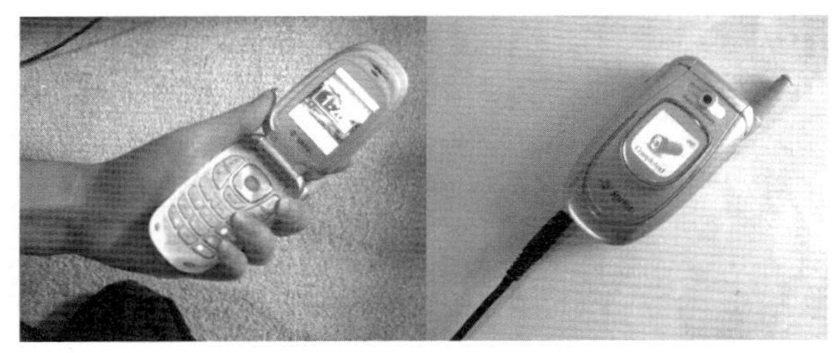

속 사용할 수 있어요.

그렇다면 한번 핸드폰을 우리로(핸드폰을 보여주며), 성령님을 충전기로(충전기를 보여주며) 생각해 봐요. 충전기에서 전기를 충전받지 않으면 핸드폰은 작동되지 않는 것처럼, 성령님이 힘을 주시지 않으면 우리는 어떤 능력도 생기지 않아요. 그렇게 되면 하나님과 멀어져요. 죄에 대해 무감각해져요. 그래서 죄를 짓기가 쉽고, 죄를 발견해도 싸워 이길 능력이 없어져요. 물론 전도하고 싶지도 않아요. 자기 앞가림도 못하는 사람이 어떻게 다른 사람을 챙겨주겠어요? 그래서 특별한 노력을 해야 해요.

날마다 우리를 들어서 충전기인 성령님께 꽂는 노력을 해야 해요. 우리 안에 강력한 에너지가 흐를 수 있도록 우리를 충전기에 꽂는 이 특별한 노력이 기도하는 거예요(핸드폰을 충전기에 꽂으면서).

기도할 때(다시 충전기에 꽂으면서) 성령님께서 힘을 공급해 주셔요. 기도할 때(충전기에서 뺏다가 다시 한번 꽂으면서) 우리 마음은 성령님으로 가득 찰 수 있어요. 기도할 때(뺏다가 다시 한번 꽂으면서) 마음 속의 죄가 밖으로 빠져 나올 수 있어요. 사랑하는 어린이 여러분! 성령충만은 기도하는 친구들에게만 부어주시는 하나님의 선물이에요. 여러분은 지금 성령충만한가요? 혹시 기도하지 않아서 여러분의 마음에는 충전해야 될 신호! 빨간불이 들어오진 않았어요? 그렇다면 충전할 시간, 성령충만을 받아야 할 시간이 된 거예요.

이 시간 '성령님과 더 가까워지고 싶다' 고 기도하셔요, '내 마음을 성령님으

로 가득차게 해달라' 고 기도하셔요. 성령님도 이 시간 여러분과 친해지고 싶어
하셔요. 마음을 열고 기도하는 친구들마다 가득 채워주시길 원하셔요. 기도를
통해 충전받기를 원하는 친구들마다 성령충만해질 거예요. 충전 완료신호! 평
안의 녹색불이 들어올 거예요.

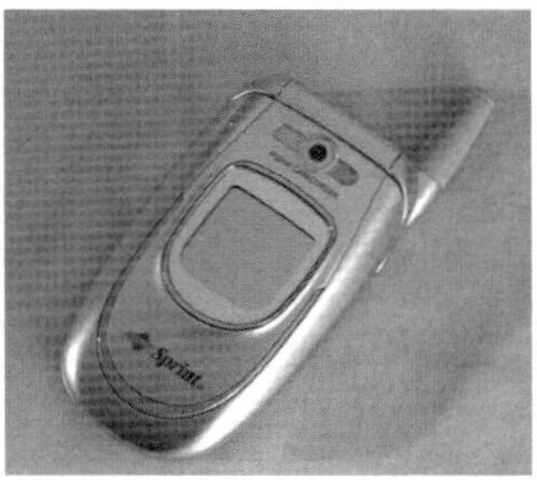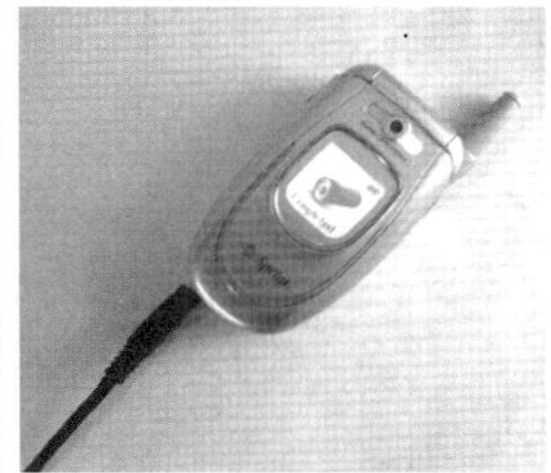

9. 하나님의 전신갑주를 입어요

- **읽을본문** : 에베소서 6:10-17
- **참고성경** : 에베소서 6:1-24, 베드로전서 5:8
- **교육목표** : 능력있는 하나님의 자녀로서 살아가기 위해서는 사탄의 시험에 빠지지 않도록 하나님의 전신갑주를 입어야 한다. 따라서 전신갑주 6개의 명칭과 그 영적인 의미를 깨달아 무장할 수 있도록 교육한다.
- **포 인 트** : 전신갑주로 무장해!
- **설교형태** : 영상설교(일반영화)
- **영상삽입** : ❶ 「매트릭스」(The Matrix 1999)

감독: 앤디워쇼 스키

매트릭스: 눈에 보이지 않지만 또 다른 세상이 존재한다(0:32:00-0:34:30).

❷ 「글래디에이터」(Gladiator 2000)

감독: 리들리 스콧

영화 초반 게르마니아 전투현장을 통하여 로마군인의 전신갑주와 역할과 위력을 설명한다(0:07:00-0:10:00).

1. 공존하고 있는 또다른 세계가 있어요

우리는 가끔 눈에 보이는 세계 외에도 다른 차원의 세계가 존재하는 것은 아닌지 궁금해 합니다. 「매트릭스」는 이렇게 눈에 보이지 않는 세계가 있는 것을 상상해서 제작한 영화라고 할 수 있어요. 이 영화는 우리가 존재하는 세상을 기계가 조정하는 가상현실이라고 가정했어요. 즉 이 세상은 가짜고 진짜 세상은 인공두뇌를 가진 컴퓨터가 지배하는 세계라는 것입니다.

그 세계에서 기계들은 에너지를 공급받기 위해서 인간을 캡슐 안에서 키워요. 그러다가 인간의 에너지를 다 빼먹고 나면 가차없이 죽여버리는 끔찍한 일을 자행해요. 주인공 '네오'는 처음에는 이 세계가 존재한다는 사실을 믿지 않았어요. 하지만 이 세계를 한번 다녀온 다음부터는 확신하게 됩니다. 그러면 네오가 기계들의 세계에 갔다가 탈출하는 장면을 보도록 해요.

매트릭스(네오의 탈출장면)

상영시간(0:32~0:34:30) #상영후 설교

2. 눈에 보이지 않는 영적 전투가 일어나고 있어요

성경에는 이 영화의 내용처럼 눈에 보이지 않는 또 하나의 세계가 있다고 말해요. 물론 그 세계는 지금 본 영화처럼 기계가 지배하는 곳은 아니에요. 하지만 어둠의 세계, 호시탐탐 예수님을 믿는 우리를 쓰러뜨리려고 기회를 노리는 사탄이 존재하는 세계가 있어요. 그 세계의 이름은 '악의 영'의 세계예요. 정말 이런 세계가 있는지 궁금하시죠? 에베소서 6장 12절을 보셔요. 분명히 하나님께서는 '어둠의 세상 주관자들'과 '악의 영들'의 세계가 있다고 말씀하고 계세요.

그래서 이 세상은 눈에 보이지는 않지만 마치 전쟁터와 같아요. 사탄은 우는 사자와 같이 삼킬 자를 찾기위해 '으르렁' 거리고 있어요. 여러분! 사탄과의 전투에서 패배하지 않고 승리하고 싶으신가요? 그래서 늘 감사와 기쁨, 능력이 넘치는 삶을 살아가고 싶으셔요? 그 비결이 에베소서 6장 13절에 나와있어요.

"영적 전투에서 승리하고 싶니? 그러면 전신갑주로 무장해!" (포인트)

3. 전신갑주의 의미를 알아야 해요

그렇다면 전신갑주는 무엇일까요? 전신갑주는 고대 로마 군인들이 전쟁할 때 입던 갑옷과 무기를 뜻해요. 바울 사도는 로마시대에 살았기 때문에 로마 군인들의 전신갑주에 대해 매우 잘 알고 있었어요. 전신갑주는 허리띠, 흉배, 신발, 방패, 투구, 검 이렇게 여섯가지로 구성되어 있어요.

그럼 전신갑주에 대한 여러분의 이해를 돕기 위해 로마 군인들이 전투하는 장면을 보겠어요. 이 영화를 볼 때 전신갑주가 어떻게 사용되는지 살펴보셔요.

글래디에이터(게르마니아 전투장면)
상영시간(00:07:00~00:10:00) #상영후 설교

영화에서 본 것처럼, 로마군인이 세계 최강이 될 수 있는 비결은 전신갑주로 무장한 덕분이었어요.

진리의 허리띠

먼저 허리띠의 의미부터 살펴 볼까요? 진리의 허리띠란 진리를 향해 집중된 마음을 뜻해요. 로마 사람들은 평상시에 토가라고 하는 옷을 입었어요(그림을 보여주며). 이 옷은 치렁거리기 때문에 일하는데 아주 불편했어요. 그래서 로마 사람들은 일을 시작하기 전에 허리띠부터 매는 습관이 있었어요. 허리띠는 일을 시작하기 위해 집중하는 마음을 뜻하는 거예요. 우리가 사탄과의 전쟁에서 승리하기 위해서도 제일 먼저 진리되신 예수님께 집중하는 마음가짐이 필요하답니다.

의의 흉배

두 번째는 가슴에 의의 흉배를 붙이는 거예요. 의의 흉배란 '나의 의'가 아니라 '예수님의 의'만 의지해서 살아야 하는 것을 의미해요. 나의 의로움으로는 영원한 생명을 얻지 못해요.

우리 모두는 의롭지 못한 죄인이기 때문이죠. 오직 예수님의 의로우심을 믿어야지만 영원한 생명을 얻을 수 있어요. 또 한가지 조심할 게 있어요. 사탄은 의롭지 않은 우리의 모습을 들추어내서 우리를 좌절시킨다는 거예요. 사탄은 말해요. "그것봐! 이렇게 실수많고 죄가 많아서야 하나님이 널 사랑하시겠어? 구원해 주시겠냐구?"

사탄은 항상 이런식으로 정죄해요. 이때 우리는 하나님의 의로우심으로 당당하게 맞서야 해요. "예수님이 나를 구원해 주셨는데 사탄! 네가 어쩔거야?"라며 배짱있게 나가야 해요. 예수님의 의로우심이 우리를 구원해 주시고 살려 주셨어요. 그러니까 우리들은 예수님의 의만 붙들고 나가야 해요.

복음의 신

세 번째 전신갑주는 복음의 신이에요. 그런데 여기서 '신발' 이 의미하는 것은 '복음' 이라고 했어요. 왜 복음을 신발에 비유했을까요? 복음을 전하기 위해서는 움직여야 해요. 그런데 움직이기 위해서 제일 필요한 것은 신발이에요. 그래서 복음 전하는 생활을 신발 신고 다니는 것에 비유한 거예요. 우리는 마귀와 싸워서 패배하지 않기 위해서 반드시 복음의 신을 신어야 해요. 다시 말해서 반드시 전도 해야지만 마귀에게 승리할 수 있다는 거예요.

이것은 분명한 사실이에요. 하나님을 믿는 사람이 전도를 하지 않으면 능력이 없어져요. 하나님이 계신건 지, 안계신 건지 의심도 많아져요. 하지만 친구를 전도해 보셔요. 능력이 생겨요. 지난주에 진희를 전도한 민정이의 이야기에요. 민정이는 진희가 교회가는 것을 너무 싫어할 것 같아 전도를 못하고 있었대요. 그런데 계속 복음을 전하고 싶은 마음이 생겨서 기도하기 시작했어요.

"하나님, 진희를 꼭 전도하고 싶어요. 하지만 진희는 골수 불교신자에요. 저를 도와주셔요." 기도를 마치고 진희에게 복음을 전했어요. "진희야, 우리 교회 한번 와봐. 하나님이 너를 너~무 사랑하셔."

그런데 의외로 진희가 너무나 좋아하며 승낙하는 거였어요. "그래? 나도 요즘 교회에 가고 싶었어, 좋아. 이번 주에 따라갈게"라고 시원하게 대답했어요. 민정이는 전도를 하니까 하나님께서 기도에 응답해주신 것을 확인할 수 있었어요. 절대 안될 것 같은 일이 이루어졌어요.

여러분, 이것이 무엇을 의미할까요? 전도하면 능력이 생긴다는 거예요. 기쁨과 감사가 넘치게 된다는 거예요. 그러니까 사탄은 패배할 수밖에 없어요. 반대로 복음을 전하지 않으면 힘이 없어지고 재미가 없어져요. 그리고 감사의 제목이 줄어들고, 자신감도 떨어져요. 불평이 입에 붙고 '하나님이 정말 계신가? 하는 의심마저 들어요. 그러니까 마귀한테 지는 거예요. 꼭 기억하셔요. 사탄을 이기는 사람은 전도하는 사람이에요.

믿음의 방패

네 번째 무기는 믿음의 방패예요. 믿음의 방패는 사탄의 시험을 하나님의 약속을 믿음으로써 막아내야 한다는 의미예요. 사탄은 우리를 향해 하루에도 쉴 새없이 화살을 날려보내고 있어요. 이런 화살을 맞으면 우리는 시험에 빠져요.

아침부터 별일 아닌데 엄마에게 신경질을 내고 학교에 가요. 잘못했으면서도 먼저 부모님께 말대꾸해요. 따돌림 당하기가 싫어서 친구들에게 거짓말해요. 이런 모든 실수과 잘못들이 사탄이 쏜 화살에 맞고 발생하는 거예요.

사탄의 불화살을 막는 방법은 오직 하나밖에 없어요. 피하는 거예요. 그런데 어디로 피해야 할까요? 바로 '믿음의 방패' 뒤로 피하는 거예요. 아무리 어려운 시험이 닥쳐 오더라도 하나님의 약속을 믿는 사람은 피할 수 있어요.

그렇다면 하나님의 약속은 무엇일까요? 하나님의 약속은 우리를 끝까지 사랑하신다는 거예요. 그래서 모든 시험에서 우리를 구원해 주시고, 보호해 주시고, 천국까지 인도해 주신다는 것이 하나님 약속이에요. 이 약속을 방패처럼 붙들면 승리할 수 있어요.

구원의 투구

다섯 번째 무기는 구원의 투구예요. 구원의 투구란 무슨 뜻일까요? 바로 하나님에 대한 확신을 의미해요. 하나님에 대한 확신은 하나님이 내 곁에 계시다는 확신이에요. 하나님이 나를 구원해 주셨다는 확신이에요. 이렇게 하나님에 대한 확신이 분명할 때 우리는 강해질 수 있어요.

전투중에 조종사가 낙하산을 매고 비행기에서 뛰어내려야 하는 상황이 발생할 수도 있는데 낙하산이 펼쳐질지 확신이 없다고 생각해 보세요. 전투를 제대로 할 수 있겠어요? 확신이 없는데 얼마나 불안하고 떨리겠어요. 마찬가지예요. 우리도 하나님에 대한 확신이 없으면 얼마나 연약해지는지 몰라요. 그래서 영적인 전투를 치루고 있는 우리들에게 하나님에 대한 확신, 즉 구원의 투구는 반드시 필요한 거예요.

성령의 검

이제 마지막 전신갑주 차례예요. 여섯 번째 전신갑주는 성령의 검입니다. 이제까지 앞에서 다룬 다섯 가지는 방어용 무기였어요. 하지만 성령의 검만큼은 공격용 무기예요. 다섯 가지로는 사탄의 시험을 막았어요. 하지만 여섯 번째 성령의 검은 사탄을 죽일 수도 있는 가장 강력한 무기예요. 성령의 검은 하나님의 말씀을 뜻해요. 우리는 하나님의 말씀으로 이 시험이 사탄에게서 온 것인지 분별할 수 있어요. 그리고 하나님 말씀으로 사탄을 내어쫓을 수 있어요.

말씀으로 사탄을 이긴 제일 좋은 모범을 보여주신 분은 예수님이셔요. 예수님께서 40일 동안 광야에서 금식하셨을 때였어요. 기회는 이때다 싶었던 사탄이 예수님을 찾아와서 시험하지요. 그런데 예수님은 사탄의 세가지 시험을 모두 하나님의 말씀으로 승리했어요. 사탄은 "걸음아, 날 살려라" 하면서 도망가 버렸죠.

사탄이 우리를 공격할 때 우리는 하나님의 말씀으로 맞서야 해요. 그래서 평소부터 머릿속에 하나님의 말씀을 준비해 두어야 해요. 매일 매일 성경을 읽고, 말씀 암송을 해야 하는 이유가 여기에 있어요.

4. 전신갑주를 입고 나가셔요

사랑하는 친구 여러분! 이 세상은 항상 눈에 보이는 세계와 눈에 보이지 않는 세계가 공존하고 있어요. 그리고 눈에 보이지 않는 영의 세계에서는 지금도 사탄이 우리를 넘어뜨리려고 으르렁대고 있어요. 이런 사탄의 시험에 넘어지기 않기 위해서는 어떻게 해야 한다고 했죠? 전신갑주로 무장해야만 해요.

사랑하는 어린이 여러분! 이제부터는 '진리의 허리띠'를 매고 예수님께만 집중하셔요. '의의 흉배'를 붙이고 예수님만을 자랑하셔요. '복음의 신발'을 신고 전도하시고요, '믿음의 방패'를 붙들고 하나님의 약속만 믿고 나가셔요.

또한 '구원의 투구'를 쓰고 하나님에 대한 확신을 가지세요. 마지막으로 '성령의 검'인 하나님 말씀으로 사탄의 심장을 찌르세요. 전신갑주를 입고 정면돌파할 때 사탄이 쓰러질 거예요. 비명을 지르고 도망갈 것입니다.

10. 무엇을 선택할 거예요?

- **읽을본문** : 마태복음 19:16-22
- **참고성경** : 마태복음 6:19-24, 19:16-30; 마가복음 10:17-31; 누가복음 18:18-30; 요한일서 2:15-17
- **교육목표** : 하나님과 세상과의 선택의 기로에서 방황할 때가 많다. 이때마다 영원한 만족과 행복을 주시는 하나님따라 살아가는 어린이들이 되도록 교육한다.
- **설교형태** : 영상설교(일반영화)
- **포 인 트** : 하나님을 선택해요
- **영상삽입** : 태양의 제국(Empire Of The Sun, 1987)
  감독: 스티븐 스필버그
  제이미 그레이엄이 모형 항공기를 잡느라고 엄마 손을 놓치는 장면(26:00-27:00)

1. 한눈 팔지 마셔요

세계 2차 대전 때 중국 상하이에는 서양인들이 살고 있는 동네가 있었어요. 제이미는 이 동네에 살고 있는 부유한 영국인의 외아들이었어요. 그의 꿈은 이 다음 커서 전투기 조종사가 되는 거였어요. 모형 항공기를 만들어 들고 다니면서 하늘 위를 나는 소망을 키워갔어요. 그러던 어느날 일본군이 침입해오자 제이미는 부모님과 함께 피난길을 떠나게 됩니다. 그런데 복잡한 피난길에서 제이미는 하늘을 날고 있는 전투기에 한눈을 팔다가 자기가 아끼던 비행기 장난 감을 떨어뜨립니다. 그것을 주으려고 하다가 잡고 있던 엄마 손을 놓쳐버리게 되었죠. 하지만 피난민들로 가득찬 복잡한 거리에서 도저히 엄마를 찾을 수 없었어요. 이 안타까운 장면을 함께 보겠어요.

태양의 제국(제이미가 엄마손을 놓치는 장면)
상영시간(26:00~27:00) #상영후 설교

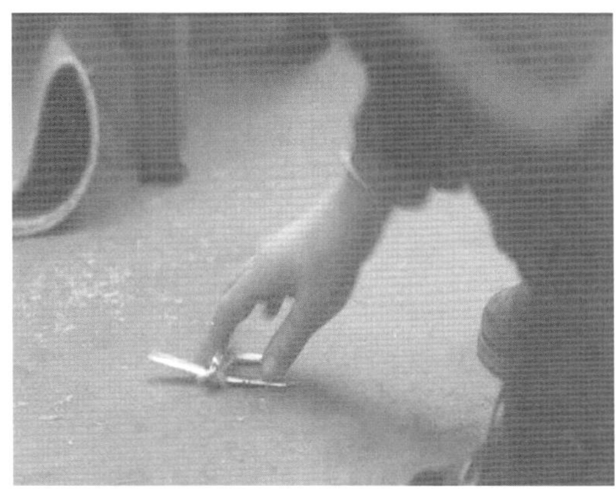

비행기 장남감을 줍기 위해 엄마의 손을 놓아버린 제이미의 선택은 잘못된 것이었어요. 그 결과 일본군의 포로가 되어서 죽을 고생을 하게 되었거든요.

그런데 이와 같은 선택의 기회는 우리에게도 종종 찾아와요. 특별히 우리는 하나님과 세상 사이에서 선택해야 하는 기로에 놓일 때가 많아요. 이 선택에 따라 행복과 불행이 좌우될 수 있는 중요한 순간이지요.

여러분! 영원한 행복을 얻게 되는 선택을 하고 싶나요? 그러면 하나님을 선택하서요(포인트).

2. 부자청년의 선택

한 청년이 예수님을 찾아와 물었어요.

"선생님, 영원한 생명을 얻으려면 어떤 착한 일을 해야합니까?"

예수님께서는 청년에게 말씀하셨어요.

"영원한 생명을 얻고 싶으냐? 그러면 하나님의 계명에 순종하여라." 청년은 좀더 구체적으로 알기를 원했어요.

"많은 계명들 중에서도 특별히 어떤 계명을 지켜야 합니까?"

예수님께서 자상하게 세세히 말씀해 주셨어요.

"살인하지 말라, 간음하지 말라, 도둑질하지 말라, 거짓증언하지 말라. 네 부모를 공경하여라, 네 이웃을 네 자신처럼 사랑하여라. 이 계명들을 지키거라."

청년의 얼굴이 환해졌어요. 그가 자신있게 말했어요.

"저는 이런 계명들은 잘 지키면서 살았습니다. 그 밖에 제게 부족한 것이 있다면 말씀해 주서요."

그러자 예수님께서는 청년을 바라보시면서 말씀하셨어요.

"만일 자네가 완전해지길 원한다면 가서 가진 재산을 전부 팔아 가난한 사람들에게 나누어 주어라. 그러면 하늘에서 보물을 얻게 될 것이다. 그런 후에 와서 나를 따르거라!"

이 말씀을 들은 청년은 매우 슬펐어요. 가진 재산이 너무나 많았기 때문이에요. 자기 재산을 포기할 수 없었던 청년은 고개를 숙인채 조용히 떠나갔어요.

어떤 사람이 정말 하나님을 사랑하고 있는지는 선택의 순간에 알 수 있어요. 평소에 "하나님을 사랑한다, 하나님의 계명을 지키고 있다"라고 말하면서 막상 결정하는 순간이 되어 세상을 선택한다면 이것은 하나님을 사랑하는 사람의 모습이 아니예요. 그에게는 하나님보다 세상이 더욱 중요하기 때문입니다.

3. 중간은 없다

색깔 중에는 두가지 색깔을 섞었을 때 나오는 중간 색깔이 있어요. 흰색과 검은색을 섞으면 중간 색깔로 회색이 나와요. 파란색과 빨간색을 섞으면 보라색이 나옵니다. 그런데 우리들의 신앙에는 가운데가 없다는 것에 유의하셔야 해요. 내가 세상을 사랑하고 있으면 하나님은 미워하고 있는 거예요. 내가 세상을 귀중하게 여기고 있으면 하나님은 업신여기고 있는 것이구요. 절대로 우리는 하나님과 세상을 동시에 섬길 수 없어요.

이런 이유로 부자 청년은 하나님보다 세상을 섬겼던 사람이었어요. 자신도 모르게 하나님을 미워하고, 돈을 사랑하고 있었던 거예요. 하나님을 업신여기고, 돈을 중요하게 생각하고 있었지요. 하지만 여러분! 세상은 우리에게 전정한 만족과 행복은 가져다 줄 수 없어요. 그 이유는 세상적인 것에는 악이 가득하기 때문입니다.

요한일서 2장 16절에는 세상적인 것이 겉으로 보기에는 몸을 편하게 해주고 눈을 즐겁게 해주는 것 같지만, 그 속에는 악이 들어 있다고 했어요. 세상은 하나님을 미워하게 만들고 우리를 하나님의 품에서 멀리 떠나가게 하기 때문이에요. 정말 이보다 더 큰 악이 어디에 있겠어요?

또 세상 속에서 진정한 만족과 행복을 찾을 수 없는 이유는 영원하지 않기 때문이에요. 이 세상은 아침에 생겼다가 낮이 되면 사라지는 아침 안개와 같아요. 아무리 좋은 집, 멋진 차, 막강한 권력과 엄청난 돈을 가졌어도 죽어서 이 세상을 떠날 때가 되면 다 놓고 가야되는 거예요. 그래서 우리는 이 세상에 미련을 두어서는 안됩니다. 사랑하는 어린이 여러분! 우리는 세상을 선택하지 말고 하나님을 선택해야 해요.

그러면 세상을 선택하지 않기 위해서는 어떻게 해야 할까요? 방법이 있어요. 그 방법은 세상에 한눈 팔지 않는 거예요. 한눈을 팔다보면 하늘에 나는 전투기를 바라보다가 엄마 손을 놓친 제이미처럼 불행하게 됩니다.

요즘 우리 주변에는 한눈 팔게 하는 것이 너무나 많아요. 인터넷 음란 사이트와 금지된 만화책들! 혹시 이런 것들을 슬쩍 슬쩍 보고 있는 친구 있나요? 자주 이러다 보면 세상을 사랑하게 돼요. 세상을 섬기는 사람으로 변해가요. 이런 친구 있다면 오늘 당장 그런 습관을 버리셔요. 그리고 우연히 보게 됐을 땐 어떻게 해야 할까요? 그 자리에서 눈을 감아버리셔요. 이런 것들은 피하는게 가장 좋은 방법이에요.

또 하나님을 선택하는 친구들은 생각이 단순합니다. 주일날 아침에 'PC방 갈까? TV볼까?' 라고 망설이지 않아요. 교회로 곧장 출발해요. 헌금을 낼 때도 단순해요. '조금만 낼까? 헌금 내지 않고 남은 돈으로 뭐할까?' 복잡하게 생각하지 않아요. 기쁜 마음으로 모두 헌금해요.

어린이 여러분! 결정이 필요한 모든 순간에 하나님을 선택하세요. 하나님을 선택해 영원한 만족과 행복을 얻게되는 친구들이 되시길 소망합니다.

11. 헐크에서 하나님의 자녀로

■ **읽을본문** : 로마서 12:2
■ **참고성경** : 요한복음 14:9; 로마서 5:12-21, 12:1-2; 디모데전서 1:15
■ **교육목표** : 구원받은 어린이들은 성화를 통해 하나님의 형상을 닮아간다. 죄악된 옛 사람의 모습을 벗어 버리고 하나님의 자녀로 변화되어야 하는 이유와 방법을 배울 수 있도록 지도한다.
■ **포 인 트** : 날마다 예수님을 만나요
■ **설교형태** : 영상설교(일반영화)
■ **영상삽입** : 헐크(The Hulk, 2003)
감독: 이안
❶ 브루스 배너가 헐크로 변하는 장면(00:57:42-00:59:46)
❷ 헐크가 베티 로스를 만나고 다시 인간으로 돌아오는 장면(01:51:34-01:55:20)

1. 하나님을 닮으려면?

아이가 태어나면 아빠 엄마와는 닮은 데가 있어요. 곱슬머리, 쌍거풀은 물론이고 점의 위치까지 부모님을 빼닮는 경우가 많아요. 우리들도 하나님의 자녀가 되었으면 하나님과 닮은 점이 있어야 해요. 그리고 시간이 지나면서 계속해서 하나님을 닮아가야 돼요. 하지만 여러분, 만일 우리가 하나님보다 세상을 더 많이 닮아있으면 어떻게 하죠? 이것은 정말 심각한 문제예요. 우리가 과연 누구의 자녀인지 의심해봐야 하기 때문이에요. 사랑하는 어린이 여러분! 하나님을 닮은 사랑받는 하나님의 자녀가 되고 싶으셔요? 그 방법이 성경책에 나와 있어요. 그것은 날마다 예수님을 만나는 거예요.

2. 우리는 괴수였어요

예수님을 만나기 전에 우리들은 죄의 노예들이었어요. 하나님을 떠나서 죄악에 물든 우리들의 마음대로 살아가고 있었어요. 바울 사도도 이때의 자기 모습을 '괴수'라고 하고 있어요. 자신이 보기에는 옳아보여도 실은 마귀가 조종하는데로 살아가고 있었기 때문이에요. 그런데 이런 죄악된 마음은 예수님을 믿고난 우리들에게도 아직 남아 있어요. 다만 하나님께서 예수님을 믿는 우리들을 죄가 없다고 여겨주시는 거예요. 그래서 우리가 하나님의 자녀가 된 것이지, 죄가 없거나 이제는 죄를 안지어서 하나님의 자녀가 된 것이 아니에요. 예수님을 믿는 우리들도 거짓말을 하거나 다른 사람들을 미워하기도 하잖아요. 우리가 죄를 짓는 것이 아직까지 죄악된 마음이 남아 있는 증거예요.

그렇다면 아직까지 남아서 우리를 괴롭히고 있는 죄는 어디에서 시작된 걸까요? 죄란 무엇일까요? 그리고 우리들은 어떻게 하면 죄를 극복하고 하나님을 닮는 착한 자녀들이 될 수 있을까요? 이것을 가르쳐주는데 도움이 되는 영화가 「헐크」에요. 먼저 헐크 이야기를 간단하게 소개할게요.

3. 헐크의 정체는?

헐크는 부르스라는 과학자가 변해서되는 괴물이에요. 부르스는 평상시에는 정상적인 사람이에요. 하지만 일단 화가 나면 헐크로 변해요. 그렇게 되면 얼마나 크고 힘이 세지는지 상대할 자가 없어요. 그런데 부르스가 헐크로 변하게 된 것은 모두 아버지 책임이었어요.

부르스의 아버지도 젊었을 땐 생물을 연구하는 유명한 과학자였어요. 그런데 아버지는 세상을 정복할 수 있는 강력한 힘을 가진 인간을 개발하기 위해 연구에 몰두했어요. 하지만 국가는 이 실험의 위험성을 알고 연구를 금지시킨 거예요. 그런데도 아버지는 몰래 숨어서 자기 몸을 갖고 계속 실험을 했어요. 그러자 아버지의 몸에는 이상한 증상들이 나타나기 시작했는데 이때 마침 아들이 태어났어요. 이 아들이 바로 부르스인데, 몸안에 아버지로부터 헐크로 변하는 유전자를 물려받고 태어난 거예요.

그 결과, 성인이 된 부르스는 화가 나면 몸안에 있는 헐크가 밖으로 나타나게 되었어요. 분노가 폭발하면 누구도 말릴 수 없는 괴물, 헐크가 되는 거였어요. 뒤늦게 아들이 있는 곳을 알게 된 아버지는 부르스를 찾아와요. 그리고는 부르스 안에 있는 괴물적인 힘을 이용하려고 해요. 즉 자기와 아들안에 있는 힘을 합쳐서 세상을 파괴하고 정복하려고 했어요. 하지만 이때 아들 부르스는 반대해요. 어떻게 해서든 자기 안에 있는 괴물을 없애려고 해요. 하지만 자신의 의지만으로는 되지 않아요. 화가 나기만 하면 무의식적으로 헐크가 되어버리기 때문이에요. 그러면 부르스가 헐크가 되는 장면을 보겠어요.

헐크(집에서 습격당한 부르스가 헐크로 변하는 모습)
상영시간(00:57:42~00:59:46) #상영후 설교

사랑하는 어린이 여러분! 부르스 안에 괴물 헐크가 있듯이 우리들의 마음 속에도 죄성이 있어요. 그리고 부르스가 헐크가 되는 것은 세상을 정복하려는 아버지로부터 유전된 것이었어요. 마찬가지로 우리들의 죄성도 유전된 거예요.

이 죄성은 첫 번째 사람 아담으로부터 시작되었어요. 아담이 하나님과 같이 되려고 선악과를 따먹은 죄가 우리에게 유전된 거예요. 그렇다면 여러분, 이제 죄가 무엇인지 알겠죠? 죄는 하나님과 같이 되려고 하는 마음입니다. 하나님의 자리를 내가 차지하려고 하는 마음이에요. 내가 인생의 주인이 되어 내 욕심을 따라 마음대로 살아보려는 게 죄성인 거예요.

그러면 이런 죄성은 언제 나타날까요? 우리 마음 속에 있는 죄성은 평상시에는 나타나지 않아요. 아무 문제가 없이 보여요. 하지만 순간 순간 위기를 만나면 헐크와 같은 본성이 터져나와요. 화가 나서 성질이 나면 친구들과 가족들에게 상처를 주게 돼요. 아픈 말을 하고, 욕을 하고, 나쁜 소문을 퍼트리지요. 그리고 친구를 왕따시키고, 심지어는 동생을 때리기도 해요. 그리고 하나님의 기대보다는 나의 욕심을 따라 살아가려고 해요. 끊임없이 남과 비교하고 남을 짓밟고 올라가려는게 우리들의 마음이에요.

4. 헐크 같은 우리의 죄성을 없애는 방법

그렇다면 어린이 여러분! 이와 같은 헐크적인 모습을 없애기 위해서는 어떻게 해야 할까요? 그 방법은 영화 헐크의 다음 장면을 보면서 설명드릴게요.

헐크(베티를 만나고 인간으로 변화되는 모습)

상영시간(01:51:34∼01:55:20) #영화와 동시에 설교를 진행한다

부르스의 곁에는 자신을 사랑해주는 여자 친구가 있었어요. 그녀의 이름은 베티였어요. 세상에서 헐크의 분노을 녹이고, 괴물에서 온순한 사람으로 변화시킬 수 있는 사람은 오직 베티뿐이었어요.

결국 도시를 파괴하고 사람을 죽이던 헐크는 베티를 만나자 다시 사람으로 돌아와요. 이처럼 좋은 만남은 사람을 변화시킬 수 있는 힘이 되는 것이지요.

그런데 여러분! 세상에서 가장 좋은 만남은 예수님과의 만남이에요. 예수님과의 만남은 우리를 헐크적인 죄성에서 하나님이 기뻐하시는 모습으로 변화시킬 수 있어요. 그래서 우리는 예수님을 만나야 해요. 그것도 지속적으로 만나야 해요. 그러면 우리는 어떻게 예수님과 만날 수 있을까요?

예수님과 만나는 방법은 꾸준히 기도하는 것이에요. 꾸준히 하나님의 말씀을 듣는 거예요. 성경을 읽고 설교를 들으면서 하나님 말씀을 듣는 거예요. 그리고 찬양하면서 예수님을 만날 수 있어요. 또 예배드리면서 예수님을 만날 수 있어요. 이렇게 기도와 말씀, 찬양과 예배를 통해서 예수님을 만날 수 있어요. 이렇게 할 때 우리는 세상을 본받지 않을 수 있어요. 그대신 하나님이 기뻐하시는 모습으로 변할 수 있는 거예요.

어린이 여러분, 헐크는 인간이 괴물로 변화된 거예요. 하지만 예수님을 계속 만나는 사람은 반대가 되요. 괴물에서 온전한 인간으로 변합니다. 하나님이 기뻐하시는 모습을 가진 인간, 하나님을 닮은 자녀의 모습으로 변해요. 예수님과 만나는 것을 사모하는 친구들 되셔요.

12. 예수님과 바꿀 수 없어요

- **읽을본문** : 로마서 8:32
- **참고성경** : 로마서 8:32-39, 12:2; 요한일서 2:15,16
- **교육목표** : 예수님은 구원하실 때 우리의 생명을 구원하시기 위해 자신의 생명을 포기하셨다. 우리 역시 예수님과 세상과의 선택의 기로에서 언제나 예수님을 선택하도록 한다.
- **포 인 트** : 예수님과 바꿀 수 없어요
- **설교형태** : 영상설교(애니메이션)
- **영상삽입** : 보물성(Treasure Planet, 2002)
  감독: 롤 크레맨츠, 존 머스커
  샘이 호킨스를 구하기 위해서 배에 실린 보화를 포기하는 장면(1:17:56-1:19:26)

1. 급식시간에 일어난 일

급식시간이었어요. 오늘은 이번 달 식단에서 제일 맛있는 떡볶기가 나오는 날이었어요. 특별히 하담이네 교실은 급식실 바로 위에 있는 교실이었거든요. 3교시부터 얼마나 맛있는 냄새가 올라왔는지 수업을 못할 지경이었어요. 드디어 점심시간을 알리는 종이 울렸어요. 급식이 올라오자 '늦게 나가면 국물도 없다' 며 친구들이 식판을 들고 허겁지겁 뛰어나갔어요. 하담이도 나가려고 했는데 이게 웬일이에요. 오늘따라 집에서 수저를 두고 온 거예요. 하담이네 학교는 수저를 매일 집에서 갖고 다녀야 했어요. 그래서 가끔 잊고 안가져올 때가 있는데 하필이면 오늘 이런 사태가 벌어질 줄이야……

하늘이 캄캄했어요. 난처한 표정을 하고 있는데 하담이 친구 지수가 다가와 물었어요. "하담아, 너 표정이 왜 그래? 뭐 안좋은 일 있니?" "어 그게…… 수저를 안 가져왔거든." 하담이는 머리를 긁적이며 말했어요. 그러자 지수가 환한 웃음을 지으며 자기 수저를 건네 주었어요. "하담아. 걱정말고 내 수저를 사용해." 하담이는 정색을 하며 말렸어요. "안돼, 그러면 네가 못 먹잖아."

지수가 말했죠. "괜찮아. 우리집은 교문 앞에 있는 저 아파트잖아. 그것도 1층이거든. 금방 갔다올게. 너는 떡볶이나 많이 타고 있어. 5분만에 갔다올테니." 금방 갔다오겠다며 뛰어나간 지수에게 하담이는 얼마 고마웠는지 몰라요. 눈물이 핑돌았어요. "지수야. 넌 정말 좋은 친구야."

2. 중요한 것을 양보하는 일은 어려워요

친구 여러분! 지수 정말 멋진 친구죠? 그리고 지수처럼 좋은 친구를 가진 하담이는 정말 좋겠어요. 양보하는 것은 쉬운 일이 아니에요. 더구나 양보해야 하는 것이 중요하게 생각하는 것이라면 더욱 어려워질 거예요. 그런데 사랑하는 친구 여러분! 우리에게 자기가 가진 가장 소중한 것을 아낌없이 줄 수 있는 친구가 있다면 얼마나 좋을까요? 만일 그런 친구를 가졌다면 이 사람은 정말 복이 많은 사람일거예요.

지금부터 잠시 볼 영화에는 친구를 위해서 자기가 가장 좋아하는 것을 포기해야 하는 사람이 나와요. 이게 얼마나 힘든 일인지 함께 보실까요?

보물성(실버가 호킨스를 살리는 장면)
상영시간 (1:17:56~1:19:26) #상영후 설교

실버는 돈을 너무나 좋아하는 해적이
었어요. 하지만 최종적으로 돈과 우정의
갈림길에 섰을 때 친구를 선택했어요. 그
많은 보물과 돈을 버리고 친구 호킨스를
구해주었어요. 호킨스는 자기의 손을 잡
아준 실버가 너무나 고마웠을 거예요.

사랑하는 친구 여러분! 양보하고 포기
하는 일은 쉬운 일이 아니에요. 별로 비
싸지 않은 것을 양보하는 것은 쉬울지 몰
라요. 그런데 내가 양보해야 하는 것이
큰 것이라면 사정은 달라져요. 1년 동안
열심히 모은 저금통, 내가 입지도 않고
아꼈던 옷 같은 소중한 것을 조건없이 주
는 것은 어려운 일이에요. 더군다나 그것
이 내게 두개 있는 것이 아니라 하나밖에
없는 것이라면 주기가 더 힘들어요.

그런데 우리 인간이 가진 가장 귀한것! 하나밖에 없는 것은 무엇일까요? 생각
이 빠른 친구들이라면 얼른 '생명' 이 생각났을 거예요. 아무리 사랑하는 친구
라도 그 친구의 생명을 살리기 위해 내 생명을 아낌없이 주는 것이 얼마나 어려
운 결단인지 몰라요. 한번 친구가 큰 수술을 받고 있다고 생각해 보서요. 그런
데 수술 시간이 너무 길어져서 피가 부족하다는 연락을 받았어요. 그런데 그
친구를 위해서 내 피를 아낌없이 줄 수 있겠어요? 그렇게 되면 내 생명이 위험
해지는데도 말이에요? 여러분이 보통 아끼고 사랑하는 친구가 아니고서는 그
렇게 못할 거예요.

3. 예수님과 바꿀 수 없어요

그런데 우리를 생명 다해 사랑한 분이 계셔요. 우리를 너무나 아끼셔서 자기의 가장 귀한것! 바로 하나뿐인 생명을 양보해준 분이셔요. 그분은 바로 예수님이셔요. 우리는 모두 죄인이기 때문에 죽으면 영원히 멸망받아야 했어요. 하지만 예수님이 우리에게 영원한 생명을 주기 위해서 죽으셨어요. 사실은 죄를 지은 우리들이 죽어야 하는데 예수님께서 대신 십자가에서 못박혀 죽으신 거예요. 또한 예수님은 죽은 뒤 삼일 후에 다시 살아나셨어요. 그래서 지금은 천국에서 저와 여러분을 기다리고 계셔요.

사랑하는 친구 여러분! 로마서 8장 32절에서 예수님은 우리를 무엇과도 바꿀 수 없다고 말씀하셔요. 이런 예수님이시기에 우리를 위해서 모든 것을 포기하신 거예요. 그리고 앞으로도 우리를 위해서라면 어떤 것이라도 아끼지 않고 선물로 주시겠다고 약속하셨어요.

그렇다면 친구 여러분! 우리도 이제부터 세상의 다른 어떤 것보다 예수님을 더욱 사랑하는 친구들이 되어야 겠어요. 제가 친구들의 결단을 확인해 보겠어요. 제가 질문하면 "예수님과 바꿀 수 없어요"라고 크게 외치세요.

주일날 아침 TV보는 게 너무나 즐겁나요?

"예수님과 바꿀 수 없어요."(어린이)

주일날에 아빠가 놀이공원 가자고 하시나요?

"예수님과 바꿀 수 없어요."(어린이)

성경읽고 기도하는 시간보다 인터넷하고 게임하는 시간이 중요한가요?

"예수님과 바꿀 수 없어요."(어린이)

언제나 예수님을 최고로 생각하는 친구들이 되세요.

13. 하나님과 떠나는 아름다운 비행

- **읽을본문** : 로마서 8:30
- **참고성경** : 신명기 32:10-12, 이사야 43:1-7, 시편 23, 121편 요한복음 3:1-21, 에베소서 1-23, 4:1-16
- **교육목표** : 구원받은 어린이들에게 천국에 가는 순간까지 하나님께서 함께 하시고, 보호해 주신다는 확신을 갖게 한다. 또한 구원의 순서 즉 소명(부르심), 중생(거듭남), 성화(닮아감), 성도의 견인(천국까지 인도하심), 영화(구원의 완성)를 배울 수 있도록 한다.
- **포 인 트** : 하나님과 동행하셔요
- **설교형태** : 영상설교(일반영화/복음제시용 전장면 편집)
- **영상삽입** : 아름다운 비행(Fly Away Home, 1996)
  감독: 캐롤 발라드
  ❶ 알을 서랍에 보관하는 에이미 ❷ 거위들의 탄생 ❸ 거위들을 키워가는 에이미 ❹ 행글라이드를 타고 거위들과 함께 비행하는 에이미 ❺ 거위들과 함께 목적지에 착륙하는 에이미

1. 하나님의 사랑과 엄마의 사랑

아기에게 있어 엄마의 역할은 참으로 중요해요. 엄마는 아기를 낳아요. 또 다 클 때까지 길러주셔요. 직장을 갖고 결혼해서 스스로 세상을 살아갈 수 있을 때까지 도와주셔요. 이와 같은 희생은 누가 시켜서 하는 게 아니에요. 나중에 근사한 보상을 받기 위해서 하는 것도 아니에요. 오직 자식을 사랑하는 이유

하나 때문에 손발이 다 닳도록 고생하시는 것입니다. 하지만 엄마의 사랑과 보호도 언제까지나 계속될 수는 없어요. 엄마는 우리보다 먼저 이 세상을 떠나가시기 때문이에요. 하지만 엄마보다 완전한 사랑을 갖고 계신 분이 있어요. 이분의 사랑과 보호는 영원히 지속될 수 있어요. 이분은 바로 하나님이셔요. 하나님께서는 천국에 갈 때까지 우리들을 지켜주셔요. 이처럼 끝까지 구원을 책임져 주시는 하나님의 모습을 배울 수 있는 영화가 있어요. 「아름다운 비행」이라는 영화인데, 보면서 하나님의 사랑을 느껴보셔요.

2 부르심 (거위알을 발견하고 집에 가져오는 에이미 / 20:20-23:18)

에이미는 교통사고로 엄마를 잃은 슬픔 속에 잠겨 있는 어린 소녀예요. 그런데 절망한 에이미에게 희망이 찾아왔어요. 난개발로 파헤쳐진 늪지에서 거위알을 발견했기 때문이에요. 에이미는 16개의 거위알을 집에 가져와 서랍속에 넣었어요. 그리고는 따뜻한 천조각으로 감싸주고 뜨거운 백열등을 비춰서 부화시켜요. 거위가 살아날 수 있었던 것은 에이미가 집으로 데려왔기 때문이에요. 어미를 잃은 채로 파괴된 늪 속에 그대로 있었으면 모두 죽었을 거예요. 에이미의 품에 들어왔기에 살 수 있었습니다.

하나님께서도 우리를 사망의 늪지에서 불러주셨어요. 죄에 계속 방치되어 있었으면 하마터면 영원히 죽을 뻔했던 우리를 하나님께서 그 따뜻한 품에 불러주셔서 살 수 있었던 거에요. 여기서 유의해야 될 점이 있어요. 그것은 구원을 얻기 전에도 하나님께서는 우리를 알고 계셨다는 거랍니다. 마치 에이미가 부화되기 전에 거위알을 알고 있었던 것처럼 말입니다. 하나님은 구원받기 전부터 우리에게 관심이 많으시고 사랑하셨어요. 그래서 우리를 살려내기로 결심하셨지요. 그리고 그 따뜻하고 넓은 품안으로 우리를 불러주신 거예요.

3 거듭남 (알을 깨고 나오는 거위들 / 27:16-28:04)

에이미가 보살펴 주었던 거위들이 알을 깨고 나오는 경이로운 순간이에요.

온 몸이 젖은 채로 거위들이 껍질을 깨고 나오고 있어요. 정말 귀엽고 깜찍하지요?

새끼들이 알 속에 있을 때는 생

명이 있다고 말하기 어려워요. 움직이지 않고 그냥 놔두면 상해서 썩어 없어지기 때문이에요. 진정한 생명체가 되기 위해서는 다시 태어나야 해요. 엄마의 뱃속에서 나왔어도, 다시 껍질을 깨고 나와야 움직일 수 있고, 먹을 수 있고, 더욱 크게 자랄 수 있기 때문이에요.

성경에서도 우리가 영원한 생명을 얻기 위해서는 다시 태어나야 한다고 했어요. 예수님은 유대인의 선생님이었던 니고데모에게 말씀하셨어요.

"누구든지 다시 태어나지 않으면, 하나님 나라를 볼 수 없느니라."

예수님의 말씀을 들은 니고데모는 고민이 생겼어요. 아무리 생각해도 다시 태어나는 방법이 떠오르지 않았기 때문이에요. 다시 태어나기 위해 이미 큰 사람이 어머니 뱃속으로 돌아갈 수도 없는 일이었어요. 하지만 예수님이 말씀하신 '다시 태어나야한다' 는 것은 예수님을 믿고 하나님의 자녀로 다시 태어나야 한다는 뜻이었어요.

예수님을 믿기 전 우리들의 모습은 하나님의 자녀가 아니라 죄의 종이었어요. 그래서 알에서 나오지 못한 거위처럼 살아있는 것 같아도 실은 살아있는 게 아니었죠. 언젠가는 영원한 사망의 형벌을 받을 처지에 놓여있었어요. 하지만 예수님을 믿을 때 역전이 일어났어요. 죄의 종에서 하나님의 자녀로 변한 거예요. 이제 우리에게는 하나님 나라에 들어갈 수 있는 자격이 생겼어요.

4 닮아감 (에이미를 따라가는 거위들 / 33:26-34:18)

새들은 알에서 깨어나 처음 본 것을 어미새로 여긴다고 해요. 거위들이 태어나 처음본 것은 에이미였어요. 그래서 거위들은 에이미를 엄마로 생각하고 있는 거예요. 거위들은 에이미의 행동은 무엇이든 따라하려고 해요. 뛰면 같이 뛰어요. 멈추면 같이 멈추구요. 이렇게 거위들은 엄마를 똑같이 흉내내면서 세상을 살아가는 방식을 배우는 거예요.

그러나 에이미가 가르칠 수 없는 것이 있었어요. 바로 나는 것이었지요. 하지만 에이미는 아버지의 도움을 받아서 거위들에게 나는 훈련도 시킬 수 있게 되었어요.

그 방법은 에이미가 경비행기를 타고 하늘로 날아 오르는 거였지요. 그러니까 거위들도 에이미를 따라 하늘을 향해 날아 오르기 시작했어요.

사랑하는 어린이 여러분! 알에서 나온 거위가 어미새를 닮으려고 노력하듯이 다시 태어난 우리들도 하나님을 닮아가야 해요. 하나님의 인격과 행동이 그대로 나에게 옮겨질 수 있어야 해요.

인자하시고 사랑이 가득하신 하나님, 죄없는 깨끗한 마음을 가지신 하나님을 닮아가야 해요. 내가 하나님의 작은 복사판이 될 수 있도록 우리는 부지런히 노력해야 해요.

5 천국까지 인도하심 (경비행기를 따라 비행하는 거위들 / 1:23:50-1:25:40)

에이미가 야생 거위를 기르는 일은 쉽지 않았어요. 경찰들이 불법이라고 기르지 못하게 방해했기 때문이에요. 심지어는 거위들의 날개죽지를 잘라버리려는 잔인한 행동을 보이기도 했어요. 결국 에이미는 애정을 갖고 기르던 거위들을 남쪽으로 돌려보내기로 결심해요. 그리고 거위들에게 나는 법을 가르쳐 아름다운 비행을 시작합니다.

에이미가 어미 거위 모양의 경비행기를 타고 날아가자 16마리의 거위들이 따라 날기 시작해요. 이 여행은 남쪽 플로리다까지 8,000킬로미터가 넘는 대장정이었어요. 산과 숲을 지나고 강과 호수 위를 날면서 수많은 일들을 만나게 됩니다. 즐거운 순간도 있었지만 손에 땀을 쥘 만큼 아찔한 순간도 있었어요. 하지만 그때마다 에이미는 지혜롭게 거위들의 비행을 도와줍니다. 다리를 다친 거위였던 이고르까지 16마리 전부를 목적지에 도착시키기 위해 정성을 다해 결국 그 비행을 성공시키지요.

하나님께서도 우리를 목적지인 천국까지 인도해 주셔요.

하나님은 우리가 믿을 때 영원한 생명만 주시고 손털고 일어나시는 분이 아니에요. 영원한 생명을 선물로 주신 하나님은 천국에 갈 때까지 우리 곁을 떠나지 않으셔요. 우리가 사는 날 동안 항상 곁에 계시고 끝까지 책임지시는 분이셔요.

하나님은 목적지인 천국에 정확히 도착할 수 있도록 바른 길로만 안내하셔요. 위기가 닥쳐오면 보호해 주셔요. 그리고 천국에 데려가기로 작정한 사람들은 한 명도 빠짐없이 무사히 인도해 주셔요.

그래서 그 길어 보이는 인생길이 하나님 때문에 즐거울 수 있어요. 하나님 때문에 안전한 것입니다.

거위떼와 에이미가 하나가 되어 비행을 하고 있다는 사실은 텔레비전과 신문을 통해 온 세계에 알려지게 됩니다. 그래서 수많은 사람들이 도착할 예정 장소에 나와서 기다리고 있어요. 드디어 에이미가 나타자 수많은 사람들의 환호성과 박수소리가 터져나와요. 그리고 비행기가 안착하자 이곳에 먼저와 있던 사람들이 뛰어나와 아름다운 비행을 끝낸 에이미를 축하해 줍니다. 16마리의 거위들은 이곳까지 무사히 인도해 준 에이미에게 감사의 마음을 전하듯 호수를 즐겁게 헤엄쳐 다닙니다.

하나님도 에이미처럼 마지막 목적지인 천국까지 인도해 주실 거예요. 천국은 세상에서 우리를 사랑했던 수많은 사람들이 먼저와서 기다리고 있는 곳이에요. 인생의 여정을 마치고 천국에 도착하는 순간이 되면 그들이 뛰어나와 따뜻하게 맞아줄 거예요. 그때 우리는 이렇게 고백할 것입니다. 정말 아름다운 비행이었다고, 하나님이 시작부터 끝까지 함께 하셨기 때문에 그럴 수 있었다고 고백할 거예요.

사랑하는 어린이 여러분! 하나님은 우리를 부르셨어요. 그래서 우리는 예수님을 믿고 하나님의 자녀로 다시 태어날 수 있었던 거지요. 하나님의 자녀로 태어난 우리들은 하나님을 닮아가야 해요.

또한 하나님은 우리를 천국까지 인도해주셔요. 특별히 예수님을 주님으로 고백한 자녀들은 한명도 빠짐없이 천국으로 갈 수 있도록 도와주셔요. 그래서 우리들은 목적지인 천국에 무사히 도착할 수 있는 거예요. 이것은 모두 하나님 덕분이에요. 이 좋은 하나님께 항상 감사하며 살아가는 친구들이 되셔요.

14. 말씀으로 창조하셨어요

■ **읽을본문** : 요한복음 1:1-5
■ **참고성경** : 창세기1:1-2:3, 2:4-25
■ **교육목표** : 하나님이 말씀으로 세상을 창조해 나가시는 전 과정을 시각자료와 함께 설명함
　　　　　　　으로써 어린이들에게 창조신앙을 갖게 한다.
■ **포 인 트** : 하나님이 만드셨어요.
■ **설교형태** : 그림설교(융판설교) *자료 1-6은 확대복사해서 사용하세요.

1. 뉴튼의 깜짝 전도

17세기 영국이 자랑하는 위대한 과학자 뉴튼은 신앙심이 깊은 사람이었어요. 그런데 그의 절친한 친구는 하나님의 존재를 믿지 않았다고 합니다. 이를 불쌍하게 여긴 뉴튼은 친구를 위해 발명품을 만들었어요. 그리고 날을 잡아 친구를 자기 연구실에 초대했어요. 친구가 연구실에 들어가자 깜짝 놀라고 말았어요. 그 안에서 굉장한 발명품이 있었기 때문입니다. 태양계의 모형이 있었어요. 그런데 이게 웬일일까요? 뉴튼이 톱니바퀴를 돌리기 시작하니 태양을 중심으로 수성, 금성, 지구, 화성, 목성, 토성 등 모든 행성들이 움직이기 시작하는 거였어요. 얼마나 정교하게 제작되었든지 수많은 행성들이 자전과 공전을 하면서도 서로 부딪치지 않았어요.

"이건 정말 대단한 발명품이야. 이런 작품을 만든 천재가 누군가? 자네지? 자네 뉴튼이 아니면 이런 것을 만들 수 있는 사람이 없잖은가?" 친구는 흥분해서 말했어요. 하지만 뉴튼은 친구를 쳐다보며 빙그레 웃으며 말했어요. "이보게, 난 아닐세." 뉴튼의 말을 믿을 수 없다며 친구는 다시 말했어요. "자네 지금 나와 장난치자는 건가? 자네 아니면 이런 위대한 작품을 만들어낼 사람이 없다니까." 그래도 뉴튼은 자기가 만들었다는 사실을 계속 부인했어요. 그러자 지친

친구는 뉴튼에게 물었어요. "그래, 자네 말대로 자네가 안 만들었다고 치세. 그럼 이 작품을 만든 사람은 대체 누구란 말인가?" 뉴튼은 질문을 기다렸다는 듯이 말했어요. "이건 그냥 생긴 것일세" 친구는 뉴튼의 말에 어처구니가 없다는 듯이 말했어요. "아니, 자네 지금 제 정신인가? 어떻게 이렇게 정교한 작품이 그냥 생길 수가 있는가?" 그제서야 뉴튼은 말했습니다. "사랑하는 친구야. 자네는 지금 이와같은 우주의 모형도 만든 사람이 있다고 말하지 않는가? 그런데 어떻게 완전한 질서와 법칙 속에 움직이고 있는 이 우주를 만드신 분이 없다고 하는가?" 친구는 뉴튼의 말을 듣고 크게 반성했어요. 그리고 하나님의 존재를 믿게 되었어요.

사랑하는 여러분, 세상의 과학은 우주가 우연히 생겼다고 말합니다. 하지만 우주는 저절로 생긴 것이 아니예요. 하나님께서 창조하신 것입니다. 성경은 우주와 세상이 하나님의 '말씀' 으로 창조되었다고 분명히 가르쳐 주고 있어요. 이것은 분명한 사실이에요.

과학으로 설명할 수 없는 많은 현상들이 성경을 믿고 연구하다 보면 해결되는 경우가 많아요. 오늘은 저와 함께 세상이 창조된 과정을 배워보도록 해요.

2. 7일간의 창조

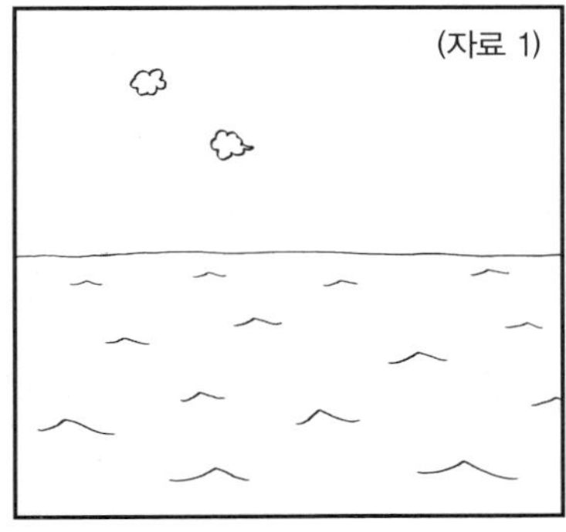

하나님이 창조하시기전 세상은 지금처럼 짜임새 있는 모습이 아니었어요(자료 1). 땅에 생물은 하나도 없이 텅 비어 있었어요. 빛이 없었기 때문에 깊은 바다까지 짙은 어둠이 깔려 있었어요. 그때 하나님께서 "빛이 생겨라" 하고 말씀하셨

134

어요. 그러자 빛이 생겼어요

　하나님께서는 빛과 어둠을 나누셨어요. 그리고 빛을 '낮' 이라 부르시고 어둠을 '밤' 이라고 부르셨어요.

　이때부터 해가 지는 저녁과 해가 뜨는 아침이 생기게 되었어요. 이것이 첫째 날이었어요. 하나님께서는 달라진 세상을 보시고 만족스러우셨어요. 앞으로 6일 동안 하나님께서는 작정한 순서대로 질서있게 세상을 만들어 가십니다.

　둘째날이 되자 하나님께서는 또 말씀하셨어요. "물 한가운데 둥근 공간이 생겨 물을 둘로 나누어라." 그러자 순식간에 둥근 공간이 만들어지고, 그 공간의 위와 아래에 물이 가득 찼습니다.

하나님께서는 이 공간을 '하늘' 이라고 부르셨어요. 즉 공기가 있는 대기권이 생긴 거예요. 여기서 아래에 있는 물은 지하수를 뜻합니다. 그리고 위에 있는 물이란 지금은 존재하지 않지만 하늘 위에 있던 물층을 가르키는 것입니다. 하늘 위에 있던 물층은 노아의 홍수 때 터져서 땅으로 쏟아졌어요(창 7:11). 그리고 땅 속에 있던 물도 홍수가 났을 때 터져 올라온 거예요. 성경에는 지하에서 터진 이 물을 '깊음의 샘' (창 7:11)이라고 표현했어요. 이렇게 하나님께서는 둘째날 하늘을 만드시고, 그날의 작업을 마치셨어요.

　셋째날 하나님께서는 땅과 바다를 만드셨어요(자료2). "하늘 아래의 물은 한 곳으로 모이고 뭍이 드러나거라" 하시니 그대로 되었어요. 하나님께서는 뭍을 '땅' 이라고 부르시고 모인 물은 '바다' 라고 부르셨어요. 하나님은 흐뭇해 하시며 또 말씀하셨어요. "땅은 풀과 씨를 맺는 식물과 씨가 든 열매를 맺는 온갖 종류의 과일나무를 내어라." 하시니 땅 속에서 식물이 올라왔어요. 땅은 금새 초록빛으로 변했어요.

　넷째날 하나님께서는 해와 달과 별을 만드셨어요(자료3).

　그리고 사시사철이 생기도록 하셨어요. 이제 낮에는 자연에 생기를 불어넣는 태양이 빛나고, 밤에는 아름다운 달과 별이 빛나게 되었어요. 그리고 지구가 자전과 공전을 시작함으로써 시간과 계절의 변화가 생기게 되었어요.

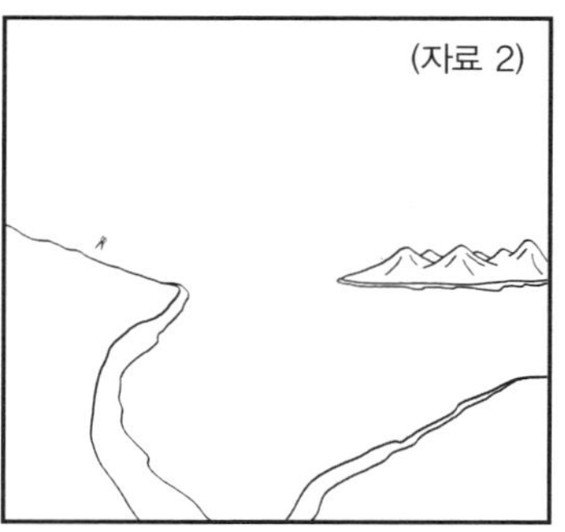

여러분, 벌써 세상에는 많은 변화가 생겼죠? 다섯째날이 밝자 하나님께서는 또 한번 우렁찬 목소리로 말씀하셨어요. "물은 움직이는 생물을 많이 내어라. 새들은 땅 위의 하늘을 날아다녀라." 그러자 바다와 강에는 물고기들이 쏜살같이 헤엄쳐 다녔어요(자료 4).

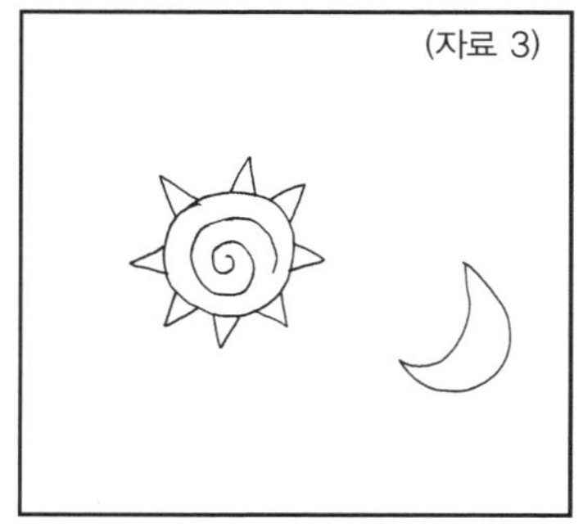

숲속은 어느새 온갖 종류의 새울음 소리로 가득 찼어요. 하나님께서 이 광경을 보시며 만족스럽다는 듯이 고개를 끄떡이셨어요. 그리고는 새와 물고기를 향해 축복하셨어요. "물고기들은 새끼를 많이 낳아 바닷 속을 가득 채우거라. 새들도 땅 위에서 번성하거라."

여섯째 날이 되었어요. 이 날 하나님께서는 세상을 완성하셨어요. "땅은 온갖 생물을 내어라. 가축과 기어다니는 것과 들짐승을 각기 그 종류에 따라 내어라" 그러자 무성한 풀밭에는 토끼, 기린, 사자, 곰 같은 동물들이 나타나 뛰놀았어요(자료 5).

마지막으로 하나님께서는 사람을 창조하기로 결심하셨어요(자료 6). 자신의 형상을 따라 남자와 여자를 만드셨어요. 하나님께서는 사람에게 특별한 축복을 내리셨어요. "너희는 자녀를 많이 낳고 번성하여 땅을 가득 채우거라. 땅을 정복하여라. 바다의 물고기와 하늘의 새와 땅 위에 움직이는 모든 생물을 다스

려라." 하나님께서는 손수 만드신 모든 것을 바라보시며, 매우 기뻐하셨어요. 그리하여 하늘과 땅과 그 안의 모든 것들이 완성되었어요.

일주일의 마지막 칠일째가 되었을 때 하나님께서는 하던 일을 마치시고 쉬셨어요. 그리고 일곱째 되는 날에 복을 주시고, 그날을 거룩하게 하셨어요. 모든 일을 마치시고 쉰 것을 기념하고 싶으셨기 때문이에요.

3. 진화 NO, 창조 YES

사랑하는 초등부 친구 여러분, 이렇게 하나님께서는 말씀으로 세상과 우주를 창조하셨어요. 세상에 있는 모든 것들 중에 하나님께서 창조하지 않고 저절로 생긴 것은 없어요. 하지만 세상의 과학은 지금 존재하는 모든 생물은 처음에 저절로 생겨나서 진화된 것이라고 주장해요. 심지어 사람도 하나님이 창조하신 것이 아니라, 원숭이가 변해서 되었다고 설명해요. 하지만 이것은 확인된 사실이 아니에요.

(자료 6)

하나님이 창조했다는 사실을 인정하기 싫으니까 나름대로 추측해 본 거예요.

그런데도 그들은 자신들의 주장이 진리라고 외치고 있어요. 하지만 속으면 안되요. 우리는 하나님이 이 세상을 창조하셨다는 사실을 믿어야 해요. 그리고 과학을 통해서도, 하나님이 세상을 창조하신 사실이 맞다는 것을 증명해 나가야 해요. 진리가 무엇인지를 세상에 제대로 보여줄 수 있는 친구들이 되기를 소망합니다.

15. 난 하나님의 걸작품!

- **읽을본문** : 디모데후서 2:20-21
- **참고성경** : 사무엘상 16:6-13, 빌립보서 4:8-9, 에베소서 5:3
- **교육목표** : 외모를 보시지 않고 중심을 보시는 하나님의 성품을 깨달아 자신과 상대방을 존중할 수 있게 한다. 또한 죄에서 떠나 깨끗한 삶을 살아가도록 인도한다.
- **포 인 트** : 나는 왕의 자녀예요
- **설교형태** : 실물설교(일반실물)
- **준 비 물** : 금그릇(놋그릇 대용가능), 은그릇, 나무그릇, 토기그릇, 아무렇게나 꼬아서 만든 철사, 작품사진 1개, 식탁보 1개, 재, 모래
  ❶재는 신문을 태워서 만든 다음, 비닐봉지에 넣어 보관하다가 설교 직전에 금그릇에 넣는다. ❷모래는 통에 담아 두었다가 역시 설교 직전에 은그릇 안에 담는다. ❸금그릇, 은그릇, 나무그릇, 토기그릇 위에 식탁보를 덮는다. ❹철사와 작품사진을 강대상에 준비해 놓는다.

1. 어느 초등학교에서 생긴 슬픈 이야기

얼마전 저는 어떤 슬픈 이야기를 들었어요. 어느 초등학교 6학년 교실에서 일어난 일이에요. 새학기가 되어서 새로 짝을 바꾸게 되었는데 뚱뚱한 여자 어린이가 짓궂은 남자 어린이와 짝이 되었대요. 어느날 이었어요. 남자 어린이가 지우개를 빌려 달라고 했는데 여자 어린이가 없다고 했대요. 그러자 남자 어린이는 짝꿍에게 뚱뚱한 게 잘난 체 한다면서 발로 밀어버렸어요. 바닥에 넘어진 여자 어린이는 분해서 엉엉 울었어요. 그런데 더 안타까운 일은 그 다음에 일어났어요. 넘어진 그 어린이 곁으로 여자 친구들이 몰려오더니 위로하기는커녕 이렇게 말했대요.

"너는 짝한테 혼나는 게 당연해. 그렇게 진작부터 살을 뺏어야지……."

이렇게 연약한 친구들을 무시하고, 또 약점이 있으면 무시당하는 게 오늘날 우리들의 교실, 더 나아가 세상의 현실인 것 같아요. 이런 세상에서 우리는 좌절해서는 안되요. 왜냐하면 우리가 믿는 하나님은 온 세상을 통치하시는 왕이시고 우리들은 그 분의 자녀들이기 때문이에요. 그렇다면 '왕의 자녀' 인 우리가 서로를 어떻게 바라보고 대해야 하는지 알아보도록 해요.

2. 우리는 하나님의 걸작품입니다

지금 제 오른 손에는 철사로 만든 멋진 예술품이 있어요(철사로 대충 만든 형상을 보여 준다). 어제 밤에 철사를 꼬아서 만든 멋진 작품이에요. 그런데 여러분! 이것을 팔면 얼마나 받을 수 있을까요? 제 생각에도 50원 이상은 받기 힘들 거 같아요. 별 생각 없이 그냥 돌려서 만들었으니까 가치가 떨어지는 거지요.

그런데 여러분!! 만약에 이것을 만든 사람이 제가 아니라 세계 제일의 미술가 피카소가 만든 작품이라면 어떻게 될까요? 아마 이 모양과 똑같이 만들었다 해도 수 억원이 넘어갈 거예요. 피카소의 작품들은 보통사람이 보기에는 장난친 것 같아도 그 속에는 그 만이 가지고 있는 심오한 생각이 들어 있거든요.

똑같은 모습을 만들어도 제가 만들면 50원밖에 안하는 값싼 것이 되고 피카소가 만들면 억대가 넘어가는 값비싼 작품이 되는 이유는 무엇일까요? 그것은 작품을 만든 사람이 누구냐에 달려있어요. 피카소가 만든 작품은 그 속에 값으로는 비교할 수 없는 그의 계획과 의미가 들어 있으니까요.

그렇다면 저와 여러분을 만들고 창조하신 분은 누구시죠? 바로 하나님이셔요. 하나님은 이 세상에서 따라올 자가 아무도 없는 가장 뛰어난 예술가세요. 수족관에 가보셔요. 열대어들의 빛깔이 얼마나 아름다운가요? 인간은 도저히 흉내낼 수 없는 색깔이에요. 또 사시사철 지날 때마다 나뭇잎의 색깔은 봄에는 연한 녹색, 여름엔 짙은 녹색, 가을엔 빨간색, 겨울에는 갈색으로 변해가요. 이런 자연을 창조하신 하나님은 정말 대단한 예술가세요.

그런데 하나님께서는 우리 인간을 그 분이 만드신 다른 작품들 중에서도 가장 뛰어나게 만드셨어요. 그러니까 우리 한 사람 한 사람은 하나님께서 창조하신 걸작품인 거예요. 걸작품(Masterpiece)은 그것보다 더 이상 잘 만들래야 만들 수 없는 최고의 작품을 말해요! 이와 같은 하나님의 걸작품, 불후의 명작이 바로 여러분이에요.

그리고 피카소와 같은 천재적인 화가의 작품을 보면서 느낄 수 있는 또 하나의 사실이 있어요. 피카소가 만든 작품은 우리가 보기에 멋지고 정상적으로 그린 것만 비싼가요? 아니면 다른 모든 작품들까지 비싼가요? 그래요. 우리가 이해할 수 없을 정도로 보기 흉하고 안좋아 보이는 작품도 똑같이 비싸요.

이와 꼭 마찬가지예요. 하나님이 창조하신 우리 중에는 특별히 재능과 외모가 뛰어난 사람들이 있어요. 반대로 우리 중에는 재능과 생김새가 부족한 사람들도 있어요. 어떤 사람은 돈이 없어 가난해요. 장애인처럼 신체적으로 활동하기 어려운 사람도 있어요. 하지만 우리가 명심해야 할 것은 어떤 모습을 하고 있든 모든 사람은 차별없이 무한한 가치를 가지고 있다는 거예요. 바로 우리를 창조하신 분이 만왕의 왕이시며 최고의 예술가이신 하나님이시기 때문이에요. 그리고 우리는 모두 하나님의 걸작품들이기 때문이죠.!!

3. 하나님은 어떤 그릇을 사용하실까요?

에베소서 2장 20절 말씀을 보세요. 하나님께서는 우리 인간을 금그릇, 은그릇, 질그릇, 나무 그릇과 같이 가지각색으로 만드셨다고 되어 있어요.(그릇 위에 있던 덮개를 연다).

앞에서 배운 말씀을 잘 들었는지 제가 퀴즈를 하나 낼게요. 하나님께서 만드신 이 그릇들 중에 최고의 걸작품은 어떤 그릇이지요? 정답은 모두 다예요. 모든 그릇은 하나님이 만드신 것이기 때문에 귀해 보이나 천해 보이나 똑같이 하나님의 걸작품인 거예요. 그런데 하나님께서는 똑같이 걸작품인 그릇 중에서도 특별히 귀하게 생각하시고 귀한 일에 사용하시는 그릇이 있다고 말씀하세요. 이 그릇은 어떤 그릇일까요? 금 그릇일까요, 은 그릇일까요? 하나님께서는 속이 깨끗한 그릇을 귀하게 여기서요.

아무리 값비싼 순금으로 만들어진 그릇이라도 그 속에 시커먼 재가 담겨 있으면 하나님께서는 사용하실 수가 없어요(금그릇 안에 담겨 있는 재를 공중에 뿌린다). 아무리 아름다운 은으로 만들어진 그릇이라도 그 속이 더러운 모래로 가득 채워져 있으면 하나님이 사용하실 수 없어요(은그릇 안에 담겨 있는 모래를 한 줌 들었다 내려 놓는다). 하나님은 세상적으로 천하게 보이는 것이라도 그 속이 깨끗한 그릇들을 귀하게 여기시고 사용하셔요(속이 깨끗한 나무 그릇과 토기 그릇 내부를 보여준다). 하나님에게 중요한 것은 무엇으로 만들어졌느냐가 아니라 무엇이 담겨 있냐는 거예요.

4. 여러분의 마음에는 무엇이 담겨있나요?

하나님은 아무리 훌륭하게 보이는 사람이라도 그 마음 속에 죄가 가득 담겨있는 사람은 귀하게 생각하지 않으셔요. 아무리 초라하고 보기에는 연약한 점이 많아 보이는 사람이더라도 그 속이 깨끗한 사람을 귀하게 여기셔요. 이런 사람은 반드시 귀한 일에 사용하세요.

사랑하는 친구 여러분! 우리들 모두는 자신만 알고 있는 약점이 있어요. 다른 과목들은 자신 있는데 산수는 너무나 어려운 친구가 있을 거예요. 영어를 잘하는 친구를 볼 때 스트레스 받아하는 친구도 있을 거구요. 또 우리 중에는 키가 작아서 큰 친구들 앞에 설 때면 기가 죽는 친구, 운동을 잘하지 못해서 체육 실기 시험 볼 때면 불안해지는 친구도 있을 거예요. 하지만 더 이상 이런 일로 힘들어 하지 마세요. 하나님은 우리가 공부를 잘하고 잘생기고 운동을 잘해야지 사랑하는 분이 아니예요. 하나님께서는 나의 있는 모습 그대로를 기뻐하시고 사랑하세요. 왜냐하면 우리들 모두는 그분의 걸작품이니까요. 그리고 하나님의 관심은 항상 우리의 내면에 무엇이 담겨 있는가에 있다는 사실을 꼭 기억하셔요. 그래서 죄를 멀리하고 맑고 깨끗한 마음만 갖고 살아가세요.

16. 나는 누구일까요?

- **읽을본문** : 로마서 8:15-16
- **참고성경** : 요한복음 8:31-36, 14:16-18, 15:1-27; 로마서 6:6-22; 갈라디아서 4:1-31, 5:1,13; 히브리서 2:18
- **교육목표** : 죄의 종이었던 우리가 예수님의 구속사역으로 어떠한 변화가 생겼는지를 설명한다. 특별히 예수님과 친구가 된 특권을 강조함으로써 예수님과의 긴밀한 교제를 누리게 한다.
- **포 인 트** : 예수님은 나의 친구예요
- **설교형태** : 영상설교(일반영화,성화)
- **영상삽입** : 「아이언 마스크」(The Man In The Iron Mask, 1998)
  감독 : 랜달 월라스
  필립을 지하감옥에서 탈출시켜서 가면을 벗는 장면 (43:01-44:51)
  「벤허」(Ben-Hur, 1959)
  감독 : 윌리암 와일러
  벤허가 노예함선에서 노를 젓고 있는 모습(1:08:14-1:10:10)
  자유시민이 되어 개선하는 벤허의 모습(1:30:45-1:31:32)

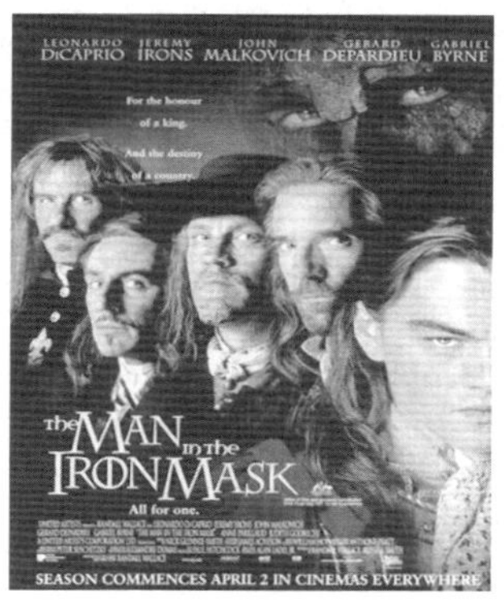

1. 나의 정체를 아는 것이 중요해요

아이언마스크(가면을 벗는 장면)

상영시간(43:01~44:5) #상영과 동시에 설교

옛날 프랑스 왕실에서는 이상한 법이 있었어요. 그것은 쌍둥이 왕자가 태어날 경우 한 명은 왕이 되고 다른 한 명은 철가면을 씌워 지하감옥에 영원히 가두는 법이었어요.

프랑스 왕 루이 14세 역시 쌍둥이였어요. 그래서 법대로 동생 필립은 어릴 때부터 지하감옥에 들어가게 되었어요. 얼굴에는 철가면을 쓰고 자기가 왕의 동생인 것도 모른채 감방 안에서 자라났어요. 그런데 루이 14세가 갈수록 포악해지자 삼총사는 감옥에 있는 동생을 왕으로 만들어야겠다고 결심해요. 얼굴이 왕과 똑같기 때문에 바꿔치기 해도 아무도 모를 거라고 생각한 거예요. 결국 삼총사는 감옥에 몰래 침입해 필립을 탈출시켜요. 그리고 얼굴에 씌워져 있던 철가면을 벗깁니다. 필립은 거울에 비췬 자기 얼굴을 보고 놀라움을 참지 못했어요. 태어나서 처음 본 자기 얼굴이기 때문이었죠. 그리고 더욱 놀라운 것은 자기가 왕자였다는 사실이었어요. 이때부터 필립의 모든 행동은 죄수에서 왕자로 바뀌게 됩니다.

사랑하는 어린이 여러분! 자신을 어떻게 생각하는지에 따라 행동이 바뀌게 되어 있어요. 그러면 이 시간은 우리가 스스로를 어떻게 생각해야 될지 알아보도록 해요.

원래 예수님을 믿기 전에 우리들의 신분은 '죄의 종' 이었어요. 로마서 6장 16절에서 바울 선생님은 이렇게 말씀하셔요.

"여러분은 어떤 사람에게 복종하여 여러분 자신을 그 사람에게 바치면 그의 종이 된다는 것을 알지 못하십니까? 여러분은 죽음에 이르는 죄의 종이 될 수도 있고, 의에 이르는 순종의 종이 될 수도 있습니다."

지금도 많은 사람들은 죄와 마귀를 충성스럽게 섬기고 있어요. 이들은 모두 죄의 종들인 거예요. 하지만 죄의 종의 상태에서는 하나님과 친해질 수 없어요. 하나님께 마음을 털어 놓고 기도할 수도 없어요. 물론 하나님의 나라를 상속받지도 못해요. 이런 모든 특권은 하나님께서 자녀에게만 주시는 선물이기 때문이에요. 그렇다면 이런 좋은 선물을 누리기 위해서는 어떻게 해야 할까요? 정답은 예수님을 믿어야 한다는 것입니다. 예수님이 나의 죄를 위해 십자가에서 돌아가시고, 부활하신 것을 믿는 친구들만이 하나님의 자녀가 될 수 있어요. 죄의 종에서 하나님의 자녀가 될 수 있는 거예요. 그래서 하나님이 주시는 크신 축복을 누릴 수 있는 거예요.

이렇게 우리가 종에서 하나님의 자녀로 변했을 때 우리의 생활이 어떻게 변하는지 알 수 있는 가장 좋은 영화가 바로 「벤허」라는 영화예요.

2. 이전엔 죄의 종이었어요

벤허1(노예함선에서 배를 젖는 모습)
상영시간(1:08:14~1:10:10) #상영과 동시에 설교

벤허는 로마시대 때 이스라엘에 살던 청년이었어요. 그런데 나쁜 친구의 모함으로 노예로 팔려가게 됩니다. 그로부터 5년 후 벤허는 죽음의 노예 함선을 저으며 살고 있었어요. 저 비참한 모습을 한번 보셔요.

벌거벗은 채로 죄의 사슬에 묶여서 얼마나 고생하고 있나요? 이 배의 함장은 '아리우스' 라고 하는 로마 함대의 총사령관이었어요.

함장은 부지런하고 지혜로운 벤허에게 관심이 많았어요. 하지만 벤허는 함장 앞에서 한마디 말도 먼저 꺼낼 수 없었어요. 낮은 종의 신분이기 때문이었죠. 그에 비해 함장 아리우스는 너무나 높은 신분이었어요.

어린이 여러분, 예수님을 믿기 전에 사람들의 모습은 종이었던 벤허와 비슷해요. 죄의 사슬에 묶여 언젠가는 영원히 죽을 운명에 처해 있어요. 또한 이 상태에서는 하나님께 기도할 수도 없어요.

왜냐하면 필요한 것을 아무리 간구해도 하나님께서는 들어주지 않기 때문이에요. 죄 때문에 하나님과 우리 사이에는 너무나 큰 담이, 간격과 차이가 생겨버렸어요.

3. 이제는 왕의 자녀가 되었어요

그러던 어느날 벤허가 젓는 배가 해적선의 습격을 받게 됩니다. 이때 벤허는 함장의 생명을 구해 주었어요. 함장은 벤허 덕분에 살아나게 되고 해적선과의 전투에서도 큰 승리를 얻게 되지요. 아리우스 함장은 벤허에게 얼마나 고마움을 느끼는지 몰라요. 벤허를 마음속 깊이 사랑하게 된 아리우스는 개선의 영광을 벤허와 함께 누리고 싶었어요. 그래서 자신의 마차 바로 옆자리에 벤허를 태우고 로마로 들어가요. 이 장면을 함께 볼까요?

벤허2 (아리우스 함장과 개선하는 장면)

상영시간(1:30:45~1:31:32) #상영과 동시에 설교

전쟁의 승리를 축하하기 위해 나온 로마 시민의 함성소리를 들어보세요. 구름처럼 많은 시민들 사이로 아리우스와 벤허가 마차를 타고 지나가고 있어요.

아리우스는 생명을 구해준 보답으로 벤허를 자기의 양아들로 삼아요. 이제 벤허는 종의 신분에서 벗어나 자유인이 되었어요. 아버지가 된 아리우스과 마음껏 이야기도 할 수 있었어요. 뿐만 아니라 아리우스의 모든 재산은 벤허가 물려받게 되었어요. 아들은 아버지의 재산을 상속할 수 있기 때문이에요. 또한 높은 지위와 명예도 얻게 되었어요.

사랑하는 어린이 여러분! 우리가 예수님을 믿을 때도 이와 같은 놀라운 변화가 생겼어요. 우리가 죄의 종이었을 때는 하나님이 너무 무서웠어요. 왜냐하면 항상 하나님을 형벌주시는 분으로만 생각했기 때문이에요. 그래서 하나님과 마음껏 대화를 나눌 수도 없었어요. 뿐만 아니라 하나님 나라도 들어갈 수 없었어요. 하나님 나라는 하나님의 자녀들만 물려받을 수 있는 유산이었기 때문이에요.

하지만 예수님을 믿고 하나님의 자녀가 되면 모든 것이 달라져요. 이제는 하나님께서 우리들의 아빠가 되었기 때문에 아무 때나 무슨 일이나 기도로 부탁할 수 있어요. 그리고 하나님께서는 우리 기도를 반드시 들어주서요.

마태복음 7장 9~11절에서 예수님께서는 말씀하셨어요.

"아들이 빵을 달라고 하는데 너희 중에서 누가 돌을 주겠느냐? 아들이 생선을 달라고 하는데, 누가 뱀을 주겠느냐? 비록 나쁜 사람이라 할지라도 자녀에게는 좋은 것을 주려고 한다. 그런데 하물며 하늘에 계신 너희 아버지께서 구하는 사람에게 가장 좋은 것을 주시지 않겠느냐?"

또한 우리는 이제 하나님의 자녀가 되었기 때문에 하나님의 재산을 물려받게 되었어요. 그런데 하나님의 재산은 하나님 나라예요. 우리들은 모두 하나님 나라를 물려받는 상속자들이 된 거예요.

예수님을 믿고 있는 어린이 여러분! 이제부터 우리 스스로를 '죄의 종' 이라고 생각하지 마셔요. 그러면 하나님이 자꾸 무서워지게 됩니다. 하나님이 도와주시지 않는다고 생각하기 때문에 무슨 일을 하든지 겁부터 나요. 우리가 '하나님의 자녀' 라는 사실을 믿으셔요. 하나님을 아빠로 믿는 친구들은 하나님과 가까워질 수 있어요. 하나님을 더욱 사랑하게 됩니다. 장차 하나님의 큰 축복을 받을 수 있습니다.

17. 내 마음, 하나님의 집(성막설교 1)

- **읽을본문** : 고린도전서 3:16-17
- **참고성경** : 출애굽기 25-31장, 35-40장, 고린도전서 3:16-17
- **교육목표** : 구약의 성막의 개념과 구조를 설명함과 동시에 그리스도인의 일반생활과 적용을 시도하고 예수 그리스도의 구속의 의미를 상징적으로 교육한다. 더 나아가 신약시대인 오늘날에는 우리 마음이 성전인 것을 깨달아 거룩한 삶을 살아갈 수 있는 성전의식을 갖게 한다.
- **포인트** : 내 마음은 성전입니다
- **설교형태** : 사진설교

❶ 성막 관련 책자 그림을 스캔닝하거나, 성막관련 CD의 자료를 사용한다.[6]

❷ 혹은 www.bibleplaces.com/tabernacle, www.mennoniteinfoctr.com에서 유용한 사진자료를 제공받을 수 있다.

1. 나의 마음속에 있는 한가지

옛날 조선시대에는 출두하기만 하면 천하가 벌벌 떨던 사람이 있었어요. 바로 가슴 속에 임금님이 주신 마패를 품고 있던 암행어사였습니다. 예수님을 믿고 있는 우리도 가슴 속에 품고 있는 것이 있어요. 그리고 이것 때문에 우리는 존귀하게 됩니다. 무엇일까요? 고린도전서 3장 16절에는 이것이 바로 '성전' 이라고 말씀하고 있어요.

우리의 마음이 하나님이 거하시는 성전이라면 성전에 합당한, 성전다운 삶을 살아야 됩니다. 그런데 성전다운 생활을 하고 싶으면 성전이 무엇인지 알아야 겠죠?

그러면 지금부터 성전에 대해 알아보는 여행을 떠나보도록 해요. 그런데 우리가 성전에 앞서 볼 것은 성막이에요. 성막이 성전보다 먼저 있었고, 성

---

6) Paul Zehr, ≪Tabernacle≫, Mennonite Information Center Ritch, John, ≪The Taberancle in the Widerness≫

전은 성막을 모습을 따라서 만든 것이기 때문이에요. 그래서 성전의 정확한 모습을 알려면 성막을 관찰해야 돼요. 그러기 위해 3500년 전 성막의 세계로 들어가 보겠습니다. 준비가 되셨죠? 출발합니다.

2. 예배의 장소였던 성막

지금 우리는 광야의 언덕 위에 서 있어요. 저 아래에 있는 사각형 울타리에 둘러싸인 커다란 텐트가 보이시죠. 이 텐트가 바로 3500년 전 하나님과 이스라엘 백성이 만나던 장소인 '성막' 입니다.

이집트에서 종으로 고생하던 이스라엘 백성들은 하나님께 구해달라고 울부짖었어요. 이스라엘 백성들을 불쌍히 여기신 하나님께서는 모세를 통해서 이스라엘 사람들을 구원하셨어요. 이집트를 탈출해 홍해를 건너서 광야로 나가게 해주셨어요. 또한 광야에 있는 시내산에 이르자 하나님께서는 모세에게 십계명과 성막 설계도를 주셨어요. 그리고 모세에게 설계도대로 성막을 지어 백성들이 하나님께 예배하도록 하라고 말씀하셨어요.

여기서 우리는 성막이 지어진 목적을 알 수 있어요. 성막은 하나님께 거룩한 예배를 드리기 위해서 만들어진 장소였어요. 그래서 이스라엘 백성들

은 성막에 나아가 하나님께 죄를 회개하고 용서 받았어요. 또한 하나님의 음성을 듣고 어떻게 살아야할지 깨닫고 돌아왔어요.

3. 어린양의 죽음

그러면 언덕을 내려가서 성막의 문을 열고 그 안으로 들어가 볼까요? 무엇이 보이나요? 성막의 뜰 안에는 죄를 진 우리 인간을 대신해서 어린양들이 죽어가고 있어요. 죄를 지으면 우리 인간은 죽게 되어 있어요. 그런데 하나님께서는 우리를 불쌍히 여겨주셨어요. 그래서 죽음에서 구원해 주시기 위해 우리 대신 어린양을 죽게한 거예요.

그런데 어린양처럼 우리 모든 인간의 죄를 위해서 죽임을 당하신 분이 계셔요. 그분은 예수님이셔요. 그래서 세례요한은 예수님을 보고 말하기를 '세상 죄를 지고 가는 하나님의 어린양' 이라고 했어요. 저와 여러분은 우리를 살리기 위해 십자가에서 돌아가신 예수님께 정말 감사해야 합니다.

4. 성소와 지성소

이제는 성막 안으로 들어가 보겠어요. 성막 안에는 두 개의 방이 있어요. 앞에 있는 작은 방을 '성소' 라고 불러요. 그리고 뒤에 있는 큰 방을 '지성소' 라고 합니다. '성소' 라는 말은 거룩한 장소이고, '지성소' 는 더욱 거룩한 장소라는 뜻이에요. 그리고 이 두 방의 사이를 '휘장' 이라는 막이 막고 있어요.

그런데 성소와 지성소는 분명한 차이가 있어요. 성소는 일반 제사장들도 들어갈 수 있는 곳이었던 반면, 지성소는 1년에 한 번씩 대제사장만 들어갈 수 있는 곳이에요. 만약 지성소 안에 아무나 들어가면 즉시 죽어서 나왔어요. 그만큼 지성소는 하나님이 계신 거룩한 곳이라는 거예요. 죄 많은 인간이 함부로 들어갈 수 있는 곳이 아니었어요.

그러면 먼저 성소에 들어가봐요. 성소 안에는 세 가지 기구가 있었어요. 이것은 향단, 떡상, 등대였어요. 그런데 이 기구들은 예수님을 믿는 우리가 가장 멋지고 힘차게 신앙 생활을 할 수 있는지 방법을 알려주고 있어요.

먼저 '향단' 은 향을 태워서 아름다운 향기와 연기가 위로 올라가게 하는 기구입니다. 향단은 '기도' 를 뜻해요. 기도는 향기와 연기 같아서 눈에 보이지는 않아요. 하지만 기도는 우리의 입을 떠나는 순간 향기와 연기처럼 위로 올라갑니다. 그래서 위에 계신 하나님께서 반드시 듣고 응답하셔요.

하나님께서는 아침과 저녁의 두차례에 향을 태우라고 하셨어요. 그리고 어느 한 순간이라도 향이 끊이지 않게 주의하라고 하셨어요. 우리들도 기도를 쉬면 안되겠어요. 시간을 정해놓고 규칙적으로 드리는 기도를 하나님께서는 기뻐하셔요.

둘째는 '떡상' 입니다. 이것은 이스라엘 각 지파를 대표하는 12개의 떡이 올려져 있는 상이에요. '떡' 은 매일 읽고 묵상해야 하는 '하나님의 말씀' 을 뜻해요. 예수님께서는 "너희가 떡으로만 살 것이 아니요, 하나님의 말씀으로 살 것이니라"고 하셨어요. 우리는 매일 밥을 먹지 않으면 살 수 없듯이 날마다 성경 말씀을 읽어야 해요. 그래야지 힘이 생기는 거예요.

세 번째 기구는 '등대' 입니다. 등대는 일곱 개의 금촛대로 만들어져 있어요. 등대는 특별히 성령님의 인도하심을 뜻합니다. 예수님께서는 우리들이 세상의 빛이라고 하셨어요. 빛이 어둔 밤에 길을 안내해 주듯이, 우리는 세상 사람들을 예수님께로 인도하는 역할을 해야 된다는 거예요.

그런데 하나님께서는 등대가 꺼지지 않게 매일 등잔을 기름으로 가득 채우라고 말씀하셨어요. 이것은 우리가 빛의 역할을 감당하기 위해서는 매일 성령님의 공급을 받고 성령님의 인도하심에 따라 새롭게 되어야 하는 것을 의미합니다. 그래야 그 빛이 약해지지 않고 항상 세상을 밝힌다는 것이지요.

또한 등대가 없으면 성막 안은 캄캄해서 앞에 무엇이 있는지 알 수 없어요. 마찬가지로 성령님의 도움 없이 성경을 보면 그 뜻이 무엇인지 알 수가 없어요. 성령님이 등대와 같이 말씀을 깨달을 수 있도록 비춰주셔야지만 그 뜻을 제대로 알 수 있습니다. 그래서 성경책을 읽을 때도 그 뜻을 하나님의 진리를 깨닫게 해달라고 성령님께 기도하면서 읽어야 하는 거예요.

하나님께서는 지치기 쉬운 세상에서 힘을 얻을 수 있는 세가지 중요한 선물을 주셨어요. 이 선물이 무엇이라고 했죠? 바로 기도와 말씀과 성령님이에요. 세상을 살아갈 때 기도하고, 말씀을 읽으며, 도우시는 성령님을 의지한다면 우리는 반드시 승리할 수 있어요.

5. 성전인 우리의 생활

사랑하는 여러분, 우리는 하나님이 거하시는 성전입니다. 그러면 하나님의 성전인 우리는 어떻게 살아야 할까요? 그 답이 고린도전서 5장 17절에 나와 있어요. "하나님의 성전은 거룩하니 너희도 그러하니라."

하나님께서는 거룩하게 살아야 한다고 말씀하셨어요. 거룩하게 산다는 것은 무엇일까요? 그것은 세상의 것들로 몸과 마음을 더럽히지 않고 세상과는 구별된 깨끗한 삶을 사는 거예요.

이와 같이 살고 싶은 친구들은 거짓말을 하거나 욕설 같은 거친 말을 하면 안되요. 그리고 컴퓨터에서 게임하느라고 지나치게 시간을 낭비하고, 음란한 싸이트에 들어가서도 안됩니다. 이것은 하나님의 성전인 우리가 해야 될 일이 아니에요. 이 다음에 커서도 술과 담배로 몸과 마음을 더럽혀서는 안되요. 술과 담배는 시작하는 것은 쉬워도 끊기는 너무 어려워요. 피고 싶은 유혹이 찾아왔을 때 '내 몸은 하나님이 계시는 거룩한 성전이야. 더럽히지 않고 깨끗하게 해야돼' 라고 생각하고 단호하게 거절하세요. 그대신 성전인 우리 마음을 밝고 아름다운 사랑으로 가득 채우길 바래요. 날마다 자신이 성전인 것을 잊지 않는 친구들 되셔요.

18. 얼짱으로 충분한가요?

- **읽을본문** : 로마서 12:2
- **참고성경** : 로마서 12:1-2, 사도행전 27:24-32
- **교육목표** : 어린이들 사이에도 얼짱 열풍이 불고 있다. 어린이들에게 우리가 추구해야 될 최선의 목표는 외형적인 것이 아니라, 예수님을 높혀 드리는 것임을 교육한다.
- **포 인 트** : 예수님이 짱이에요.
- **설교형태** : 사진설교

인터넷에 들어가 얼짱을 검색하여 사진자료를 저장한다.
Naver, Yahoo의 '이미지'를 클릭하고 검색어로 '어린이 얼짱'을 친다.

1. 얼짱 열풍

요즘은 얼굴이 이쁘고 잘 생겨야 최고라고 합니다. 그래서 인터넷에는 온통 얼짱 열풍이 불고 있어요. 제가 한국의 얼짱 어린이 사진을 보여드릴게요(얼짱들 사진을 보여준다 기영/기종/유나/정민). 이들 얼짱 중에는 팬클럽이 무려 수십만명이 넘는 어린이도 있다고 합니다. 그리고 짱이 어디 얼짱만 있는지 아셔요? 강도지만 예쁘게 생긴 여자를 '강짱', 날씬한 몸매를 가진 사람을 '몸짱'으로 추겨 세워요. 그 외에도 춤을 잘추면 '춤짱', 좋은 차 타고 다니면 '차짱'이라고 한답니다. 이건 아주 심각한 문제예요. 강도짓을 해도 얼굴만 예쁘면 짱이란 말입니까? 비싸고 좋은 차만 타고 다니면 '짱'이 될 수 있어요? 어떻게 사람을 얼굴, 키, 몸매, 그 사람이 가진 돈만 보고 판단할 수 있어요? 하지만 세상은 점점 그렇게 되고 있어요. 하지만 여러분, 이런것으로 짱이 되는것은 결코 축복이 아니예요. 왜냐하면 이런 짱이 되어도 행복해지지 않기 때문이예요.

2. 본받지 말아야 할 세상

오늘 하나님께서는 말씀하셔요. "너희가 이 세상을 본받지 말고 오직 마음을 새롭게 하여 변화를 받으라고 하십니다"(로마서 12:2). 그렇다면 우리가 본받지 말아야 할 이 세상은 어떤 곳입니까? 이 세상은 외모만 잘 생기면 최고라고 하는 세상이에요. 돈만 많으면 다라고 하는 세상이에요. 겉으로만 본다면 그렇게 생각할 수도 있어요. 하지만 여러분! 우리는 그러면 안되요. 이런 것들은 겉으로 볼 때만 좋아보이지 속으로 들어가보면 아무것도 아니기 때문이에요. 정말 하나님 없이 얼굴 잘생기고, 돈 많은 건 아무것도 아니에요.

외모가 훌륭하고 돈이 많으면 나도 모르게 교만해 지게 됩니다. 혼자의 힘으로도 세상을 거뜬히 살아갈 수 있을 것 같아요. 이렇게 되면 처음에 하나님을 믿었다가도 하나님과 멀어지게 되는 거예요. 하나님과 가까워지기 힘든데 이게 축복일 수 있어요? 잘못하면 큰 불행이 될 수 있어요.

또 얼굴이 이쁜 사람들과 돈이 많은 사람들은 의외로 만족이 없는 경우가 많아요. 얼굴이 이쁜 친구는 자기보다 못생긴 친구를 보면 괜히 깔보는 마음이 생겨요. 그리고 자기보다 이쁜 아이를 보면 괜히 질투가 생겨요. 마음이 교만해졌다가 불편해졌다가 하루에도 수없이 왔다갔다하죠. 그래서 오히려 이쁜 연예인일수록 성형수술을 많이해요. 자기에 대해 만족이 없다는 증거예요. 이런 사람들은 성형을 해도 만족이 없기 때문에 자꾸 자꾸해요.

여러분, 마이클 잭슨아시죠? 마이클 잭슨이 흑인 소년이었을 때 얼마나 귀여웠는지 몰라요. 그런데 자기 얼굴에 만족하지 못해 백인 피부를 이식했어요. 곱슬머리도 바꿔 버렸어요. 이렇게 제다 갖다 붙이다 보니 지금은 수술 부작용 때문에 거의 괴물이 되었어요. 우리 초등부 친구들 중에도 이 다음에 크면 꼭 성형수술을 해야지 생각하는 친구들이 있을거예요. 성형이 꼭 필요한 경우라면 해야 합니다. 하지만 저는 여러분들이 되도록 안했으면 좋겠어요. 특히 내 모습이 다른 사람에 비교해서 부족한 것 같고 자기 맘에 꼭 안든다는 게 수술하는 이유라면 이것은 바람직하지 못해요. 저는 여러분들이 자신의 모습 그대로를 사랑했으면 좋겠어요. 하나님이 만들어준 자연스러운 모습이 이쁜 거예요.

서양 여자들은 왠만해서는 모두 쌍거풀이 다 있어요. 그래서 쌍거풀이 없는 동양여자들을 얼마나 신비하게 느끼고 매력있게 생각하는지 몰라요. 우리는 스스로의 모습에 만족하고 감사하며 생활해야 해요. 그래야 참된 행복, 참된 만족을 누릴 수 있어요.

사랑하는 어린이 여러분! 여러분을 위해서 이 세상과 온 우주를 창조하시고 통치하시는 예수님이 오셨어요. 저와 여러분은 죄를 지어서 죽을 수밖에 없었어요. 하지만 예수님은 우리를 너무나 사랑하셨기 때문에 우리가 죽는 것을 견딜 수가 없으셨어요. 그래서 우리 대신 죽어주셨어요. 저와 여러분은 목숨을 바쳐 사랑하신 예수님의 은혜를 받은 사람이라는 것을 아셔야 해요.

우리 모두는 잘생겼거나 못생겼거나, 돈이 많거나 적거나, 성공하거나 실패했거나 예수님의 생명만큼 가치있는 사람들입니다. 그래서 스스로를 사랑할 줄 알아야 해요. 자신을 사랑하지 못하는 사람은 겸손한 사람이 아니예요. 오히려 교만한 사람이예요. 왜냐하면 예수님께서 목숨 바쳐 사랑하고 아끼는 여러분을 스스로 무시하고 있는 것이기 때문이예요. 여러분! 스스로를 사랑할 수 있겠어요? 사랑하셔야 해요. 사랑할 만한 조건이 없다는 것은 대단한 착각이에요. 왜냐하면 예수님께서 여러분을 목숨 바쳐 사랑하셨기 때문이예요. 그것만으로 스스로를 사랑해야 할 이유는 충분해요.

3. 바울 선생님의 만족 비결

바울 선생님은 이처럼 놀라운 예수님의 사랑을 체험한 사람이었어요. 그래서 바울 선생님은 예수님이 목숨을 바치면서까지 사랑하신 자기 자신과 자기가 처한 형편을 사랑할 줄 알았어요. 비록 날마다의 생활은 얼마나 힘들었는지 몰라요. 하지만 예수님을 믿고 있다는 이유 하나 때문에 자기는 세상에서 가장

행복한 사람이라고 생각했어요. 바울 선생님이 복음을 전하다가 체포되어 감
옥에 갇혀 있을 때였어요. '아그립바'라는 왕이 투옥된 바울 선생님을 불러오
라고 했어요. 지하감옥에서 두손이 묶인채 끌려나오는 바울 선생님의 모습은
왕궁에 사는 사람들이 보기에 정말 초라했어요. 왕은 바울 선생님을 조롱하면
서 요즘 감옥에서 생활하는 소감을 말해보라고 해요.

이때 두손이 묶인 바울 선생님은 아그립바왕을 향해 이렇게 외칩니다.

"아그립바 왕이시여. 나는 당신뿐만 아니라 오늘 내 말을 듣고 있는 모든 사
람들도 이렇게 결박된 것 외에는 다 나와 같이 되기를 원합니다."

이 순간 바울 선생님은 감옥 밖에 있는 사람들도 모두 자기처럼 하나님을 믿
는 기쁨을 알게 되기를 소원한다고 말한 것입니다. 이렇게 바울 선생님은비록
다른 사람들보다 고생스럽고 힘들지라도 하나님을 믿는 자신의 삶이 최고라는
자존심이 있었어요.

4. 예수님이 짱이에요

여러분! 우리에게는 바울과 같은 자존심이 있나요? 비록 난 키가 크지 않을
수 있어요. 비록 난 외모가 뛰어나지 않을 수 있어요. 비록 난 공부를 뛰어나게
잘하지 않을 수도 있어요. 하지만 '이런 나를 예수님께서 사랑하셨구나. 그것
도 목숨보다 더 사랑하셨구나라고' 생각할 때 기쁨과 감사가 넘치는 거예요.
그리고 예수님이 나를 최고로 여기듯이, 나도 예수님을 최고로 여길 수 있어야
합니다. 예수님께서는 이렇게 예수님을 최고로 여기는 친구들을 좋아하셔요.
예수님을 '짱'으로 생각하는 친구들을 좋아하셔요. 그리고 두고보셔요. 이런
친구들을 가장 멋지게 사용하실 거예요.

예수님이 최고입니까? 여러분을 위해 목숨까지 버리시며 여러분을 사랑하신
예수님이 정말 최고입니까? 그러면 이제부터 얼짱이 되려고 하지 마셔요. 춤짱
이 되려고 하지 마셔요. 오직 예수님만 사랑하고 자랑하는 예수님 짱! 예짱이
되기를 소원합니다.

19. 창조자를 기억해

■ **읽을본문** : 전도서 12:1
■ **참고성경** : 전도서 12:1-8, 마태복음 25:14-30, 열왕기상 4:1-34, 역대하 1:1-17
■ **교육목표** : 살아가는 목적을 세상에 두었을 때 헛된 인생의 결말을 맞게 되는 것을 경고한
다. 어릴 때부터 창조자이신 하나님만을 신뢰하며 살아가도록 인도한다.
■ **포 인 트** : 창조자를 기억해
■ **설교형태** : 드라마설교(인터뷰형 드라마),실물설교
■ **개   요** : 설교1 -〉 솔로몬등장 -〉 설교2
■ **등장인물** : 솔로몬
■ **소   품** : 왕관, 망토, 홀, 얼굴분장/실물 : 포카, 천원권 지폐, 소주병, 잔
선생님 한 분이 솔로몬왕으로 분장하고 설교자가 신호를 내려 부를 때까지 숨어
서 대기한다.

1. 어떤 부자의 죽음

얼마전 어느 해외 잡지에는 금고에 갇혀 죽은 애처로운 부자의 이야기가
공개되었어요. 이 부자는 평생 동안 수백 억의 재산을 모았어요. 그리고는
이 돈을 은행에 맡기는 것도 불안하다고 생각한 나머지 아무도 모르게 유
명한 건축가를 찾아갔어요. 그리고는 자신의 저택에 핵전쟁이 일어나도 꿈
쩍 않는 대형금고를 만들어 달라고 했어요.

금고가 완성되자 부자는 자신이 모은 재산 전체를 그 안에 집어 넣었어
요. 그리고는 매일마다 한 번씩 금고에 들어가 돈이 안전한지 확인했어요.
금고가 있다는 사실을 아는 사람은 건축가와 부자 둘 뿐이었어요. 심지어
가족들도 그 집 지하에 금고가 있다는 사실을 알지 못했지요. 부자가 하룻
동안 가장 행복했던 시간은 언제였을까요? 바로 금고에 들어와 산더미 같
은 돈을 만져보는 시간이었어요. 돈을 만지작 거리고, 껴안아 보면서 황홀
해 했어요.

그런데 이 금고의 특징은 사람이 금고 안에 들어가면 문이 자동으로 닫힌다는 거예요. 돈을 세고 있는데 누군가 그 사이에 들어와 뒤에서 총을 쏘면 안되니까요. 그래서 열쇠로 문을 열고 안으로 들어오면 닫힌 문을 다시 열쇠로 열어야만 밖으로 나갈 수 있었어요.

그러던 어느날 어김없이 부자는 자기가 숨겨 놓은 돈이 잘 있는지 확인하기 위해 금고 안으로 들어갔어요.

"이 귀여운 돈들아. 어젯밤에도 잘 있었니? 이 세상에 믿을 게 뭐가 있겠니? 바로 돈! 너희들밖에 더 있겠니? 뽀뽀!"

그날도 어김 없이 돈더미를 확인하고 그것에 키스를 하고 나오려는 순간이었어요. 아차! 부자는 그만 열쇠를 책상 서랍 안에 넣어둔 채 열쇠도 없이 금고에 들어왔다는 걸 깨달았어요.

부자가 돌아오지 않자 가족은 경찰에 실종 신고를 했고, 한 주가 지나고 한 달이 지나도 부자가 나타나지 않자 전국이 떠들썩했어요. 경찰은 틀림없이 부자의 재산을 노린 악당들의 납치극일 거라고 생각하고 조사를 벌였지요. 그런데 시간이 지나도 돈을 요구해 오는 사람은커녕 사건의 어떤 실마리도 발견되지 않자 이상하게 생각했어요.

이 사건의 실마리를 풀 수 있는 사람은 오직 한 명뿐이었어요. 그게 누구일까요? 바로 대형 금고를 만든 건축가였어요. 불길한 생각이 든 건축가는 경찰들과 가족들을 데리고 그 집 지하실로 내려갔어요. 그리고 용접기로 금고의 문을 뚫었지요.

금고 안을 들여본 순간 모두는 깜짝 놀라 그만 비명을 지르고 쓰러졌어요. 그 안에 썩고 말라 비틀어진 시체가 있었기 때문이에요. 부자의 시체였어요. 부검해 보니 시체의 위장 속에는 돈이 들어 있었어요. 굶주림을 참지 못한 부자가 지폐를 뜯어 먹다가 죽은 거였지요.

2. 하나님이냐? 세상이냐?

  우리 인간은 누구나 예외 없이 연약하고 불완전한 존재에요. 돈을 먹다가 죽은 이 부자처럼 자기 앞에 일어날 일을 한치도 내다보지 못해요. 그래서 죽음 앞에, 그리고 갑자기 닥치는 전쟁과 가뭄, 질병과 사고 앞에 꼼짝 없이 당할 수밖에 없어요. 그래서 이렇게 불완전한 사람들은 자신의 텅비고 두려운 마음을 채우기 위해서 하나님 말고 다른 것을 의지해요. 금고에서 굶어 죽은 불쌍한 부자처럼 돈을 믿고 의지합니다(여러장 붙인 지폐를 보여준다). 그리고 가족과 친구 등 사람을 의지합니다. 때로 어떤 사람은 술(물이 든 소주병을 들어 한 잔 따라 마신다)과 게임과 도박(포카를 여러장 붙여서 늘어 뜨려 보여준다)으로 외로움을 달래고 만족을 찾으려고 해요.

  그런데 여러분! 돈을 많이 모은다고 마음 속에 진정한 만족이 생길까요? 돈은 많이 모았다가 사라지면 그만이에요. 그리고 가족과 친구는 영원한 줄 아서요? 언젠간 엄마 아빠도 이 세상을 떠나고 여러분 혼자 남게 될 날이 와요. 그리고 친한 친구와도 싸우고 다투면 헤어질 수 있어요.

  하나님 외에 인간이 추구하는 모든 것은 겉으로 보기에는 좋아보일지 몰라도 단지 일시적이고 순간적인 것에 불과해요. 새벽에 잠깐 끼었다가 낮이 되면 사라져 버리는 안개처럼 순간적으로 보였다가 사라지는 거예요.

  여러분, 꼭 명심하세요. 우리는 이렇게 수시로 변하는 것에 인생을 걸 수 없어요. 우리에게 단 한 번만 주어진 소중한 인생은 변하는 것이 아니라, 영원히 변하지 않는 것에 걸어야 해요. 영원히 변하지 않는 한결 같으신 분, 그래서 우리의 인생을 아낌없이 드릴 수 있는 분이 누굴까요? 그분은 우리의 주인이신 여호와 하나님이셔요. 우리의 혈관에 뜨거운 피가 흐르는 이

유, 우리가 호흡하며 살아가는 유일한 목적은 바로 하나님 한 분만을 높여
드리고 기쁘게 해드리기 위해서라는 사실을 꼭 기억해야 합니다.

인터뷰형 드라마 시작

: 솔로몬왕의 유언

(갑자기 솔로몬 왕이 등장해서 강대상으로 나와 설교자 앞에 선다)

설교자 : 여, 영감님, 여기는 올라오면 안되는 자리예요. 지금은 설교하는 시간이 에요.

솔로몬왕 : 어허~무엄하도다. 이놈~감히 왕중의 왕에게 내려가라고 하다니. 하여튼 요즘 젊은이들 버르장 머리 없는 것 하고는 .

설교자 : 왕중의 왕이라니, 도대체 영감님은 누구세요? 예?

솔로몬왕 : (잠시 관중을 좌에서 우로 천천히 둘러보고는) 나는 이스라엘의 솔로몬 왕이다.

설교자 : 예? 이 세상 최고의 지혜자 그리고 제일로 부자였던 왕, 솔로몬 대왕님이시라구요? 어이구, 큰 절 받으십시요.

(절을 반쯤했을 때 설교자를 말리면서 일으켜 세운다)

솔로몬왕 : 됐다, 됐어. 받은 걸로 하자. 설교하다가 말고 이게 뭐냐.

설교자 : 이런 기회는 정말 드문 기회입니다. 우리 어린이들에게 꼭 들려주실 말씀이 있으면 해주고 가셔요.

(쓸쓸한 배경 음악이 잔잔히 울려퍼지는 가운데 큰소리로 말한다)

솔로몬왕 : 어린이 여러분! 난 세계 역사상 가장 부자 왕이었습니다. 내 자

신을 위해 수만 평이 넘는 황금 궁전을 짓고, 그 안에는 최고로 아름다운 정원과 호수를 만들었어요. 그리고 밥상에는 바다와 땅에서 나는 가장 기름진 음식들이 끼니마다 올라왔지요. 이 음식들을 전부 맛보기 위해 씹기만 하고 뱉었습니다. 진짜로 먹으면 배가 불러서 맛을 못보는 음식이 생기기 때문이죠. 어디 그뿐인줄 아서요? 난 수백 명의 부인과 수천 명의 궁녀를 거느리고 있었어요. 그들은 나를 위해 매일 밤 파티를 열고 내 앞에서 덩실 덩실 춤을 추며 기쁘게 해줬어요. 정말 자부할 수 있어요. 이 세상에 나보다 더 화끈하게 놀아보고 쾌락을 좇아 살아본 사람이 있다면 나와보라구.

하지만 여러분! 내가 인생을 마칠 시점에 이르러 입에서 나오게 된 고백이 무엇인지 아서요? 후유~ (깊은 한 숨을 쉰다. 그리고 슬픈 표정을 짓고 우렁찬 소리로 외친다)

헛되고 헛되고 헛되고 헛되니 모든 것이 헛되도다(여운).

여러분! 이 세상의 모든 것은 사라져요. 제발 부탁이니 여러분 만큼은 저같이 살지 마셔요. 사라질 것에 미련을 갖고 살지 마셔요. 절대로 변하지 않는 영원하신 하나님을 위해 사세요.

사랑하는 어린이 여러분! 제가 살면서 너무 너무 자랑스럽고 잘했다고 생각한 일이 하나 있어요. 그건 제가 성경의 한부분을 썼다는 거예요. 전도서는 성령님의 감동을 받아 제가 쓴 글인데, 이 책 12장 1절에 제 유언의 핵심이 되는 내용을 써 놓았어요. 모두 같이 찾아 읽어볼까요? 큰 목소리로 시작 (어린이들과 함께 읽는다)

"너는 아직 젊었을 때 곧 고난의 날이 오기 전에 아무 낙이 없다고 말할 때가 되기 전에 너의 창조자를 기억하라."

나같이 늙은 다음이 아니라 젊었을 때 창조자를 기억하라고 했어요. 내 유언을 마음판에 새기고 평생을 살아가셔요. 이것이 내 마지막 당부예요.

(솔로몬은 고개를 숙인 채 쓸쓸히 밖으로 사라진다. 잠시 후 설교자가 다시 강단으로 올라온다)

3. 창조자를 기억하셔요

여러분! 솔로몬왕의 말씀을 잘들었죠? 세계 역사상 최고 부자, 최고로 지혜로왔던 솔로몬왕이 했던 말씀이라면 우리는 그 말에 귀를 기울여야 해요. 솔로몬왕이 인생이 헛되다는 말을 몇 번이나 연속해서 했는지 아셔요? 다섯 번이에요. 솔로몬왕이 '헛되다' 는 말을 숨도 안쉬고 다섯 번 연속해서 말했다면 인생은 정말 헛된 거예요. 인생이 헛되다면 이제 우리는 어떻게 살아야 할까요? 어차피 다 없어지는 소용없는 인생이니 노력도 하지 않고, 공부도 하지 않고 가만히 있어야 하나요? 아니에요. 하나님은 우리에게 열심히 땀흘려 공부하고, 노력하라고 하셨어요. 일하지 않는 사람은 먹지도 말라고 하셨습니다.

하나님께서 '인생이 헛되다' 라고 하신 것은 세상에서 우리는 열심히 일하고 공부해야 하지만, 우리의 목적을 세상의 것에 두지 말라는 말씀이에요. 오직 창조주 하나님께만 우리가 살아가는 목적을 두어야 한다는 거예요. 우린 "너희가 어릴 때 창조자를 기억하라"고 하신 솔로몬왕의 마지막 유언을 반드시 잊지 말아야해요.

그렇게 하겠다는 뜻에서 제가 외칠 때마다 여러분들은 '창조자를 기억해' 라고 크게 외쳐보셔요. 먼저 우리는 좋은 일이 생길 때 창조자를 생각하고 하나님께 영광을 드려야 해요.

공부를 잘해서 시험을 100점 맞았어요.

"창조자를 기억해(다같이)"

내가 결정적인 슛을 날려 골인했어요.

"창조자를 기억해(다같이)"

경시대회에 나가 상을 받게 되었어요.

"창조자를 기억해(다같이)"

또 어렵고 위험한 일이 생겼을 때도 창조자를 기억하고 감사해야 해요.

몸이 아파요.

"창조자를 기억해(다같이)"

죄를 짓고 싶지 않은데 자꾸 죄를 짓게 됩니다.

"창조자를 기억해(다같이)"

시험이 두려워요. 공부를 더 잘하고 싶습니다.

"창조자를 기억해(다같이)"

아빠 엄마가 싸우실 때가 많습니다.

"창조자를 기억해(다같이)"

나는 밤에 혼자 있는 것이 두렵습니다.

"창조자를 기억해(다같이)"

도로에서 차에 치일 뻔했는데 살았어요. "창조자를 기억해(다같이)"

어떤 순간에도 창조자 하나님을 기억하고 늘 승리하는 어린이들 되기를 소망합니다.

20. 예수님을 따라가요

■ **읽을본문** : 마태복음 4:18-22
■ **참고성경** : 이사야 43:1-2; 마태복음 4:1-25, 16:24; 요한복음 8:31-32, 21:1-25
■ **교육목표** : 예수님의 부르심을 알고 그 부르심대로 순종하는 어린이가 되도록 한다. 또한 자기의 이기적인 꿈이 아닌 예수님이 주신 꿈을 따라 미래를 계획할 수 있도록 지도한다.
■ **포인트** : 부르심을 따라가셔요
■ **설교형태** : 그림설교(대중만화/오디션-천계영 작품)
■ **제시방법** : 1. 인터넷 웹 사이트에서 그림화일을 다운 받는다.
대부분의 인기만화들은 홈페이지가 있으며 상업적 목적이 아니라면 자료실에서 캐릭터나 주요 그림들을 다운받도록 허용하고 있다)
2. 다음의 두가지 방법으로 만화를 보여준다.
❶ 프린터로 그림화일을 출력한다. 이때 용지로 OHP 필름지를 사용한다. 출력된 필름지를 환등기 위에 올려놓고 OHP에 투사한다.
❷ 빔프로젝트와 컴퓨터가 있는 환경에서는 그림화일을 파워포인트로 불러 빔프로젝트로 투사한다.
3. 만일 그림을 인터넷 상에서 찾을 수 없으면 만화책에서 직접 필요한 장면을 스캔하거나, 디지털 카메라로 촬영하여 위의 2-❶❷의 방법으로 보여준다.

1. 하나님의 부르심

이 다음에 커서 여러분은 어떤 사람이 되고 싶은가요? 좋은 선생님, 멋진 가수, 만화가, 선교사……. 정말 여러분의 꿈은 다양하군요. 그런데 이 꿈이 하나님이 주신 것인가요? 아니면 여러분이 스스로 결정한 꿈인가요? 물론 이 둘은 모두다 중요해요. 앞으로 하고 싶은 일은 여러분 스스로 결정한 것이어야 하지만 또한 하나님이 원하시는 일이어야 하니까요. 우리는 자라면서 자신의 꿈과 하나님의 부르심을 함께 조화시킬 수 있어야 해요. 특별히 하나님이 이 세상에 서 내가 무슨 일을 하도록 부르셨을까 생각하고 기도하는 가운데 자신의 꿈을 발견하는 일은 대단히 값진 일이예요.

우리들이 가장 좋아하는 만화들 중에「오디션」이 있어요. 여러분들 중에서도 이 만화를 한번쯤 읽어본 친구들이 많을 줄 알아요. 이 만화가 오늘의 주제인 '부르심' 과 연관이 있어 잠시 스토리를 소개할까 해요.

(만화 장면을 넘겨 가면서 설교한다)

송송 음반 회사의 송회장은 우연한 기회에 노래에 천부적인 재능이 있는 4명의 아이들을 만나게 됩니다. 평범한 사람의 눈에 이 아이들은 결코 발탁될 만한 부분이 없었어요. 소매치기, 절도범에다 평범하다 못해 전방지축이었죠. 하지만 송회장은 이 아이들의 음악적 재능 속에서 위대한 가능성을 찾아냅니다. 이윽고 세월이 흘러 아이들은 청년이 되었어요.

그러던 어느날 송회장은 죽으면서 자신의 외동딸에게 유언을 남겼어요. 유언의 내용은 옛날 자신이 만난 아이들을 찾아내어 4인조 가수 그룹을 만들라는 거였어

© Kye Young Chon

168

© Kye Young Chon

요. 그리고는 오디션에 내보내 1등을 하게 해야 상속을 받을 수 있다고 했어요. 이때부터 송회장의 딸은 사설 탐정을 고용해 전국을 돌아다니며 이제 청년이 된 네 명의 아이들을 찾았어요. 그런데 이들은 음악과는 전혀 거리가 먼 인생을 살고 있었어요. 중국집 철가방, 조직 폭력배 행동대원, 우울증 환자……. 정말 하나같이 천방지축이었어요. 하지만 다시 모인 이들은 송회장의 유언을 듣고 감동해요. 아무도 몰라주던 그 어린 시절 송회장이 자신들의 재능을 알아보고 한결 같은 기대를 품어주셨다는데 감격한 거예요. 그래서 오디션까지 죽을 힘을 다해 연습하고 결국 대회에서 우승을 하게 됩니다.

2. 제자들을 부르신 예수님

예수님이 제자들을 부르실 때도 꼭 이런 방법으로 부르셨어요. 제자들은 예수님을 모르고 있었지만 예수님은 제자들을 먼저 알고 계셨어요. 그리고 제자들이 보지 못한 그들의 미래를 보고 계셨던 거지요. 또 그들의 가능성을 믿고 격려해 주셨어요.

갈릴리 지방에 살던 베드로와 안드레는 물고기를 잡아서 하루 하루 살아가는 어부들 이었어요.

169

어느날 아주 이상한 일이 벌어졌어요. 밤새도록 물고기를 잡는데 한 마리도 잡히지 않는 거였어요. 헛수고만 하다가 아침 해가 밝아버려 모두가 지쳐 있을 때였죠. 그런데 바로 이때 예수님께서 배 가까이로 다가오셔서 '깊은 데로 가서 그물을 던져 보라'고 하셨어요. 제자들은 순종하는 마음으로 깊은 곳에 다시 가서 그물을 던졌어요. 그런데 이때 기적이 일어났어요. 그물이 찢어질 정도로 많은 물고기가 잡힌 거였어요. 한 배로 들어올릴 수 없어 다른 배의 도움을 받을 정도였어요.

이때 예수님께서는 베드로에게 말씀하셨어요.

"나를 따라오너라. 내가 너희를 사람 낚는 어부가 되게 하리라."

예수님의 말씀에 베드로와 안드레는 정신이 멍해 졌어요. "예수님이 우리를 사용하시겠다고?" 충격과 감동의 기쁨이 몰려왔죠. 베드로와 안드레는 이 기회를 놓치지 않았어요. 즉시 모든 것을 버리고 예수님을 따라갔어요. 비록 부족하지만 불러주시는 예수님께 감사하며 예수님을 따라나선 것이 제자들의 삶이었어요.

3. 우리는 예수님의 작은 제자들

사랑하는 어린이 여러분! 2000년전 갈릴리 바닷가에서 부름받은 제자들뿐만 아니라 저와 여러분도 예수님의 제자들이에요. 제자들은 제자답게 살아야 해요. 예수님의 말씀에 순종하고 예수님을 따라가는 것이 제자답게 사는 길이에요. 나의 욕심으로 가득찬 꿈을 따라가면 안되요. 우리는 어떻게 살아야 할지 순간 순간 예수님께 물어가며 살아야 해요. 자기 마음대로가 아니라 하나님이 불러주신대로 살아가는 칭찬받는 제자들이 되셔요.

21. 아낌 없이 드려요

- ■ **읽을본문** : 요한복음 6:10-13
- ■ **참고성경** : 마태복음 14:13-21, 마가복음 6:30-44, 누가복음 9:10-17, 요한복음 6:1-15
- ■ **교육목표** : 자신의 작은 능력이라도 예수님께 기꺼이 드렸을 때 삶의 기적을 베푸시는 축복의 비밀을 이해시킨다.
- ■ **포 인 트** : 아낌없이 드려요
- ■ **설교형태** : 실물설교(일반실물)
- ■ **준 비 물** : 생선 2마리, 빵 5개, 대나무 바구니, 빨대 2개, 마분지 2장
  ❶ 마분지 위에 빌립과 안드레의 얼굴을 그리고 오린 다음 뒤에 빨대를 붙인다.
  ❷ 갈릴리 소년의 도시락을 제작한다. 말린 작은 조기는 주변에서 쉽게 구할 수 있다. 빵은 묶음들이로 파는 모닝빵이 적당하다. 대나무 바구니 안에 생선 2마리와 빵 5개를 넣은 후 유니랩을 씌우면 멋진 오병이어 도시락이 완성된다.

1. 나누면 기적이 생겨요

요즘 사회에는 장기기증이라는 좋은 운동이 벌어지고 있어요. 이 운동은 죽은 후에 자기 몸 안에 있는 장기를 건강하지 못한 사람들에게 나누어 주겠다고 약속하는 거예요. 어차피 사람은 죽으면 흙으로 돌아가니까 자신이 원한다면 콩팥이나 눈 같은 장기를 필요한 사람들에게 줄 수 있지요.

지난주 우리 교회에 출석하시는 어느 집사님이 돌아가시면서 장기기증을 하셨어요. 그분의 약속대로 시신의 장기들은 환자들을 위해 이식되었어요. 그 덕분에 6명이나 되는 소중한 사람의 생명을 구할 수 있게 되었죠.

이분이 살아 생전에 이런 결단을 하지 않았다면 결국 다른 사람에게는 아

무런 유익을 주지 못했을 거예요. 그저 땅속에서 묻혀 썩어 없어지는 몸이 되었겠죠. 하지만 자신의 약하고 작은 몸일지라고 가난하고 아픈 이웃을 위해 사용해 달라고 하나님께 드렸을 때 많은 사람들이 죽음과 고통을 면하게 된 거예요. 사랑하는 어린이 여러분, 세상에서 가장 풍성한 삶을 사는 비결이 뭔지 아서요? 그 비결이 오늘 성경에 나와 있어요. 그것은 아낌없이 베풀고 살아가는 거예요.

2. 제자들의 실수는 닮지 말아요

태양이 떠오르는 갈릴리 해변의 아침이었어요. 아침부터 수많은 사람들이 예수님 가까이로 몰려 들기 시작했어요. 모여든 인파는 5천명정도, 하지만 여자와 어린이들의 숫자를 합친다면 2만명 정도가 갈릴리 해변을 가득 채웠어요.

군중들은 수근거렸어요.

"예수님의 말씀은 참 쉬워요. 그러면서도 깊은 진리를 담고 있는 것 같구요. 늘 어렵고 무슨 말하는지도 모르겠는 랍비들의 설교와는 확실히 다르군요."

"맞아요, 맞아. 어디 말씀만 좋나요. 병든 사람도 고쳐 주시잖아요. 정말 오늘은 어떤 일이 일어날지 기대가 되네요."

어느덧 아침이 지나고 해가 하늘 가운데를 지나고 있어요. 예수님은 직감적으로 백성들이 너무 시장해고 배가 고프다는 것을 알 수 있었어요. 그래서 예수님의 제자 중에 하나였던 빌립에게 물으셨어요.

"빌립아. 여기 모인 사람들이 몹시 배가 고픈 것 같구나. 어떻게 하면 이들에게 떡을 먹일수 있겠느냐?" 예수님은 백성들을 먹일 수 있는 방법을 몰

랐던 분이 아니었어요. 그리고 백성들을 배불리 먹일 만한 능력이 없던 분
이 아니었어요. 예수님은 하나님의 아들이기 때문에 모든 것을 알고 무엇이
든지 할 수 있는 분이셨어요. 예수님은 단지 지금 빌립이 어떻게 대답할 지
시험해 보고 싶으셨던 거죠.

그런데 빌립은 재빨리 계산한 뒤에 이렇게 말했어요(빌립의 얼굴을 들면
서). "예수님! 여기있는 사람에게 떡을 조금씩만 나누어 준다해도 천만원
정도가 부족할 것 같아요."[7]

빌립은 예수님을 오랫 동안 따라 다닌 제자였어요. 그런데 아직까지도 어
려운 고난과 문제가 닥치면 예수님이 문제를 해결해 주실 거라고 믿지 않았
어요. 그대신 돈이 문제를 해결해 줄 수 있다고 믿었어요. 빌립은 겉으로는
예수님을 사랑한다, 순종한다고 말했어요. 하지만 막상 급박한 위기가 닥쳐
오면 예수님보다는 다른 세상의 방법을 찾는 사람이었어요. 친구 여러분!
우리들에게도 순간 순간 빌립과 같은 마음이 생긴다는 사실을 조심해야 해
요. 우리는 어렵고 힘든 문제를 만날수록 제일 먼저 예수님께로 달려가 도
움을 구해야 해요.

이번엔 제자 안드레가 나타났어요(안드레의 얼굴을 들면서). 그런데 안드
레는 혼자온 것이 아니라 도시락을 가진 소년를 데리고 왔어요. 그리고는
말했죠. "예수님! 오늘 모인 백성들 중에 먹을 것을 준비해 온 사람은 이 아
이 하나 뿐입니다. 물고기 두 마리와 보리떡 다섯 개뿐이네요. 그런데 이것
으로 뭘하겠어요?" 안드레의 말을 들어보면 그도 뭔가 중요한 실수를 하고

---

7) 요한복음 6장 7절을 보면 빌립이 5천명을 먹이기 위해서는 200데나리온의 돈이 필요하다
고 대답한다. 1데나리온이 노동자 하루의 일당임을 감안할 때 현재 돈 5만원의 가치로 환산하
여 어린이들에게 1,000만원이 부족한 것으로 표현했다.

있는 것을 발견할 수 있어요. 안드레는 예수님을 향해 '겨우 이 정도를 갖고 뭘하겠어요?' 라고 말했어요. 이것은 예수님도 어떻게 하실 수 없다는 식의 빈정거리는 말투예요. 예수님은 하나님이시기 때문에 못하는 일이 없으셔요. 하지만 여러분은 혹시 안드레처럼 크신 예수님의 능력을 믿지 않는 것은 아닌가요? 예수님의 능력을 작게 생각하고 사는 것은 아닌가요?

사랑하는 친구 여러분, 우리는 어려움이 생겼을 때 빌립처럼 자신의 힘으로 문제를 해결하려고 하면 안되요. 그리고 안드레처럼 예수님의 능력을 작게 생각해서도 안되요. 우리는 예수님께 자기의 적은 것이라도 아낌없이 드릴 줄 알았던 지금부터 나오는 어린 소년을 본받아야 해요.

3. 갈릴리 소년에게 일어난 기적

아침에 일어나자 소년의 어머니는 사랑하는 아들에게 도시락을 싸주셨어요. "어서 일어나렴. 오늘이 바로 네가 그렇게 애타게 기다리던 예수님께서 우리 갈릴리 해변에 오시는 날이잖니? 엄마가 일찍 일어나 특별히 도시락을 준비했단다. 예수님의 말씀을 들으면서 맛있게 먹고 오렴." 소년은 집을 나오면서 살짝 도시락을 열어보았어요. 비록 물고기 두 마리와 보리떡 다섯 개 였지만 넉넉하지도 않은 형편에 준비해 주신 엄마의 사랑에 얼마나 가슴이 뭉클했는지 몰라요.

예수님의 설교는 소문대로 정말 재밌었어요. 시간이 어떻게 흘러갔는지도 모르고 듣고 있었는데 어느덧 점심시간이 된 거 있죠. 주변을 보니 모든 사람들이 굶주림에 지쳐하면서도 예수님의 말씀을 열심히 듣고 있었어요. 모두가 가난했기 때문에 도시락을 싸온 사람이 아무도 없었던 거예요.

그런데 바로 그때 예수님의 제자들의 목소리가 들려왔어요. "먹을 양식을 가지고 온 사람은 앞으로 좀 가지고 나와 주십시오." 소년은 순간 망설였어요. '엄마는 나 혼자 먹을 수 있는 양만 싸주신 건데, 이 적고 초라한 음식이 과연 얼마나 도움이 될까? 한편으론 이런 생각이 떠올랐어요. '그래, 나의 적은 것이라도 예수님께서 필요하시다니까 기쁜 마음으로 드려야지.' 결국 소년은 예수님께로 나아왔어요. 그리고 자신의 손에 가진 물고기 두 마리와 보리떡 다섯 개를 예수님의 손에 드렸어요. 적고 초라했지만 자신이 지금 가지고 있는 전부를 예수님께 드린 거지요.

"애야, 정말 고맙구나." 예수님께서는 다정하게 말씀하셨어요. 그리고는 받은 떡을 높이 들어 하나님께 기도하셨어요(빵을 높이 들고 기도한다). 기도하신 후에 사람들에게 그 떡을 나누어 주셨어요(기도하고 빵을 떼어 어린이들에게 나누어 준다). 그런데 이게 웬일이에요? 사람들이 떡을 나눌수록 그 떡은 줄지 않고 더 늘어나는 것이었어요. 예수님은 생선도 그렇게 하셨어요. 결과가 어떻게 되었을까요? 놀라지 마세요. 모든 사람이 배불리 먹고도 열 두 광주리가 남는 기적이 일어났어요.

그날은 온 백성들이 즐거워하고 감사하는 찬양의 함성이 갈릴리 온 해변을 가득 채웠습니다. 만일 이 소년이 자신의 배고픔만을 해결하기 위해 도시락을 먹었다면 한 사람의 배고픔만 해결되었을 거예요. 하지만 비록 적은 것이라도 예수님께 아낌없이 드렸기 때문에 오천명이 충분히 먹고도 남는 놀라운 기적이 일어난 거예요.

4. 나의 손엔 무엇이 있나요?

사랑하는 어린 친구 여러분! 여러분의 손을 한번 펴보세요. 그리고 편 손을 바라보세요. 지금 여러분의 손에 있는 것이 무엇인가요? 여러분은 아직

어리기 때문에 남아 있는 많은 미래의 시간들, 꿈을 이룰 수 있는 재능, 건강, 얼마되지는 않지만 용돈을 가진 친구들도 있을 거예요. 지금 나의 손에 있는 것은 마치 물고기 두 마리와 보리떡 다섯 개처럼 적고 초라해 보일 수도 있어요. 하지만 이것을 나를 위해 사용하는 것이 아니라 사랑하는 이웃과 하나님의 영광을 위해 사용해 보세요. 하나님께서는 상상할 수 없는 엄청난 일을 오늘날도 일으켜 주세요.

남자친구들이 "아낌없이 드려요"라고 함성을 지르면 여자 친구들이 받아서 "기적이 일어나요" 하고 외쳐볼까요? 자 누가 크게 분명히 외치나 대결이에요.

"아낌없이 드려요!(남자 어린이)"

"기적이 일어나요!(여자 어린이)"

친구 여러분! 평생을 살아가면서 예수님의 손에 아낌없이 드릴 때 기적이 일어나는 이 비밀을 잊지 마셔요.

22. 축복은 이때를 위해 주셨어요

- **읽을본문** : 에스더 4장 13 –17절
- **참고성경** : 에스더 1–10장
- **교육목표** : 하나님께서 주신 축복은 이웃과 나누어야 하며 현재가 이웃에게 나눌 수 있는 최고의 시간임을 알게 한다.
- **포 인 트** : 받은 축복을 나누세요
- **설교형태** : 실물설교(일반실물)
- **준 비 물** : 별, 포스터('급구 왕비를 구함' 이라는 문장이 쓰여진 종이를 감아서 끈으로 한번 묶는다), 목걸이, 향수, 퀴즈 선물

준비한 소품들을 숨겨 놓고 설교 중에 하나씩 꺼내어 보여줌으로써 호기심과 설교에 대한 이해를 높일 수 있도록 한다.

1. '별' 이라는 예쁜 이름을 가진 아가씨가 살았어요

우리 친구들의 이름을 부르면서 늘 떠오르는 생각이 있어요. 친구들이 제각기 너무나 이쁘고 특색있는 이름을 가졌다는 거예요. 하담이, 아람이, 예은이부터 이름이 네자인 송예리나까지 요즘 어머니들은 옛날같이 자녀들을 많이 낳지 않고 한두 명밖에 낳지 않기 때문에 가장 멋진 이름을 붙여주신 것 같아요.

옛날 바벨론 왕국에 여러분들처럼 멋진 이름을 가진 아가씨가 살고 있었어요. 그녀의 이름은 바로 '에스더' 였어요. 에스더는 바로 별! '스타' 라는 뜻입니다. 이름이 별이니 "에스더! 에스더 어딨니?" 하고 부를 때마다 "별! 별아 어딨니"라고 하는 것이니 얼마나 멋있어요? 또 에스더는 그 멋진 이름에 걸맞게 고운 마음씨와 예쁜 얼굴을 가진 아가씨였어요.

　그런데 에스더는 누구에게도 말 못하고 가슴 속 깊은 곳에 묻어둔 상처가 있었어요. 지금 에스더는 호화롭고 화려한 바벨론 왕국에 살고 있지만 에스더는 본래 바벨론 사람이 아니었어요. 에스더의 고향은 군인들에 의해 잔인하게 짓밟혀 지금은 시커먼 잿더미로 변해 버린 유다였어요. 그녀의 가족들은 유다왕국이 멸망하자, 군인들에게 포로로 끌려와 오래 전부터 이곳 바벨론 왕국에서 살고 있었어요. 그리고 이런 고통스러운 생활을 견디다 못해 돌아가신 건지는 몰라도 에스더에게는 부모님이 안 계셨어요.

　당시는 어떤 남자가 보더라도 첫 눈에 반할 만큼 아름다운 아가씨로 성장한 에스더였어요. 하지만 그녀의 마음 속에는 나라를 잃은 전쟁 고아라는 슬픈 그림자가 어둡게 깔려 있었어요. 어느날 에스더는 강가에서 노을 지는 저녁해를 바라보며 기도했어요.

　"사랑하는 하나님! 저는 가진 것이 아무것도 없는 가엾은 고아예요. 저에게는 주님밖에 없어요. 저를 버리지 말아주세요."

　에스더의 수정같이 맑은 눈동자에 눈물이 맺혔어요. 그때 에스더의 사촌 오빠 모르드개가 멀리서 다가왔어요. 모르드개는 에스더의 한 명밖에 없는 사촌 오빠였어요.

　"에스더! 너 여기 와 있었구나! 한참 찾았단다. 어, 그런데 에스더! 너 지금 우는 거니? 또 슬픈 생각을 한 게로구나! 에스더, 이젠 그만 과거를 잊고 힘을 내렴, 지난 일은 돌이킬 수 없는 거잖니? 그건 그렇고 이 포스터 좀 보렴 (설교자가 두루마리 형태로 말린 포스터를 펴며 말한다). 글쎄 임금님께서 새 왕비를 뽑는대! 난 네가 한번 지원해 봤으면 좋겠다. 어떠니? 한번 지원해 보는게?"

　눈물을 닦은 에스더는 오빠를 보고 수줍게 말했어요

　"오빠 전 못해요. 어떻게 저에게 왕비가 될 자격이 있겠어요?"

거절하려는 에스더의 어깨를 만지면서 모르드개는 말했어요.

"사랑하는 에스더! 너의 눈 속에는 하나님이 주신 신비한 힘이 숨어 있어. 그리고 너에게는 빼어난 외모만 있는 게 아니란다. 무엇보다 하나님을 바라보는 믿음이 있잖니? 난 너의 모습 속에서 우리 유다 민족을 구원하실 하나님의 선한 계획을 느낄 수 있어."

결국 모르드개의 말을 듣고 자신감을 얻은 에스더는 왕비 후보로 지원했어요.

2. 왕비 선발대회에 출전한 에스더

이 대회에는 에디오피아 공주, 미스 아라비아 진 등 세계적인 미인들이 엄청나게 많이 참가했어요. 특별히 이 선발대회는 다른 대회와는 다른 특징이 있었어요. 그것은 후보 아가씨들이 왕의 눈길을 끌기 위해서 갖고 가고 싶은 물건은 무엇이든지 구해주는 것이었어요.

에디오피아 공주가 말했어요(목걸이를 들고 말한다).

"저에게 진주 목걸이를 주셔요. 그것을 제 매력 포인트인 기-인 갈색 목에 걸고 들어간다면 임금님을 충분히 매혹시킬 수 있어요."

이번에는 미스 아라비아 아가씨가 말했어요.

"저에게 크레타 섬에서 구해온 향수를 주셔요(향수를 목과 겨드랑이에 뿌리면서). 그것만 제 목과 겨드랑이에 뿌리고 들어가면 왕의 마음은 이미 저의 것이예요."

하지만 에스더가 나타나기 전까지 그 누구도 왕의 마음을 빼앗을 수 없었어요. 에스더가 왕의 앞에 들어갈 차례가 되자 왕의 신하 내시가 에스더에게 말했어요.

"에스더 아가씨! 아가씨는 무엇을 갖고 왕에게 들어가기를 원하시나요?"

에스더는 무엇을 달라고 말했을까요? 2장 15절을 보면 이때 에스더는 아무것도 구하지 않았다고 되어 있어요.

"제가 왕비가 되도록 도와주실 수 있는 분은 오직 하나님 한 분뿐입니다. 저는 하나님과 부모님이 주신 현재 모습 이대로가 좋아요."

에스더는 담대하게 대답했어요.

그 결과가 어떻게 되었는지 궁금하시죠? 에스더를 보는 순간 왕은 깜짝 놀랐어요. 자기 앞에 꿈속에서도 그토록 찾아 헤매던 이상형이 서 있었기 때문이에요. 왕은 자리에서 벌떡 일어나 에스더에게 왕관을 씌어주고 아내로 삼았어요. 나라를 잃은 고아 에스더가 그 당시에는 미국보다 강한 나라였던 바벨론 왕국의 영부인이 되는 순간이었어요.

3. 모르드개와 에스더에게 닥친 위기

잠깐 여러분! 제가 지금 이 순간 깜짝 퀴즈를 하나 내겠어요. 알아맞히는 친구에게는 상품을 드릴게요. 방금 전에 에스더의 사촌오빠 이름이 무엇이라고 했지요? 아는 친구 손들어 보셔요. 그렇죠. 모르드개예요(정답을 맞춘 어린이에게 그 자리에서 시상한다).[8]

모르드개는 본래 에스더와 같이 하나님을 경외하는 유다 사람이었어요. 그런데 어느날 모르드개가 길가를 걷고 있는데 왕의 신하 중에 심술이 많고 악독하다고 소문난 하만 장군과 마주치게 된 거예요. 그런데 모르드개는 가

---

8) 설교가 길어질 때 어린이들의 집중도를 높이기 위해 사용하는 방법이다. 설교를 하면서 바로 직전 내용에 대한 깜짝 질문을 하여 시상하는 방법을 사용하면 어린이들이 설교에 집중하면서 기대감을 가지고 경청하게 된다.

볍게 목을 굽혀 인사만 하고 지나갔어요. 그러자 하만은 머리끝까지 화가 치밀어 올랐어요.

"아니, 저 녀석이! 나 하만님이 납시는데 절을 하지 않고 그냥 목만 까딱하고 지나가? 이런 괘씸한 놈을 봤나! 그러고 보니 동생 에스더가 왕비가 되었다고 콧대가 높아져서 그렇구나."

사실 모르드개가 하만에게 절을 하지 않은 것은 다른 이유가 있었어요. 모르드개는 하나님만 섬기는 경건한 사람이었기 때문에 인간에게 도저히 무릎을 꿇을 수 없었어요. 그것은 우상을 숭배하는 것과 다를 게 없었기 때문이에요. 그때부터 하만은 모르드개와 그와 함께 바사왕국에 살고 있었던 모든 유다 백성들을 죽일 궁리를 하게 되었어요.

"어떻게 하면 모르드개와 유다놈들을 몰살시킬 수 있을까?(손뼉을 치며) 아~ 그렇지, 묘수가 떠올랐다. 폐하께 가서 모르드개와 유다놈들이 폐하를 죽일 음모를 꾸미고 있다고 공갈을 쳐야겠군."

하만 장군은 궁궐로 들어가 왕에게 이렇게 거짓말을 했어요. 하만의 말을 들은 아하수에로 왕은 갑자기 얼굴이 울그락 불그락해지더니 노발대발 했어요.

"뭐야, 유다놈들이 나를 반역할 음모를 꾸민다고? 좋다. 하만, 바벨론에 살고 있는 유다 민족들을 너의 손에 맡기겠다. 뿌리채 뽑아 갈아먹든 삶아 먹든 네 마음대로 해라."

4. 죽으면 죽으리라

이 위기의 순간에 왕의 오해를 풀어서 이스라엘을 구원할 사람은 이제 한 사람밖에 없었어요. 그 사람이 누구였을까요? 유다 사람으로서 왕과 가장 가깝게 지내던 왕비 에스더였어요.

하만의 음모를 엿들은 모르드개는 자기 때문에 바사에 살고 있던 모든 유다 백성들의 목숨이 위태롭게 된 것을 알게 되었어요. 그리고는 그날 밤 아무도 모르게 에스더를 만나러 왕궁으로 들어갔어요. 한밤중에 찾아온 모르드개를 보고 에스더는 놀라며 말했어요.

"오빠! 이 밤중에 이곳에 왠일이세요.?"

그러자 모르드개는 에스더의 눈을 바라보며 또렷한 어조로 말했어요.

"에스더. 하만 때문에 우리 백성이 모두 죽게 되었단다. 제발 도와주렴. 제발 우리를 살려다오. 네가 왕비가 되었다고 해서 혼자만 피할 수 있다고 생각하면 착각이야. 하나님께서 너를 왕비로 앉힌 축복이 바로 이때를 위해서가 아니겠니? 이 위기에서 우리들을 구출시키기 위해서 말이야."

잠시 생각에 잠긴 에스더가 조용히 다물었던 입을 열었어요.

"오빠 말씀이 맞아요. 제가 폐하를 직접 만나겠어요. 그래서 하만의 계략이 거짓말이라는 것을 말씀드리겠어요. 그런데 우리 궁중에는 조심해야할 법이 하나 있어요. 왕이 부르지도 않았는데 먼저 나아가면 그사람이 누구든 사형을 당하게 돼요. 그건 아내라도 예외가 아니에요. 하지만, 하나님과 나의 민족을 위해서 죽으라면 죽겠어요!"

에스더는 3일 동안 하나님 앞에 나가서 식사도 하지 않고 기도를 했어요. 그리고는 용기를 얻어 왕이 부르지 않았는데 목숨을 걸고 담대하게 나아갔어요. 그런데 하나님께서는 3일 동안 굶은 에스더를 세상에서 가장 곱고 아름다운 여인으로 보이게 하셨어요. 왕은 에스더가 법을 어겼기 때문에 죽여야 했지만 너무나 빼어난 아름다움 때문에 에스더를 용서해 주었어요. 에스더는 왕에게 모든 진실을 이야기 했어요.

결국 하만의 거짓말을 알게 된 아하수에로 왕은 에스더 대신 하만을 처형시켰어요.

5. 축복은 이때를 위해서 받았어요

　그런데 우리와 에스더가 닮은 점이 참 많다는 사실을 아서요? 고향을 잃어
버린 포로였던 에스더처럼 예수님을 알기 전에 우리의 모습은 천국갈 소망
을 잃어버린 죄의 노예들이었어요. 하지만 무가치한 에스더가 왕비가 되었
듯이 하나님께서는 우리를 하나님 나라의 왕자와 공주로 선택해 주셨어요.

　지금 이 시간은 우리의 내면을 돌아보는 시간을 가졌으면 좋겠어요. 혹시
우리의 마음 속에는 왕비가 되었다고 해서 왕궁 밖에서 죽어가는 어려운 백
성들을 잊고 살 뻔한 에스더의 모습이 없나요? 이미 하나님의 자녀가 되었
고 죽은 후에도 천국 안에 살게 되었다고 해서 나태하고 게을러진 모습은
없나요?

　이럴 때 우리가 명심하고 반드시 기억해야 할 말이 있어요.

　"네가 왕비가 된 축복이 바로 이때를 위해서가 아니겠니?"

　바로 모르드개가 에스더를 향해 정신차리도록 외친 그 말이에요.

　집안에서 다른 가족들 보다 먼저 예수님을 믿으셨어요? 먼저 예수님을 믿
게 된 축복이 가족들에게 전도를 하기 위한 이때를 위해서가 아니겠어요?
모든 것이 넉넉하셔요? 모든 것이 풍부하고 만족스러운 축복이 주변에 어
려운 사람과 나누기 위한 바로 이때를 위해서가 아니겠어요? 지금 여러분
의 몸은 건강하셔요? 잔병없이 튼튼한 축복이 몸이 불편한 사람들을 돕기
위한 이때를 위해서가 아니겠어요?

　'이때의 중요함'을 알고 에스더처럼 치열하게 기도하셔요. '죽으면 죽으
리라'는 각오로 하나님 말씀에 순종하고 살아가셔요. 그러면 하나님께서는
우리에게 기적을 베풀어 주실 거예요. 죽어야 될 에스더 대신 에스더의 대
적 하만이 죽는 위대한 기적을 우리의 생활 속에 이루어 주실 거예요.

23. 친절을 베푸셔요

■ **읽을본문** : 요한일서 3:18
■ **참고성경** : 마태복음 5:16, 20:26-27; 누가복음 10:25-37; 요한복음 13:34, 35; 로마서 12:15; 갈라디아서 6:9-10
■ **교육목표** : 형식적인 친절이 아닌 참된 친절은 예수님께서 우리에게 베푸신 친절임을 안다. 특별히 불쌍히 여기고 다가가며, 치료해 주고 보살피며 친절을 베푸는 어린이가 되게 한다.
■ **포 인 트** : 친절하셔요
■ **개   요** : 드라마 -〉 설교
■ **설교형태** : 드라마 설교(일반드라마)
■ **등장인물** : 아빠, 시몬, 강도 1,2, 제사장, 레위인, 선한 사마리아인
■ **소   품** : 나귀(긴막대와 마분지로 만듦), 칼 2개, 물푸대, 접시, 스타킹, 천 원권 몇 장, 각 인물별 복장

제1막 1장

해설 : 예루살렘에 시몬이라는 청년이 살고 있었어요. 그런데 시몬은 어릴 때부터 아빠로부터 귀가 따가울 정도로 들어온 얘기가 있었어요.

아빠 : 사랑하는 내 아들 시몬아.

시몬 : 부르셨어요, 아버지?

아빠 : 그래, 오늘 아빠는 네가 인생을 살면서 정말 도움이 될 이야기를 해주려고 한단다.

시몬 : 그게 뭔데요?

아빠 : 시몬아, 이 세상에는 크게 두 종류의 사람들이 살고 있어.

시몬 : (귀를 막으면서)아이! 또 그 얘기예요? 정말 100번은 더 들었을 거예요. 제발 알아들었으니까 그만 말씀하셔요.

아빠 : 그래도 중요하니까 거듭 말하는 것이니 잘 들으렴. 이세상에는 두 종류의 사람이 있어. 존경받을 사람과 존경받을 자격이 없는 사람……. 이를

테면 제사장이나 레위 어르신, 이들은 하나님을 위해 열심히 일하시는 분들이야. 그러니까 우리는 항상 존경하는 마음을 가져야 한단다. 하지만 시몬!

시몬: (아빠의 말을 가로채 목소리를 흉내내어 말한다) 하지만 시몬! 이 세상에는 사마리아인처럼 더러운 인간들도 살고 있다는 걸 잊지 말아야 해. 그 놈들의 조상은 하나님을 떠난 배신자들이야. 그러니 그들과는 상대도 하지 말렴. 어때요? 이 말씀하시려고 했죠?

아빠 : 참, 녀석 하곤. 아무튼 재수 없는 사마리아인 옆에는 얼씬도 하지 말아야 한다는 거 잊지 말거라.

2장

해설 : 어릴 때부터 아빠로부터 이런 가르침을 받고 자란 시몬이었어요. 결국 시몬은 커서도 사람들을 가려서 대하는 버릇이 생겼죠.

시몬 : 아니, 저기 제사장님이 오고 계시는군. (물을 접시에 담아 헐레벌떡 뛰어나가며) 아이구, 제사장님, 이 더운 날에 하나님을 위해 제사드리느라 얼마나 고생이 많으셔요? 여기 냉수 한 그릇 가져왔습니다요. 쭈~욱 들이키고 가셔요.

제사장 : 아~시원하다. 고맙네, 고마워. 자네 이름은 뭔가?

시몬 : 예, 시몬이라고 합니다.

제사장 : 하나님의 축복이 청년에게 가득하길 축복하네

시몬 : (허리를 굽혀 절하며) 아이고 감사합니다.

해설 : 시몬은 제사장이나 레위인을 보면 늘 이렇게 오버했어요. 하지만 사마리아인이 나타나면 사정은 달라졌어요.

시몬 : (멀리 내다보며) 아니, 사마리아인이 오고 있잖아? 아~재수.

해설 : 이렇게 시몬은 사마리아인들을 차갑게 외면했어요. 그러면 사마리아

인들은 영문도 모른채 상처를 입었어요.

3장

해설 : 그러던 어느날 시몬은 여리고로 여행을 떠나게 되었어요.

시몬 : 나귀는 건초를 충분히 먹였으니 됐고, 중간에 마실 물푸대는 여기 넣었으니 됐고. 그런데 이 많은 돈은 어디에 숨긴다……그래, 좋은 수가 있어. 어머니의 긴 양말 속에 넣고 이렇게 허리에 두르는 거야(스타킹에 돈을 넣고 허리에 두른다). 그 위에 옷을 내리면 누가 알겠어? 난 왜 이렇게 머리가 좋은지 몰라. 자 이제 출발!

해설 : 이렇게 나귀를 타고 여행을 떠난 지 반나절쯤 되었을까요? 시몬이 계곡의 입구에 들어갈 때였어요.

시몬 : 드디어 계곡이 나왔군. 여리고로 가려면 반드시 지나가야 하는 무시무시한 계곡! 정신을 바짝 차리자. 이곳은 예전부터 도적이 많은 곳이니까.

해설 : 이렇게 시몬은 어두운 계곡 안을 조심스럽게 통과하고 있었어요.

제2막 1장

해설 : 이때 꼭대기에서는 강도 두 명이 넋이 나간듯 아래를 내려다 보고 있었어요.

강도2 : 행님, 요즘 왜 이렇게 여행객이 없죠? 하룻동안 건진 것 하나 없네요. 우리들의 악명이 높아져서 사람들이 무서운가 봐요? 이제 우리도 마음을 고쳐먹고 착하게 살아볼까요?

강도1 : 쯧쯔~ 말도 안되는 소리하고는…… (내려다보며) 억, 아우 저 밑을 좀 봐. 나귀를 타고 지나가는 사람이 있어.

강도2 : 정말이네요. 이 시간에 혼자서 겁도 없이. 내려가서 숨어 있다가 끝장을 내줍시다.

해설 : 두 강도는 헐레벌떡 내려와서 바위 뒤에 딱 붙어서 숨었어요.

강도1 : 아우! 늘 쓰던 작전있지?

강도2 : 아! 그 효과 만점인 귀신 작전 말이에요?

강도1 : 그래, 내가 신호를 내리면 그걸 쓰는 거야. 작전개시!

(시몬이 가까이오자, 강도1이 신호를 내린다. 그러자 강도2가 갑자기 튀어나와 귀신 흉내를 낸다)

시몬 : 으아아아 (나귀가 앞발을 쳐들자 안장에서 굴러 떨어진다. 그러자 강도들이 달려들어 구타한다)

강도2 : 애숭이 같은 놈, 있는 거 다 내놔라!

시몬 : 전 빈털터리 거지에요. 동전 하나도 없어요.

강도1 : 아우! 몸을 다 뒤져봐.

강도2 : 예. (몸을 수색한다) 아니 행님, 진짜 없는 뎁쇼.

강도1 : 그럴리가? (시몬의 겉옷 밖으로 스타킹 자락이 나와 있는 것을 보고) 아니, 그런데 넌 왜 뱃속에 여자 양말을 넣고 다니냐?

시몬 : (당황한 기색으로 숨기며) 이건 아무것도 아닙니다요.

강도1 : 아니 이놈이! 아무래도 수상해. (스타킹을 벗기고 돈을 꺼낸다) 아니, 이게 뭐야? 이 많은 돈을 여기에 숨긴 것이야? 네까짓 게 감히 우리를 속여? 어디 맛좀 봐라. 이놈아! (두 강도는 더 세게 시몬을 때린다)

해설 : 강도들은 시몬을 발로 밟고 칼로 찔렀어요. 죽기 직전까지 이르자 그들은 산으로 도망갔어요. 피 투성이가 된 시몬은 신음소리를 냈어요.

시몬 : (쓰러져서 부르짖는다) 살려줘요. 살려줘. 제가 도적을 만났어요. 피가 너무 많이 흘러요. 제발 목숨 좀 구해주서요.

해설 : 그때 마침 제사장이 계곡을 지나가고 있었어요.

시몬 : 아니, 제사장님! 제가 제일 존경하는 제사장님이 아니십니까? 저를 좀 도와주서요. 저를 좀 살려주서요.

제사장 : 아니~ 이거 강도를 만난 사람이군! 여기서 지체하다가는 나도 털릴지 몰라.

시몬 : 제사장님 그렇게 바라 보고만 있지 말고 제발 좀 도와주서요.

제사장 : 여보게, 사정은 안됐지만 난 지금 수요예배 설교하러 가야 하네. 도와줄 수는 없고, 자네를 위해서 기도만 해주고 가겠네. 은혜와 사랑이 극진하신 하나님 아버지시여, 강도를 만나 신음하고 있는 불쌍한 이 사람을 영원히 축복해 주시옵소서. 아멘! 당신도 아멘하게. 자, 그럼 이제 난 가보겠네(퇴장).

시몬 : (제사장이 떠나가는 방향을 바라보며) 제사장님! 제사장님! 저를 살려주서야지요. 아니 이럴수가, 세상에 칼에 찔려 다 죽어가는 사람에게 뭐? 하나님의 축복이 영원히? 정말 기가 막혀 말도 안나오는구나. 누가 또 온다. 아니 이게 누구야? 이번에는 신앙심이 매우 좋은 레위사람이 오는구나. 오, 하나님 감사합니다! 이봐요. 레위 선생님, 저 좀 도와주서요.

레위인 : 아니, 저 사람! 쓰러져 피를 흘리고 있는 것을 보니 강도에게 당한 게로군. 빨리 피해야겠다(슬금 슬금 뒷걸음 쳐 도망가려고 한다) .

시몬 : 가지 마서요. 제발 좀 저를 살려주서요.

레위인 : 미안하네만, 난 지금 병원에 심방가는 중일세. 빨리 가지 않으면 늦어(퇴장).

시몬 : (울음을 참지 못하고 흐느낀다) 흐흐흑. 아니, 난 아픈 사람이 아닌가? 아이구 배신당했네. 내가 지금까지 저런 인간들을 존경하고 있었다니…….

해설 : 통곡하는 시몬 앞에 또 한사람이 다가오고 있었어요.

시몬 : 아니 저 사람은 사마리아인 아냐? 사마리아인이 날 도와줄리 없어.

내가 얼마나 못되게 굴었는데. 이젠 포기하고 그냥 죽어야겠다.

해설 : 절망한 시몬은 돌아누웠어요. 그런데 사마리아은 누워있는 시몬 앞에서 나귀를 멈췄어요.

사마리아인 : 쯧쯧쯧, 어쩌다 저 지경이 되었을까? 아마에는 피가 흘러내리고, 온몸이 멍투성이네! 이렇게 놔두면 곧 죽겠군. 내려서 좀 도와줘야겠어(나귀에서 내린다음, 무릎을 꿇고 앉아 시몬을 부축한다).

사마리아인 : 강도를 만났구려. 얼마나 목이 마르시오? 우선 물부터 드시오(물푸대에서 물을 한잔 따라준다). 포도주는 상처 소독에 좋으니 먼저 포도주를 바르고 급한대로 내가 지혈을 해주겠소(머리를 붕대로 감는다).

시몬 : 정말 고맙소. 난 사마리아인인 당신에게 잘해준 것 하나 없는 데 이런 친절을 베풀다니…….

사마리아인 : 별 말씀을 다하시오. 죽어가는 사람을 두고 어떻게 그냥 가겠소. 부축해 줄테니 내 나귀에 올라타시오. 조금만 가면 여관이 있으니 당신은 살 수 있을 거요. 나에게 돈이 조금 있으니 일단 치료비와 약값은 될 것이오. 혹시 모자라거든 외상으로 달아두오. 돌아오는 길에 갚을 테니.

시몬 : 아니, 이렇게 고마울 데가……. 고맙소, 정말 고마워.

해설 : 시몬의 눈에는 감동의 눈물이 펑펑 쏟아지고 있었어요. 사마리아인은 이렇게 시몬을 여관에 맡기고 사라져 버렸어요.

설교시작

사랑하는 어린이 여러분, 즐겁게 보셨나요?

이 연극은 예수님께서 해주신 이야기를 토대로 공연해 본 거예요. 예수님께서는 제자들에게 이 이야기를 들려주시면서 "너희들도 선한 사마리아인처럼 살라"고 명령하셨어요. 그렇다면 어떻게 사는 것이 선한 사마리아인처럼 사는 것일까요? 그것은 친절하게 사는 것입니다. 예수님께서는 참된 친절을 사마리아인의 모습을 통해서 구체적으로 가르쳐 주셨어요.

참된 친절은 어려운 일을 당한 사람을 불쌍히 여기는 거예요. 사마리아인은 시몬을 불쌍히 여기고 나귀의 안장에서 내렸어요. 그리고 어려운 사람 곁으로 가까이 가는 거예요. 사마리아인은 죽어가는 시몬 곁으로 다가갔어요. 또한 어려운 사람을 치료해 주는 거예요. 힘든 일을 겪고 있는 사람의 아픈 원인을 감싸주고 도와주는 거지요. 사마리아인은 시몬의 아픈 상처를 포도주로 치료해 주었어요. 그리고 마지막은 그 사람을 끝까지 책임져 주는 거예요. 사마리아인은 시몬을 여관에 맡길 때 미래의 비용까지 책임져 주겠다고 약속했어요. 물론 주님이 원하시는 수준의 친절을 실천하는 것은 어려운 일이에요. 하지만 우리는 이런 친절을 베풀 수 있는 잠재력을 가진 사람들이에요. 왜냐하면 우리는 갚을 수 없을 정도로 분에 넘는 친절을 이미 받은 사람들이기 때문이에요.

이런 친절을 베풀어 주신 분은 예수님이셔요. 예수님께서는 강도를 만난 사람에게 다가온 선한 사마리아인처럼 우리에게 찾아오셨어요. 우리는 스스로를 구원할 아무 힘이 없었어요. 죄 때문에 신음하며 죽어가고 있었어요. 하지만 예수님께서는 우리를 불쌍히 여기셨어요. 가까이 다가오셨어요. 우리 죄를 십자가 위에서 흘리신 보혈로 깨끗하게 씻어주셨어요.

그뿐 아니라 우리들을 끝까지 책임져 주시기 위해 성령님을 보내주셨어요. 성령님은 지금도 우리와 함께 계시면서 우리가 죄에서 완전히 구원받을 수 있도록 책임져 주셔요. 이와 같이 고마운 예수님의 친절을 한몸에 받은 우리들은 이제 다른 사람들에게도 친절을 베풀 수 있어야 해요. 선한 사마리아인이신 예수님처럼 우리들도 이웃에게 친절을 베풀며 살아가요.

24. 생일에 기억할 것 한가지

■ **읽을본문** : 빌립보서 1:3-11
■ **참고성경** : 시편 92:1-5; 갈라디아서 5:16-26; 에베소서 4:1-16, 5:19-20; 빌립보서 1:1-
30
■ **교육목표** : 요즘 어린이들에게 생일은 주위 사람들에게 선물 받기만을 기대하는 날이 되어
버렸다. 따라서 우리는 하나님께서 이땅에 목적을 두시고 보내셨음을 기억하게
함으로써 이웃과 나눌 수 있는 생일이 되게 한다.
■ **포 인 트** : 나는 하나님의 선물이에요
■ **설교형태** : 영상설교(애니메이션)
■ **영상삽입** : 고양이의 보은(猫の恩返し : The Cat Returns, 2002)
감독 : 모리타 히로유키
착한 마음씨의 소유자 '하루'가 고양이 왕자 '룬'을 구해준 이후 고양이들이 자
기들 나름대로 은혜 갚기 시작하는 장면(03:58-05:55 / 11:20-13:52)

1. 생일에 대한 생각 바꾸기

'1년 365일을 생일처럼'

어느 제과점의 광고 문구입니다. 1년을 생일날처럼 행복하게 보내라는

기분 좋은 뜻인 것 같아요. 정말 생일은 행복한 날이에요. 한 설문 기관에서

어린이들을 대상으로 몇가지 조사를 했다고 합니다. 그 중에 가장 행복을

느끼는 날이 언제냐는 질문이 있었는데 1위가 생일이라고 대답했대요. 그 이유를 물으니까 대다수가 생일 선물을 받기 때문이라고 응답했어요. 가족들과 친구들에게 선물을 받기 때문에 생일이 가장 기다리는 날이 된 것 같아요. 정말 이제는 선물받는 것을 빼놓고는 생일을 생각할 수 없게 되었으니까요.

하지만 어린이 여러분! 이제 우리도 컸으니 생일을 맞는 우리들의 자세를 조금 바꾸어보면 어떨까요? 받는 생일이 아니라 주는 생일로 생각을 바꾸어보는 거예요.

이 세상에 우리를 보내주신 분은 하나님이셔요. 물론 낳아주신 분은 부모님이시죠. 하지만 우리에게 목적을 주시고 엄마 뱃속에 생기게 해주신 분은 하나님이셔요. 생일이 되면 이렇게 고마우신 하나님께 "제가 하나님의 선물이 되고 싶어요." 하고 고백하는 시간을 가져보면 어떨까요?

이제부터는 생일이 이렇게 기도하는 날이 되었으면 좋겠어요. "하나님! 저를 하나님께 드려요. 제가 사는날 동안 하나님께서 기쁘게 받으시는 선물이 되게 해주셔요." 이렇게 기도 드려요.

2. 선물을 줄 때 조심할 것 한가지

그런데 한가지 조심할 것이 있어요. 그것은 내가 좋아하는 것과 하나님이 좋아하는 것은 다를 수 있다는 거예요. 하나님께 선물을 드릴 때는 내가 좋아하는 것만 생각하면 안되요. 하나님이 좋아하시는 선물을 드려야 해요. 내 입장만 생각해서 선물할 때 어떤 심각한 일이 일어나는지 이 영화를 보면 잘 알 수 있어요.

고양이의 보은(룬을 살려준뒤 은혜갚는 고양이들)

상영시간(03:58~05:55를 상영한 이후 이어서 11:20-13:52를 상영)

#상영후 설교

'하루'가 트럭에 치일뻔한 고양이 왕자 '룬'을 구해준 이후 놀라운 일이 일어났어요. 그날밤 고양이들이 떼를 지어 하루의 집에 찾아온 거예요. 고양이들은 하루에게 왕자를 구해준 보답을 하고 싶어해요.

그래서 왕자와 결혼을 시켜주고, 앞으로 행복한 일만 일어나게 해주겠다고 약속합니다. 다음날부터 하루에게는 이상한 일이 계속해서 일어나요. 자고 일어났더니 앞마당에는 고양이풀이 무성했어요. 그리고 등교를 하는데 고양이떼가 쫓아 왔어요. 학교에 들어와서 사물함을 열었더니 이번에는 선물 상자들이 우수수 떨어지는 게 아니겠어요? 그런데 상자 속에는 생쥐들이 득실거렸어요. 전부 고양이들이 행한 짓이었죠. 은혜를 갚으려는 고양이들이 자기가 좋아하는 것만 선물한 거였어요.

하지만 이 선물 때문에 하루는 얼마나 곤욕스러웠는지 몰라요. 이처럼 선물을 할 때는 받는 사람이 어떤 선물을 좋아하는지 정확히 알아야 해요. 그래서 그 사람이 기뻐하는 선물을 주어야 해요.

3. 하나님께서는 어떤 선물을 기뻐하실까요?

사랑하는 어린이 여러분! 우리가 하나님께 우리 자신을 선물로 드릴 때도 마찬가지예요. 하나님이 어떤 선물을 좋아하시는지 알아야 해요. 나는 게으른 생활이 편할 수 있어요. 사소한 것에도 짜증내는 것이 좋을 수 있어요. 친구가 잘되는 것을 보면 질투해야 속이 시원할 수 있어요. 내 마음에 안드는 사람이 어려운 일을 당할 때는 모른체 하고 지낼 수 있어요. 하지만 하나님께서 이런 모습을 가진 선물이 싫으시다면 어떻게 해야 할까요? 우리는 하나님께서 기뻐하시는 선물이 되기 위해서 이런 모습을 고쳐야 하는 거예요.

그렇다면 우리가 어떤 선물이 되면 하나님께서 가장 기뻐하실까요? 첫째, 빌립보서 1장 9절에는 우리가 사랑으로 가득해져야 한다고 말씀하셔요. 풍성한 사랑을 가진 친구의 모습은 어떨까요? 친구에게 어려움이 있을 때 무관심하지 않은 친구일 거예요. 그리고 좋은 일이 있을 땐 함께 기뻐해줄 수 있는 친구일거예요. 하나님께서는 이렇게 사랑이 가득한 선물을 받고 싶어하셔요.

두 번째, 하나님께서는 우리가 죄를 멀리하는 선물이 되기를 간절히 바라고 계셔요. 10절에는 우리가 착한 것과 나쁜 것을 잘 분별해서 예수님이 오시는 날까지 가장 착한 모습으로 살아가야 한다고 말씀하셔요. 여러분의 친구에게 흠이 많은 사과를 선물로 주면 마음이 좋지 않겠죠? 마찬가지로 하나님께 우리를 드릴 때도 우리에게 죄와 허물이 많으면 안되요. 죄의 흠

집이 많으면 받으시는 하나님 마음이 좋지 않으실 거예요. 우리는 하나님이 기뻐하시는 선물이 되기 위해서 작은 죄라도 짓지 않기 위해 노력해야 해요. 그리고 죄를 지었을 땐 즉시 하나님께 나아가 용서해 달라고 기도드려야 해요.

사랑하는 어린이 여러분! 내 마음속에 다른 친구들을 아껴주는 사랑이 부족하지는 않으셔요? 하나님이 기뻐하시는 선물이 되기 위해서 큰 사랑을 달라고 기도하셔요. 요즘들어 다른 사람들에게 알리기 싫은 부끄러운 죄를 짓고 있진 않나요? 하나님께 드릴 수 있는 좋은 선물이 되기 위해 죄를 이기게 해달라고 기도하셔요. 착하게 살 수 있는 마음을 갖게 해달라고 하나님께 기도하셔요.

1년에 한 번, 생일이 되면 "하나님이 기뻐하시는 선물이 되기 위해 어떻게 살아야 할까?"라고 생각하는 기회를 꼭 갖길 바랍니다.

25. 최후의 만찬

■ **읽을본문** : 마가복음 14:22-25
■ **참고성경** : 마태복음 26:20-29, 마가복음 14:17-25, 누가복음 22:14-23, 요한복음 13:1-38
■ **교육목표** : 성찬식의 개념설명과 시범을 통해 예수님의 살과 피가 뜻하는 것을 이해하도록 한다. 구원의 확신과 섬김의 삶을 살아갈 수 있도록 교육한다.
■ **포 인 트** : 예수님과 나는 하나에요.
■ **개   요** : 설교자 -〉 드라마 -〉 설교자 -〉 협동드라마
■ **설교형태** : 드라마 설교(협동드라마)
■ **준 비 물** : 포도 주스/카스테라/그릇/초(모두 각 반에 하나씩) 잔잔한 찬양테이프, 녹음기

예수님 돌아가시기 전날 밤이었어요. 예수님은 사랑하는 제자들과 함께 마지막 저녁만찬을 하고 계셨어요. 우리 모두 최후의 만찬 현장으로 들어가 볼까요?

연극팀 등장

예수님과 12제자가 한자리에 둘러 앉아 포도주와 빵으로 성찬을 나눌 준비를 하고 있다.

예수님 : (기도하며) 하나님 아버지, 사랑하는 제자들과 이렇게 마지막 만찬을 나누게 해주셔서 감사드립니다. 이 빵과 포도주를 먹고 마시며 하나님과 더욱 가까워지게 해 주시옵소서. 아멘.

제자들 : 아멘.

예수님 : (떡을 떼어 제자들에게 주며) 이것은 내가 너희에게 주는 나의 몸이다. 이것을 먹을 때마다 나를 기억하거라.

예수님 : (포도주를 잔에 한잔씩 따라주며) 이 잔은 너희를 위하여 흘리는 내 피니라.

잘보셨지요? 교회에서는 여러 가지 예식을 많이 해요. 결혼식, 장례식, 세례식을 하지요. 하지만 이 예식들 중에서도 가장 중요한 예식이 성찬식이에요. 우리 중에 성찬이 무엇인지 아는 친구 있나요? 성찬식은 나를 위해 죽으신 예수님의 살과 피를 생각하면서 빵과 포도주를 마시는 예식이에요. 이 예식은 예수님을 주님으로 고백하고, 세례를 받은 사람들만 참여할 수 있어요.

그러면 성찬식은 누가, 언제 제일 먼저 시작했는지 궁금하시죠? 바로 예수님께서 십자가에 못 박히시기 하루 전날밤에 최초로 시작하셨어요. 예수님은 12제자와 마지막으로 빵과 포도주로 저녁식사를 하셨는데, 이 식사를 최후의 만찬이라고 불러요. 바로 최후의 만찬이 성찬식의 시작인 거예요.

방금 연극을 할 때 예수님이 빵과 잔을 돌리시면서 하신 말씀을 기억하시나요? 예수님께서는 빵을 가리켜 자신의 살이라고 하셨어요. 그리고 포도주를 자신의 피라고 하셨어요. 이 빵과 포도주는 우리가 먹는 순간 우리 몸 속에 들어가 흡수가 되어버려요. 하나가 되는 거지요. 이와 마찬가지에요. 우리는 예수님이 십자가에 못박혀 피를 흘리시고, 살이 찢기신 것이 나의 죄를 위해서라고 고백하는 순간, 성령님이 우리 마음 속에 들어오셔서 하나가 됩니다. 마치 빵과 포도주가 우리 몸에 들어와 하나가 되는 것과 같이 성령님이 우리 몸 속에 들어오셨기 때문에 성령님과 우리는 하나가 되는 거예요. 내 안에 들어오신 성령님은 내가 힘들거나, 아프거나, 어려울 때도 절대로 떠나지 않으셔요. 연약한 나를 항상 도와주시는 분이셔요.

그래서 우리는 성찬식을 하면서 빵과 포도주를 먹을 때마다 나를 위해 피

흘려 돌아가신 예수님의 은혜와 사랑에 감사할 수 있어야 해요. 그리고 지금도 내 마음 속에 살아계셔서 도와주시는 분이 성령님이라는 사실을 믿고 새 힘과 용기를 얻어야 해요.

그러면 사랑하는 친구 여러분! 우리는 어려서 세례를 받지 않은 친구들이 많기 때문에 성찬식을 할 수 없지만, 애찬식을 통해서 성찬식에 대해서 배워보도록 하겠어요. 여기 빵과 포도주스가 예수님의 살과 피라고 생각하고 차분하고 경건하게 진행해주서요.

협동드라마 시작

불을 끄고 각 반은 촛불을 하나씩 켠다(최후의 만찬 분위기를 연출한다). 각 반마다 포도 주스를 부은 그릇과 카스테라 한 개씩을 전달한다. 이때 각 반에는 교사가 함께 참여해 진행을 지도한다. 또한 강단 앞으로 연극팀이 다시 나와 또 한번 시범을 보일 준비를 하고 있다. 잔잔한 음악을 틀어준다.

설교자 : 모두 저의 말을 따라서 애찬식을 진행해 주세요. 어떻게 하는지는 앞에 나온 연극팀이 또 한번 시범을 보여줄거예요. 시범을 팀을 따라서 해 주세요.

설교자 : (떡을 떼며) 이것은 내가 너희에게 주는 나의 몸이다. 이것을 먹을 때마다 나를 기억하거라.
말을 마치면 연극팀과 반의 모든 선생님과 아이들이 떡을 떼어 서로의 입안에 넣어준다.

설교자 : (포도주스가 담긴 그릇을 들어서 보여주며) 이 잔은 너희를 위하여 흘리는 내 피니라.

말을 마치면 연극팀과 각 반 교사와 아이들은 포도주스 그릇을 옆으로 돌려가며 마신다

설교자 : 우리는 나를 살리기 위해 죽으신 예수님의 살과 피를 먹고 마셨어요. 예수님과 우리는 이제 하나가 되었어요. 그리고 같은 살과 피를 먹었기 때문에 우리도 하나가 된 거예요. 앞으로 예수님과 이웃을 더욱 사랑하는 아름다운 친구들이 되서요. 함께 찬양하고 예배를 마치겠습니다. 양쪽에 있는 친구들과 손을 잡고 반 전체가 둥근 원을 만들어 마주보면서 부를 까요?

2곡을 부른다 ⇨ (사랑의 나눔 있는 곳에, 당신은 사랑받기 위해 태어난 사람)

26. 대표선수의 승리

■ **읽을본문** : 로마서 5:18-21
■ **참고성경** : 창세기 3:1-24, 민수기 21:6-9, 요한복음 19:16-24, 로마서 5:12-21, 고린도전
서 15:20-34
■ **교육목표** : 아담은 이 세상에 죄를 들어오게 한 패배자의 대표가 되었고, 예수님은 이 세상
에서 죄를 추방시킨 승리자의 대표가 되었음을 알게 한다. 부활절을 맞아 예수
님처럼 순종함으로써 승리의 삶을 살아갈 수 있도록 교육한다.
■ **포 인 트** : 하나님 말씀에 순종해요
■ **설교형태** : 그림설교(융판설교)

1. 대표는 중요해요

예은이네 반이 대청소를 하는 날이었어요. 청소담당 구역은 교실과 화장
실, 복도였어요. 한 분단이 한 구역씩 맡아서 청소를 하기로 했는데 예은이
반은 모두 4개의 분단으로 되어 있었어요. 청소를 하지 않아도 되는 1분단
이 생긴 거예요. 아이들은 선생님께 애원했어요. "저희 2분단이 집에 가게
해주세요" "아니예요. 저희 1분단이 청소하지 않게 해주세요"

교실이 시끄러워지자 선생님께서는 "자, 진정좀 하고 분단에서 대표 한명
씩을 뽑아 앞으로 나와"라고 하셨어요. 예은이는 3분단의 대표로 나갔어
요. 가위, 바위, 보만큼은 자신이 있었기 때문이에요. 4명의 대표들이 등을
맞대고 돌아섰어요. 눈을 감고 선생님의 가위, 바위, 보 구령 소리에 따라
손을 번쩍 들었어요. 3개의 가위가 나오고, 1개의 주먹이 나왔어요. 주먹이
누구였을까요? 바로 예은이였어요. "우~와, 예은이 최고!" 3분단 친구들은
함성을 지르며 기뻐 뛰었어요. 자기가 가위, 바위, 보를 한 것은 아니지만
대표가 이겼기 때문에 덩달아 승리한 거예요.

여러분! 대표의 원리는 이런 거예요. 한 사람의 대표가 나가서 이기면 모

두가 이기는 거예요. 하지만 대표자가 나가서 지면 모두가 패배한 거예요. 이것은 운동경기에서도 똑같이 나타나요. 한국 축구대표팀이 일본팀을 이기면 그날 뉴스에 어떻게 보도되나요? 한국이 일본을 이겼다고 보도됩니다. 그것은 축구 대표팀이 그 나라의 국민 전체를 대표하고 있기 때문이예요. 대표가 이렇게 중요한 거예요. 성경에도 두 명의 대표선수가 나타나고 있어요. 이 두명의 이름은 아담과 예수님이에요. 둘 때문에 우리들에게 어떤 일이 생겼는지 알아보도록 해요.

2. 첫번째 대표 아담

첫번째로 소개할 대표선수는 아담이에요. 아담이 처음 경기를 시작할 때는 너무나 완벽한 플레이를 펼쳤어요. 하나님께서 자신과 닮은 형상대로 아담을 만드셨기 때문이었어요(자료 1).
잘생기고 똑똑했어요. 세상의 모든 것을 지배하고 다스릴 수 있었어요. 더구나 하나님께서는 아담이 외로울 것도 앞서서 걱정하여 너무나 이쁜 여자 친구, 하와도 만들어 소개시켜 주셨어요. 아담과 하와는 하나님께서 선물로 주신 에덴동산을 뛰놀면서 더 이상 행복할래야 행복할 수 없는 최고의 시간을 보내고 있었어요. 하지만 예상치 못한 사건이 터졌어요. 바로 사탄이 하와에게 다가온 거였어요(자료 2). 뱀의 형상으로 나

(자료 1)

(자료 2)

타난 사탄은 정말 간교했어요. "하나님께서 정말로 동산 안 어떤 나무 열매
도 먹지 말라고 하시더냐?" 하고 돌려서 물어보면서 하나님께서 무엇을 먹
지 말라고 했는지 알아내려고 했어요.   그러나 순진한 하와는 "동산 가운데
있는 열매만 만지거나 먹지 말라고 하셨어. 다른 모든 열매는 먹어도 된다
고 하셨지"라고 정답을 누설해 버리고 말았어요. '오호라, 정답은 동산 가
운데 나무의 열매였구나! 그것만 따먹게 하면 벌써 게임은 끝났군.' 뱀은 속
으로 기뻐하며 더욱 달콤한 말로 유혹했어요.

"하나님이 그 나무 열매를 먹지 말라고 하신 것은 다 이유가 있어. 그 열
매를 먹으면 너희가 하나님과 같이 될까봐 그러신 거야. 그러니 한 입만 먹
어봐."

결국 하와는 사탄의 말에 속아 넘어갔어요. 열매를 따서 먹고 아담에게도
주었어요. 아담도 하나님과 같이 될 수 있다는 말에 열매를 먹었어요.

첫번째 인간이었던 아담과 하와가 하나님의 말씀에 불순종하자 그때부터
인간 세상에는 죄가 들어왔어요. 인간의 대표였던 아담이 죄를 범하자, 앞
으로 태어날 모든 사람들까지도 죄인이 되어 버린 거예요.

죄가 무서운 이유는 형벌이 따르기 때문이에요. 아담은 평생 동안 가족을
위해 일하는 형벌을 받았어요. 하와는 아기를 낳을 때 고통을 겪는 벌을 받
았어요. 또 아담과 하와는 큰 아들이 둘째 아들을 살인하고 도망가는 아픔
을 겪어야 했어요. 이 아픔 역시 아담과 하와가 하나님께 불순종해서 마음
에 죄가 들어왔기 때문에 일어난 결과였어요. 하지만 무엇보다 가장 큰 형
벌은 죽음이었어요. 죄를 진 인간은 영원히 살지 못하고, 언젠가는 반드시
죽게 되는 형벌을 받게 되었어요. 아담과 하와는 하나님께 불순종한 것을
후회했어요. 하지만 소용 없었어요. 결국 그들의 범죄 때문에 이 세상에는
죽음이 생기게 된 거예요. 인간의 첫번째 대표선수는 대적 사탄에게 철저히

패배하고 말았어요.

3. 두 번째 대표 예수님

하지만 두 번째 대표 선수가 이 세상에 나타났어요. 이 대표 선수가 태어난 곳은 2000년전 유대땅 베들레헴이었어요. 이 분은 죄에 빠져 죽음을 당할 수밖에 없는 인간을 구원하시기 위해 오신 예수님이셨어요. 예수님께서는 첫번째 대표 선수, 아담이 패배한 원인을 정확히 알고 계셨어요.

바로 하나님 말씀에 불순종한 것이 원인이라는 것을 알고는, 철저히 하나님 말씀에 순종하는 삶을 사셨어요. 한번도 하나님 말씀을 어기신 적이 없어요. 작은 일을 결정할 때도 하나님의 뜻을 물었어요. 무슨 일을 하든지 하나님이 가장 기뻐하시는 방법과 순서가 무엇인지 생각하시면서 이루어 가셨어요. 이런 예수님을 하나님께서는 '나의 사랑하는 아들' 이라고 항상 칭찬하셨어요.

심상치 않은 느낌을 받은 사탄은 불안해지기 시작했어요. '아담과는 달라도 뭔가 달라. 이거 빨리 손을 써야 겠는데' 하면서 다급해진 사탄은 서서히 예수님께 접근하기 시작했어요. 이때 예수님께서 광야에서 40일 동안 먹지도 마시지도 않고 주무시는 것조차 참으시면서 기도하고 계셨어요. 이때 사탄은 예수님의 귓가에 대고 속삭였어요. "예수! 만일 네가 하나님께 순종하지 않고, 나에게 복종하면 지금 당장 먹을 것과 인기와 권력을 거머쥐게 해주지." 하지만 예수님께서는 모든 인간이 걸려 넘어진 세가지 유혹에 속지 않았어요. 오히려 "사탄아 물러가라" 꾸짖으시며, 자신은 하나님의 말씀에만 순종하겠다고 외치셨어요.

죽기까지 순종하신 예수님은 결국 십자가에 달려 돌아가셨어요(자료 3).

이 순간 패배한 사탄은 비명을 지르며 사라졌어요. 두 번째 대표 예수님께서 대적 마귀를 이기신 거예요. 그런데 여러분, 예수님이 십자가에서 죽으셨을 때 우리들에게는 놀라운 변화가 생겼어요. 예수님이 나의 죄를 위해서 죽으신 것을 믿으면 죄를 용서받고, 영원히 살 수 있는 변화가 생긴 거예요.

앞에서 우리는 첫번째 대표 선수였던 아담이 하나님의 말씀에 순종하지 않았기 때문에 모두 죄인이 되었다고 했어요. 이와 마찬가지로 우리는 두 번째 대표선수이신 예수님께서 하나님의 말씀에 순종했기 때문에 덩달아 의인이 된 거예요.

이게 모두 대표를 잘못 만나고, 또 대표를 잘 만나서 생긴 일들이에요. 대표가 이만큼 중요합니다. 우리는 우리들의 대표가 되셔서 죽기까지 순종함으로써 영생을 주신 예수님께 정말 감사드려야 해요.

4. 부활절을 맞는 마음

오늘은 부활절입니다. 지난 한 주 동안 우리는 고난주간을 맞아 예수님의 고난을 동참하는 시간을 가졌어요. 특별히 금요일은 예수님께서 십자가에 달려 죽으신 날이기 때문에 여러 가지 방법으로 예수님의 아픔을 생각해 볼

(자료 3)

수 있는 기회를 가졌어요. 한끼를 금식한 친구도 있고, TV와 컴퓨터를 하지 않기로 결정하고 실천한 친구들도 있어요. 이렇게 고난 주간을 보내고, 예수님의 부활을 맞는 우리들의 마음에는 표현할 수 없이 벅찬 기쁨과 감사가 있습니다.

그런데 한가지 더 기억해야될 중요한 것이 있어요. 그것은 예수님께서 다시 사신 것은 죽도록 순종한 결과라는 거예요. 또한 예수님께서 그렇게 순종하셨기 때문에 우리도 구원을 받을 수 있었어요. 이번 부활절에는 아담과 같이 하나님 말씀에 불순종하지 않겠다고 다짐해 보서요. 또한 매일 매일 예수님처럼 순종하며 살겠다고 결심하서요.

27. 두려움을 이기려면

■ **읽을본문** : 사무엘상 17:41-49
■ **참고성경** : 신명기 31:6; 사무엘상 17:32-58; 이사야 41:10; 시편 27:1, 28:7; 마가복음 4:36-41; 히브리서 13:6; 요한일서 4:18
■ **교육목표** : 두려움이 찾아 왔을 때 하나님이 나와 함께 계신다는 약속을 믿음으로써 담대한 마음을 갖고 생활할 수 있도록 한다.
■ **포인트** : 하나님이 나와 함께 하셔요
■ **설교형태** : 그림설교(대중만화/고스트 바둑왕)
　　　　　　그림출처: naver.com　검색어: 고스트 바둑왕

1. 두려울 때

누구든지 두려움이 찾아올 때가 있습니다. 시험을 보기전에는 가슴이 뜁니다. 어두운 밤길을 혼자 걸어 갈 때도 무섭습니다. 아빠, 엄마가 자주 싸우셔도 불안해 집니다. 또 천둥 번개치는 날은 무서워서 아예 이불 속에 들어가 귀를 꼭 막고 자게 됩니다.

이럴 때 우리는 어떻게 두려움을 이길 수 있을까요? 방법이 있어요. 하나님이 나와 함께 계시다는 것을 믿으면 됩니다.

이 사실을 좀더 명확하게 알려 드리기 위해서

여러분이 좋아하는 만화,「고스트 바둑왕」으로 설명드릴게요.

2. 히카루가 두렵지 않은 비결

  여러분 나이 또래의 초등학생 히카루는 어느날 할아버지의 다락방에서 낡은 바둑판 하나를 발견합니다. 그 바둑판에는 헤이안시대[4]의 천재 바둑 기사인 '사이'가 잠들어 있었습니다. 사이는 억울한 바둑대결을 하다가 억울한 누명을 쓰고 물속에 뛰어들어 자살했습니다. 그후로 영혼이 바둑판 안에 깃들어 있다가 히카루가 바둑판을 열자, 히카루의 몸안으로 들어온 것입니다. 이때부터 히카루는 사이의 음성을 듣기 시작하고 자기 몸안에 바둑 천재, 사이가 들어왔다는 것을 느끼게 됩니다.

  히카루는 바둑에 대해서 아는 것이 하나도 없었어요. 하지만 사이는 초보인 히카루에게 바둑을 두는 법을 한 수 한 수 정성스럽게 가르쳐주기 시작합니다.

---

4) 일본의 역사중 794년-1192년까지의 시대로서 이때 일본인들은 교양으로 바둑을 즐기는 것이 큰 유행처럼 번져갔다.

그러다가 누군가와 바둑 대결을 하게 되면, 히카루에게 결정적인 전략을 가르쳐줘서 이기게 합니다. 히카루는 사이 때문에 바둑 세계에서 유명해 졌어요. 그리고 엄청난 바둑의 고수들과 맞대결을 하게 되었어요. 하지만 두렵지 않았습니다. 왜냐하면 자기 안에는 일본 역사상 최고의 바둑 천재였던 사이가 있었기 때문이예요.

그런데 여러분, 잠깐 한가지만 짚어보고 계속 할까요? 일본만화를 볼때 주의해야 될 점이 있어요. 일본 만화 속에는 사람이 죽으면 귀신이 되는 이야기가 많이 나와요. 하지만 이건 틀린 거예요. 사람은 죽으면 하늘나라에 바로 가는 거예요. 아무튼 이 만화는 작가의 상상으로 그린 거니까 그럴 수도 있겠지 생각하면서 보면 됩니다.

중요한 것은 주인공 히카루는 자기 몸안에 사이가 함께 있다는 생각 때문에 어떤 두려운 일을 만나도 겁나지 않았다는 사실이예요.

우리도 두려운 마음이 들때 이것을 물리치기 위해서는, 하나님이 "나와 함께 계시다"는 것을 더욱 굳게 믿어야 합니다.

3. 다윗의 용기

성경에서 나오는 인물들 중에서 하나님이 자신과 함께 하신다는 것을 한시도 잊지 않는 사람이 있었어요. 그의 이름은 '다윗' 이었습니다. 그래서 다윗은 누구보다 담대할 수 있었어요. 다윗은 어릴 때 양을 돌보는 목동이었어요. 어느 날 다윗이 풀밭에 앉아 찬양을 하고 있을 때였지요. 숲에서 큰 곰이 내려오더니 한 목표물을 향해 맹렬하게 달려가는 거예요. 그 목표물은 비옥한 초록색 들판에서 풀을 뜯고 있는 한 마리의 양이었어요.

다윗은 재빨리 일어나 뛰어갔어요. 양을 사이에 두고 중간에서 만난 다윗과 곰은 빙빙 돌기 시작했어요. 잠시후 곰은 미친 듯이 거품을 뿜어대며 다윗을 향해 달려들었어요. 그때 다윗은 주머니에서 돌멩이를 집어 곰을 향해 있는 힘껏 던졌어요. 시냇물에서 곱게 닳아진 조약돌은 그 달려오는 물체 쪽으로 곧장 날라가 머리를 강타했어요. 곰은 천둥 같은 비명을 지르고 털썩 주저 앉았고 다윗은 어린양을 끌어앉고 말했어요. "나는 너의 목자이고, 하나님의 나의 목자시구나. 하나님이 나와 함께 하시니 두려움이 없구나."

하나님이 함께 계신다는 믿음은 다윗이 성장한 다음, 블레셋의 거장인 골리앗 앞에 섰을 때 더욱 큰 진가를 발휘했어요. 자기 부하들과 함께 이스라엘에 쳐들어온 골리앗은 키가 약 3m였어요. 머리에는 놋투구를 썼고 몸에는 금속조각들을 비늘처럼 붙인 가죽옷을 입었는데, 갑옷의 무게만 70kg이 넘었어요. "이 겁쟁이 이스라엘의 졸개들아! 누가 감히 내 앞에 나서겠느냐?" 하면서 조롱을 퍼부어도 대항할 사람이 아무도 없었어요.

하지만 하나님과 민족을 저주하는 골리앗을 용납할 수 없는 사람이 있었어요. 바로 다윗이었죠. 다윗은 이번에도 막대기와 물맷돌만 들고 골리앗에게 나아갔어요. 이스라엘 진영을 바라보고 있던 골리앗은 기가 막혔어요. 이스라엘 군대를 대표해서 나온 조그마한 소년을 보자 어처구니가 없었기 때문이에요. 더군다니 무기 하나 없이 막대기만 하나 달랑 들고 오는 모습에 모욕감 조차 느꼈어요.

"아니, 너는 나를 개로 아느냐? 막대기는 왜 가져왔느냐? 너와 장난하고 싶지 않으니 썩 꺼지거라. 꼬마야!"

이렇게 소리를 지르며 다윗을 향해 욕설을 퍼부었어요. 또 자기가 믿는 신의 이름을 부르며 하나님과 이스라엘을 저주했어요. 지켜보던 모든 사람은 '이제 다윗은 죽었구나' 라고 생각하면서 부들 부들 떨고 있었어요. 하지만 다윗은 이 순간에도 두렵지 않았어요. 오히려 골리앗을 노려보며 자신감 있게 힘껏 외쳤어요.

"넌 나에게 칼과 창과 단검으로 무장하고 나오지만, 난 만군의 여호와의 이름으로 너에게 가노라. 오늘 하나님께서 너를 내 손에 붙이시리니 내가 너를 쳐서 네 목을 베리라!"

"아니 뭐라구?" 분노를 참지 못한 골리앗이 달려오자, 다윗도 재빨리 골리앗을 향해 달려갔어요. 이스라엘과 블레셋의 모든 군사들이 숨을 죽이고 이 광경을 지켜보았어요. 골리앗은 무시무시한 창칼을 내리꽂으며 다윗을 찍으려 했어요. 다윗도 이에 뒤질세라 물맷돌을 온 힘을 다해 던졌어요. 다윗이 조금더 빨랐어요. '퍼억' 하는 소리와 함께 이마에 돌이 꽂힌 거장이 땅바닥에 쓰러졌어요. 다윗은 쓰러진 골리앗에게 재빨리 달려가 그의 칼을 뽑아들고 목을 베어 버렸어요.

골리앗이 죽자 블레셋 군대의 사기가 땅에 떨어졌어요. 모두 도망가기에 바빴습니다. 이스라엘 군대는 블레셋 군대를 추격해 대승을 거두었어요.

사랑하는 여러분, 다윗이 이렇게 용감할 수 있었던 비결이 무엇일까요? 그것은 다윗은 두려움이 찾아올 때마다, 하나님이 그 순간도 자기와 함께 계신다는 것을 믿었기 때문이예요.

그래서 골리앗에게 말할 때도 "난 무기를 갖고 있지 않지만, 여호와의 이름을 갖고 너에게 간다"고 자신감있게 외칠 수 있었던 거예요. 다윗에게는 함께 하시는 하나님이 가장 강력한 무기였던 거예요.

4. 담대하게 사셔요

사랑하는 여러분, 무섭고, 떨릴 때도 우리 혼자 있는 것이 아니예요. 성령님께서 우리 몸안에 함께 계셔요. 어려운 일을 당해서 고민스러울 때 기도하면 성령님께서는 어떻게 해야 할지 가르쳐 주셔요. 시험 날짜가 다가와서 공부했는데도 자꾸 겁이 날 때, 기도하면 성령님께서는 평안을 주셔요. 바람이 불고 번개치고 폭우가 내릴 때도 기도해 보셔요. 성령님께서 겁나지 않도록 내 마음을 붙들어 주실 거예요.

날마다 성령님과 함께 담대하게 살아가는 친구들이 되셔요.

28. 예수님이 해결해 주셔요

- **읽을본문** : 요한복음 11장 25-27절, 38-44절
- **참고성경** : 요한복음 11장 1-44절, 12장 11절
- **교육목표** : 죽음뿐만 아니라 모든 일에 해결자 되신 예수님의 능력을 알고 나의 걱정과 고민을 맡기고 해결받는 은혜를 경험하자.
- **포 인 트** : 해결사 예수님을 믿으셔요
- **개   요** : 설교1 -〉 드라마제시 -〉 설교2
- **설교형태** : 드라마 설교(인터뷰형 드라마)
- **준 비 물** : ● 등장인물: 나사로
  - ● 소품: 휴지 1통, 스카치 테이프

죽은 나사로를 표현하기 위해 선생님 한 분의 몸에 미이라처럼 휴지를 감아 스카치테이프로 고정한다. 분장한 교사는 설교자가 부를 때까지 숨어서 대기한다.

1. 떠들썩한 베다니 동네에 어떤 일이 일어났을까요?

(녹음한 사람들의 함성소리를 들려준다)

이 기쁨에 가득찬 함성소리가 들리셔요? 잘 들어보셔요. 기쁜 나머지 어쩔줄 모르는 마을 사람들의 고함 소리가 들려오고 있어요. 오늘 '베다니' 라고 하는 작은 마을에서는 축제가 벌어지고 있어요. 아이들부터 꼬부랑 할아버지 할머니들까지 모두가 신바람이 나서 덩실 덩실 춤을 추고 있어요. 그런데 대체 어떤 일이 일어났길래 이렇게 주민들이 기뻐하고 있는 것일까요? 바로 어둡고 깊은 슬픔 뒤에 찾아온 기쁜 사건 때문이예요. 우리 모두 이 흥미진진한 사건 속으로 들어가 보도록 해요.

2. 잠든 나사로를 깨우러 가자

예수님과 제자들이 요단강 근처에서 하나님의 말씀을 백성들에게 전하고 있

을 때 였어요. 저기 언덕 너머에서 한 사람이 헐레벌떡 뛰어 내려 왔어요.

"예수님, 큰 일 났어요. 예수님께서 사랑하시던 베다니에 사는 나사로가 지금 죽어가고 있어요 한시라도 빨리 오시지 않으면 생명이 위독해요. 나사로의 동생 마리아와 마르다도 예수님이 오시길 눈이 빠지게 기다리고 있어요."

예수님께서는 살면서 특별히 친하게 지내셨던 친구들이 있었어요. 그 중에서도 베다니에 살고 있는 나사로와 그의 누이 동생 마르다와 마리아는 예수님께서 지극히 아끼고 사랑하시던 이웃이었어요.

하지만 위급한 소식을 전해준 사람의 말을 듣고 제자들은 서로 의견이 엇갈리고 있었어요. "예수님 지금 나사로가 정말 위독한 것 같습니다. 한시라도 빨리 짐을 챙겨서 이곳 강가를 떠나 베나니로 가야할 것 같아요." 한 제자가 말하자 옆에 있던 제자가 나무라면서 말을 이었습니다. "에이 멍청한 사람아. 자네는 아직도 그곳에 예수님이 오시기만 하면 돌로 쳐 죽이려고 하는 바리새인들이 득실거리는 것도 몰라? 이건 또 틀림없는 함정일거라구!'

그런데 그 소식을 들은 예수님께서는 두 번째 제자가 말한 대로 베다니에 가실 생각이 없으신 것 같았어요. 나사로를 죽기 전에 살려내려면 한시가 아쉬운데도 오히려 이틀이나 움직이지 않고 강가에 계셨던 거예요. 제자들은 서로 수군거렸어요.

"보라구. 아무리 능력이 많은 예수님도 이제 돌 맞아 죽는 게 겁나기 시작하신 거야. 저 꾸물거리시는 것 좀 보라구. 친구의 죽음이 코앞에 닥쳤는데도 말이야."

그런데 이틀이 지났을 때 제자들은 비로소 자신들의 생각이 틀렸다는 것을 알게 되었어요. 예수님이 말씀하셨어요.

"얘들아. 이제 우리 모두 베다니로 올라가자. 나사로의 숨이 끊어졌구나. 하지만 염려하지 마라. 나사로는 죽은 게 아니라 잠든 거니까. 이제 우리가 잠을 깨우러 가자."

그제서야 제자들은 예수님께서 왜 그토록 늦장을 부리셨는지 깨달았어요.
바로 예수님께서는 나사로가 죽을 때까지 기다리셨던 거예요. 왜냐하면 나사
로가 죽어야지만 다시 살릴 수 있지 않겠어요? 예수님께서는 제자들에게 자신
이 죽은 자도 살릴 수 있는 하나님의 아들이라는 사실을 믿게 해주고 싶으셨던
거예요.

3. 예수님은 따뜻한 사랑을 가지셨어요

하루길을 꼬박 걸어서 예수님과 함께 베다니에 도착한 제자들은 예수님의 말
씀이 정확히 사실인 것을 목격하고 놀랐어요. 예수님의 말씀대로 정말 나사로
가 죽어서 마을 전체가 초상집 분위기가 되었기 때문이예요. 수많은 사람들이
나사로 집에 모여들어 슬퍼하는 가족들과 함께 울고 있었지요.

예수님이 오시는 것을 보면서 죽은 나사로의 여동생 마르다가 집에서 뛰어나
와 흐느껴 외쳤어요. "왜 이제서야 오시나요? 예수님이 제 오빠가 죽기 직전에
만 왔었더라도 오빤 죽지 않았을거예요." 잠시 뒤에 마르다의 동생 마리아도
뛰어와서 예수님의 발앞에 엎드려 울었어요. "예수님, 왜 이렇게 늦게 오셨어
요. 예수님이 계셨다면 오빠를 살리실 수 있었을 텐데요."

두 자매가 자신의 발 앞에 엎드려 통곡하고 있을 때 예수님의 마음은 어떠셨
을까요? '내가 늦게 온 것은 다 이유가 있는데 너희들은 어리석게 왜 이토록 슬
퍼만 하니? 너희 오빠가 죽은 다음에 살리려고 일부러 늦게 온거야.' 이렇게 한
심하다는 듯이 마르다와 마리아를 바라보셨을까요?

아니예요. 35절을 보니까 예수님께서는 "눈물을 흘리시더라"라고 되어 있어
요. 예수님은 조금 있다가 자신이 나사로를 살릴 것을 아셨어요. 그런데도 믿

음이 없는 마리아와 마르다를 나무라지 않으셨어요. 오히려 불쌍하게 여기시고 눈물을 흘리고 계신 거에요. 예수님은 이렇게 따뜻한 사랑을 가지신 분이셨어요.

4. 예수님은 부활의 능력을 가지셨어요

그런데 예수님은 사랑만 가진 분이 아니셨어요. 문제를 해결할 수 있는 능력도 함께 가진 분이셨어요. 예수님은 마음 아픈 사람들과 함께 눈물 흘리시는 분일 뿐만 아니라, 눈물 흘리는 사람들의 눈물을 닦아줄 수 있는 능력을 가지고 계신 분이셨어요. 자, 이제부터 펼쳐지는 예수님의 행동에 주목해 보셔요.

예수님은 울고 있는 두 자매를 일으켜 세우시고 물으셨어요.

"나사로를 어디에 두었느냐?" 마르다와 마리아는 예수님을 죽은 나사로가 있는 돌무덤으로 안내했어요. 시체는 동굴 안에 안치되어 있었는데 그 입구에는 돌이 놓여 있었어요. 예수님께서 "입구를 막고 있는 돌을 옮겨 놓아라"고 말씀하시자 사람들은 낑낑대면서 돌을 옮겼어요. 그러자 죽은 지 4일이나 넘어 썩은 시체의 악취가 진동을 했어요. 주위의 사람들은 더 이상 참을 수가 없어 코를 막고 도망갔죠.

그런데 예수님께서는 오히려 무덤 입구 쪽으로 걸어가시는 거였어요. 수백 명의 사람들이 한마디 말도 하지않고 예수님을 바라보았어요. 죽은 사람을 가지고 뭘 하나 궁금해 하면서 말이에요.

예수님께서는 서서히 입을 여셨어요. 주위를 잔잔히 둘러보신 다음, 하늘을 우러러 보시며 천둥같이 큰 소리로 외치셨어요.

"나는 부활이요 생명이니 나를 믿는자는 죽어도 살아나겠고 무릇 살아서 나를 믿는 자는 영원히 살리라." (강단 옆에 숨어서 대기중인 교사 쪽을 향한다)

"나사로야 나오너라." (강단 옆에 온 몸에 휴지를 감고 있던 교사가 휴지를 풀면서 앞으로 서서히 걸어나온다)

주위의 사람들은 이날 이 세상에 살면서 이제까지 듣지도 보지도 못한 일을 목격할 수 있었어요. 죽어서 미이라처럼 베로 칭칭 감겨진 채 어두운 굴안에 있던 나사로가 걸어나오는 모습을 보았기 때문이에요(나사로는 휴지를 풀면서 강단 가운데로 서서히 걸어와 설교자 앞으로 걸어 나온다).

나사로: 예수님, 예수님께서 저를 살리셨습니다.

예수님(설교자): 그래, 나사로야. 그동안 수고가 많았구나. (설교자는 나사로를 꼭 껴안아준다. 잠시후 나사로는 퇴장한다)

5. 예수님은 해결해 주셔요

예수님의 말씀처럼 예수님을 믿는 사람은 죽어도 살 수 있어요. 예수님을 자신의 죄를 위해서 죽으신 하나님의 아들이라고 믿는 우리들은 오늘이라도 이 세상을 떠나면 즉시 영원한 천국에 들어 갈 수 있기 때문이예요.

또 한가지, 반드시 기억할 것이 있어요. 이 세상이 창조된 이후로 인간이 해결할 수 없는 가장 어려운 문제가 무엇일까요? 그것은 바로 죽음이에요. 죽음을 이기고 영원히 살 수 있는 사람은 이제까지 아무도 없었어요. 그런데 예수님은 우리 인간에게 있어서 가장 어려운 문제인 죽음을 해결하신 분이서요. 죽은 나사로를 살려내셨고 무엇보다 예수님 자신이 직접 십자가에 죽으셨다가 다시 사셨어요.

그렇다면 여러분, 인간의 가장 어려운 문제를 해결하신 예수님께 죽음보다 더 쉬운 문제를 맡겨드리면 어떨까요? 더욱 잘 해결해 주실 수 있을 거예요. 예수님은 우리 가족들의 어려운 문제, 우리를 불안하게 만드는 모든 걱정과 염려들을 해결해 주실 수 있으서요. 이런 문제들을 해결받기 위해 우리는 예수님을 믿어야 해요. 예수님을 믿는다는 것은 예수님께 맡긴다는 것입니다.

예수님께 무겁고 어려운 모든 고민, 나만 알고 있는 비밀스러운 죄까지도 모두 맡기세요. 능력이 크신 예수님께서 반드시 우리들의 모든 문제를 해결해 주실 거예요.

29. 약할 때가 강할 때!

- **읽을본문** : 고린도후서 12:7-10
- **참고성경** : 고린도전서 1:18-31, 2:1-5; 고린도후서 6:3-10, 12:1-10; 베드로전서 1:3-12
- **교육목표** : 나의 힘으로는 감당하기 힘든 어려움을 만났을 때가 도우시는 하나님의 능력을 경험하기 가장 좋은 때이다. 따라서 고통을 당했을 때 하나님과 멀어지는 것이 아니라 하나님 곁에 더욱 가까이 나아가는 어린이가 되도록 한다.
- **포 인 트** : 내 힘이 아닌 하나님 힘으로
- **설교형태** : 영상설교(TV영상)
- **영상삽입** : 장애인의 날 특집 열린 음악회(1996.4.20) 중(00:33:21~00:43:25)
  KBS 영상미디어 www.kbsmedia.co.kr 02-781-8484 (구입문의)

1. 어두울수록 잘 보인다?

밤하늘의 별은 어둠 속에서 더욱 잘 빛난다고 해요. 마찬가지로 하나님이 가장 가깝게 느껴질 때는 우리의 생활이 가장 힘들 때인 경우가 많아요. 어려운 일을 만나면 내 힘이 부족해 보입니다. 그대신 강한 힘을 가진 하나님이 보이는 거죠. 지난 장애인의 날, 열린음악회에는 송명희씨가 출연하는 시간이 있었습니다. 그 감동적인 방송 실황을 보도록 하겠습니다.

KBS열린 음악회(송명희 시인의 간증과 찬양)
상영시간(00:33:21~00:43:25) #상영후 설교

송명희씨는 심각한 장애를 앓고 있어요. 그런데도 얼마나 아름다운 시를 지어 하나님을 찬양하는지 몰라요. 자기에게는 남이 가진 재물이 없다고 말해요. 건강과 지식도 없다고 합니다. 하지만 남에게 없는 하나님이 있기 때문에 그렇게 감사한다는 거예요. 또 그녀는 자기 몸이 약하기 때문에 오히려 남들보다 유익한 점이 참 많다고 고백합니다. 구체적으로 아픈 몸 때문에 남이 듣지 못한 하나님의 음성을 들을 수 있다고 말해요. 또 남이 받지 못한 하나님의 깊은 사랑을 받았다고 합니다. 더 나아가 남이 모르는 비밀까지 깨달았다고 감사하고 있어요.

어린이 여러분, 약한 부분이 있지만 강한 사람이 되고 싶으셔요? 오늘 성경에서 그 비결이 나오고 있습니다. 약하지만 강하게 살고 싶으셔요? 그러면 내 힘이 아닌 하나님의 힘으로 살아가셔요.

2. 바울 사도의 강인함의 비결

바울 선생님은 건강이 좋지 않았어요. 너무나 피곤하고 과로하는 일이 많았기 때문에 여러 가지 병에 시달렸다고 해요. 그 중에서도 바울 선생님을 너무나 괴롭혔던 병이 있었어요. 이 병을 바울 선생님은 '내 몸안에 있는 가시' 라고 표현합니다. 가시에 찔리면 아픈 것처럼 이 병 때문에 바울 선생님은 아파서 데굴데굴 구르기도 했어요. 얼마나 아프고 힘들었던지 이 병을 고쳐달라고 세 번이나 기도했어요.

그런데 하나님께서는 바울 선생님의 소원을 들어주시지 않았어요. 바울 선생님도 처음에는 하나님을 원망했을 거예요. "하나님께서는 제가 기도드리면 다른 사람의 병은 낫게 해주시잖아요? 그런데 왜 저의 병은 고쳐주시지 않는 거죠?"라고요. 하지만 바울 선생님에게 하나님께서 말씀하셨어요.

"바울아, 네가 받은 은혜가 충분하구나! 사람은 능력이 약한 데서 더욱 온전해 질 수 있단다."

하나님의 말씀을 듣고난 바울 선생님은 깜짝 놀랐어요. 곰곰이 생각해 보니 하나님의 말씀이 맞았기 때문이에요. 몸이 약했기 때문에 오히려 유익했던 점이 많았어요. 우선 겸손해 질 수 있었어요.

하나님께서는 바울 선생님께 인간이 할 수 없는 놀라운 능력을 베풀어 주셨어요. 천국을 구경시켜 주셨어요. 손을 갖다대기만 하면 어떤 아픈 사람도 낫게 해주셨어요. 더욱이 죽었던 사람을 살릴 수 있는 능력까지 베풀어 주셨어요. 때문에 이렇게 큰 능력을 가진 바울 선생님은 자칫하면 교만해지기 쉬운 위치에 있었어요. 그래서 이것을 아신 하나님께서 아무리 노력해도 되지 않는 한가지를 바울에게 주신 거죠. 고칠 수 없는 이 병 때문에 바울 선생님은 하나님을 의지하지 않을 수가 없었어요. 덕분에 바울 선생님은 겸손한 사람이 될 수 있었던 거예요.

연약한 몸은 바울 선생님을 겸손하게만 만들어 준 것이 아니에요. 바울 선생님이 하나님의 능력을 받아서 사는 사람이 되게 해주었어요. 자기의 약함을 알았던 바울 선생님은 하나님께 능력을 달라고 기도했어요. 그러자 하나님께서는 선생님의 능력과는 비교할 수 없는 하나님의 능력을 베풀어 주셨어요. 실제로 바울 선생님이 복음을 전하기 위해 아시아와 유럽을 돌아다닌 거리를 계산해보면 어마어마해요. 지구를 한바퀴 돌고도 남는 거리라고 하니까요. 더욱이 당시에는 대부분의 길을 걸어서 여행했기 때문에 더욱 굉장한 거예요. 하나님은 약한 바울 선생님께 강한 사람보다 더 위대한 일을 할 수 있는 능력을 주신 거지요.

이렇게 하나님의 능력을 의지해서 얻은 유익이 많다는 것을 깨달은 바울 선생님은 삶이 완전히 바뀌었어요. 자기의 아픔을 감추는 것이 아니라, 자랑하는 사람이 된 거예요. 아픔은 알고 보니 나쁜 것이 아니라 좋은 것이었어요. 자신을 겸손하게 해주고, 하나님의 능력을 받아 일하는 사람이 되게 해주었기 때문이에요. 그때부터 바울 선생님은 아픈 병 때문에 하나님을 원망하지 않기로 결심했어요. 오히려 감사하기로 작정하고 이렇게 고백했어요.

"나는 힘이 약할 때나, 돈이 없을 때나, 다른 사람들에게 모욕을 당할 때나, 어떤 어려움이 있을 때라도 항상 기뻐할 것입니다. 그 이유는 약해 있을 때가 가장 강한 때라는 것을 알았기 때문입니다."

하나님께서는 바울 선생님의 약점을 고쳐주지 않으셨습니다. 그럼에도 바울 선생님은 그 약점 때문에 하나님께 더욱 감사하는 사람이 된 것입니다.

3. 약할 때가 강할 때

하나의 나팔꽃이 피어나기 위해서는 빛과 따뜻한 온도만으로는 충분하지 않다고 해요. 24시간 내내 햇빛을 쬐어주면 나팔꽃은 오히려 봉우리를 터트리지 않는다고 합니다. 나팔꽃 봉우리는 아침이 오기 전, 밤 동안의 냉기와 어둠의 깊이 없이는 절대로 피지 않아요. 아름다운 나팔꽃이 되기 위해서는 냉기와 어둠도 필요한 것입니다.

사랑하는 어린이 여러분, 우리도 마찬가지예요. 온전한 사람이 되기 위해서는 아픔도 필요해요. 우리가 갖고 있는 아픔은 결코 감춰야 될 부끄러운 것이 아니에요. 오히려 하나님의 크신 능력을 받을 수 있는 통로가 될 수 있어요.

우리들이 갖고 있는 아픔은 무엇일까요? 다른 친구처럼 건강하지 않은 것이 아픔인 친구들이 있어요. 키가 크지 않아 걱정하는 친구들도 있어요. 가정이 화목하지 않은 것이 상처인 친구, 부모님의 반대를 무릅쓰고 어렵게 교회에 나오는 것이 아픔이 되는 친구들이 있어요. 하지만 어린이 여러분! 우리가 가진 아픔은 나쁜 것이 아니에요. 이런 아픔들 때문에 우리는 하나님께 겸손히 나아가서 기도하게 됩니다. 이와 같은 아픔들 때문에 내 힘이 아닌 하나님의 힘으로 살게 됩니다. 약할 때가 하나님의 힘으로 살 수 있는 가장 강할 때라는 것을 꼭 명심하고 살아가는 친구들 되길 바랍니다.

30. 한치 앞을 몰라 불안할 때

■ **읽을본문** : 야고보서 4:13-17
■ **참고성경** : 시편 37, 누가복음 13:3-4, 야고보서 4:13-17,
■ **교육목표** : 모든 사람들은 한치의 앞을 내다볼 수 없는 연약한 존재들이다. 이러한 우리들
이 미래를 걱정하지 않고 평안을 얻을 수 있는 길을 지켜주시는 하나님을 믿고
살아가는 것임을 깨닫게 한다.
■ **포 인 트** : 하나님이 지켜주셔요
■ **설교형태** : 영상설교(TV영상)
■ **영상삽입** : SBS 특별생방송 아름다운 9인의 용사들(2001. 3.8) 중(00:00:00-00:05:55)
SBS비디오 02-2113-6888(구입문의)

1. 5분 앞만 내다 보았더라도

인천에서 발생한 화재로 인해 9명의 소방관 아저씨들이 돌아가셨어요. 아저씨들은 건물 안에 사람이 갇혀 있다는 소리를 듣고 뛰어들어갔어요. 그런데 안에는 사람이 없었고, 5분이 되기도 전에 건물 전체가 무너져 버렸어요. 소방관 아저씨들은 빠져나오지도 못하고 건물더미에 묻혀 돌아가시게 된 거예요. 이 사고 현장과 장례식장을 한번 다녀올까요?

아름다운 9인의 용사들(화재현장과 장례식장 취재)
상영시간(00:00:00-00:05:55) #상영후 설교

무너진 건물더미를 보니 화재의 현장은 정말 위험했던 같아요. 그리고 소방관 아저씨들의 가족들이 슬퍼하고 있는 모습을 보면 너무나 안타까워요. 특별히 우리들의 마음을 더욱 아프게 한 것은 결혼을 일주일도 남겨놓지 않고 죽은 소방관 아저씨의 죽음이에요.

하지만 만일 소방관 아저씨들이 빈 건물이라는 사실을 알았으면 들어갔을까

요? 또 5분 뒤에 건물이 무너질 것이라는 사실을 알았으면 과연 들어갔을까요? 아닐거예요. 알았으면 들어가지 않고, 죽음을 모면할 수 있었을 거예요. 사랑하는 여러분! 사람은 한치 앞을 내다볼 수 없어요. 5분, 아니 1분 뒤에 일어날 일도 알 수 없는 것이 인간이에요. 그러면 불확실한 세상에서 어떻게 평안을 얻고 살아갈 수 있을까요? 그 비결이 성경에 나와있어요.

"평안을 얻는 비결을 알고 싶니? 그러면 지켜주시는 하나님을 믿고 살아가렴"(포인트).

2. 죽음은 누구에게나, 순서 없이 찾아와요

예수님이 사실 때도 큰 사고가 있었어요. 실로암이라는 곳에 있던 망대가 갑자기 무너진 거였어요. 죽은 사람만 18명이 될 정도로 대형 사고였어요. 사람들은 이 사고를 보고 '죽은 사람들이 무서운 죄를 지어서 하나님께 벌받은 거겠지.' 하고 생각했어요. 그런데 예수님께서는 말씀하셨어요.

"실로암에서 죽은 사람들이 너희보다 특별히 죄가 더 많아서 죽은 것이 아니란다. 너희도 죄를 회개하지 않으면 모두 이렇게 망할 것이다."

예수님의 말씀대로 사람에게 죽음이 오는 것은 죄 때문이에요. 하지만 죄를 많이 지은 사람이 먼저 죽고, 죄를 적게 지은 사람이 늦게 죽는 것은 아니에요. 모든 사람에게 찾아오는 죽음은 순서가 없어요. 이렇게 우리 인간들은 언제 죽을지 모르는 연약한 존재들이에요.

그래서 야고보 선생님은 이렇게 경고했어요.

"여러분 중에는 오늘이나 내일, 어떤 도시에 가서, 일 년 동안 사업을 벌여 돈을 많이 벌고 싶은 분이 계실 것입니다. 하지만 여러분은 내일 무슨 일이 생길지 모르는 사람들입니다. 우리의 생명은 안개와 같아서 잠깐 보이다가 사라지기 때문입니다."

야고보 선생님은 누구보다 인간의 연약한 모습을 잘 알고 계셨어요. 우리가 아무리 거창한 계획을 세워 놓더라도 오늘 밤이라도 죽으면 아무 소용이 없다는 것을 알고 계셨던 거예요.

그래서 야고보 선생님은 지혜롭게 계획을 세우는 법을 가르쳐 주셨어요.

"여러분은 내일을 사는 것도 하나님께서 원하시면 살게 된다는 사실을 아셔야 합니다. 그래서 미래 일을 계획할 때는 하나님이 그때까지 살려두셔야지만 그 일을 이룰 수 있다고 말해야 합니다."

야고보 선생님의 말씀처럼 인생의 목표와 나아갈 길을 겸손하게 계획한다면 하나님의 뜻에 맞는 계획을 세울 수 있어요. 그리고 하나님이 기뻐하시는 방법대로 살아 갈 수 있는 거죠.

3. 하나님이 기뻐하시는 사람이 받는 축복

하나님께서는 하나님이 기뻐하는 길을 가는 사람을 안전하게 지켜주실 것이라고 약속하셨어요. 시편 37편 23, 24절을 보면 하나님께서 사람의 발걸음을 굳게 붙잡아 주실 거라고 말씀하고 있어요. 혹시 비틀거리거나 넘어지는 일이 생기더라도 아예 엎드러지지는 않게 해주시겠다고 하셨어요. 왜냐하면 하나님께서 항상 그의 손을 붙잡아 주실 것이라고 약속하셨기 때문이에요.

하나님께서는 아가에게 걸음마를 가르쳐 주시는 엄마처럼 우리를 안전하게 인도해 주셔요. 아가는 걸음이 서툴러서 아장 아장 걷다가 자주 넘어져요. 하지만 엄마가 손을 잡아주면 넘어지지 않고 잘 걸을 수 있어요. 하나님께서는 넘어지지 않도록 우리의 손을 꼭 붙잡아 주신다고 약속하셨어요. 그래서 불안한 세상 속에서도 하나님이 지켜주시기 때문에 평안할 수 있는 거예요.

4. 하나님이 지켜주셔요

혹시 앞날에 대한 걱정이 있는 친구 있어요? "앞으로 나에게 어떤 일이 일어날까? 혹시 불길한 일이 일어나면 어쩌지?" 하고 불안해 하고 초조해 하는 친구 있나요? 우리 친구들 중에는 멀리 이사가게 될 것 같아 두려운 친구가 있어요. 그리고 학년이 올라갈수록 성적이 떨어지게 되진 않을까 불안한 친구도 있고요. 그리고 어떤 친구는 엄마, 아빠가 너무 자주 싸워서 불안해 하고 있어요. 몸이 자주 아파서 걱정하는 친구, 따돌림을 당해서 고통스러운 친구, 우리들 모두에게는 한가지 이상씩은 앞날에 대한 걱정이 있는 것 같아요.

하지만 여러분! 한치 앞을 내다볼 수 없는 불안한 세상에서도 평안을 얻을 수 있어요. 그것은 하나님을 의지하는 거예요. 지켜주시는 하나님을 믿고 살아가는 거예요. 그러면 하나님께서는 여러분을 지켜주서요. 안전하게 지켜주시는 하나님 안에만 참된 평안이 있다는 사실 꼭 기억하서요.

31. 금보다 귀한 믿음을 갖고 싶나요?

- **읽을본문** : 베드로전서 1:6-7
- **참고성경** : 야고보서 1:14 베드로전서 1:3-12
- **교육목표** : 고난이 반복될 때 하나님께 실망하지 않고, 선하신 하나님의 성품과 계획이 있음을 신뢰할 수 있는 어린이가 되도록 교육한다.
- **포 인 트** : 마음을 바꿔 생각해
- **설교형태** : 사진설교

인터넷 사이트에 백과사전과 이미지 검색을 이용하여 필요한 사진을 수집할 수 있도록 한다.

❶ 태풍 매미로 인한 피해 (네이버 이미지 검색/ 검색어:태풍매미 야후 이미지 검색/ 검색어:태풍)

❷ 온실효과(네이버 이미지 검색/ 검색어:온난화 혹은 온실효과)

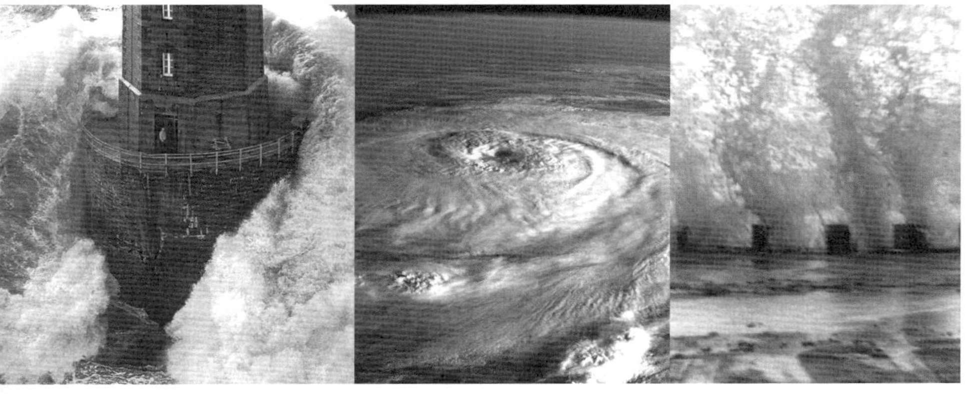

1. 어려운 일이 계속 일어날 때

지구온난화로 매년 여름이면, 태풍으로 인한 엄청난 피해가 일어나고 있어요. 심각한 태풍이 지나가면, 홍수가 나서, 집에 물이 차고, 많은 수재민이 발생해요. 농부 아저씨들이 애써서 길렀던 농산물과 가축들도 하루아침에 쓸려 내려가고, 결국 삶의 터전을 잃고 절망하는 사람들이 생겨요. 그런데 더욱 안타까운 사실은, 이와 같은 태풍 피해는 과거에 일어난 곳에서 자주 발생한다는 것입니다. 몇 년째 강원도에는 반복해서 태풍이 지나가고 있어요. 그래서 작년에 잠긴 마을이, 올해도 피해를 입는 경우가 많아졌어요. 이렇게 반복되는 재난을 바라보면서 수재민들은 "하늘이 원망스럽다"며 한 숨을 내쉬게 됩니다.

"겹쳐오는 고난에 이길 장사가 없다"는 말처럼, 사람들은 살면서 연속적인 어려운 일을 당해 힘들어 질 때가 있어요. 그것은 하나님을 믿는 사람이라고 예외가 아니에요. 믿는 사람도 고난을 당하고, 고난이 겹쳐 올 때는 마음이 더욱 힘들어 져요. 그래서 하나님 믿는 것을 포기하고, 교회를 그만 다니기도 하지요. 하지만 저는 여러분에게 소원하는 것이 한 가지 있어요. 그럴때 하나님과 멀어지지 마서요. 오히려 이렇게 힘든 때일수록 하나님께 순종하서요.

하나님께서는 이런 사람을 더욱 아름답게 인도해 주십니다. 그렇다면 어려운 일을 당했을 때 어떻게 하나님을 원망하지 않고 순종할 수 있을까요? 그 비결이 성경에 나와 있어요. 그때마다 세 가지로 마음을 바꿔 생각해 보는 거예요.

2. 세가지 바꿔 생각하기

생각 바꾸기 하나: 나 때문은 아닌가요?

첫째 고난을 당했을 때는 먼저 무엇 때문에 나쁜 일이 생겼는지 생각해봐야 해요. 세상 사람들은 어려운 일이 일어나면 '이건 내 탓이 아니라 하나님 탓이야' 라고 생각해요. 모든 책임을 하나님께 돌리는 거죠. 그런데 우리에게 일어나는 고난 중에 대부분은 하나님 때문이 아니라, 우리 욕심 때문에 발생해요. 그래서 야고보서 1장 14절에는 "사람이 어려운 일을 당하면 자신의 욕심에 이끌렸기 때문입니다"라고 했어요. 이번 태풍으로 인한 피해도 마찬가지일 수 있어요. 사람들은 자기 탓은 조금도 없고, 모든게 하늘 탓이라고 말해요. 그래서 하나님을 원망스러워 한답니다.

그런데 이번 피해도 알고 보면 우리 인간 탓이에요. 인간들이 공장을 지었어요. 공장 굴뚝에서는 자연에 치명적인 피해를 주는 연기들이 뿜어져 올라가요. 또 인간들은 매일 자동차를 타고 다녀요. 그런데 자동차에서 나오는 매연이 공기를 오염시켜요. 결국 이 오염 물질들에 의해 지구 대기권 밖에는 오염된 층이 만들어 졌어요. 이 층 때문에 지구의 더운 공기가 밖으로 빠져나가질 못하게 되었어요. 그래서 지구의 기온은 계속 올라갈 수밖에 없고 남극과 북극의 빙하가 녹게 된 거에요. 이렇게 녹은 얼음 때문에 지구에는 이전보다 물이 많아져서 비가 많이 오는 거에요. 그래서 우리나라뿐만 아니라 세계적으로 얼마나 태풍과 홍수가 많아졌는지 모릅니다.

얼마전 중국에서는 역사상 최고의 홍수가 있었어요. 그리고 미국 동부의 허리케인이라는 태풍은 해마다 강해져서 엄청난 재산피해를 내고 있어요. 우리는 태풍 매미로 인해 고통받는 사람들을 보면서 '이건 내 책임일 수 있구나' 반성할 수 있어야 합니다.

생각 바꾸기 둘: 하나님이 내 곁에 계셔요

고난을 당했을 때 가져야 할 두 번째 마음은 어려운 일을 당하는 우리 곁에 하나님께서 함께 계신다는 거예요. 어떤 고난은 "왜 하필 나에게 이런 일이 일어났을까" 도저히 이해가 안되요. 나는 너무나 힘들고 괴로운데 하나님은 멀리 계신 것 같아요. 하나님께서 나의 일에 무관심한 것 같을 때가 있어요. 하지만 그럴지라도 우리가 잊지 말아야 될 사실이 있어요. 이해가 되지 않는 고난, 애매한 고난으로 힘들어하는 내 곁에 지금 하나님이 함께 계시다는 것입니다. 그것도 내 손을 꼭 잡고 눈물을 흘리시면서 위로해 주고 계셔요.

세 사람이 죽어서 하늘나라에 가서 최후의 심판을 기다리고 있었어요. 그런데 이 세사람은 지옥이 두렵지 않다고 말했어요. 왜냐하면 세상에 살 때 힘든 일을 워낙 많이 겪어서 지옥이 아무리 안 좋아도 자기 인생보다는 나을 거라고 했어요. 그 중에 한 사람이 말했어요. "난 처음부터 끝까지 버림받았어. 나중에는 아내까지 내게 등을 돌리더라구." 듣고 있던 두 번째 사람이 말을 이었어요. "너도 그러니? 나도 정말 힘든 삶을 살았어. 철저히 속고만 살았지. 마지막에는 가장 진실하다고 믿었던 친구에게까지 배신당했어." 이젠 세 번째 사람이 말했어요. "너희들은 살면서 가장 억울하고 힘든 것이 무엇인줄 아니? 그것은 가난한데 아프기까지 한 거야. 난 정말 마지막까지 얼마나 아프다 죽었는지 몰라."

이 세 사람은 입을 모아 예수님을 원망했어요. "높은 곳에 있는 예수님이 낮은 곳에서 고통당하는 우리에게 관심이나 있겠어? 예수님은 우리를 심판할 자격이 없어. 우리 아픔을 겪어 봤어야 심판할 자격이 있지." 세 사람은 또 이렇게 말했어요. "우리가 당한 고난을 예수님도 똑같이 겪게 만들어야 해. 그런 다음에야 예수님이 우리를 심판할 자격이 있어."

세 사람은 자신들이 당한 고난을 예수님도 똑같이 겪은 다음에야 심판에 응하겠다는 편지를 써서 예수님께 보냈어요. 그런데 잠시 후 하늘에서 편지가 떨어졌어요. 달려가 열어보니 예수님께서 보내신 답장이었어요.

"너희들이 보낸 편지를 잘 받아보았다. 그런데 한번 입장을 바꿔 생각해

보거라. 너희들은 사랑했던 제자들이 버렸을 때의 심정을 아느냐? 너희들
은 가룟유다가 속였을 때의 배신당한 마음을 아느냐? 또 너희는 나처럼 가
난해 보았느냐? 나는 세상에 살 때 머리 둘 곳 없을 정도로 가난했다. 너희
는 나처럼 아파보았느냐? 난 십자가에서 가장 고통스러운 형태로 죽임을
당하였다. 난 너희들이 겪은 것보다 더 심한 고통을 이미 다 겪었다.”

이 편지를 읽고 세 사람은 얼굴이 달아올랐어요. 너무나 부끄러워 할 말도 잃
어 버렸어요.

사랑하는 여러분, 예수님께서는 우리의 아픔을 이해하지 못하는 분이 아니셔
요. 우리가 당한 고통을 똑같이 경험해 보셨기 때문에, 우리의 고통을 누구보
다 잘 아시고 위로해 주실 수 있어요. 그래서 히브리서 4장 15절에는 이렇게 말
씀하고 계세요. “예수님은 우리의 연약한 부분을 알고 계십니다. 이 땅에 계실
때 그분은 우리와 마찬가지로 시험을 받으셨습니다. 그러나 결코 죄를 짓지는
않으셨습니다.” 하나님은 우리가 고난을 당할 때 가장 가까이 계셔요. 우리의
아픔을 똑같이 느끼시고 도와주셔요.

생각 바꾸기 셋: 고난은 유익을 가져와요

세 번째, 고난이 찾아왔을 때 우리들은 이 어려움이 나의 믿음을 더욱 순수하
게 만들어준다는 것을 깨달아야 해요. 순수한 믿음이란 하나님 한분만을 의지
하는 믿음이에요. 어려운 일이 없을 때는 내 힘을 의지하게 됩니다. 하지만 내
힘으로 도저히 안되는 일을 만나면 사정이 달라져요. 하나님 한분만을 전심으
로 의지하게 됩니다. 하나님께서는 순수한 믿음을 품고 의지하는 사람을 좋아
하시고, 큰 상을 베풀어 주셔요.

그래서 베드로 선생님은 순수한 믿음은 금보다 훨씬 귀하다고 말씀하셨어
요. 금은 불에 오래 달구면 사라지지만, 순수한 믿음은 영원히 남아서 나중에

예수님을 만날 때 칭찬과 영광과 존귀를 받게 하기 때문이에요. 이 때문에 베드로 선생님은 고난을 만나면 오히려 크게 기뻐하라고 하셨어요. 나의 믿음이 순수하게 되고, 장차 큰 상을 받을 수 있는 기회가 생긴 것이기 때문이에요.

사랑하는 여러분, 고난이 찾아왔을 때 하나님을 원망하는 것으로 끝내서는 안됩니다. 그럴 때 불행해지는 것은 자기 자신밖에 없어요. 오히려 고난을 다르게 생각해 봐야 해요. 먼저 이 고난이 나의 욕심 때문에 생긴 것은 아닌가 돌아봐야 해요. 혹시 그렇다면 하나님께 용서해 달라고 회개하는 자세가 필요합니다. 또 아무리 생각해도 내 잘못이 아닌 것 같은 때가 있어요. 하지만 이런 때라도 선하신 하나님을 믿어야 해요. 어두운 구름이 지나가면 태양이 보이듯이, 힘든 일이 지나가면 그 일을 행하신 하나님의 또 다른 깊은 계획을 느낄 수 있는 날이 반드시 옵니다.

또한 하나님께서는 아픈 순간 나의 곁에서 슬픔을 위로해 주시고 견딜 수 있는 힘을 공급해 주고 계세요. 그리고 아픔과 슬픔을 통해 믿음을 순수하게 단련시켜 장차 큰 상을 받게 하실 것입니다. 고난의 때 마음을 바꿔 생각해 보셔요. 실망대신 깊은 감사가 생길 것입니다. 아멘

32. 하나님은 포기하지 않아요

- **읽을본문**: 로마서 8:38-39
- **참고성경**: 열왕기상 8:51-52; 이사야 43:1-7, 59:1-2; 누가복음 15:1-32; 로마서 8:31-39
- **교육목표**: 하나님께서는 죄를 범해 세상으로 나간 우리가 하나님 곁으로 다시 돌아오기만을 기다리신다. 하나님 아버지의 사랑과 죄를 지었을 때 우리의 태도에 대해 교육한다.
- **포 인 트**: 하나님께 돌아와요
- **설교형태**: 영상설교(애니메이션)
- **영상삽입**: 니모를 찾아서(Finding Nemo, 2003)

  감독: 앤드류 스탠톤

  ❶ 니모가 보트를 구경하러 가다가 잠수부에게 잡히는 장면(13:00-15:40)

  ❷ 아빠 물고기 '말린'과 니모가 만나는 장면(1:26:00-1:30:20)

1. 약속을 어긴 끔찍한 결과

세계에서 가장 아름다운 산호초가 펼쳐져 있는 바닷속에 아빠 물고기 '말린'과 아들 '니모'가 살았어요. 하지만 그들처럼 조그만 물고기들에게는 하루 하루가 언제나 생존 게임이었어요. 엄마는 니모가 알에서 깨어나기도 전에 상어에게 잡혀 먹혔어요. 아빠 물고기 말린은 마지막 남은 자녀인 니모를 지느러미 끝 하나라도 다칠세라 과잉보호하면서 키웠어요. 하지만 언제까지나 니모를 집 안에서만 꼭꼭 숨겨 놓고 키울 수는 없는 일이었지요.

니모는 어느덧 커서 아빠 품을 처음으로 떠나 학교에 등교하게 되었어요. 하지만 너무나 불안한 나머지 아빠는 항상 학교까지 데려다주었어요. 그것도 모자라서 인간들이 자주 나타나는 보트 근처에는 얼씬도 못하도록 니모와 단단히 약속까지 했어요. 하지만 니모는 아빠와의 약속을 지키지 않았어요. 보트를 구경하기 위해 가까이 헤엄쳐 갔어요. 그 결과 어떤 일이 일어났는지 함께 볼까요?

니모를 찾아서(잠수부에게 잡히는 장면)
상영시간(13:00~15:40) #상영후 설교

아빠와 한 약속을 어긴 니모는 잠수부에게 잡혔어요. 이 광경을 지켜보던 아빠는 까무라칠 지경이었어요. 죽음 힘을 다해 따라 갔어요. 하지만 인간의 모터 보트를 따라잡기에는 역부족이었어요. 아빠는 울고 또 울었어요. 그리고선 어디에 있는 지도 모르는 니모를 찾아 멀고 먼 여행을 떠났지요.

2. 포기하지 않는 하나님

아빠 말을 듣지 않은 것은 니모에게 이처럼 안타까운 결과를 가져왔어요. 그런데 하나님 말씀에 순종하지 않으면 우리들에게도 같은 결과가 찾아와요. 불순종의 결과는 처음에는 좋아보여도 결국에는 형벌만 있을 뿐이에요. 하지만 하나님께서는 우리가 죄를 지어서 멀리 갔다고 해도 가만히 계실 분이 아니에요. 어떻게 하든 우리를 구하기 위해서 찾아 나서는 분이셔요. 예수님께서는 잃어버린 영혼을 향한 하나님의 마음을 이렇게 비유하셨어요.

"값비싼 동전을 잃어버린 여인같이, 잃은 양을 찾아 헤매는 목동같이, 이 시간도 하나님께서는 하나님의 곁을 떠난 사람들을 애타게 찾고 계신단다."

하지만 하나님을 떠난 우리들은 하나님께 다시 돌아가는 것이 망설여져요. '하나님이 지키라고 하신 약속도 매번 어기고 이렇게 하나님과 멀어졌는데, 다시 돌아간다고 하나님이 나를 맞아주실까? 거절하시면 어쩌지?' 하고 걱정해요. 하지만 하나님께서는 우리가 어떤 죄를 저질렀든지 다시 돌아오면 환영해 주셔요. 하나님은 우리가 떠난 순간부터 사랑하는 아들을 떠나보낸 아버지의 심정으로 기다리셔요.

아들을 걱정한 나머지 잠도 못자고, 밥도 못 넘기는 아버지의 안타까운 심정을 아시나요? 그래서 하나님은 우리가 다시 돌아왔을 때 가만히 보고만 있지 않으세요. 감격에 겨워 뛰어나와 맞아주세요. 하나님은 우리를 품에 꼭 안으시고 '잘 왔다' 고 눈물을 흘리시는 분이셔요. 그리고 그동안 어떤 잘못을 저질렀는지 더 이상 묻지 않으셔요. 모든 죄를 깨끗이 용서해 주십니다. 심판대신 천국에서 잔치를 베푸어 주시는 분이 바로 하나님 아버지셔요.

그러면 여러분, 잘못한 자녀를 향한 아빠의 사랑을 생생히 느껴보기 위해 한 번 더 영화를 보겠어요.

니모를 찾아서(니모가 물고기들을 구하고 아빠와 만나는 장면)
상영시간(1:26:00∼1:30:20) #상영후 설교

아빠는 니모를 찾기 위해 죽을 뻔한 위기를 여러번 넘겼어요. 상어와 아귀들의 공격, 해파리 지뢰밭의 통과, 굶주린 갈매기들의 공격을 막아내며 간신히 니모가 있는 시드니에 도착했어요. 하지만 니모를 발견하는 순간, 니모는 다른 물고기들과 함께 인간이 쳐놓은 커다란 그물에 걸리고 말아요.

그 순간 니모는 어쩔줄 몰라서 아우성대는 물고기들에게 한 방향으로 헤엄치라고 외칩니다. 니모의 말대로 물고기들은 힘을 합쳐 헤엄쳤어요. 그물을 아랫 방향으로 끌고 간거예요. 그러자 물고기들의 거대한 힘을 견디지 못한 그물은 터져버렸어요. 니모

덕분에 수천 마리의 물고기가 생명을 건지게 된 거예요. 하지만 니모는 마지막까지 물고기들을 구하려다가 그만 깔려서 바다 밑바닥에 쓰러졌어요. 드디어 아빠는 그토록 찾아 헤매던 아들을 만났어요.

그러나 니모는 죽었는지 아무 반응이 없어요. 아빠는 슬퍼서 울음을 터트렸어요. 아빠 말을 듣지 않고 불순종한 니모였지만, 니모는 아빠의 희망이자 모든 것이었기 때문이에요. 그런데 이게 왠일일까요? 니모는 죽은 게 아니었어요. 다시 움직이기 시작했어요. 아빠는 너무나 좋아서 지느러미로 니모를 꼭 껴안아 줍니다.

3. 지체하지 말고 돌아오셔요

사랑하는 어린이 여러분, 하나님 아버지의 사랑도 똑같아요. 우리가 잘못을

저질렀다고 포기하는 사랑이 아니에요. 우리가 하나님 곁을 멀리 떠났다고 단념하는 사랑이 아니에요. 끝까지 기다리셔요. 기다려서 안되면 찾아나서는 것이 하나님 아버지의 사랑이에요. 그리고 돌아오는 자녀를 나무라지 않으셔요. 잘못이 있어도 우리의 허물을 기억하지 않고 용서해 주셔요. 그렇다면 여러분, 우리가 하나님과 멀어졌을 땐 어떻게 해야 할까요? 두말할 것도 없이 돌아와야 해요. 지체하지 말고 빨리 돌아와야 해요. 하나님 안에만 진정한 평안이 있기 때문이에요.

그리고 또 한가지! 우리가 잊지 말아야 할 것이 있어요. 죄와 사망의 그물에서 나만 살려고 하면 안돼요. 다른 물고기들을 옳은 방향으로 인도해서 살려낸 니모처럼 세상 사람들을 바른 방향으로 인도할 수 있어야 해요.

여기서 바른 방향이란 하나님이 계신 곳이에요. 하나님과 멀어진 모든 사람들을 하나님 가까이로 안내해야 해요. 그래야 그들도 영원한 생명을 얻을 수 있어요. 진정한 평안을 찾게 되는 거예요. 항상 하나님과 가까워지고, 다른 사람들을 주님 품으로 인도하는 여러분이 되셔요.

33. 아빠, 엄마 사랑해요

- ■ **읽을본문** : 잠언 1장 8-9절
- ■ **참고성경** : 시편 121:1-8, 잠언 4:1-9, 로마서 1:20
- ■ **교육목표** : 가시고기의 헌신적인 희생을 영상으로 보여주며 하나님과 부모님의 사랑과의 공통점을 찾게 한다. 부모님의 희생적인 사랑을 느끼게 해줌으로써 부모님을 자랑하고 공경할 수 있는 어린이들이 되게 한다.
- ■ **포 인 트** : 아빠, 엄마를 자랑해요.
- ■ **설교형태** : 영상설교(TV영상)
- ■ **영상삽입** : KBS 자연다큐멘터리 '가시고기'(2001. 6.27) 중(00:40:00-00:47:00)[9]

1. 하나님을 짐작할 수 있는 방법이 있어요

지난달 군산 앞바다에서는 보물선이 발견되었어요. 1천년전 서해안에 가라앉은 배 속에서 청자 수천 점이 나온 거예요. 이 청자는 너무나 귀한 물건이라서 돈으로 환산할 수 없는 가치를 가졌다고 합니다. 여러분은 박물관이나 책에

---

9) www.kbs.co.kr 혹은 www.kbs-media.co.kr에서 '영상자료구매'로 들어간 뒤 날짜와 방송을 입력하고 검색하면 원하는 영상자료를 DVD나 VHS(비디오)의 형태로 찾을 수 있다. 인터넷 혹은 전화로 주문이 가능하며 2-3일내에 주문한 장소로 배송된다. 전화구매는 KBS미디어 사업부 (02)781-8484~8이며 타방송사 영상자료 구매요령 역시 동일하다.

서 고려청자를 보신 적이 있나요? 청자를 보면 무슨 생각이 드나요? 저는 청자를 볼 때마다 '대체 어떤 사람이 이런 것을 만들 수 있을까?' 하는 생각을 해 봅니다. 은은한 빛을 가진 청자를 만든 사람은 고상한 인품을 가졌을 것 같아요. 그리고 예술적인 감각이 뛰어날 것이라는 생각도 들고요. 뿐만 아니라 청자 속을 잘 들여다 보면 그 안에는 섬세한 무늬들이 있어요. 연꽃도 있고 날고 있는 학도 보입니다. 아마 이런 무늬를 그린 사람이라면 장난끼가 많을 것 같습니다. 이렇게 청자를 보면 토기장이를 짐작할 수 있어요. 이와 같은 방법으로 눈에 보이지 않는 하나님을 짐작할 수 있는 방법이 있습니다. 바로 하나님께서 만드신 작품인 자연의 세계를 들여다 보면 하나님이 어떤 분인지 알 수 있어요.

2. 하나님과 가시고기의 공통점

자연의 세계 속에서도 유별나게 하나님의 품성을 담고 있는 물고기가 있어요. 청자를 보면 토기장이를 짐작할 수 있듯이 이 물고기를 보면 창조하신 하나님을 알 수 있지요.

이 물고기는 낳은 알을 잘 돌보기 때문에 알의 99%를 부화시킨다고해요. 그리고 적이 나타나면 등지느러미를 곤두세워 단단한 가시를 만들어 공격해요. 이쯤되면 이 고기의 이름을 아시겠죠? 바로 '가시고기' 예요. 이 고기를 보면서 하나님의 마음을 느껴보서요.

가시고기(자연다큐멘터리)
상영시간(00:40:00-00:47:00) #상영후 설교

가시고기를 보면서 무엇을 느꼈나요? 가시고기는 자녀들이 태어나기 전부터 둥지를 정성스럽게 만들면서 보금자리를 준비했습니다. 공기가 부족할까봐 자

지도 않고 둥지 깊숙한 곳까지 공기를 넣어주었습니다. 또 붉은 귀 거북의 공격으로부터 목숨을 다해 보호해 주었습니다. 가시고기는 자녀들을 돌보느라 15일 동안을 먹지도 않고 자지도 않아요. 결국 지친 가시고기는 주둥이도 헐고 지느러미도 다 떨어지면서 죽어갑니다.

그리고 마지막으로 자기에게 남은 유일한 몸뚱이 마저 자녀들을 위해 바칩니다. 부화는 되었지만 아직 어려서 먹이를 제대로 구할 수 없는 새끼고기들이 뜯어 먹도록 자기 몸을 밥으로 주는 것입니다. 얼마나 자녀들을 끔찍이 아꼈으면 죽는 순간까지 모든 것을 바칠 수 있을까요?

그런데 가시고기가 자녀를 사랑하는 이 마음이 하나님의 마음과 같다는 사실을 기억해야 해요. 로마서 1장 20절에서 이렇게 말씀하셔요.

"세상이 창조된 이래로 하나님의 보이지 않는 성품인 그분의 영원한 능력과 신성은 그가 만드신 만물을 보고서 분명히 알 수 있게 되었습니다. 그러므로 사람들은 핑계댈 수 없습니다."(쉬운성경)

하나님이 만드신 만물 즉 자연 세계를 보면 하나님이 어떤 성품을 가지신 분인지 분명히 알 수 있다고 했어요.

그래서 우리는 가시고기의 사랑을 보면서 우리를 사랑하시는 하나님의 마음을 볼 수 있는 거예요. 하나님께서는 한시도 쉬지 않고 주무시지도 않고 우리를 지켜주셔요. 모든 위험한 적들과 고난으로부터 우리를 보호해 주셔요. 그리고 마지막 남은 몸마저도 우리를 죄에서 구원하시기에 위해 십자가에 바치셨어요. 가시고기가 자녀들을 보호하고 돌보는 장면과 너무나 똑같죠? 하나님의 사랑은 이처럼 놀라운 거예요.

3. 부모님에게도 이와 같은 사랑이 있어요

그런데 하나님께서는 이 마음을 가시고기에게만 넣어 주지 않으셨어요. 우리 아빠, 엄마의 마음 속에도 넣어 주셨어요. 하나님께서는 아빠, 엄마의 마음 속에 자녀를 위해서 목숨까지도 버릴 수 있는 사랑을 불어 넣어 주셨어요. 그래서 우리들은 가시고기의 사랑을 보았을 때 '아! 저게 하나님의 사랑이었구나.' 하고 생각할 뿐만 아니라 '아! 저게 바로 나를 향한 아빠, 엄마의 사랑이었구나!' 라고 깨달을 수 있어야 해요.

물론 아빠, 엄마는 항상 우리들에게 좋게 대해 주실 수만은 없어요. 순간적으로 흥분하셔서 화를 내시기도 하고 언성을 높이실 때도 있어요. 우리에게 상처와 실망을 주실 때도 있구요. 하지만 이런 모습이 본래 아빠, 엄마의 진심은 아니에요. 우리를 사랑하시지만 표현이 부족해서 그러신 것뿐이에요. 본래 아빠, 엄마의 마음은 따뜻한 사랑입니다. 자녀를 사랑한 나머지 모든 것을 포기하고 희생하는 사랑이 부모님의 마음이에요.

그렇다면 여러분을 이렇게 사랑하시는 아빠, 엄마가 계시다는 것이 얼마나 큰 자랑이고 축복인가요? 아빠, 엄마는 우리를 진심으로 사랑해 주셔요. 또한 지혜로운 말로 우리가 바른 길을 갈 수 있도록 가르쳐 주셔요. 그래서 성경의 잠언 1장 9절에는 부모님의 가르침을 아름다운 면류관과 목에 두른 화려한 금

목걸이 같다고 했어요. 이 말씀은 부모님의 가르침은 우리를 영광스럽게 만들어주고 높여준다는 뜻이에요.

이 세상에 사는 사람들 중에 아빠, 엄마처럼 우리가 자랑해야 할 분은 아무도 없어요. 우리가 자랑해야 될 이유는 우리 부모님이 다른 부모님들보다 돈이 많기 때문이 아니에요. 학식이 많기 때문도 아니에요. 부모님이 그토록 자랑스러운 이유는 이 세상에 아빠, 엄마처럼 나를 사랑해 주시는 분이 없기 때문이에요.

4. 아빠, 엄마를 이렇게 기쁘게 해드려요

이렇게 고마운 아빠, 엄마에게 어떻게 우리들의 사랑을 표현할까요? 먼저 우리가 입으로 해드릴 수 있는 일을 생각해봐요. 뭐니 뭐니해도 우리들의 사랑고백을 직접해 드려야겠죠? 오늘 예배 마치고 집에 돌아가면 아빠, 엄마께 꼭 이렇게 말씀드리셔요. "전 엄마 아빠가 너무 자랑스러워요. 사랑해요" 여러분의 사랑 고백을 듣는 부모님은 너무나 기쁘고 보람을 느끼실 거예요.

또 우리들의 손으로 할 수 있는 일은 무엇일까요? 우리들은 작은 손을 갖고 있지만 의외로 좋은 일을 많이 할 수 있어요. 오늘 저녁에는 여러분의 손으로 아빠의 어깨를 주물러 드리셔요. 엄마의 설거지를 도와드리셔요. 그리고 밤이 되면 이부자리를 여러분이 펴드려 보셔요. 아빠, 엄마가 너무 좋아하실 거예요. 이번 한 주간은 하나님과 가시고기처럼 우리를 목숨바쳐 사랑하시는 아빠, 엄마를 행복하게 해드리셔요.

34. 용서하셔요

- **읽을본문** : 마태복음 6:12
- **참고성경** : 시편 51:1-2; 다니엘 9:117-19; 누가복음 11:4; 마태복음 6:14-15, 18:35
- **교육목표** : 하나님께서는 우리를 용서해 주셨다. 그러므로 어린이들도 솔직하게 사과할 줄 알고 용서할 줄 아는 마음을 갖게 하여 실천하게 한다.
- **포인트** : 용서하신 예수님을 생각해
- **설교형태** : 사진설교

 애양원 관련 자료집[10]

1. 용서가 안될 때

우리는 남이 한 대 때리면 두 대 때리려고 합니다. 어떤 사람이 머리를 때렸으면 당장 맞은 것 2배로 때려서 머리뿐만 아니라 코피까지 터지게 하고 싶습니다. 그래서 모세는 불같은 사람들의 복수심을 방지하기 위해서 "눈을 다치게 했으면 눈만 다치게 하고 그 이상은 말아야 한다"라고 말했어요. 이것은 복수할 수 있는 한계를 정한 거에요. 그런데 예수님은 뭐라고 말씀하셨는지 알아요?

예수님께서는 이렇게 말씀하셨어요.

"너희는 '눈은 눈으로 이빨은 이빨로 갚으라' 는 모세의 말을 들었다. 그러나 내가 너희에게 말하노니, 나쁜 사람과 맞서지 마라. 만일 누가 네 오른 뺨을 때리거든 다른 뺨도 돌려 대라. 만일 누가 네 속옷을 가지려고 하면 겉옷까지 내어 주어라 …… 네게 달라고 하는 사람에게 주어라. 네게 꾸러 온 사람을 거절하지 말라"

---

10) 「나의 아버지 손양원 목사」 손동희 저 (서울:아가페 출판사)을 스캐닝하거나 디지털 카메라로 촬영하여 이용한다.

예수님께서는 아무리 억울해도 참고 용서하라고 말씀하신 거에요.

그러면 어떻게 나에게 나쁜 짓을 한 사람을 용서할 수 있을까요? 내 힘으로는 용서할 수 없어요. 하지만 예수님을 생각하면 용서할 수 있어요. 도저히 용서할 수 없는 사람을 용서하고 싶나요? 그렇다면 우리를 용서하신 예수님을 생각하서요.

어느날 제자들이 예수님께 물었어요. "예수님, 우리에게 어떻게 기도해야 되는지 가르쳐 주서요." 그러자 예수님께서는 기도의 모범을 가르쳐 주셨어요. 이것이 '주기도문'이에요. 그런데 주기도문의 다섯 번째가 용서에 관한 것입니다. 그만큼 예수님께서는 용서를 중요하게 생각하셨던 거예요. 예수님은 용서에 대해 기도할 때 이렇게 하라고 말씀하셨어요.

"우리가 우리에게 죄 지은 자를 용서해 준 것같이, 우리의 죄를 용서하여 주소서."

이 말씀은 우리 자신이 하나님께 용서받았기 때문에 다른 사람들을 용서할 수 있다는 것입니다. 우리는 죽을 죄에서 하나님께 조건 없이 용서를 받았어요. 그래서 영원한 생명을 얻고 하늘나라에 갈 수 있게 된 거지요. 그렇다면 우리도 우리에게 죄를 지은 사람을 조건 없이 용서해 주어야 해요.

2. 사랑의 원자탄

　우리나라의 신앙 위인들 가운데 도저히 용서할 수 없는 원수를 용서했던 분이 있어요. 바로 손양원 목사님입니다. 손 목사님 역시 자신을 용서하신 하나님의 사랑으로 원수를 용서했어요. 그러면 손 목사님이 어떤 삶을 사셨는지 목사님이 계신 곳으로 가볼까요?

　목사님은 지금 두 아들과 함께 천국에 가 계셔요. 그리고 시신이 묻혀 있는 곳은 전라도 여천군 애양원이라는 곳이에요. 여기에 보이는 것처럼 손양원 목사님과 두 아들의 무덤이 나란히 있어요. 그러면 왜 이렇게 아버지와 두 아들의 무덤이 이렇게 모여 있는 걸까요? 저는 이제 그 이유를 파헤치기 위해 50년 전으로 여러분과 함께 들어가겠습니다.

　목사님께는 동인이와 동신이라고 하는 너무나 아끼고 사랑하는 아들들이 있었어요. 아들들은 빼어난 미남이었어요. 그리고 하나님을 뜨겁게 사랑하는 신앙을 가진 너무나 아름다운 청년들이었어요. 특히 큰 아들 동인이는 목소리가 너무나 좋았어요. 장래 유학을 가서 성악가가 되어 돌아오고 싶은 꿈도 가지고 있었어요. 그래서 이 두 아들은 더 좋은 학교로 진학하기 위해 여천보다 큰 도시였던 순천으로 떠나게 됩니다. 주말에만 부모님이 계신 여천에 와서 즐거운 시간을 보내곤 했어요.

　그런데 행복하던 시절도 잠시뿐이었어요. 동인이와 동신이에게 어두운 그림자가 다가오기 시작했습니다. 당시 6.25 전쟁이 시작되기 직전에는 남한에도 공산군이 자주 나타나 테러를 일으키고 시대가 아주 혼란스러웠어요. 그런데 동인이와 동신이가 학교를 다니던 순천에도 공산당이 나타난 거였어요. 공산당들은 사람들을 닥치는대로 죽이고 중요한 시설들을 파괴했어요. 이 사건을 '여순 반란사건' 이라고 합니다. 그때 순천은 시내 한가운데 시체가 산더미 같이 쌓였어요. 피비린내가 진동하는 '죽음의 도시'가 되었어요.

다급해진 동인이와 동신이는 하숙집에 숨어 있었는데 공산당을 지지하는 학생들에게 발각되어 끌려갔어요. 그 학생들 중에서 강철민(강철민은 손동희 권사가 사용한 가명임)은 평소부터 동인이를 몹시 질투했었어요. 그래서 이때 동인이를 죽이는데 앞장섰습니다. "동무들, 이 두 명은 지독한 기독교 신자야, 서양 종교를 믿으니까 바로 우리의 적, 미제의 앞잡이들인 거지" 하면서 사형장까지 짐승잡듯이 패면서 끌고 갔어요.

그런데 이 절박한 순간에도 동인이는 "나는 죽으면 천국에 가지만 너희들은 그 많은 죄값을 어떻게 하려느냐! 지금이라도 회개하고, 예수님을 믿어라"고 외치면서 복음을 전했다고 해요.

강철민은 처형전 동인이의 눈을 가리개로 가리고 마지막 소원을 물었어요. 그러자 동인이는 찬송가를 부르고 죽게 해달라고 부탁했습니다. 총부리가 겨누어지자 동인이는 하늘을 향해서 찬송가를 불렀어요. 이때 부른 찬송가는 545장이었다고 합니다. "하늘 가는 밝은 길이 내 앞에 있으니 슬픈 일을 많이 보고 늘 고생하여도 하늘 영광 밝음이 어둔 그늘 헤치니 예수 공로 의지하여 항상 빛을 보노라." 찬양이 끝나지 '탕탕탕' 세발의 총성이 울렸고 동인이는 앞으로

고꾸라졌습니다.

그러자 옆에 있던 동신이가 형에게 미친 듯이 달려 들어 "형의 신앙과 내 신앙은 다르지 않으니 나도 쏘시오. 나도 형님이 가신 천국에 함께 가겠소." 하며 외쳤어요. 그러자 강철민은 "야, 요놈은 제 형보다 더 지독한 놈일세!" 하면서 동신이를 향해 무차별로 사격을 가했어요.

손양원 목사님은 순천에 있는 아들들 걱정에 잠을 이루지 못했어요. 그러다가 두 아들이 모두 죽었다는 절망적인 소식을 듣게 되었습니다. 더불어 국군이 순천에 들어가 공산당과 싸워 이겨서 아들들을 죽인 강철민을 체포했고 곧 사형시킬 것이라는 소식도 듣게 되었어요.

사랑하는 아들을 죽인 원수 강철민! 보통 사람 같으면 너무나 원통하고 화가 치밀어서 사형도 모자랄 거라고 생각할 수 있어요. 하지만 손양원 목사님은 달랐어요. 손목사님이 얼마나 하나님 말씀에 순종하는 분이었는지는 이 글을 보면 알 수 있어요. 이 글은 손 목사님께서 아들들의 시체를 관에 넣고 땅에 묻기 전 장례식에 참석한 사람들에게 읽어준 기도문입니다.

"여러분 내 어찌 긴 말의 답사를 드리리오. 내가 아들들의 순교소식을 접하고 느낀 몇 가지 은혜로운 감사의 조건을 말하는 것으로 답사를 대신할까 합니다.

첫째 나 같은 죄인의 혈통에서 순교의 자식이 나오게 하셨으니 감사합니다.

둘째 3남 3녀 중에서 가장 아름다운 두 아들 장자와 차자를 바치게 된 나의 축복을 하나님께 감사합니다.

셋째 한 아들의 순교도 귀하다 하거늘 하물며 두 아들의 순교라니요, 하나님 감사합니다.

넷째 예수님을 믿다가 누워 죽는 것도 큰 복이라 하거늘, 하물며 전도하다 총살당함이리요. 하나님 감사합니다.

다섯째 미국 유학 가려고 준비한 내 아들, 미국보다 더 좋은 천국에 갔으니 내 마음 안심되어 감사합니다.

여섯째 나의 사랑하는 두 아들을 총살한 원수를 회개시켜 내 아들 삼고자 하는 사랑의 마음을 주신 하나님께 감사합니다……."

이 말씀대로 손양원 목사님은 강철민이 사형당하기 직전에 국군을 설득해서 구출한 다음에 양아들로 삼았어요. 처음에는 목사님의 사랑과 용서의 깊이를 가족들도 이해하지 못했어요. 하지만 목사님은 철민이가 죄책감을 갖지 않도록 위로해 주었고 아들들에게 쏟았던 사랑을 그대로 베풀어주었어요. 결국 감동된 철민이는 공산주의를 버리고, 예수님을 믿게 되었어요. 그리고 여러분 이 사실을 아셔요?

그후 2년 뒤 6.25 전쟁이 터졌을 때 목사님은 끝까지 신앙을 지키시다가 공산군들에게 끌려가시던 도중 메밀 밭에서 피투성이가 된 채 순교하셨어요. 그런데 그때 가장 슬프게 대성통곡을 하면서, 상여 멜 아들이 없던 목사님 시체를 무덤까지 메고간 사람이 누군지 아셔요? 바로 동인이와 동신이를 죽인 범인, 하지만 이제는 용서받은 죄인 강철민 이었어요.

3. 예수님을 생각하셔요

사랑하는 여러분, 이렇게 진정한 용서는 사람을 변화시켜요. 저와 여러분 주위에도 못살게 구는 원수같은 사람이 있을 수 있어요. 이때 어떻게 할 것인가요? 받은 대로 그대로 앙갚음 해줄 건가요? 이것은 결코 예수님이 기뻐하시는 방법이 아닙니다. 예수님께서는 조건없이 용서해 주라고 하셨어요. 이 능력은 우리를 조건없이 용서해 주신 예수님을 깊이 생각할 때 생겨요. 예수님의 은혜를 생각하고, 용서할 수 없는 사람을 사랑하는 멋진 친구들 되셔요.

35. 좋은 우정을 가꾸는 비결

- **읽을본문** : 사무엘상 20장 17절
- **참고성경** : 사무엘상 19, 20장, 요한복음 15장 13절
- **교육목표** : 좋은 친구를 갖기 위해서는 내가 먼저 좋은 친구가 되어 주어야 하는 원리를 깨달아 실천하도록 한다.
- **포 인 트** : 먼저 다가가세요
- **설교형태** : 실물설교(공작)
- **준 비 물** : 굵은 철사 2m, 휴지 1통, 스카치테잎, 갈색 물감, 검은 고무줄

요나단의 활을 제작하는 요령은 다음과 같다. ❶굵은 철사를 휘어서 1m 가 조금 넘는 활의 뼈대를 만든다. ❷휴지를 이용하여 감고 스카치 테잎으로 고정시킨다. ❸활의 가장자리에는 검은 고무줄을 연결하여 줄을 만든다. ❹활을 감싼 휴지에 갈색 물감을 색칠하여 활을 완성한다.

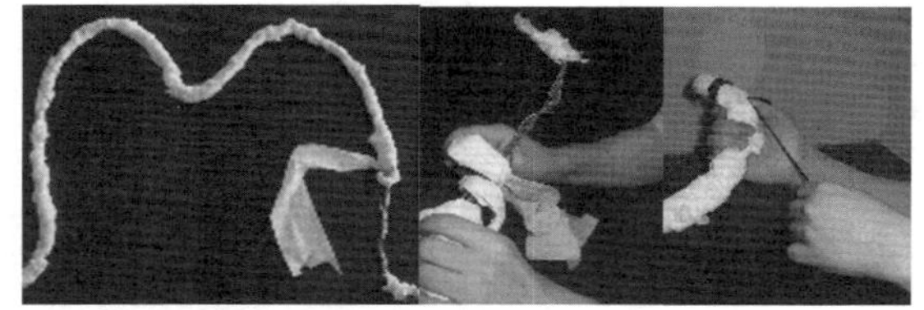

1. 행복한 사람의 곁에는 진실한 친구가 있어요

어느 병원에서 말기 암 환자인 한 노인이 죽는 날만 기다리고 있었어요. 노인은 젊었을 때부터 평생을 돈 밖에는 모르는 사람이었어요. 돈을 너무나 좋아한 나머지 평생을 뼈 빠지게 일만 했어요. 그 결과 인생의 황혼이 되었을 때 돈 방석에 앉게 되었어요. 그러나 친구들이 어려움을 호소하며 도와달라고 해도 모른척 했어요. 아내와 딸이 가족을 위해 조금만 시간을 내달라고 해도 거절했어요. 그의 인생에서 가치있는 것은 오직 돈뿐이었어요. 그 밖에 다른 모든 것들은 무가치하게 여겼어요.

그러던 어느날 이었습니다. 돈을 아끼려고 여간 아프지 않고는 병원에 가지 않던 이 노인이 병원에 가고 말았어요. 참고 참다가 도저히 견딜 수가 없어서

진찰을 받으러 간 거였어요. 그런데 의사는 고개를 설래 설래 흔들면서 노인에게 간암 말기라고 사형선고를 내렸어요. 더 이상 손을 쓸 수가 없다는 말에 노인은 앞이 캄캄했어요.

노인이 누워있는 그 크고 넓은 입원실에 찾아오는 사람이라고는 한 명도 없었어요. 평생동안 돈만 사랑했지 정작 사람들은 사랑하지 않았기 때문이에요. 어느 친구 하나 '아픈 곳은 괜찮냐' 고 위로하며 찾아오지 않았어요. 심지어는 아내와 하나밖에 없는 딸도 아빠에게 등을 돌리고 말았어요.

이 노인은 성공적인 인생을 산 것일까요? 아니예요. 철저히 실패한 인생을 산 거예요. 힘들 때 함께 아파해 주고, 좋을 때 함께 기뻐해 줄 친구 하나 없는 사람이 어떻게 성공한 사람이겠어요? 죽음을 앞둔 마당에 고급스런 저택, 호화스러운 별장, 벤츠 승용차, 그 많은 돈이 다 무슨 소용이겠어요? 노인은 돈을 인생의 성공으로 착각했어요. 그러나 인생에서 가장 불행한 사람은 자신을 진정으로 사랑해 주는 사람, 진실한 친구가 없는 사람이에요.

제가 오늘 조용히 친구들에게 물어볼 게 있어요. 여러분 중에 힘들 때 함께 울어주고, 좋은 일이 있을 때 함께 기뻐해 줄 수 있는 친구가 한 사람이라도 있는 어린이는 한번 손들어 보서요. 여기 손 든 친구들은 정말 행복한 사람들이에요. 인생의 성공에 가까워지고 있으니까요. 성경에는 세상에서 가장 아름다운 우정을 나눈 친구들의 이야기가 나와요. 이 친구들의 이름은 다윗과 요나단이예요. 우리 모두 다윗과 요나단의 이야기를 통해서 진실한 친구를 만드는 비결을 알아보도록 해요.

2. 다윗을 위해 모든 것을 포기한 요나단의 우정

다윗은 어릴 때 들판에서 양을 치는 가난한 목동이었어요. 그런데 이스라엘에 블레셋이라는 적군이 쳐들왔을 때 거인이었던 적장 골리앗을 물맷돌 하나로 쓰러뜨렸어요. 골리앗을 죽인 다윗은 나라의 영웅으로 떠올랐죠. 온 백성들이 다윗을 너무나 좋아했어요. 그런데 태양같이 높아진 다윗의 인기를 두려워한 사람이 있었어요. 바로 이스라엘의 왕, 사울이었어요. 사울왕은 백성들이 다윗을 좋아한 나머지 자기 대신 왕으로 세울 것같아 두려웠던 거예요. 다윗의 인기를 질투했고 결국 죽여버려야 겠다고 결심했어요.

하지만 사울 왕의 아들, 요나단은 달랐어요. 자신이 왕자이므로 다윗이 없으면 아버지의 뒤를 이어 왕이 될 수 있었어요. 그런데도 요나단은 다윗을 너무나 좋아했어요. 하나님을 사랑하고 의지하는 남다른 다윗의 태도를 존경하고 있었기 때문이에요. 오늘 읽은 성경을 보니까 "요나단이 다윗을 사랑하되 자기 목숨처럼 사랑했다"고 되어 있어요.

"그래. 다윗을 보니까 하나님께서 왕이 되게 하시려고 선택하신 자임에 틀림이 없어. 나도 왕이 될 자격이 있지만 우리 이스라엘의 미래를 위해서는 나보다는 하나님이 사랑하시는 다윗이 왕이 되어야만 해."

이와 같이 요나단은 성숙한 청년이었습니다.

사울왕의 자기를 죽이려는 속셈을 분명히 깨닫게 되자 다윗은 요나단에게 도움을 청하러 왔어요.

"나의 친구, 요나단 왕자여. 당신의 아버지인 사울왕이 나를 죽이려 합니다."

그러나 요나단은 자신의 아버지가 다윗을 죽이려고 한다는 말을 도저히 믿을 수가 없었어요.

"그럴리 없어, 다윗. 자네가 뭔가 오해하고 있는 걸세."

다윗이 답답하다는 듯이 말했어요.

"사랑하는 요나단 왕자여, 제발 믿어주십시오. 여기 찢어진 옷자락은 지금 막 궁전에서 사울왕이 던진 창을 피하려다가 생긴 것입니다."

한참 고민에 잠긴 요나단은 불안에 떨고 있는 다윗에게 입을 열었어요.

"다윗, 그렇다면 자네는 사흘뒤에 저기 보이는 거대한 에셀 바위 옆에 숨어

있게. 그동안 나는 아버지에게로 가서 아버지가 자네에 대해서 정말 어떻게 생
각하고 계신지 알아보고 오겠네.”

이 말에 다윗은 “요나단, 정말 그렇게 해주시겠어요?”라고 물었고 요나단은
다윗의 손을 꼭 붙잡고 말했어요.

“물론이야, 다윗! 우리 약속하는 신호를 정하세. 삼일 뒤 나는 최종 결론을 가
지고 부하 한 명과 이곳에 돌아오겠네. 그리고는 자네가 바위 옆에서도 보일
수 있는 위치로 활을 쏠 것이야. 만일 내가 이렇게 활을 낮추어 쏘고(활을 낮게

당겼다 놓는다) 부하 아이에게 ‘네 앞에 떨어졌으니 앞으로 뛰어와서 주워 오
너라’고 외친다면 사울왕이 자네를 죽일 생각이 없는 것이야. 그러니 왕궁으로
다시 돌아오게. 그러나 만일 활을 높이 쏘고(활을 높이 당겼다 놓는다) ‘애야
네 머리보다 훨씬 높게 날아갔으니 뒤로 뛰어가서 화살을 가져오너라’하면 정
말 자네 말대로 아버지가 자네를 죽이려는 것이야. 그때는 바위에서 나와 광야
로 도주해야 목숨을 건질 수 있을 걸세.”

이렇게 약속을 정한 요나단은 사울왕을 만나러 왕궁으로 돌아갔어요. 왕궁
에서 요나단은 아버지의 무시무시한 음모를 알 수 있었어요. 다윗은 죄가 없기
때문에 살려줘야 한다고 변호하자 사울왕은 큰 소리로 요나단을 꾸짖으며 고

함을 질렀어요.

"야. 이 멍청한 놈아. 만약 다윗을 잡아 죽이지 못하면 너는 왕이 될 수 없어. 시골 촌뜨기 다윗은 어디 있느냐. 내가 당장 이 창을 던져 그 놈의 심장에 꽂고 말테니까."

요나단은 아버지의 이러한 행동에 마음이 무너져 내리는 것 같았어요.

"다윗의 말이 틀림없는 사실이었군. 한시라도 빨리 이 사실을 다윗에게 알려서 안전한 곳으로 대피시켜야겠구나."

다윗이 숨어있는 바위 근처에 당도한 요나단은 있는 힘껏 활을 당겼어요(활을 있는 힘껏 당겼다 놓는다). 시위를 떠난 화살은 파아란 창공을 향해 높고 높은 포물선을 그리면서 날아갔어요. 그리고는 멀리서 화살을 줍기 위해 기다리던 부하의 머리를 훨씬 지나서 땅에 꽂혔습니다. 요나단은 부하에게 큰 소리로 명령했어요.

"얘야. 화살이 너보다 멀리까지 날아갔구나. 그러니 뒤로 뛰어가서 가져오너라."

다윗은 바위옆에 숨어서 이 모든 광경을 지켜 보았어요.

'이것은 사울왕의 마음이 변하지 않았으니 광야로 도망가라는 신호로군. 요나단 왕자는 나의 목숨을 구해준 은인 중에 은인이구나. 내가 사울왕의 손에 죽으면 자기가 아버지를 이어서 왕이 될 수 있는데도 나를 위해 모든 것을 포기한 것이야. 그는 이토록 나를 사랑하고 있었어.'

다윗은 요나단의 신호를 보고도 도주하지 않았어요. 자기의 목숨을 구해준 요나단 왕자를 잊을 수 없었기 때문이에요. 다윗은 흐느끼면서 달려갔어요. 요나단 앞에 선 다윗이 감사의 눈물을 흘리며 "요나단, 당신은 나의 생명의 의인입니다"라고 말하자 요나단은 "아니다. 다윗! 자네야 말로 나대신 왕이 되어 이 나라를 하나님의 뜻대로 바르게 이끌어나갈 기름부음을 받은 하나님의 종일세"라고 했어요.

그리고 다윗이 땅에 엎드려 세 번 절하자 요나단은 다윗을 일으켜 세워 꼭 껴 안아 주었어요.

요나단은 다윗이 왕이 될 만큼 백성들에게 인기가 있었을 때에도 사울왕처럼 다윗을 질투하지 않았어요. 오히려 다윗을 자기의 생명처럼 아끼고 사랑했기 때문에 자기에게 속한 왕좌와 부귀영화를 모두 포기하면서까지 다윗을 도와줄 수 있었어요. 여러분도 요나단 같은 친구를 갖고 싶으시죠?

3. 예수님은 우리의 가장 좋은 친구가 되셔요

그런데 우리에게도 요나단 같은 친구가 있어요. 아니, 요나단보다 훨씬 멋지고 사랑이 가득한 친구가 있어요. 누굴까요?(두 팔을 벌려 십자가의 모션을 취해 주면서) 바로 예수님이에요.

요한복음 15장 13절에는 진짜 친구와 가짜 친구를 구별할 수 있는 중요한 말씀이 있어요. "사람이 친구를 위해서 자기 목숨을 버리면 이에서 큰 사랑이 없나니." 목숨이 왔다 갔다하는 위기의 순간에 친구를 위해 목숨을 버릴 수 있으면 진짜 친구예요. 정말 주변에 여러분을 위해 목숨을 버릴 수 있을 만큼 큰 사랑을 가진 친구가 있나요? 이런 친구를 갖기는 쉽지 않을 거예요. 하지만 예수님은 우리들의 진짜 친구예요. 왜냐하면 우리를 살려주시기 위해 십자가에서 목숨을 버리셨거든요. 이런 진실하고 멋진 친구를 가진 우리는 정말 얼마나 행복한 사람들인가요?

예수님은 언제 어디서나 우리의 마음에 찾아와 친구가 되어 주세요. 그래서 혼자 밤늦게 까지 공부할 때나 어둡고 무서운 길을 걸어갈 때 무서워 할 필요가 없어요. 또 아빠 엄마가 안 계실 때, 학교에서 친구들로부터 따돌림을 당하고 있을 때도 두려워하지 마셔요. 예수님은 언제나 내 마음 속에서 "내가 너와 함께 있단다"라고 말씀하고 계시니까요.

4. 아름다운 우정을 가꾸는 최상의 방법은 먼저 다가가는 거예요

예수님께서 이렇게 좋은 친구가 되어 주셨는데 우리도 내 주위에 있는 친구들을 아끼고 사랑해 주어야 겠어요. 우리 옆에 있는 친구를 간지름 태우면서 이야기 해봐요. 친구의 이름을 부르면서 "○○○야, 예수님 안에서 정말 사랑해."

어떻게 하는 것이 친구를 사랑하는 것일까요? 이제까지 화해하지 못한 친구가 있다면 이번 주에 찾아가서 용서해 주서요. 왕따 당하는 친구가 있어도 그 친구를 놀리지 말고 좋은 친구가 되어주세요. 지금 그 친구는 외로워요. 진실한 친구가 필요하거든요.

그리고 여러분 중에 친구가 없는 사람이 있다면 상대방이 좋은 친구가 되어줄 때까지 기다리지 말고 먼저 다가가셔요. 그러면 반드시 친구가 생겨요. 그리고 친한 친구가 예수님을 믿지 않으면 어떻게해야 하죠? 전도해야해요. 복음을 전하는 것은 친구를 위한 가장 멋진 사랑 표현이에요. 다윗과 요나단처럼 세상에서 가장 멋진 우정을 가꾸어 가는 여러분들이 되기를 소망해요.

36. 늦으면 안되요

- **읽을본문** : 요한복음 4:35
- **참고성경** : 요한복음 4:1-42, 11:25; 마태복음 9:37-38; 마가복음 4:29; 누가복음 10:2; 데살로니가전서 5:1-11
- **교육목표** : 전도의 중요성과 긴박성을 교육시킴으로써 복음을 전파해야 하는 당위성을 갖게 한다.
- **포 인 트** : 늦으면 안되요.
- **설교형태** : 영상설교(일반영화)
- **준 비 물** : 타이타닉(Titanic, 1997)

  감독: 제임스 카메론

  구조대가 늦게 도착해서 모든 승객들이 얼어 죽어 물에 떠있는 모습

1. 타이타닉호의 침몰

　1912년 영국을 떠나 미국으로 항해중인 배 한 척이 있었어요. 길이만 해도 축구장의 두배가 넘는 초특급 호화 여객선이었습니다. 그 안에는 2,200명이나 되는 사람들이 신대륙에 갈 꿈을 품고 승선해 있었어요. 그런데 빙하와 충돌하는 갑작스러운 사고로 인해 이 배는 3시간을 넘기지 못하고 침몰되지요. 이 배의 이름이 그 유명한 '타이타닉' 호 입니다. 수많은 사람들이 살려고 발버둥을 쳤

지만 구명 보트는 한정되어 있었어요. 그래서 승무원들은 여자와 어린이를 우선적으로 보트에 태웠어요. 그리고 나머지 승객들은 배가 가라앉은 뒤 대서양 한가운데에서 몇 시간을 떠 있게 되었어요. 그 중에는 구명조끼를 입은 사람도 있었고 파편 조각을 붙들고 있는 사람도 있었어요. 하지만 기온이 계속 내려가자 오래가지 않아 모두 얼어 죽었어요. 구명 보토를 타서 일단 위기를 넘긴 승무원과 승객들은 타이타닉호가 침몰한 장소로 다시 돌아가기로 결정해요. 한 명이라도 더 구출해야 된다는 신념 때문이었어요. 그러면 구조대원들이 타이타닉호가 침몰한 장소로 돌아가는 장면을 한번 보겠습니다.

타이타닉(구조대원들이 돌아온 장면)
상영시간(2:52:27~2:53:44) #상영과 동시에 설교

수많은 사람들이 꽁꽁 얼어 죽은 채로 물위에 떠 있어요. 그 중에는 아이를 안고 죽은 어머니도 보입니다. 구조대원들은 이 비참한 광경을 차마 눈뜨고 볼 수가 없었어요. "우리가 너무 늦게 왔어"라고 절규하는 승무원의 말이 너무나 안타깝게 느껴지네요. 구조 대원들이 오긴 왔어요. 하지만 너무 늦게 왔기 때문에 구원할 사람이 아무도 없었어요.

그런데 어린이 여러분, 물에 빠진 사람을 구조하는 일과 복음을 전하는 일 사이에는 공통점이 아주 많은 것 아서요? 둘다 생명을 구원하는 일이기 때문에 비슷해요. 그리고 또 한가지는 늦게 하면 아무런 소용 없다는 것도 비슷해요.

복음은 언제까지나 전할 수 있는 게 아니에요. 늦어서 때를 놓치면 전할 수가 없어요. 그때는 전한다고 해도 소용이 없어지기 때문이에요. 복음을 전해서 예수님을 믿지 않는 사람들을 구원하고 싶나요? 그러면 이것 하나는 반드시 명심하셔요. 늦으면 절대로 안돼요.

2. 예수님은 늦어지면 큰일 나는 것을 아셨어요

복음을 늦게 전하면 안된다는 사실을 너무나 잘 알고 있던 분이 계셨어요. 그분은 바로 예수님이셨어요. 예수님과 제자들이 사마리아 지방을 여행하고 있을 때였어요. 그때까지 제자들은 사마리아인들은 복음을 전할 필요가 없는 사람들이라고 생각했던 것 같아요.

사마리아인을 업신여기던 유대인들처럼, 제자들도 그들을 천하게 생각했기 때문이에요. 하지만 예수님은 우물가에 온 사마리아 여인에게 복음을 전하셨어요. 그 결과 여인뿐만 아니라 수많은 사마리아인들이 예수님을 믿게 되는 놀라운 일이 생겼어요. 이때 예수님께서는 제자들에게 말씀하셨어요.

"너희는 앞으로 넉달이 더 지나야 추수할 때가 될 것이라고 말한다. 그러나 눈을 들어 밭을 한번 보아라. 이미 곡식들이 희게 익어서 추수할 때가 되었구나."

여기서 곡식은 예수님을 믿지 않는 세상 사람들을 가리켜요. 그런데 예수님께서는 이 곡식들이 다 익었다고 하셨어요. 이 말씀은 예수님을 믿지 않는 사람들도 믿기만 하면 천국에 들어갈 준비가 다 되었다는 뜻이에요.

그런데도 제자들은 세상 사람들이 복음을 들을 충분한 준비가 되지 않았다고 생각했어요. 그래서 복음을 전하지 않고 늦장만 부리고 있었던 거예요. 하지만 예수님은 늦으면 큰일이 난다는 것을 알고 계셨어요. 익은 곡식은 추수할 시기를 놓치면 모두 땅에 떨어져 못쓰게 되기 때문에 창고에 걷어들일 수가 없

어요. 그런 것처럼 준비된 사람에게도 복음을 빨리 전하지 않으면 하늘나라에
들어 갈 수 있는 기회가 없어진다는 것을 알고 계셨어요.

그래서 제자들에게 시간이 많이 남았다고 착각하지 말라고 하신 거예요. 지금
은 게으름이나 부리고 있을 때가 아니니 어서 빨리 가서 전도하라고 하셨어요.

3. 예수님은 구원의 배입니다

하나님이 약속하신 영원한 생명을 얻는 방법은 복음을 듣는 길 밖에는 없어
요. 우리는 세상에 나가서 예수님을 만나야지만 생명을 얻을 수 있다고 전해야
해요. 예수님 안에만 영원한 생명이 있습니다. 이 중요한 사실을 또 한번의 영
상을 통해서 느껴보셔요.

타이타닉(로즈가 구
출되는 장면)
상영시간(2:57:35~
2:58:05) #상영과 동
시에 설교

대서양 바다에 떠
있는 사람들은 서서히 얼어 죽어가고 있어요. 이와 마찬가지로 죄를 진 우리
인간들도 서서히 죽어가고 있고요. 죽는 시기는 제각각 달라요. 하지만 공통된
한가지는 언젠간 죽음이 찾아오고 지옥에서 영원한 형벌을 받는다는 거예요.
여기서 살아날 수 있는 길은 오직 하나에요. 로즈와 같이 배를 만나는 거예요.
배 위에 올라타야지만 구원받을 수 있어요.

사랑하는 어린이 여러분, 우리 역시 영원한 사망에서 벗어날 수 있는 길은 하

나밖에 없어요. 예수님을 만나야지만 구원받을 수 있는 거예요. 왜냐하면 예수님 안에만 영원한 생명이 있기 때문이에요. 예수님이 바로 '구원의 배' 이기 때문이에요.

4. 우리도 서둘러서 전해요

사랑하는 어린이 여러분! 늦기 전에 서둘러야 해요. 죄악에 빠진 사람들이 죽기 전에 예수님의 품 안으로 얼른 건져내야 해요. 복음을 전할 수 있는 기회가 항상 있는 것은 아니에요. 여기 모인 사람들 중에는 가족이나 친척들이 예수님을 믿지 않는 친구들이 있을 거예요. 그리고 학교나 학원에 가면 아직까지 예수님을 믿지 않는 친구들이 너무나 많아요.

우리는 이런 사람들을 가볍게 생각해서는 안되요. 이번주가 아니면 다음주에 전하면 되는 거지, 올해 전하지 않으면 내년에 전하면 되는거지, 이렇게 생각하다가는 영원히 복음을 전하지 못하는 수가 생겨요. 이렇게 되면 정말 안되겠지만, 내가 전도하려고 했던 사람이 내일이라도 갑자기 죽는 일이 생길 수도 있는 거예요. 그렇게 되면 그 사람은 천국에 가지 못한채 끔찍한 사망의 형벌이 기다리는 지옥에 갈 수밖에 없어요. 그리고 만약에 내일이 세상의 마지막날이 된다면 어떻게 하겠어요? 예수님께서 세상을 심판하러 오시는 마지막 날은 오늘이 될지 내일이 될지 아무도 몰라요. 그런데 일단 마지막날이 되면 그땐 복음을 전해도 소용 없어요. 믿지 않는 사람은 심판을 받아서 무조건 지옥에 가기 때문이에요.

사랑하는 여러분! 늦으면 안돼요. 서둘러 전해서 한명이라도 더 예수님을 믿게 해야 되요. 그래서 많은 사람들을 천국으로 인도하는 친구들이 되셔요.

37. 니느웨로 간 요나

■ **읽을본문** : 요나 3:2
■ **참고성경** : 요나 1:1-4:11, 마태복음 12:39-41, 요한복음 3:15-16
■ **교육목표** : 전도하라고 하면 요나처럼 도망치고 싶을 때가 있다. 하지만 악한 사람도 무조
건적으로 용서하시는 하나님의 사랑을 깨달아 하나님의 뜻에 순종하며 복음을
전할 수 있게 한다.
■ **포 인 트** : 친구를 전도해요
■ **설교형태** : 그림설교(움직이는 그림) *자료 1-8을 확대복사해서 사용하면 됩니다.

1. 요나를 부르시는 하나님

(자료 1)

요나는 하나님의 말씀을 전하는 선지자였어요. 어느날 하나님께서는 요나를 부르셨어요(자료 1).

"요나야, 너는 지금 당장 니느웨 성으로 가서 복음을 전해라. 그 성에는 죄가 너무 많구나."

하지만 하나님의 말씀을 들은 요나는 거절했어요.

"싫습니다. 저는 우리나라의 원수인 니느웨가 회개하여 구원받는 것을 볼 수 없습니다. 저는 그들에게 하나님의 뜻을 전할 수가 없습니다."

그러자 하나님께서는 요나를 질책하셨어요.

“어허, 넌 왜 그렇게 욕심이 많느냐. 내 소원은 모든 사람이 멸망치 않고 구원을 얻는 거란다. 이제 일어나 니느웨로 떠나라”

요나는 할 수 없이 짐을 챙겨 바닷가로 나갔어요.

2. 다시스로 도망친 요나

‘끼룩 끼룩’ /갈매기 울음소리(자료 2)

“이 배가 니느웨로 가는 배로군. 그런데 난 정말 니느웨로 가는 게 싫어. 니느웨가 우리를 얼마나 죽이고 괴롭혔는데. 그래, 배를 바꿔타자. 그래서 다시스로 가는거야. 하나님이 못보시게 이렇게 가리고 가면 되잖아?(손으로 하늘을 가리면서)”

이렇게 요나는 다시스로 가는 배에 탔어요. 그리고는 하나님이 절대 보실 수 없도록, 배 밑바닥에 들어 갔어요(자료 3). 어린이 여러분! 그런다고 하나님께서 보실 수 없을까요?

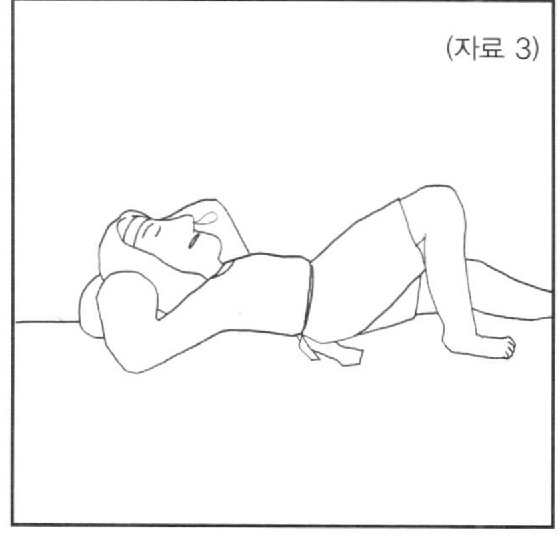

도망친 요나가 탄 배는 항구를 떠난 지 얼마되지 않아 갑자기

폭풍이 몰아 닥쳤어요. 배는 흔들렸고 침몰될 위기에 처했어요. 선장과 선원들이 힘을 합쳐 배를 지켜보려고 애썼지만 소용이 없었어요.

"아니, 잔잔하던 바다가 왜 갑자기 요동하는 거요? 혹시 우리 배에 탄 사람들 중에 하나님께 죄를 진 사람이 있는 거 아니요? 그러니 누가 죄를 졌는지 제비 뽑기를 해서 알아봅시다."

선장의 말에 모든 사람들이 제비를 뽑았어요. 마침내 배 밑 모퉁이에서 잠만 자던 요나가 걸렸어요.

"어찌된 일이오? 당신 혹시 하나님께 죄를 짓지 않았소?"

요나는 더 이상 숨길 수 없었어요. 하나님께서 다시스로 도망가는 것을 막으시려는 것임을 깨달았기 때문이에요.

"그렇소. 내가 하나님께 범죄하였소. 이 폭풍은 내가 하나님의 명령을 어기고 도망치고 있기 때문에 생긴 것이오."

요나는 사람들 앞에서 죄를 고백했어요.

"그러니 여러분! 나를 이 바닷속에 던져 버리시오. 그러면 이 무서운 폭풍이 멎어, 여러분들은 안전할 것이오."

선장과 배에 탄 모든 사람들은 마음이 아팠어요. 하지만 한 사람 때문에 모두가 죽을 수는 없는 일이었어요. 결국 요나를 들어 사나운 바닷물에 집어 던졌어요(자료 4).

'풍덩' 하고 요나가 바닷물에 빠지자 바다는 언제 그랬냐는 듯 잔잔해졌어요. 먹구름 사이로 해가 비치더니 날씨가 활짝 개었어요.

3. 요나의 회개

여기는 바닷속이에요(자료 5).

"꼬르륵 꼬륵 꼬륵 꼬르르륵, 살려줘요. 살려주셔요!"

물속에 빠져 허우적대는 요나의 눈에 갑자기 희미한 물체가 다가오는 것이 보였어요.

"아니, 저기 왠 배가? 살았다. 살았어."

그런데 그것은 배가 아니었

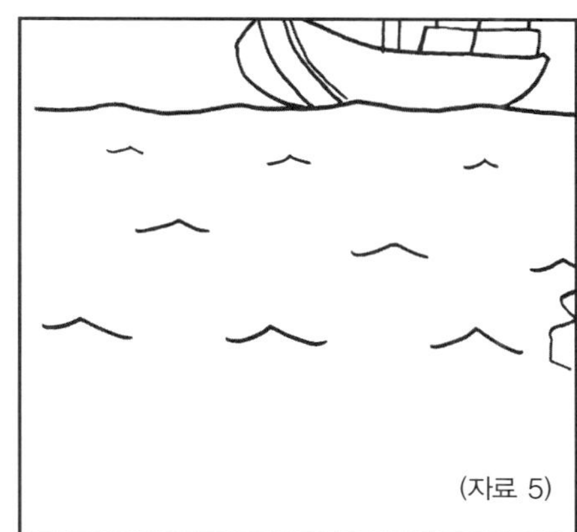

(자료 5)

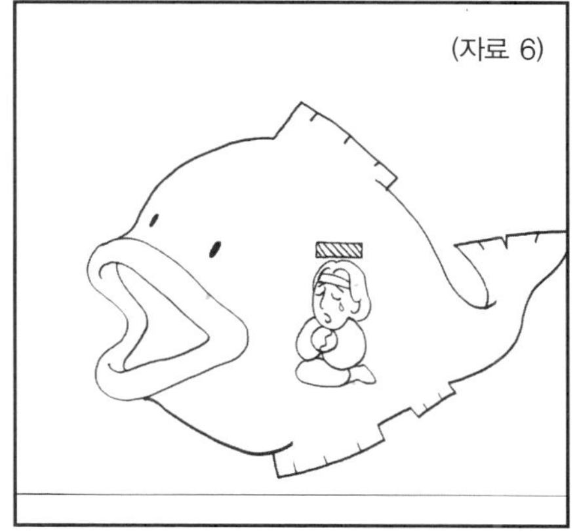

(자료 6)

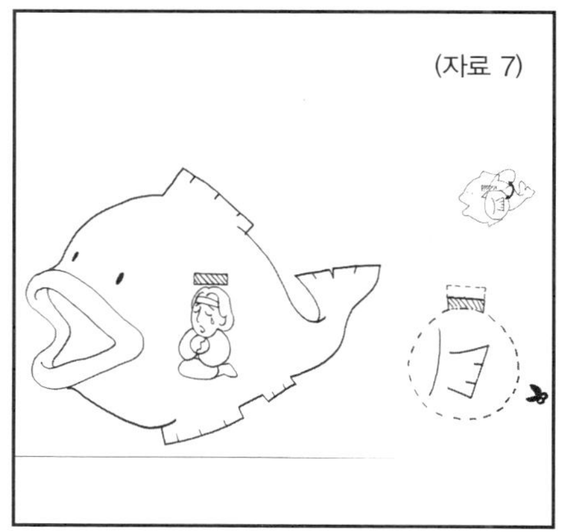

(자료 7)

어요. 엄청 큰 물고기가 다가오고 있었어요. 요나는 살기 위해 죽을 힘을 다
해 반대 방향으로 헤엄쳤어요. 하지만 어느새 고래의 입속에 빨려 들어가
버렸어요(자료 6).

"억, 깜깜한 여기가 어디야? 끈적 끈적하고 생선 비린내가 나는 걸 보니,
고래 뱃속이구나. 난 이제 바깥 세상도 못나가고 죽게 생겼네."

요나는 이렇게 3일을 갇혀 있었어요. 물 한모음 마시지 못하고 하나님께
회개하는 기도를 드렸어요(자료 7).

"하나님, 제가 잘못했습니다. 이제부터는 하나님 말씀대로 순종할게요.
절대로 제 맘대로 안 살게요. 한번만 용서해 주서요."

하나님은 요나의 기도를 들으셨어요. 그래서 큰 물고기를 니느웨 성이 있
는 해변으로 가게 하여 토하게 했어요.

4. 복음을 전하는 요나

눈부신 바깥 세상에 나온 요나는 하나님께 감사의 기도를 드렸어요(자료
8).

"하나님, 감사합니다. 이제는 주님 뜻대로만 순종하며 살겠습니다."

기도를 마치고 눈을 뜬 요나가 소리쳤어요.

"그런데 여기가 어디지? 아니 저 성은?"

앞에 희미하게 보이는 성은 바로 니느웨성이었어요. 요나는 니느웨성으로 달려가 힘껏 외쳤어요.

"니느웨에 살고 계신 여러분! 저는 하나님이 보내서 이스라엘에서 온 요나라고 합니다. 하나님께서는 여러분이 지은 죄를 회개하지 않으시면 앞으로 40일 후에 이 성을 멸망시킨다고 말씀하셨습니다. 회개하세요. 회개하세요"

그러자 니느웨 사람들이 회개하기 시작했어요. 백성뿐만 아니라 왕까지 무릎을 꿇고 눈물을 흘리며 밥도 먹지 않고 기도했어요. 요나의 전도로 12만명이 넘는 니느웨 사람들이 구원을 얻게 되었어요.

5. 요나 같은 마음이 들 때

사랑하는 어린이 여러분, 우리는 전도하라고 하면 요나같이 도망가고 싶을 때가 있어요. 부끄럽고 창피해요. 용기가 생기지 않고 겁이 나요. 하지만 여러분, 이것은 꼭 기억하세요. 하나님께서 니느웨 사람들을 사랑하시듯이, 내가 전도해야 할 친구를 사랑하고 계셔요. 그리고 우리가 전하지 않으면 그 친구는 니느웨 사람들처럼 자기가 지은 죄 때문에 멸망당하게 되어 있어요.

우리는 요나처럼 외쳐야 됩니다. "회개하라"고 외쳐야 해요. "예수님을 믿어야 구원을 얻는다"고 외쳐야 해요. 그렇게 전도하는 사람을 하나님께서는 도와주셔요. 용기가 생길 수 있도록 담력을 주셔요. 말을 잘 할 수 있는 지혜도 주셔요. 하나님의 일을 하면 주께서 이렇게 도와주시는 거예요.
하나님께 능력을 달라고 기도하면서 전도하는 친구들 되셔요.

38. 부자와 나사로

- **읽을본문** : 누가복음 16:19-26
- **참고성경** : 누가복음 16:19-31, 요한계시록 21:1-27, 22:1-5
- **교육목표** : 천국과 지옥과의 비교를 통해 천국을 사모하는 마음을 갖게 한다. 또한 불신 가족과 친구들은 지옥에 가기 때문에 반드시 전도해야 한다는 부담을 갖게 한다.
- **포 인 트** : 예수님을 믿어요
- **설교형태** : 영상설교(일반영화)
- **영상삽입** : ❶ 사랑과 영혼(Ghost 1990)

  감독: 제리 쥬커

  죽은 후 지옥으로 이동하는 장면을 상영(1:56:10-57:22)

  ❷ 천국보다 아름다운(What Dream May Come, 1998)

  감독: 빈센트워드

  천국과 지옥 장면을 각기 한차례씩 상영(42:00-45:00)

1. 사람은 죽은 뒤에 귀신이 될까요?

여러분 중에 혹시 차려진 제삿상을 보고 궁금한 생각이 든 친구 없습니까? 유심히 관찰해 보았다면 숟가락과 젓가락이 반대방향으로 돌려있는 것을 보았을 거예요. 사람이 앉는 쪽이 아니라 음식 쪽을 향해 수저가 돌아가 있어요. 이것은 조상 귀신들이 제삿밥을 먹으러 온다고 믿기 때문입니다.

그래서 귀신이 앉을 것이라고 생각하는 쪽으로 수저를 돌려 놓은거죠.

의외로 우리 친구들 중에서도 사람이 죽으면 귀신이 된다고 생각하는 경우가 많은 것 같습니다. 이것은 전설이나 영화, 만화 내용들이 우리 친구들의 생각에 좋지 못한 영향을 주었기 때문이에요.

그런 이야기들은 대개 한을 품고 죽은 사람이 귀신이 되어 복수하는 내용을 담고 있으니까요. 하지만 성경은 사람이 죽으면 귀신이 되는 게 아니라고 말씀하고 있어요. 귀신은 다만 마귀의 부하들일 뿐이에요. 사람은 죽으면 천국 아니면 지옥에 가는 거예요. 그러면 사람이 죽으면 어떤 변화가 일어나는지 함께 볼까요?

사랑과 영혼(칼 브리너가 죽어서 마귀에게 끌려가는 모습)

상영시간(1:56:10~57:22, 몸에 유리가 박히는 장면은 잔인하니 보여주지 않는다) #상영후 설교

영화에서 본 것처럼 사람은 죽으면 영혼과 육체가 분리됩니다. 그런 다음 육체는 땅에 묻혀서 썩어요. 한편 영혼은 육체를 떠나 천국과 지옥 둘 중 어느 한곳에 가게 됩니다. 그랬다가 예수님이 다시 세상에 오실 때 이 영혼과 육체가 다시 결합하는 거예요.

이 순간 우리가 새로운 형상을 갖게 되는 거지요. 여러분은 천국과 지옥이 어떤 곳인지 궁금하시죠? 여러분뿐만 아니라 모든 인간들은 옛날이나 지금이나 천국과 지옥이 어떤 곳인지 궁금했어요. 그래서 천국과 지옥을 소재로 한 많은 작품을 만들었어요. 상상력을 발휘해서 그림으로 그려 보기도 하고, 소설로 써 보기도 했어요.

그런데 근래에 나온 영화 중에서 천국과 지옥을 생생하게 표현한 작품이 있어요. 이 영화의 이름은 「천국보다 아름다운」이에요. 그러면 이 영화를 통해서 천국과 지옥을 한번씩 보도록 할게요. 먼저 천국입니다.

2. 천국은 정말 아름다운 곳이에요

천국보다 아름다운(크리스가 천국의 거리를 구경하는 장면)
상영시간(0:42:00~0:45:00) #상영과 동시에 설교

이 영화를 보니까 천국에 사는 사람들은 날 수도 있었어요. 그리고 천국의 거리는 장애인들이나 가난하고 병든 사람이 보이지 않았구요. 도시의 모습도 참 멋있었죠? 멀리 성벽과 성문이 보였고 사람들은 큰 강가에서 배를 타고 놀고 있었어요.

그런데 실제 천국은 이 영화의 장면보다 더 멋있을 거예요. 성경에 의하면 이 성벽은 정금과 각종 보석으로 되어 있어요. 그리고 천국의 문은 열 두

개인데 모두가 진주로 만들어져 있구요. 또한 천국의 길은 유리 같은 정금이고, 이 길 가운데 생명수가 흐르고 있습니다.

이 생명수는 하나님이 앉아 계신 보좌에서 시작되는데, 하나님의 보좌 주변은 눈을 뜰 수 없을 정도로 영광의 빛이 가득해요. 이 빛이 너무 밝고 찬란해 천국은 태양과 달빛이 필요 없는 곳이라고 했어요.

3. 지옥은 이렇게 끔찍합니다.

그런데 지옥은 어떤 곳일까요? 지옥은 어떤 곳인지 또 한번 살펴볼까요?

천국보다 아름다운 (지옥에 가서 진흙 속에 묻힌 사람들과 만난 장면)
상영시간(1:15:00∼1:17:00) #상영후 설교

지금까지 지옥의 모습을 보았어요. 진흙 속에 수많은 사람들이 묻혀서 빠져나오지 못하고 고생하고 있었죠? 그런데 지옥은 이 영화의 장면보다 더 끔찍하다는 것을 알아야 해요. 지옥에 가는 사람은 꺼지지 않는 불에 들어가서 영원한 형벌을 받아요. 그러니 얼마나 뜨겁고 괴롭겠어요?

4. 예수님께서 들려주신 천국과 지옥이야기

예수님께서는 지옥이 얼마나 무서운 곳인지를 알려주시기 위해 '부자와 나사로' 이야기를 들려 주셨어요.

옛날에 엄청난 부자가 살고 있었어요. 이 부자는 호화로운 집에서 살면서 근사한 옷을 입고 다녔어요. 밥상에는 매일 매일 기름진 음식이 올라왔어요. 정말 부러울 게 없는 사람이었죠. 그런데 그 집 대문에는 나사로라고 하는 거지가 누워 있었어요. 거지 나사로는 너무나 배가 고팠어요. 그래서 부자가 먹다가 떨어뜨린 음식이 없나 두리번 거렸어요. 하지만 부자는 음식 부스러기도 남겨주지 않았어요. 결국 거지는 개들이 다가와 상처에 흐르는 고름을 핥고 있는데도 움직이지 못할 만큼 기력이 쇠해졌지요.

그날 밤이었어요. 부자와 나사로에게 최후의 날이 찾아왔어요. 둘 다 자다가 숨을 거두고 만 거예요. 그런데 두 사람이 죽은 다음 간 곳은 너무나 다른 곳이었어요. 믿음이 있던 나사로가 간 곳은 천국이었어요. 그곳은 아픔과 슬픔, 고통이 없는 곳이었어요.

하지만 부자가 간 곳은 지옥이었어요. 모든 사람들이 활활 타는 불 속에

서 살려달라고 아우성이었어요. 얼마나 뜨겁고 목이 마르고 고통스러웠는지 몰라요. 살려달라고 비명을 질러도 꺼내주는 사람이 없었어요. 사우나탕에 5분만 들어가 있어도 얼마나 덥고 목이 마른가요? 그런데 그 온도보다 백 배, 천 배가 넘는 불길 속에서 평생을 있어야 한다면 어떻겠어요? 불에 살짝만 데어도 아픈데 지옥사람들은 진짜 쓰라릴 거예요. 뜨겁고 몰말라 미칠 지경일 거예요.

그런데 불속에 있던 부자가 먼곳을 바라보니 평화로운 천국이 펼쳐져 있었어요. 또한 그곳에는 나사로가 아브라함의 품에 안겨 행복해하고 있었지요. 참다 못해 부자가 아브라함에게 소리쳤어요.

"아브라함 선생님! 저를 불쌍히 여겨주서요. 제발 나사로 보고 물 한 방울만 찍어서 제 혀에 떨어뜨려 달라고 해주서요."

그러자 아브라함이 부자에게 말했어요.

"너는 천국과 지옥 사이에 얼마나 깊은 구렁이 있는지 알기나 하느냐? 나사로가 아무리 너에게 가려고 해도 그 사이를 뛰어 넘을 수가 없느니라."

이 말에 부자는 너무나 낙심이 되었어요. 하지만 다시 한번 소리쳐 외쳤어요.

"그럼 제발 저의 마지막 부탁 좀 들어주서요. 나사로를 세상에 보내주서요. 그래서 지금 세상에 살고 있는 가족들에게 제발 지옥이 있다는 사실을 알리고 오게 해주서요. 나는 어쩔 수 없지만, 내 가족들은 이런 끔찍한 곳에 오게 할 수 없어요."

부자에게 아브라함은 마지막으로 말했어요.

"너의 마음은 알겠지만 이미 늦었다. 세상에서 복음을 거부한 사람들이 죽은 사람이 다시 살아나 지옥이 있다고 말해서 믿겠느냐?"

결국 부자는 포기했어요. 이를 갈고 눈물을 흘리면서 지옥에서 영원히 고통을 당했어요.

5. 지옥 탈출 작전

사랑하는 친구 여러분! 천국과 지옥이 어떤 곳인지 알았죠? 여기 앉아 있는 친구들 중에 좋은 천국을 놔두고 끔찍한 지옥에 가고 싶은 사람은 아무도 없을 거예요. 그런데 천국은 아무나 가는 곳이 아니에요. 천국은 예수님을 믿는 사람들만 가는 곳이에요. 여러분들! 예수님을 믿고 계시나요? 예수님을 믿는 것은 예수님이 나의 죄를 위해서 십자가에 못박혀 죽으신 사실을 믿는 거예요. 그리고 3일 만에 다시 살아나신 하나님의 아들이라는 것을 믿는 것입니다. 그리고 이제부터 예수님을 마음 속에 모시고, 그 분의 말씀만을 순종하며 살겠다고 결단하는 거예요.

사랑하는 어린이 여러분, 잠시 눈을 감아보셔요.[12]

여러분들 중에 이미 이렇게 예수님을 믿고 있는 친구들, 그리고 지금부터라도 예수님을 믿기로 결심한 친구들은 그 자리에서 일어나보셔요. 지금 일어난 우리 모든 친구들은 천국에 갈 수 있는 친구들이에요. 이 순간 죽어도 지옥에 가지 않고 천국에 갑니다. 하지만, 우리가 꼭 명심해야 할 것이 있어요. 우리 주위에서 예수님을 믿지 않는 사람들은 지옥에 간다는 사실을 기억해야 해요. 그 무시무시하고 뜨겁고 고통스러운 지옥에 간다구요. 아직

---

12) 콜링(Calling)은 손을 들게 하거나, 일어나게 하는 방법을 사용하는 경우가 많다. 이때 주의할 점으로는 어린이들에게 눈을 감게 해야한다는 것이다. 이는 성령님에 의한 지극히 개인적인 결단이기 때문에 눈을 뜬 상태에서 주위 시선을 의식하게 만들면 부작용이 나타난다. 결단을 못한 아이들에게 죄책감이 생길 수 있고, 일어선 아이들과 소외되는 두려움 때문에 충동적으로 허위 결단하는 경우가 발생하게 된다.

까지 예수님을 믿지 않는 부모님이 있는 친구있나요? 형, 누나, 혹은 동생이 예수님을 믿지 않나요? 학교에서 만나는 친구 중에 예수님을 모르는 친구가 있어요? 이 사람들에게 복음을 전해야 해요. 전도해서 지옥에서 천국으로 탈출시키도록 합시다.

39. 어린이 고구마 전도왕

- **읽을본문** : 로마서 10:12-15
- **교육목표** : 어린이들에게 전도교육을 시켜 전도잔치 때 친구들을 교회로 인도할 수 있도록 한다.
- **포 인 트** : 우리 교회 너무 좋아
- **설교형태** : 사진설교

본 설교는 전도잔치 준비를 위해 김기동 선교사의 고구마 전도법을 어린이들의 수준에 맞게 재구성한 것입니다.

1) 일반사진기 이용

① 사진기로 어린이들과 고구마를 촬영한다.

촬영할 어린이들의 모습 #1. 어깨동무한 포즈   #2.귀를 막는 포즈

#3. 핍박하는 포즈 각 1장씩 촬영

② 고구마를 3장 촬영하여 사진 위에 싸인펜으로 얼굴을 그린다.

③ 스캐닝하여 컴퓨터에 자료를 입력하여 파워포인트로 편집하여 빔프로젝트로 보여주거나 혹은 프린트로 출력해 OHP로 보여준다.

2) 디지털 사진기 및 컴퓨터 디자인프로그램 이용

촬영한 자료를 컴퓨터에 입력한 뒤 간단한 디자인 프로그램을 사용한다면 고구마 사진 위에 직접 그리는 등의 불필요한 작업을 줄일 수 있다.

1. 전도방법을 모르시겠다고요?

이제 전도잔치가 한 달 앞으로 다가왔어요. 전도잔치 때 교회에 데리고 나올 친구를 위해서는 계속 기도하고 있나요? 그런데 지난 주에 한 친구가 고민 끝에 저를 찾아왔어요. 친구를 교회에 데리고 나오고 싶은데 어떻게 전도해야 할지 모른다는 거였어요. '교회 가자' 라는 한마디가 왜 이렇게 나오지 않는지 막상 그 친구 앞에 섰다가도 우물쭈물 거리다가 돌아온답니다.

전도하는 것은 마치 물고기를 낚는 것과 비슷해요.

물고기를 잡으려면 낚시하는 기술을 알아야 하듯이 친구들을 전도하려면

'전도 방법'을 알아야만 해요.

그래서 특별히 오늘은 여러분께 기막힌 전도법을 가르쳐 드릴게요. 이 전도법의 이름은 '고구마 전도법'이에요.

2. 사람을 고구마로 봅시다

이 전도법의 이름이 왜 '고구마 전도법'일까요? 그 이유는 모든 예수님을

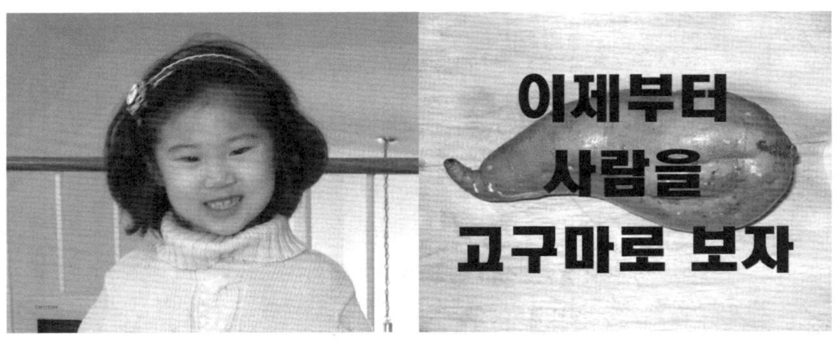

믿지 않는 사람들을 '고구마'로 보아야 하기 때문이에요. 자 이제 사람이 고구마로 보이셔요?

이렇게 사람을 고구마로 보면 예수님을 믿지 않는 사람들은 세 가지 종류, 즉 '익은 고구마', '생고구마', '왕 생고구마'가 있다는 사실을 알게 됩니다. 그러면 각각의 고구마가 어떤 사람을 의미하는지 자세히 살펴보도록 해요.

먼저 '익은 고구마'는 예수님을 소개하고 교회에 가자고 했을 때 싫어하지 않는 친구들을 말해요. 이런 친구들은 익은 고구마에 젓가락을 꽂으면 푹 들어가는 것처럼 '교회에 가자'는 말을 잘 받아들여요. 오히려 교회에 호기심을 갖고 한번 가 보았으면 하는 친구가 익은 고구마예요. 이런 친구

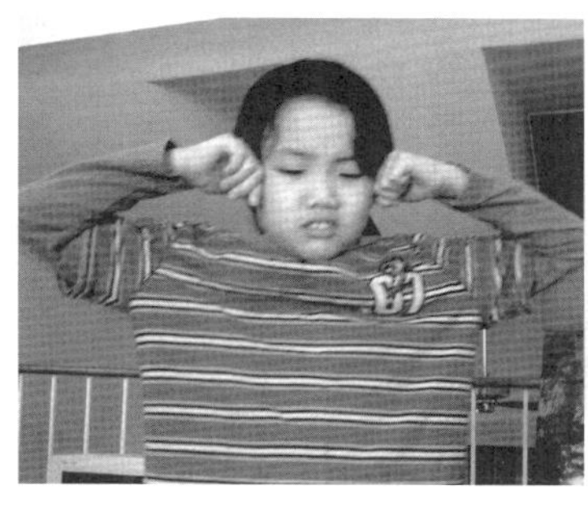

들은 전도하기가 무척이나 쉬워요.

그런데 '생고구마'는 달라요. 생고구마에 젓가락이 잘 안들어가듯이 이들은 '교회 가자'는 말 자체를 싫어해요. 다른 종교를 믿고 있는 친구들은 이럴 수 있어요. 하지만 생고구마도 항복하게 만들 수 있는 방법이 있어요. 그것은 자꾸 자꾸 젓가락으로 찔러주는 거에요. 반복해서 고구마 전도법으로 전도하다 보면 언젠가는 속까지 익기 때문에 결국은 예수님을 믿게 되어 있어요.

전도하기 가장 힘든 고구마는 '왕 생고구마'에요. 왕 생고구마는 전도하는 것을 고의적으로 방해하는 사람이에요. 욕하고 때로는 폭력까지도 사용해요. 하지만 예수님께서는 "의를 위하여 핍박을 받는 사람은 복이 있다"고

하셨어요. 이런 사람은 전도하기는 어렵지만 일단 예수님을 믿게 되면 바울 선생님처럼 물불 가리지 않고 예수님을 사랑하게 되는 경우가 많아요.

이런 친구들을 전도하는 방법도 똑같아요. 고구마 전도법으로 반복해서 찔러주면 결국은 예수님과 교회에 대해서 호기심이 생겨요. 그래서 교회에 나와 예수님을 믿게 되는 거예요.

3. 두가지 젓가락

그렇다면 '고구마 전도법' 이란 무엇일까요? 고구마 전도법이란 모든 사람을 고구마로 보고 젓가락으로 찔러서 예수님을 믿게 하는 거예요. 물론 여기서 '젓가락' 이라는 것은 진짜 젓가락이 아니라 불신 친구 앞에서 '특별한 말' 을 하는 것을 말해요.

젓가락은 두 개가 있어요. 전도할 친구에게 제일 먼저 사용할 것은 첫 번째 젓가락입니다. 첫 번째 젓가락의 내용을 들어 보셔요.

첫 번째 젓가락

"너 교회 다니니?"

(반응에 따라서 어떤 고구마인지 상태를 진단한다. 익은 고구마인지, 생고구마인지, 왕 생고구마인지 진단)

"그래도 우리교회 한번 와봐. 너~ 무 좋아(기쁨 넘치는 표정으로)."

이렇게 첫 번째 젓가락으로 우선 찔러 놓는 거예요. 그리고 다음 번에 그 친구를 또다시 만났을 때는 두 번째 젓가락을 사용하는 거예요.

두번째 젓가락

"우리 교회 한번 와봐. 너~~ 무 좋아. 널 위해 기도하고 있어."

만날 때마다 두 번째 젓가락으로 반복해서 찌르는 거에요. 등교길에서 친구를 만나도 "널 위해 기도하고 있다"고 말하고, 화장실에서 만나도 "널 위해 기도하고 있다"고 하는 거에요. 계속해서 이렇게 하면 제아무리 '왕 생고구마' 라도 곧 '익은 고구마' 가 됩니다. 그리고 결국은 기대감을 갖고 교회에 나오게 되는 거에요.

이제 얼마남지 않은 전도잔치! 오늘 배운 고구마 전도법으로 친구들을 교회로 인도하세요. 그날 친구들이 예수님을 만나서 영원한 생명을 선물로 받을 수 있도록 열심히 기도합시다.

40. 안식일을 거룩히 지켜요

- **읽을본문** : 출애굽기 20:8–11
- **참고성경** : 출애굽기 20:1–17, 레위기 23:3, 신명기 5:12–15, 이사야 56:1–8
- **교육목표** : 안식일의 중요성을 깨닫게 하고 현대를 살아가는 어린이들에게 안식일을 거룩하게 지키는 방법이 무엇인지 교육한다.
- **포 인 트** : 안식일을 지켜요
- **설교형태** : 영상설교(일반영화)
- **영상삽입** : 「지붕 위의 바이올린」(Fiddler On The Roof, 1971)
  감독: 노만 주이슨
  테비에 가족의 안식일 예배 장면(39:50–42:25)
  「불의 전차」(Chariots Of Fire, 1981)
  감독: 휴 허드슨
  ❶ 에릭 리델이 안식일에 출전하라는 황태자의 포섭에 반대하는 장면(1:26:27–1:30:00) ❷ 파리올림픽 400m에서 우승하는 부분(1:53:30–1:56:00)

1. 주일이 지켜지지 않고 있어요

요즘 들어 주일날 교회 밖에서 하는 행사가 부쩍 늘어난 것 같아요. 태권도 심사, 스카웃, 아람단, 적십자 야외활동은 물론 각종 경시대회도 주일에 하는 경우가 많아요. 그래서 주일인데도 이런 행사 때문에 어쩔 수 없이 교회에 나오지 못하는 친구가 있는 것은 안타까운 일이에요. 또한 날씨가 좋으면 주일 예배도 드리지 않고 산으로, 들로, 놀이공원으로 나가는 가정이 많아지고 있어요. 이런 세상 속에서 우리는 주일을 어떻게 지내야 할까요? 그 답을 성경은 이렇게 말씀하고 있어요. "너희가 하나님이 기뻐하는 주일을 보내고 싶니? 그러면 주일을 기억하고 거룩하게 지켜라!"

원래 주일은 안식일에서 비롯되었어요. 안식일은 구약시대 이스라엘 사람들이 일주일의 마지막날인 제 7일째에 지켰던 날이었어요. 특별히 이 날은 금요일 해가 질 때부터 시작해서 그 다음날인 토요일 해가 질 때까지 계속 되었어요. 안식일이 시작되면 이스라엘의 모든 집에서는 가정 예배를 드리고 하루 동안 긴 휴식에 들어갔어요. 그러면 이스라엘 사람들은 금요일 저녁에 안식일이 시작되면 가정 예배를 어떻게 드리는지 살짝 엿볼까요?

지붕위의 바이올린(테비에 가족의 안식일 만찬)
상영시간(39:50~42:25) #상영과 동시에 설교

사진으로 보기만 해도 경건한 분위기에 압도될 것 같아요. 이스라엘 사람들은 안식일에는 절대 일하지 말라고 하신 하나님의 명령을 순종하기 위해 아무 것도 하지 않았어요. 테비에 가족도 안식일에는 밥을 지을 수 없기 때문에 식사준비를 미리부터 하느라고 하루 종일 땀을 뺐어요. 빨래도 안식일을 대비해서 모두 빨아 놓았어요.

2. 안식일에 일을 하지 않는 이유?

그렇다면 하나님께서는 왜 우리에게 안식일엔 일하지 말고 쉬라고 하셨을까요? 그것은 첫째 하나님께서 세상을 창조하셨을 때 마지막날은 쉬셨기 때문이에요. 하나님께서는 이렇게 말씀하셨어요.

"내가 세상을 6일 동안 창조하고 쉰 것 같이 너희도 6일 동안은 힘써 일하고 7일 째는 쉬어야 한다."

하나님께서는 인간을 창조하실 때 일주일에 하루는 쉬어야 그 다음주에 다시 기운을 낼 수 있게 만드셨어요. 그래서 우리는 주일이 되면 주중에 했던 힘든 일을 내려놔야 해요. 그리고 그날 하루는 아무 걱정 없이 편히 쉴 수 있어야 해요.

두 번째 우리가 주일날 쉬어야 하는 이유는 구원해 주신 예수님께 감사드리기 위해서예요. 신명기 5장 15절에는 이집트에서 구원해주신 하나님께 감사드리는 날로 안식일을 지키라고 하셨어요. 우리들도 마찬가지로 죄에서 구원해주신 예수님께 예배드리기 위해 주일을 지켜야 하는 거예요.

그런데 예수님께서는 우리들을 구원해 주시기 위해 금요일에 십자가에 달려서 돌아가셨어요. 그리고 3일 후에 다시 살아나셨어요. 금요일에서 3일 지난 날이 언제인가요? 바로 일요일이에요. 현재 예수님을 믿는 우리들이 일요일을 안식일로 지키는 이유가 여기에 있어요. 바로 예수님이 일요일에 다시 살아나셨기 때문이에요. 그래서 일요일을 '주님의 날'(Lord's Day), 이것을 줄여서 '주일'이라고 부르는 거예요. 그리고 주일이 되면 우리를 구원해 주시기 위해 십자가에서 죽으시고 부활하신 예수님께 감사의 예배를 드리기 위해 모든 일을 내려놓고 쉬어야 하는 거예요.

지금까지 우리들은 주일날 쉬는 이유에 대해서 살펴봤어요. 주일은 우리를 창조해 주시고 이 땅에 보내주신 하나님을 기억하기 위해 쉬는 거예요. 그리고 우리를 죄에서 구원해 주신 예수님께 감사드리기 위해서 쉬는 것입니다.

3. 주일을 어떻게 지켜야 할까요?

그러면 주일을 가장 잘 지키는 방법은 무엇일까요? 그것은 주일에 하나님과 예수님이 가장 기뻐하실 일을 하는 거예요. 월요일이 시험이라고 주일날 예배에 빠지는 것을 하나님께서 기뻐하실까요? 아닐 거예요. 하나님께서는 틀림없이 '왜 평소에 미리 공부해 두지 않아서 내가 선물로 준 안식일을 지키지 못하니? 라고 하시면서 안타까와 하실 거예요. 또 날씨가 좋다고 예배 드리는 것도 잊고 가족들과 함께 소풍가는 것도 안 좋아 하실 거예요. 하나님께서는 주일날이 되면 하나님을 최고로 생각하고, 하나님이 기뻐하실 행동을 하는 친구들을 기뻐하셔요.

사랑하는 어린이 여러분! 물론 주일을 꾸준히 지키는 것은 어려워요. 하지만 하나님께서는 주일을 지키는 사람에게 큰 복을 주시겠다고 약속하셨어요. 그러면 이제부터 주일을 지켜서 하나님께 축복을 받은 한 사람을 소개하겠어요. 그는 영국이 자랑하는 육상선수 에릭 리델이에요. 잠시 영화를 보면서 그가 누구인지 살펴보죠.

불의 전차 1(황태자와의 면담)

상영시간(1:26:27~1:30:00)　#상영과 동시에 설교

　에릭 리델은 주일 지키는 것을 자기 생명만큼 소중하게 생각하는 사람이었어요. 그는 올림픽에 영국을 대표해서 단거리 달리기에 출전하게 되었는데 당시 그의 실력은 따라올 선수가 없을 정도로 월등했어요. 모든 국민은 에릭 리델이 금메달을 딸 것이라고 확신했어요.

　하지만 경기가 주일날 있다는 것을 알게 된 그는 출전을 포기했어요. 수년 동안을 피땀 흘려 준비한 경기였어요. 하지만 주일을 지키기 위해서는 어쩔 수가 없었어요. 주위 동료들은 물론 온 국민이 놀랐고 결국 영국 황태자까지 와서 설득하는 일이 벌어졌어요. 하지만 그의 불같은 신념을 꺾을 수 있는 사람은 아무도 없었어요.

불의 전차 2(400m우승장면)

상영시간(1:53:30~1:56:00)　#상영과 동시에 설교

　결국 다른 선수의 양해로 에릭 리델은 다른 날 열리는 400m 경기에 출전하게 되었어요. 하나님께서는 그에게 평소보다 더욱 빨리 달릴 수 있는 능력을 허락해 주셨어요. 그 결과 조국

에게 금메달을 안겨주었습니다. 저 밝은 리델의 모습을 보셔요.

사랑하는 어린이 여러분! 주일 지키는 것을 가볍게 생각하지 마셔요. 주일은 어떤 일이 있어도, 어떤 손해가 오더라도 꼭 지키고 말겠다고 결심하세요. 이런 친구들을 하나님께서 기뻐하셔요. 그리고 에릭 리델처럼 더 큰 축복으로 채워주셔요.

41. 하나님이 기뻐하시는 예배

■ **읽을본문** : 사무엘상 20:17
■ **참고성경** : 레위기 1–7장, 요한복음 1:29, 36절 이사야 53:7, 로마서 6:23
■ **교육목표** : 예배는 하나님을 만나는 시간이며 예수 그리스도가 중보자가 되신 것을 깨닫게
　　　　　　　 한다. 따라서 가장 정성스럽고 준비된 자세로 예배드릴 수 있도록 준비시킨다.
■ **설교형태** : 실물설교(공작)
■ **포 인 트** : 정성껏 준비된 예배를 드려요
■ **준 비 물** : 양털방석 혹은 방석과 솜뭉치, 무명 실, 빨간색 잉크, 투명비닐봉지, 붉은 한지,
　　　　　　　 모형칼

❶ 양의 몸통: 양털 방석을 편다, 양털 방석이 없을 때는 솜뭉치를 풀에 묻혀서 일반 방석 위에 붙인다.

❷ 붉은 한지로 반대 면을 바른다.

❸ 내장제작: 그 중앙에 붉은 잉크를 담아서 묶은 투명비닐봉지를 올려놓는다.

❹ 양털 방석을 양쪽에서 가운데 방향으로 말아온다.

❺ 가운데서 만나면 무명 실을 돌려서 풀어지지 않도록 고정시킨다. 이렇게 하면 멋진 양이 완성된다.

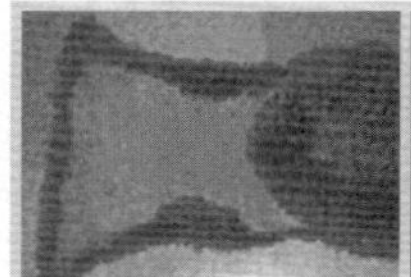

1. 예배는 하나님과 만나는 시간이에요

지금 여러분이 전국 어린이들을 대표해서 청와대에 초청되었다고 생각해 보서요. 이제 5분 뒤에 대통령을 만날 예정이라면 마음이 어떨까요? 아마 '콩, 콩, 콩' 뛰고 있을 거예요. 왜냐하면 그분은 우리 나라에서 제일 높으신 분이니까요. 이렇게 설레는 마음은 만나기 직전에만 나타나는 게 아닐 거예

요. 특별히 선택되었다는 기쁨 때문에 며칠 전부터 잠도 제대로 못이룰 걸요. 목욕도 몇 번씩하고 머리도 여러 번 빗을 거예요. 옷 중에서도 특별히 제일 예쁜 옷을 입고 대통령과의 만남을 철저히 준비할 거예요.

그렇다면 이 자리에 있는 우리들은 누구를 만나기 위해 모인 거죠? 우리는 지금 하나님을 만나기 위해 여기에 모인 거예요. 이렇게 하나님과 만나는 시간을 예배라고 해요. 그러면 한번 생각해 봐요. 나라에서 가장 높은 대통령 같은 분을 만나는 것도 이렇게 준비된 자세가 필요해요. 그런데 하물며 이 세상과 우주를 창조하시고 통치하시는 하나님을 만나는 예배시간에는 얼마나 더 정성된 태도가 요구되는 걸까요?

그럼 이번 시간은 예배의 진정한 의미가 무엇인지 알아보도록 해요. 그리고 더 나아가 우리가 어떻게 예배를 드려야 하나님께서 기뻐하시는지 알아보도록 해요.

2. 구약시대의 예배는 제사였어요

오늘날의 사람들은 주일이 되면 교회에 함께 모여 예배를 드려요. 세상을 창조하시고 통치하시는 하나님과 우리를 죄에서 구원하신 예수님, 날마다 우리와 동행하시는 성령님께 감사하며 예배를 드리고 있어요. 그렇다면 예수님이 오시기 전인 구약시대 사람들은 어떻게 예배를 드렸을까요? 구약시대 이스라엘 사람들은 제사를 드리면서 하나님과 만나는 시간을 가졌어요. 예수님이 오시기 전 사람들의 예배는 바로 제사였어요.

옛날 이스라엘 사람들은 죄를 지으면 죽는다는 사실을 알고 있었어요. 당장 죽지는 않더라도 언젠가는 영원히 살지 못하고 죽는 이유가 죄 때문이라고 믿었어요. 그래서 죄를 지은 사람은 죽음의 벌을 면하기 위해 어떻게 하든지 자신의 죄를 용서 받아야 했어요. 그래서 자신이 기르던 소나 양, 염소, 비둘기를 데리고 제사장에게 갔어요(양이 든 보자기를 강단 중앙에서 푼다).

먼저 죄를 진 사람인 자신의 죄를 제사장에게 다 고백했어요. 그러면 제사장은 죄를 진 사람의 손을 어린양 위에 얹게 했어요. 바로 죄진 사람의 모든 죄를 죄없는 어린 양에게 옮겨가게 하기 위해서지요. 그리고는 칼로 어린양을 처참하게 죽이고 칼[13]로 양의 배를 가른다. 이때 실을 칼로 자르면 말렸던 양털 방석이 펼쳐지면서 붉은 비닐 봉지가 나타난다. 붉은 잉크 물

이 들어있는 비닐봉지[내장]를 꺼내어 높이 든 다음 칼로 뚫어 액체가 바닥에 떨어지게 한다) 내장과 피를 불에 태워서 제사를 드렸어요.

본래 죄는 사람이 지었어요. 그리고 죄를 지은 사람은 반드시 죽어야 했어요. 하지만 죄 한번 짓지 않은 어린양이 죄인을 대신해서 죽었어요. 이 때문에 죄인은 죽지 않고 죄의 용서를 받게 된 거예요. 바로 어린양이 죽으면서 흘린 피가 죄인의 죄를 깨끗이 씻겨주고 생명을 구해준 거지요.

---

13) 칼은 진품이 아닌 나무 혹은 플라스틱으로 된 모형 칼을 사용한다. 진품을 사용할 경우 양을 죽이고 피를 내는 장면이 잔인해서 어린이들에게 부정적인 충격을 안겨 줄 수 있고 모방심리를 자극할 수도 있기 때문이다. 실물설교에서 대상이 지나치게 잔인하거나 위험스러워서 어린이들에게 충격과 공포를 생기게 한다면 이는 삼가하는 편이 좋다.

3. 예수님이 어린양이에요

그런데 예수님의 모습과 가장 닮은 동물이 무엇인지 아셔요? 성경은 양이 예수님을 닮았다고 해요. 예수님의 사역을 준비하기 위해 세상에 온 세례 요한은 예수님을 보고 "보라. 세상 죄를 지고 가는 하나님의 어린양이로다"라고 말했어요. 이렇듯 성경에는 예수님을 어린양으로 표현한 비유들이 많이 나와요. 우리들은 죄를 지었기 때문에 반드시 죽어야 했어요. 그런데 죄 없으신 예수님께서 우리 죄인들은 위해서 대신 십자가에 죽으셨어요. 죄인의 모든 죄가 죄없는 어린양에게 옮겨갔듯이 우리의 모든 죄가 죄 없으신 예수님께로 옮겨갔기 때문에 살게 된 거예요. 바로 우리가 흘려야 될 피를 예수님께서 대신 흘려주신 거예요. 이제 왜 예수님의 피를 고귀한 보혈이라고 하는지 알겠지요?

예수님이 오시기 전에 살던 사람들은 어린양으로 제사를 드리며 예배를 드렸어요. 하지만 예수님이 오신 뒤에 살고 있는 우리는 양이 아니라 예수님을 통해서 하나님을 만나요. 이렇게 우리를 너무나 사랑하셔서 예수님을 보내주신 하나님과 만나는 시간이 예배시간이에요. 우리를 대신해서 죽으신 예수님께 감사와 찬양을 드리는 시간이 예배시간이에요.

그렇다면 우리 친구들은 얼마나 가슴 설레면서 예배시간을 기다리나요? 나라에서 제일 높은 대통령을 만나는 것도 설레고 가슴이 뛰어요. 그런데 온 우주의 왕이신 하나님, 너무나도 사랑한 나머지 자신의 생명을 바쳐 우리를 구원해 주신 하나님을 만나는 이 시간은 얼마나 더 소중하겠어요?

그렇다면, 어떻게 예배드리는 어린이를 하나님께서는 기뻐하실까요? 첫째, 우리는 예배시간을 위해 정성된 마음으로 준비해야 해요. 이제부터는 예배 시간을 간절히 기대하고 즐거운 마음으로 교회에 나오는 거예요. 둘째, 예배에는 존경하는 높은 분을 만날 때처럼 복장에도 신경을 써야 해요. 하나님을 만나는 시간인데 깨끗하고 단정한 옷을 입어야겠죠? 그리고 셋째, 예배시간을 정확히 지키는 어린이가 되어야겠어요. 대통령 보다 높으신 하나님을 만나는데 지각해서는 안되겠죠? 언제나 정성껏 준비된 예배를 드려서 하나님 아버지의 마음을 기쁘게 해드리서요.

42. 급할 때는 부르짖어요

- **읽을본문** : 창세기 21:12-21
- **참고성경** : 창세기 21:8-21, 역대하 15:2, 예레미야 29:13, 33:3
- **교육목표** : 하갈의 이야기와 애니매이션 토토로를 통해서 찾는 자를 만나주시고, 부르짖는 자를 구원해 주시는 하나님을 느낄 수 있도록 지도한다. 그럼으로써 실제로 생활 속에 급한 위기를 당할 때 하나님을 찾을 수 있는 어린이들로 교육한다.
- **포 인 트** : 부르짖어요
- **설교형태** : 영상설교(애니메이션)
- **영상삽입** : 이웃집이웃집 토토로 (となりの トトロ: My Neighbor Totoro, 1988)

  감독: 미야자키 하야오

  ❶ 사츠키가 버스 정류장에서 아버지를 기다리다가 토토로를 만나는 장면 (50:14-54:57)

  ❷ 동생 메이가 없어지자 토토로에게 외쳐서 도움을 청하는 사츠키의 장면 (1:16:58-1:22:56)

1. 하나님께 부르짖어요

폭설이 내려서 등산 중에 길을 잃거나, 바다에 휩쓸리는 조난사고를 당했을 때 어떻게 해야 할까요? 일단 움직이든지, 무엇인가를 붙잡든지 해서 간단한 안전 조치를 취해야 해요. 그래서 일단은 급한 위기는 넘깁니다. 그 다음은 살기 위해서는 체면이고 뭐고 없습니다. 무조건 '살려 달라' 고 고함을 질러야 해요. 그렇게 해야 음성을 듣고 사람들이 도와주러 올 수 있습니다. 이와 마찬가지로 우리도 살면서 어려운 일을 당할 때가 있어요. 우리의 노력으로는 도저히 해결할 수 없는 엄청난 일을 만날 수가 있어요. 이럴 때 우리는 어떻게 해야 할까요? 어떻게 해야 이 위기에서 벗어날 수 있을까요? 오늘 성경을 말씀합니다. 위급한 일을 만났나요? 그러면 하나님께 부르짖으세요.

2. 하갈의 부르짖음을 들으신 하나님

아브라함에게는 이삭과 이스마엘이라는 두 아들이 있었어요. 하지만 두 아들은 어머니가 달랐어요. 이삭은 하나님의 약속대로 아브라함의 아내, 사라가 낳은 아들이었어요. 반면 이스마엘은 이삭을 주신다는 하나님의 약속을 기다리지 못해서 얻은 여인인 하갈이 낳은 아들이었어요.

이스마엘은 비록 첩의 아들이긴 했지만 이삭이 태어나기 전까지는 정말 행복했어요. 아버지인 아브라함뿐만 아니라 모든 식구들이 잘해주었어요. 하지만 이삭이 태어나자 행복 끝, 불행 시작이었어요. 모든 이들의 관심이 갓난아이 이삭에게 모아졌어요. 식구들은 모두 이삭을 떠받들기 시작했습니다. 이스마엘은 질투심을 누를 수가 없었어요. 그래서 식구들이 보지 않을 때 이삭을 괴롭히기 시작했어요.

그런데 이스마엘이 몰래 이삭을 때리는 모습을 목격한 사람이 있었어요. 공교롭게도 아버지의 본부인 사라였어요. 자기 아들이 맞는 모습을 본 사라는 참을 수가 없었어요. 아브라함에게 달려가 이스마엘과 하갈을 내쫓으라고 했어요. 아브라함은 너무나 마음이 아파서 밤새도록 한숨도 못잤어요.

하지만 어쩔 수가 없었어요. 결국 아침이 되자 아브라함은 양식과 가죽부대에 담긴 물을 하갈의 어깨에 올려 주었고 눈물을 흘리며 이들을 떠나보냈어요.

한낮에 사막은 불덩이처럼 달아올랐어요. 하지만 사막의 열기도 하갈과 이스마엘의 가슴 속에 타오르는 복수심보다 뜨거울 수는 없었어요. 어느새 조금씩 아껴서 마시던 물이 떨어졌어요. 그래도 여기서 주저 않을 수 없었어요. 두 사람은 방향도 모른 채 끝없이 펼쳐진 모래벌판을 계속해서 걸어갔어요. 숨이 가빠지더니 앞이 잘 안보이기 시작했어요. 따라오던 이스마엘이 쓰러지자 하갈은 죽음의 그림자가 다가오는 것을 느낄 수 있었어요. 하갈은 탈진한 이스마엘을 끌어다가 떨기나무 아래 눕히고는 흐느껴 울기 시작했어요. 하늘을 바라보며 큰 소리로 부르짖었어요.

"하나님, 내가 죽는 것은 그래도 참을 수 있어요. 하지만 불쌍한 내 아들이 죽는 것은 보고 있을 수가 없네요. 우리를 도와주서요. 제발 오서서 우리를 살려주서요."

하나님께서는 하갈과 이스마엘의 울음소리를 처음부터 듣고 계셨어요. 이들의 모습을 안타깝게 여기신 하나님께서는 천사를 시켜서 하나님의 계획을 전해주셨어요.

울고 있는 하갈이 눈을 떠보니 놀라운 광경이 보였어요. 그녀 앞에 눈부신 날개를 펄럭이고 있는 한 천사가 있었던 거예요. 천사는 하갈에게 말했어요.

"하갈아, 두려워하지 말아라. 하나님께서 너희들의 울음을 들으셨다. 쓰러진 아이를 일으켜 세워 손을 꼭 잡거라. 이 아이를 통해 큰 나라를 이루겠다."

천사는 하갈과 이스마엘을 축복하고 날아갔어요.

천사가 떠난 뒤에 앞을 바라보니 기적이 일어났어요. 눈 앞에서 샘물이 솟아나고 있었어요. 하갈은 허겁지겁 뛰어가 가죽부대에 물을 가득 채웠어요. 샘물 위에는 기쁨과 감사에 넘친 하갈의 눈물이 비오듯 떨어지고 있었지요.

이윽고 하갈은 가죽부대에 담은 물을 이스마엘에게 먹였어요. 그랬더니 서서히 정신이 돌아오기 시작했어요.

"엄마, 여기가 어디에요? 저 지금 살아 있는 건가요?"

이스마엘이 묻자 하갈이 대답했어요.

"그래, 이스마엘, 살아있구 말구, 부르짖었더니 하나님께서 우리 소리를 들어주셨구나. 하나님께서 살려주셨어."

하갈은 아들을 꼭 껴안아 주었어요. 그 후로 시간이 많이 지나고 하갈은 하나님의 약속이 이루어진 것을 보았어요. 아들 이스마엘이 강성해지고 많은 자손들을 낳게 되었기 때문이에요.

3. 「이웃집 토토로」 속에서 발견한 부르짖음의 위력

사랑하는 어린이 여러분!

하나님께서는 간절히 찾는 자를 만나주셔요. 그리고 부르짖는 자에게 응답해 주시는 하나님이셔요.

특별히 「이웃집 토토로」라는 영화에는 이와 같은 하나님의 성품과 비교할 만한 장면이 나와요. 상냥한 언니 사츠키와 장난꾸러기 동생 메이는 사이 좋은 자매였어요. 둘에게는 대학 연구원으로 일하는 자상한 아버지와 지금은 입원중이지만 따뜻한 미소를 잃지 않는 어머니가 있었어요. 자매는 아버지를 따라서 어머니가 퇴원한 후 요양할 수 있는 한적한 시골로 이사를 가게 되어요. 그래서 도토리 나무가 우거진 숲 속 한복판에 위치한 낡은 집에 살게 되었지요.

그러던 어느날 동생 메이는 숲속에서 길을 잃게 되었어요. 그런데 그곳에서 도토리 나무의 요정인 토토로를 만나게 된 거예요. 그후 언니를 만난 메이는 토토로를 만난 것을 자랑했어요. 언니는 메이의 말을 믿을 수 없었지만 토토로가 있다면 정말 만나고 싶은 생각이 들었어요. 그것도 간절히 말이에요. 비가 몹시 쏟아지는 어느날 밤이었어요. 우산을 갖고 가지 않은 아버지를 마중나가는 길이었어요. 버스 정류장에서 아버지를 기다리다가 사츠키도 드디어 토토로를 만났어요. 이 장면을 함께 볼까요?

이웃집 토토로(사츠키와 토토로와의 만남)
상영시간(50:14~54:57)　#상영후 설교

어린이 여러분! 하나님께서도 이렇게 말씀하셨어요.

"너희가 진심으로 나를 찾고 찾으면 나를 만나리라"(렘 29:13).

사츠키는 토토로 만나

기를 간절히 원했어요. 이 마음을 간절히 품은 사츠키는 결국 토토로를 만났어요. 여러분들도 하나님을 간절히 찾는 사람이 되길 원해요.

"하나님! 전 하나님을 만나고 싶어요. 이젠 아빠,엄마가 하나님이 있다고 해서 믿는 것이 아니라 제 스스로 깨닫고 싶어요." 이렇게 기도하면서 찾는 친구에게 하나님께서는 하나님이 계신 것을 보여주셔요. 하나님이 살아계시다는 것을 깨닫게 해주셔요.

토토로를 만나서 행복에 부풀어 있던 사츠키와 메이. 그러나 어느날 어머니의 퇴원이 연기되었다는 전보가 왔어요. 불안해하던 메이는 언니가 말리는데도 혼자서 어머니가 계신 병원을 찾아가다 길을 잃었어요. 시간이 지나도 나타나지 않자 동네 사람들은 물에 빠진줄 알고 애타게 메이를 찾았어요. 위급해지자 사츠키는 메이를 찾기 위해 애타게 토토로를 불러요. 이 장면을 영화로 보겠어요.

이웃집 토토로(토토로를 부르는 사츠키)
상영시간(1:50:14~1:54:57) #상영후 설교

사츠키가 부르짖으니 토토로가 도와줬어요. 어린이 여러분! 하나님께서도 말씀하셨어요.

"너는 내게 부르짖으라,
내가 네게 응답하겠다"
(렘 33:3). 위급하고 내 힘
으로는 도저히 안되는 어
려운 일을 만나면 어떻게
해야하죠? 사츠키가 토토
로를 부른 것처럼 우리는
하나님께 부르짖어야해
요. 토토로는 실재하지 않

는 상상속의 요정이지만, 하나님은 그렇지 않아요. 살아계시는 전능하신 하
나님이서요.

4. 우리도 하나님께 부르짖어요

어린이 여러분! 힘든 일을 만났나요? 그렇다면 그때도 이것 하나만은 반
드시 기억하서요. 여러분은 혼자가 아니에요. 우리를 도와주실 하나님이
함께 계서요. 하나님께서는 "내게 부르짖으라. 그러면 응답하겠다"고 약속
하셨어요.

그렇다면, 제가 우리 친구들이 만날 수 있는 위급한 상황을 말해볼게요.
그러면 여러분들은 "하나님께 부르짖어요" 하고 크게 외치는 거예요.

길을 잃었어요.

"하나님께 부르짖어요(어린이들)."

사랑하는 동생이 너무 아파요.

"하나님께 부르짖어요(어린이들)."

내일 시험인데 너무 떨려요
"하나님께 부르짖어요(어린이들)."
아빠 사업이 너무 어려워요.
"하나님께 부르짖어요(어린이들)."
꼭 이루고 싶은 꿈이 있어요.
"하나님께 부르짖어요(어린이들)."
위험하고 어려운 일을 당할 때마다 하나님께 부르짖어서 응답받는 친구
들이 되기를 소망합니다.

43. 헌금을 드리는 마음

- **읽을본문** : 고린도후서 9:6-7
- **참고성경** : 마가복음 12:42-44
- **교육목표** : "하나님의 것은 하나님께 드린다"는 십일조의 의미와 헌금을 드리는 마음 자세에 대하여 교육한다. 또한 세상의 모든 재물은 하나님으로부터 왔으므로 청지기로서의 사명을 갖고 살아가도록 지도한다.
- **포 인 트** : 기쁘게 드려요.
- **설교형태** : 드라마설교(일반드라마)
- **개요** : 드라마제시->설교
- **등장인물** : 왕, 백성 1,2,3
- **준 비 물** : 왕: 왕관, 망토, 홀
  거지가 된 왕: 신문지옷, 밀짚모자 / 쟁반3개, 귤 30개
  *귤이 아닌 다른 과일(방울토마토, 딸기 등)도 상관없다. 이 과일은 그날 간식으로 사용하면 좋을 것이다.

제1막 : 귤을 놓고 간 임금님

무대 위에 있는 세 개의 의자 위에 세명이 앉아서 졸고 있다. 근사한 옷을 입은 왕이 등장한다.

왕 : 가난한 백성들이 피곤에 지쳐서 자고 있구나. 쯧쯧쯔 , 요즘 세상살이가 얼마나 힘들었으면 내가 왔는데도 세상 모르게 자고 있을까? 오늘은 이 백성들에게 선물을 주고 가야겠다.(자고 있는 의자 아래 개인당 10개의 귤이 든 쟁반을 놓고 사라진다)

제2막 : 거지로 오신 임금님

아침에 일어난 뒤 놓여 있는 귤을 보고 세사람은 깜짝 놀란다.

백성1 : 어~ 이게 웬 귤이야. 누가 이런 이쁜 짓을 하고 갔지?

백성2 : 요즘 착한 일을 많이 했더니 하늘에서 상이 내려왔나봐.

백성3 : 그래, 그래. 야~ 안 그래도 먹을 것은 떨어지고 너무나 배고팠는데 잘 됐다.

다들 기뻐하고 귤을 까먹는다. 이때 왼쪽 구석에서 왕이 거지로 분장하고 나타난다.

왕 : 오늘 아침은 거지 분장을 하고 백성들이 귤을 잘 받았는지 살펴봐야겠다. 또 요즘 백성들의 마음씨는 어떤지 궁금하구나. 하나씩만 달라고 구걸해 봐야지.(왕은 무대의 중앙에 나와서 백성 1부터 차례대로 귤을 하나씩만 달라고 애원한다)

왕 : 저는 춥고 배고픈 거지올시다. 귤이 맛있어 보이는데, 하나만 이라도 얻을 수 없을까요?

백성1 : 어쭈구리. 내 귤을 왜 거지인 너에게 주냐? 너 줄봐에 차라리 개한테 주겠다. 개한테 주겠어.

백성2 : (백성 1을 향해서)에이, 그래도 그러면 불쌍하지. 뭔가 좀주긴 주어야지. 참, 그런데 이거 하나 다 주기는 너무 아까운데…. 한입 베어 먹고 줘야지 (귤을 한 입 먹고 준다)

왕 : 아니, 이렇게들 인정머리가 없다니, 자기 귤도 아닌데 말이야. 마지막으로 이 사람에게 부탁해 봐야지. 여보세요. 저는 춥고 배고픈 거지올시다. 귤을 좀 얻어 먹을 수 있을까요?

백성3 : 아유 아저씨, 이 귤은 모두 내 귤이 아니에요. 자고 일어나니까 놓여져 있었어요. 어떤 마음씨 좋은 분이 놓고 가신 게 틀림없어요. 귤 하나 갖고 되겠어요. 여기 더 가져가서요.

(거지 분장을 한 왕은 귤을 받고 사라진다)

제3막 : 임금님의 행차

잠시 뒤 왕은 왕복으로 갈아 입고 무대 위에 나타난다

백성1, 2, 3 : 야! 저기 임금님이 행차하신다(모두 고개를 숙여 예의를 갖춘다).

왕 : 백성들은 고개를 들라.

백성1, 2, 3 : 으~ 악, 아까 그 거지잖아.

왕 : 그렇다. 거지가 바로 나였노라. 그리고 어젯밤 귤을 선물로 주고 간 이도 나였노라. 귤은 짐의 것이었는데 왜 두 사람은 귤이 자기 것인양 그토록 인색하였느냐? 얘들아, 이 못되고 욕심 많은 것들을 옥에 잡아 넣어라.

백성1, 2 : 임금님, 잘못했어요. 살려주서요. 살려주서요.

(병사들이 올라와서 백성1, 2를 끌고 간다. 이제 무대에는 왕과 백성 3만 남는다)

왕 : 착한 백성아, 너는 배가 고프면서도 내가 거지였을 때 귤을 선물로 주었구나. 고맙다.

백성3 : 전하, 성은이 망극하옵니다. 원래 귤은 제 것이 아니었습니다. 귤은 모두 임금님 것이었습니다. 저는 잘한 일이 없습니다.

왕 : 하하하! 아니다. 아니야, 난 어려운 와중에서도 작고 초라한 사람을 아
껴주는 너의 따뜻한 마음이 참으로 좋구나. 난 너에게 큰 상을 베풀겠노라.
(임금님은 쓰고 있던 왕관을 벗어 백성 3에게 씌워주고 안아준다. 드라마팀
은 퇴장하고 설교자가 강단으로 올라온다.)

설교시작 : 헌금은 이런 마음으로 드리셔요

재미있게 보셨나요?

우리가 가지고 있는 모든 것들, 예를 들면 생명, 건강, 가족, 돈까지도 하
나님이 주신 거에요. 이것들은 마치 임금님이 자고 있는 백성들에게 두고
가신 귤과도 같아요. 하나님의 영광을 위해서 사용하라고 잠시 맡겨 주신
거에요. 그렇기 때문에 사실은 우리의 소유가 아니에요. 모두 하나님의 소
유입니다.

그렇다면 이번에는 우리가 매 주일 드리고 있는 헌금을 생각해 볼까요?
하나님께서는 돈이 없고 가난해서 우리에게 헌금을 달라고 하시는 걸까요?
그건 아니에요. 하나님은 이 세상을 다스리는 주인이셔요. 부족한 것이 없
으십니다. 그렇기 때문에 하나님께서 우리에게 헌금을 달라고 하는 이유는
따로 있어요. 바로 헌금을 하나님께 드리는 것이 우리에게 좋은 유익이 되
기 때문이에요.

헌금을 드리면 우리에게는 기쁨과 감사가 생깁니다. 이것은 헌금의 의미
를 알 때 보다 분명히 알 수 있어요. 헌금을 드리는 것은 "나의 모든 것이 하
나님으로부터 왔다"는 사실을 고백하는 거에요. 그러니까 헌금을 드리면서
우리는 주신 분이 하나님이신 사실을 다시 한번 느낄 수 있어요. 그래서 감
사한 마음이 생기는 것입니다.

또 나의 돈이 하나님이 주신 돈이라는 것을 알고 있을 때, 우리는 하나님의 영광을 위해 돈을 제대로 사용할 수 있어요. 내 돈이 아니기 때문에 '하나님이 어떤 일에 사용하는 것을 기뻐하실까?' 생각하면서 지출하게 됩니다. 그래서 절약해야 될 때와 가난한 이웃을 위해 마음껏 베풀어야 할 때를 구별할 수 있는 지혜가 생기는 거에요. 즉 돈을 인색하지 않으면서도 풍성히 쓸 수 있는 지혜가 생기는 거지요.

오늘 읽은 성경말씀에는 헌금을 드리는 자세를 가르쳐 주고 있어요.

첫째 헌금은 즐겁고 감사한 마음으로 드려야 해요. 바울 선생님은 헌금에 대해 이렇게 말씀하고 계세요.

"각자 자기가 마음에 결정한 대로 내고, 내키지 않는 마음이나 억지로 내지 마십시오. 하나님께서는 흔쾌히 내는 사람을 사랑하십니다."(고린도후서 9:7).

헌금은 아까워 하는 마음이 아니라, 즐겁게 하나님께 드려야 해요.

둘째 하나님께서는 많은 양의 헌금보다는 정성스러운 헌금을 기뻐하셔요. 예수님께서는 잘난체 하면서 많은 돈을 헌금하는 부자보다 정성스러운 마음으로 자기가 가진 전부를 헌금했던 과부를 칭찬하셨어요.

마지막으로 여러분! 정성스러운 마음은 정성스러운 표현으로 나타난다는 것을 항상 기억해야해요. 헌금은 돈 중에서도 깨끗한 돈을 미리 준비해서 드리는 거에요.

사랑하는 어린이 여러분, 여러분은 어떤 하나님의 자녀들이 되기를 원합니까? 하나님께서 주신 것을 마치 자기 것인 것처럼 여기는 교만한 사람이 되고 싶어요? 하나님이 주신 것을 아까워하면서 마지못해 드리는 미련한 사람이 되고 싶으셔요?

오늘 이 시간부터는 하나님께서 주신 돈의 일부분을 기쁘고 감사하는 마음으로 헌금하는 어린이들이 되시길 바랍니다.

44. 질투하지 마셔요

- ■ **읽을본문** : 사무엘상 18: 5-9
- ■ **참고성경** : 사무엘상 9-11, 18, 역대상 16:8-9, 시편 23, 에베소서 1:23
- ■ **교육목표** : 하나님이 우리 안에 계시면 모든 것을 소유한 것임을 깨달아 감사하고 남들과 비교하거나 질투하지 않는다.
- ■ **포 인 트** : 감사의 제목을 생각해요
- ■ **설교형태** : 영상설교(일반영화)
- ■ **영상삽입** : 작은 아씨들(Little Women, 1994)
  감독: 질리안 암스트롱
  가브리엘 교수가 조에게 프로포즈하는 장면

1. 영양가 만점의 편지

지난 주 우리 초등부 게시판에는 정말 좋은 글 두 개가 올라왔어요. 두 친구가 서로에게 보낸 따뜻한 편지 글인데 읽고나서 얼마나 큰 감동을 받았는지 몰라요. 아직까지 게시판에 들어가지 않은 친구들을 위해서 제가 읽어드릴게요. 먼저 예랑이가 쓴 글이에요.

저는 이번 피아노 콩쿨 대회에 나갔어요. 나가기 전에 정말 기도도 열심히 하고 코피를 흘리면서까지 연습을 했는데……. 결과는 예선탈락이었어요. 얼마나 기가 막혔는지 몰라요. 발표가 끝나고 자꾸 눈물이 나왔어요.

하지만 제 친구 민지는 저와 달리 다음 주에 하는 본선에 진출하게 되었어요. 많이 부러웠어요. 하지만 저는 기도했어요. 내 슬픔을 거두어 주시라구, 친구를 축복하는 마음을 갖게 해달라구 기도했어요. 기도를 마치고 하나님께서는 제 마음을 비오던 날씨가 맑게 갠 것처럼 환하게 바꾸어 주셨어요.

다음 주 저는 민지가 연주를 위해 대기하고 있는 곳으로 갔어요. 왜냐구요? 응원을 해주려고 갔지요.^^ 민지가 저를 보더니 깜짝 놀라는 거예요. 저는 옆에 앉아서 기도도 해주고, 준비한 정성 어린 선물도 건네 주었어요. 그런데 저의 기도가 이루어졌어요. 친구가 글쎄 1등을 한 거예요. 기도가 응답되어 너무 좋았어요. 하나님은 정말 멋진 분이에요.

그리고 민지야, 넌 정말 나의 좋은 친구야.

예랑이가 홈페이지에 올린 글을 읽고 민지도 답글을 썼어요.

안녕. 너의 편지를 보았어. 정말 정말 가슴이 찡하더라……. 고마워, 네가 있어줘서 나에게 얼마나 큰 기쁨이 되는지 몰라. 사실 피아노 연습을 하면서 얼마나 힘들고 대회에 나가서도 자신이 없었는지 몰라. 하지만 나를 응원하러 온 너를 보면서 큰 걸 깨달았어. 지금 나보다 더 힘들고 슬퍼하는 친구가 와서 응원해 주고 있는데 용기를 내어야겠다고 결심했어. 그때 넌 날 위해 기도도 해주고 선물도 주었지…….

그런데 예상치 않게 내가 1등을 한거야. 발표가 났을 때 난 아무 생각도 못하고 멍하게 서 있었어. 상도 상이지만 이때 난 널 생각했어. 가장 떨릴 때 옆에서 기도해 준 너. 이런 좋은 친구를 갖게 하신 하나님께 얼마나 감사드렸는지 몰라. 어느새 내 눈엔 눈물이 나오더라구.

무엇보다 예랑아! 이거 하나는 꼭 기억해 두렴, 나의 기쁨은 너의 기쁨이야. 네 기도가 없었으면 난 1등을 할 수 없었을 거야. 나도 이제부터 너에게 기쁨이 되고 싶어.

정말 고마워. 예랑아![14]

정말 얼마나 따뜻하고 아름다운 우정인지 몰라요. 1등한 민지 뒤에는 친구가 잘된 것을 질투하지 않고 잘 되기를 바란 예랑이의 진실한 기도가 있었어요. 예랑이라고 해서 어떻게 친구를 부러워하고, 질투하고 싶은 마음이 없었겠어요? 하지만 예랑이는 질투가 나쁜 마음인지를 알고, 기도해서 이렇게 좋은 마음을 갖게 된 거예요.

질투심과 싸워 이기고 싶나요? 친구가 잘 되는 것을 진정으로 축복해주고 싶나요? 그 비결이 성경 안에 있어요. 그것은 바로 나에게 있는 감사의 제목을 생각해 보는 거예요.

---

14) 이 글은 실제로 교회 홈페이지 게시판에 올라와 있는 것을 발췌, 정리한 것입니다 (www.freechal/bangjunara).

2. 질투는 감사하는 마음이 사라졌을 때 생겨요

성경에서 불같은 질투심 속에 살았던 사람은 바로 사울왕이에요. 사울 왕은 물맷돌 하나로 골리앗 장군을 죽인 이후 모든 백성들로부터 인기가 급상승하고 있는 다윗을 보고 가만 둘 수 없었어요. 다윗이 지나갈 때면 여인들이 외쳤어요. ‘사울이 죽인 자는 천천이요, 다윗이 죽인 자는 만만이다’ 라고 노래했어요. 이 노래가 당시 온 이스라엘의 유행가가 된 거예요. 이 노래가 사울에 귀에까지 들려왔고 사울은 얼마나 질투심이 치밀어 올랐는지 몰라요. 밥이 안 넘어가고 밤에 잠이 안 올 정도였어요.

사실 사울왕은 다윗을 보고 질투할 아무런 이유가 없는 사람이었어요. 오히려 가장 감사의 조건이 많은 사람이었어요. 사울은 얼굴이 아주 잘 생긴 사람이었어요. 키는 다른 사람들보다 머리 하나는 더 있을 정도로 컸어요. 더욱이 한 나라를 지배하는 가장 높은 왕이었어요.

다윗의 처지는 정반대였어요. 다윗은 가난하고 초라한 목동이었는데도 “여호와는 나의 목자시니 내게 부족함이 없으리로다”라며 감사의 찬양을 드리고 즐거워 했어요.

왜 남보다 좋은 조건에 있는 사울은 질투하고 반대로 좋지 못한 조건에 있는 다윗은 만족했을까요? 그것은 바로 다윗은 사울 왕과는 달리 감사할 줄 알았기 때문이에요. 감사가 가득한 사람은 절대로 질투심이 생기지 않아요. 감사하는 마음만이 질투를 물리칠 수 있는 가장 강력한 무기예요.

잠시 눈을 감고 생각해 보셔요. 눈을 감은 채로 조용히 감사의 제목을 찾아보셔요. 우리 모두에게는 분명히 감사할 제목이 있어요. 하나님께서 남달리 여러분에게만 주신 재능에 대해서 감사해 보셨나요? 그리고 학교 마치면 돌아갈 수 있는 편안한 가정이 있다는 것에 대해서 감사해 봤나요? 여러분 또래의 많은 어린이들이 가족과 집이 없어요. 또 하루에도 수 만 명의 어린이들이 굶어 죽어가고 있어요.

이런 현실 속에서 하루 세 끼를 다 먹는 것에 대해 감사해 보셨나요? 그 외에도 지금 병원에 한 번만 가보세요. 침대와 휠체어에 앉아서 한 시간만이라도 마음껏 뛰어 놀고 싶은 친구들이 눈물 흘리고 있어요. 그런데 두 다리로 마음껏 뛰놀 수 있는 것에 대해서 감사해 봤나요? 그리고 무엇보다 가장 중요한 감사는 예수님이 여러분을 사랑하신다는 사실이에요. 이 세상을 창조하신 하나님께서 '내가 너를 나의 목숨을 버릴만큼 사랑한다' 고 고백하셨어요. 그리고 그분이 우리를 살리시기 위해서 십자가에서 죽으셨는데 이것이 얼마나 감사한 사실인가요? 하나님이 우리를 이토록 사랑한다면 우리는 더 이상 바랄 것이 없는 거예요. 사실은 그것만으로 충분한 거예요.

하나님께서는 이 세상의 모든 것을 가진 주인이신데 그 하나님께서 우리들의 마음 속에 계시잖아요? 그렇다면 우리는 이미 세상의 모든 것을 가진 세상에서 가장 부유한 사람이에요.

사랑하는 친구 여러분! 예수님이 나를 사랑하시고 예수님이 지금 내 마음 속에 와 계신 것을 알 때 질투심이 사라져요. 내 안에 계신 하나님이 제일인데 다른 무엇이 부러울 수 있겠어요?

3. 내 손 안에 있는 하나님의 손

하나님만 우리 곁에 계시면 진정한 만족이 생긴다는 것을 설명해 드리기 위해 영화 한 장면을 보겠어요. 영화 「작은 아씨들」에서 조를 사랑했던 독일인 교수가 그녀에게 청혼하는 장면이에요. 이 기막힌 순간을 살짝 엿볼까요?

작은 아씨들(가브리엘의 포로포즈)

상영시간(1:51:00~1:54:00) #상영후 설교

　조는 독일인 교수님을 정말 사랑했고 결혼하고 싶었어요. 교수님도 조를 사랑했지만 조가 자기처럼 가난한 사람과 결혼해줄 리가 없다고 생각했어요. 결혼 상대자로서 자격이 없다고 생각한 교수님은 이별을 결심하고 조의 곁을 떠나가요. 하지만 교수님이 자기 집에 왔다간 사실을 알고난 조는 교수님을 만나기 위해 눈길을 뛰어갑니다. 결국 간신히 추격해 교수님을 만나게 되요. 이때 교수님은 너무나 반가웠지만 내색하지 않고 조에게 이렇게 물어봐요.

　"나는 가진 것이라고는 아무것도 없소. 이렇게 빈털터리, 빈손이라오. 이런 나와 함께 인생을 살아갈 수 있겠소?"

　이때 여자는 너무나 밝은 표정으로 조용히 속삭여요.

　"나의 온 마음을 바쳐 사랑하겠어요. 이제 당신은 빈손이 아니예요."

　이렇게 말하며 살며시 그녀의 작고 고운 손을 교수님의 손 안에 집어 넣어요. 결혼을 승낙한다는 사인이지요. 그 순간 교수님은 얼마나 기뻤는지 몰라요. 가진 것 이라고는 아무것도 없는 빈손이었어요. 하지만 사랑하는 여자의 손을 잡고 있는 그 순간, 그는 세상의 모든 것을 갖고 있는 것과 같았기 때문이에요.

사랑하는 친구 여러분, 손을 한번 들어보세요. 그리고 펴 보셔요. 여러분의 손은 텅 비었나요? 가진 것이 아무것도 없고 감사할 제목이 없나요? 여러분의 빈 손에는 지금 보이지는 않지만 여러분을 사랑하시는 하나님의 손이 잡혀져 있어요. 하나님과 함께 있는 이상 이 세상의 모든 것을 갖고 있는 것이에요. 이와같이 감사한 마음이 넘칠 때 우리들의 질투하는 마음은 사라질 수 있어요. 함께 외쳐볼까요?

"이젠 질투하지 않을게요. 난 이제 빈손이 아니기 때문이에요!"

꼭 명심하셔요. 하나님의 손이 여러분과 함께 하셔요.

45. 낮아지면 높아져요

■ **읽을본문** : 빌립보서 2:5-11
■ **참고성경** : 마태복음 20:20-28, 마가복음9:33-35, 요한복음 13:4-7, 빌립보서 2:1-18,
야고보서 4:6
■ **교육목표** : 죽기까지 겸손하셨던 예수님을 본받아 생각, 말, 행동에서 겸손이 습관화될 수
있도록 교육한다.
■ **포인트** : 겸손해요
■ **설교형태** : 그림설교(대중만화/미스터초밥왕 −데라사와 다이스케 작품)
그림출처: naver.com / 검색어:초밥왕

1. 미스터 초밥왕

일본의 만화 작가, 데라사와 다이스케의 작품 「미스터 초밥왕」을 한번 읽어보셨나요? 아직까지 보지 않았다면 읽어보시길 바랍니다. 이 작품은 초밥을 소재로 쓰여졌는데, 사람이 어떤 품성을 가져야 성공할 수 있는지 알려주는 정말 좋은 작품입니다.

주인공 '쇼타'의 아버지는 고향에서 초밥집을 어렵게 운영하고 있어요.

어서 빨리 실력을 쌓아서 아버지의 뒤를 이어 가게를 일으키려는 쇼타는 대도시 초밥집에 취직합니다. 타고난 재능과 성실성으로 차츰차츰 인정을 받기 시작하고, 결국은 전국대회까지 출전하게 된다는 이야기예요. 쇼타가 제일 처음 일하게된 곳은 동경의 봉초밥집이었어요. 그러던 어느날, 낯선 청년 하나가 식당에 들어와요. "주문은 뭘로 하겠냐"는 말에 청년은 "이 집에서 가장 맛있는 걸 가져오라"고 합니다. 말하는 투가 굉장히 건방졌어요. 그래도 쇼타와 선배 요리사들은 정성을 다해 초밥을 만들고 먹어보라고 권합니다. 그런데 청년은 화를 버럭 내면서, 이런 형편없는 것을 먹으라고 주는 거냐고 던져버립니다. 차라리 자기가 만드는 것이 더 맛있겠다며 핀잔까지 줘요. 쇼타는 너무나 화가 났지만 꾹 참았어요. 이 건방진 청년의 이름은 '효일'이에요. 한때 일본에서 가장 유명했던 초밥 요리사,사키치의 아들이었어요. 그는 아버지로부터 배운 능숙한 초밥 마는 기술을 갖고 있었어요.

결국 쇼타와 효일은 한달 뒤 요리 겨루기를 하기로 했어요. 한달 동안 쇼타는 잠도 자지 않고 연습을 합니다. 하지만 효일은 자기의 실력을 믿은 나머지 연습하지 않았어요.

드디어 결전의 날이 오고, 심사는 초밥요리의 대부, '타케' 사부님이 하기로 했어요. 모든 사람이 숨을 죽이고 쇼타와 효일이 초밥 만드는 과정을 지켜봅니다. 효일은 아버지께로부터 전수받은 소름끼치는 듭일수법으로 초밥을 만들었어요.듭일수법은 밥을 한번 쥐어서 초밥을 완성하는 신기같은 기술이예요. 하지만 쇼타는 기본을 지키며 정성을 쏟아서 초밥을 만들었어요. 결국 두 사람의 요리가 완성되었어요. 모양새로 봤을 때는 쇼타가 상대가 되지 않았어요. 쇼타의 초밥은 초라했어요. 하지만 효일이 만든 초밥은 멋진 장식도 있고, 초밥수도 많았어요.

하지만 시식을 해본 타케 사부님은 쇼타의 초밥이 더 좋다고 칭찬하셔요.

그 이유는 효일의 초밥은 화려하지만, 정성이 빠졌다는 거였어요. 완성한 작품을 내올 때 효일은 지저분한 옷차림에 모자도 쓰지 않고 내왔다는 것을 지적해요. 그리고 시식하라고 준 젓가락은 닦지도 않아서 밥알 투성이었음을 말해요. 하지만 쇼타가 준 젓가락은 약간의 물기를 줘서 밥알이 붙는 것을 막고, 대나무잎 위에 젓가락을 내와 차갑게 함으로써 식욕을 돋구어 주었다고 평가해요. 단정한 옷차림에서 풍기는 예절 역시 음식 맛을 더욱 높였다고 칭찬해 주었어요. 결국 화려하진 않지만 따뜻한 정성과 겸손한 마음이 깃든 쇼타의 초밥이 승리한 거에요.

사랑하는 어린이 여러분, 하나님께서는 겸손한 사람을 좋아하셔요. 그래서 야고보 선생님은 "하나님께서는 교만한 사람을 물리치시고 겸손한 사람에게는 은혜를 주신다(약 4:6)"고 말씀하셨어요. 살면서 쓰라린 패배를 맛보고 싶나요? 방법이 있어요. 교만해 보셔요. 하지만 하나님께 칭찬받고 사람들에게 존중받는 성공적인 인생을 살고 싶나요? 이렇게 될 수 있는 가장 좋은 방법이 있어요. 겸손하게 살아 보셔요.

겸손한 사람이 되기 위해서 본받아야 될 가장 좋은 모델은 우리 예수님이셔요. 세상에 살면서 예수님처럼 겸손하셨던 분이 없었어요. 그래서 바울 선생님께서는 겸손은 예수님께 배우라고 말씀하셨어요. 그러면서 예수님의 겸손하신 모습에는 두 가지 특징이 있다고 하셨어요.

2. 겸손은 낮아지는 거예요

첫 번째 특징은 예수님의 겸손은 스스로 낮아진 겸손이라는 거예요. 예수님께서는 본래 하나님과 똑같은 분이셨어요. 가장 높으신 분이 그 자리를 버리고 가장 낮은 곳으로 오신 것입니다. 우리 인간들을 구하기 위해 사람의 모습으로 이 땅에 오시고, 종과 같이 겸손한 모습으로 살아가셨어요.

십자가에 돌아가시기 전 예수님께서는 죽음이 다가오고 있는 것을 느끼셨어요. 그래서 사랑했던 제자들을 더욱 겸손하게 섬기고 싶었습니다. 저녁을 먹다말고 일어난 예수님은 대야를 가져 오셨어요. 물을 붓고는 제자들의 발을 한 명씩 씻겨 주었습니다.

이스라엘은 지금도 흙과 먼지가 많은 지역이에요. 그리고 그 당시의 신발은 샌들이었어요. 잠시만 나갔다 와도 발이 새까맣게 되기 때문에, 발을 씻겨주는 일은 그 집에서 가장 천한 종이 했어요. 무릎을 꿇고 발을 씻겨주는 예수님의 모습에 제자들은 깜짝 놀랐어요. 존경하는 선생님이 자기들의 종이 되는 것은 도저히 있을 수 없는 일이었기 때문이에요. 하지만 예수님께서는 아랑곳하지 않았어요. 발가락 사이를 구석구석 씻기고, 수건으로 물기까지 닦아 주셨어요. 그 중에는 며칠 뒤 예수님을 팔 제자도 포함되어 있었어요. 하지만 예수님께서는 유다가 배신할 것을 알았으면서도, 그의 종이 되어 섬기셨어요.

사랑하는 어린이 여러분, 겸손은 낮아지는 것입니다. 하지만 여러분, 겸손과 비슷한 유사품이 있다는 것에도 조심해야 해요. 잘하는 것이 많은데도 억지로 못한다고 사양하는 것은 무책임한 거지, 겸손이 아니에요. 다른 사람을 위해 나서야 하는데도 뒤에 물러서 있는 것은 비겁한 거지, 겸손한 게 아니에요. 진정한 겸손은 낮아지는데, 예수님처럼 낮아지는 거에요. 예수님은 다른 사람을 사랑했기 때문에 낮아지신 것입니다. 우리도 예수님처럼 사랑하기 때문에 낮아져야 해요.

태어난 지 얼마되지 않은 아기는 엄마가 씻겨주고 재워줘야 합니다. 옷을 입혀줘야 하고, 새벽에도 일어나서 보살펴 주어야 해요. 완전히 엄마는 아기의 종이 되는 것입니다. 하지만 아기가 높은 사람이기 때문에 엄마가 낮아진 걸까요? 아니예요. 엄마는 아기를 사랑하고 있기 때문에 낮아진 거예요. 우리가 예수님처럼 낮아지기 위해서는 우리 마음 속에도 '사랑'이 있어야 해요. 그렇기에 낮아지는 것은 "억지로 낮아져야지" 해서 되는 일이 아닙니다. 상대방을 진정으로 사랑한다면 자연히 낮아지게 되어 있어요.

여러분, 이 순간 어떤 사람 앞에서 만큼은 낮아지기 싫은 사람이 있나요? 섬기기에는 자존심 상하는 사람이 있으셔요? 하지만 하나님께서는 그 사람에게도 겸손하라고 말씀하셔요. 그에게 낮아지면 높이실 것이라고 약속하십니다. 여기서 "좋습니다. 저도 그 사람에게 겸손하고 싶어요. 그런데 안 되는 걸 어떻게 하지요?" 하고 물어보는 어린이도 있을 거예요. 하지만 방법이 있습니다. 오늘부터 그 사람을 사랑할 수 있게 해달라고 기도하셔요. 그러면 그 사람 앞에서도 겸손해질 수 있는 능력이 생깁니다.

3. 겸손은 하나님의 말씀에 순종하는 거예요

두 번째 예수님의 겸손의 특징은 하나님의 말씀에 순종하는 겸손이었다는 데 있어요. 하나님께서는 예수님이 이 땅에 내려오실 때 명령하셨어요. 인간들의 죄를 위해서 대신 죽어야 한다고 말씀하셨어요. 이때 예수님이 교만하셨다면, "왜 죄 하나 없는 내가 이런 힘든 일을 해야 하냐"고 불순종하셨을 거예요. 성경에 보면 예수님은 죄를 모르시는 분이라고 되어 있지요. 하지만 예수님께서는 겸손하셨어요. 겸손하셨기 때문에 하나님의 말씀을 그대로 순종했어요. 예수님께서는 이 땅에 살면서 하나님의 말씀을 한 번도 어기거나 거역하신 적이 없어요. 결국 그 말씀대로 우리의 죄를 용서하시기 위해서 십자가에서 죽으셨어요. 죽기까지 순종하신 거예요.

겸손한 사람은 예수님처럼 하나님의 말씀대로 살아가는 사람이에요. 그런데 하나님의 말씀대로 살아가려면 먼저 하나님의 말씀이 무엇인지 알아야 해요. 하나님의 말씀을 어떻게 알 수 있을까요?

성경책을 읽으면 하나님의 말씀을 알 수 있어요. 하나님의 말씀은 성경 안에 적혀 있거든요. 그리고 분반 공부시간에 하는 성경공부를 통해서도 하나님 말씀을 배울 수 있어요. 그래서 우리는 선생님의 말씀을 잘 듣고 중요한 것은 적을 수 있어야 해요. 또 설교시간도 하나님의 말씀을 들을 수 있는 가장 좋은 기회예요. 설교 시간에 하나님의 말씀을 듣기 위해서는 딴 생각을 해서는 안되요. 친구와 장난을 치거나, 잡담을 해서도 안되요. 하나님께서 나에게 하시는 말씀을 듣기 위해서 귀를 기울여야 해요.

배운 다음에 해야 할 일은 말씀대로 살아가는 일이에요. 말씀을 알고 있다고해서 순종하고 있는 것이 아니예요. 말씀을 지켜야 겸손하게 순종하고 있는 거예요.

사랑하는 어린이 여러분, 하나님께서는 이렇게 겸손하게 사는 사람들을 예수님처럼 크게 높여 주시겠다고 약속하셨어요. 하나님께서는 죽기까지 순종한 예수님을 부활시켜 주셨어요. 그리고 지금 어디 계신지 아셔요? 천국에 가보셔요. 천국 문을 들어서는 순간 제일 높이 솟아 있는 것이 있을 거예요. 그것은 예수님이 앉아 계신 보좌예요. 예수님은 지금 천국에서 가장 높은 곳에 앉아 온 세상을 다스리고 계셔요. 하나님께서는 예수님께서 낮아지신 만큼, 높이 올려주신 거예요.

하나님은 우리들도 이렇게 만들어 주시겠다고 약속하셨어요. "너희들 중에 스스로 낮아지고자 하는 사람은 높여 주겠고, 너희들 중에 스스로 높아지고자 하는 사람은 낮추겠다"고 말씀하셨어요. 예수님처럼 겸손한 사람은 장차 예수님처럼 이렇게 높임을 받게 될 거예요.

오늘 우리는 예수님의 겸손하신 모습을 배웠어요. 예수님께서는 우리를 사랑하셔서 스스로 낮아지셨어요. 그리고 하나님의 말씀에 순종하셨습니다. 예수님처럼 행동과 마음이 낮아지고, 하나님 말씀에 순종하는 겸손한 친구들 되셔요.

46. 여리고 무너뜨리기

■ **읽을본문** : 여호수아 6:20-21
■ **참고성경** : 여호수아 1:6-9, 6:1-27; 사무엘상 15:22; 로마서 16:19
■ **교육목표** : 여호수아가 여리고성을 무너뜨린 것은 하나님 말씀을 전심으로 순종한 데 있음을 알게 한다. 더 나아가 살면서 여리고 성과 같은 도전을 만났을 때 순종을 통해 해결할 수 있다는 믿음을 갖게 한다.
■ **포 인 트** : 나의 여리고를 무너뜨려요
■ **개요** : 설교1 ->협동드라마 실시 -> 설교2
■ **설교형태** : 드라마 설교(협동드라마)
■ **준 비 물** : 종이나팔 7개, 상자와 막대로 만든 언약궤, 갈색 박스 10개

1. 순종의 파워

중국의 농촌에 예수님을 처음 믿게 된 기독교인이 살고 있었어요. 이 사람은 예수님을 믿고 구원을 얻게 된 것이 너무나 행복했습니다. 그래서 성경은 하나님 말씀인 것을 믿고, 쓰여진 대로 순종하기로 결심했어요. 하지만 그러던 어느날 아주 어려운 일이 일어났어요. 집에서 기르던 염소들이 옆집 밭에 들어가 농사를 망쳐 놓은 것이었어요.

그런데 옆집에는 아주 심술궂은 욕심쟁이가 살고 있었어요. 아니나 다를까, 헐레벌떡 달려와서는 농사를 망친 댓가로, 밭을 밟은 염소들을 모두 달라는 거였어요. 너무나 억울했어요. 왜냐하면 이 염소들은 새끼를 밴 염소들이었거든요. 조금만 기다려서 새끼를 낳으면 재산이 더 많아질 수 있었을 텐데 하는 아쉬운 마음이 들었어요.

하지만 이때 '원수를 사랑하라' 고 하신 예수님의 말씀이 떠올랐어요. 그

래서 달라는 대로 염소를 모두 줘버렸어요.

　며칠 뒤 놀라운 일이 생겼어요. 이번에는 옆집 돼지들이 자기 밭에 들어온 거에요. 그리곤 모든 밭을 밟아서 쑥대밭을 만들었어요. 옆집 돼지 주인은 너무나 난감했어요. 왜냐하면 지난번에 그 집 염소들이 자기 밭을 밟았다고 다 빼앗아 왔기 때문에요. 그러니 밭주인이 피해를 입힌 돼지들을 달라고 하면 꼼짝없이 줄 수밖에 없었어요. 더군다나 이 돼지들 역시 새끼를 밴 돼지들이었어요. 값으로 따져도 염소보다 돼지가 훨씬 비싸죠. 그리고 돼지가 염소보다 새끼를 훨씬 많이 낳기 때문에 얼마나 불안했는지 몰라요.

　하지만 밭주인은 돼지를 달라고 하지 않았어요. 이번에도 '내 이웃을 사랑하라' 는 예수님의 말씀이 떠올랐기 때문이에요. 이 말씀에 순종하기 위해서 이웃집에 찾아가 이번 일은 없었던 일로 해주겠다고 말했어요. 당황한 이웃집 사람은 '지난번에 자기가 피해를 입혔는데, 왜 나를 용서해 주는 거냐?' 고 물었어요.

　그러자 예수님을 믿는 밭주인은 웃으면서 '내가 믿는 하나님께서 이웃을 사랑하고 용서해주라' 고 하셨다고 말했어요. 밭주인의 선행에 크게 감동한 이웃집 욕심쟁이는 자기도 예수님을 믿겠다고 고백했어요. 그리고는 밭주인을 따라 교회에 다니게 되었다고 합니다.

　사랑하는 여러분, 살다보면 가끔 우리는 내 힘으로는 도저히 해결할 수 없는 도전을 만나게 됩니다. 어려운 도전이 생겼을때 어떻게 하면 그 문제를 해결할 수 있을까요? 비결이 있어요. 그 비결은 어려울지라도 하나님의 말씀을 그대로 순종하는 거에요.

2. 여호와의 사자를 만난 여호수아

  이스라엘 백성들이 갈라진 요단강을 건너갔을 때였어요. 대단했어요. 홍해바다가 갈라진 것처럼, 이번에는 강이 갈라져 바닥이 들어났어요. 마른 바닥을 지나가면서 모두가 기뻐 환호성을 질렀어요.

  하지만 흥분도 잠시 뿐, 강을 건넌 뒤 모두가 기가 죽어 버렸어요. 최강의 요새, 여리고성이 버티고 있었기 때문이에요. 여리고성을 정복할 계획을 세우기는커녕 이스라엘 백성들은 모두 부들 부들 떨고 있었어요.

  걱정스러웠던 여호수아 장군은 혼자서 성 가까이에 가보기로 했어요. 여리고성에 빈틈이 없는가 찾아보기 위해서 였지요. 하지만 밑에서 바라보니 성은 더욱 높아보였어요. 성문은 굳게 닫혀 있어서 도저히 함락시킬 수 없을 것 같았어요. '휴유, 잘못 건드렸다간 우리 모두 전멸 당하겠구나' 하는 불길한 생각에 계속 한숨만 나왔어요.

  그런데 바로 이순간! 갑자기 앞에서 정체 불명의 물체가 나타났어요. 보아하니 거대한 남자였어요. 손에는 커다란 칼을 들고 여호수아 장군을 바라보고 있었어요. 당황한 여호수아 장군도 허겁지겁 칼을 뽑았어요. 그리고는 떨리는 목소리로 이렇게 물었어요.

  "누구냐? 정체를 밝혀라! 우리편이냐? 아니면 적군이냐?"

  남자가 대답했어요.

  "나는 여호와의 군대장관이다. 네가 서 있는 곳은 거룩한 곳이니 신발을 벗어라."

  여호수아 장군은 이 목소리를 전에도 어디선가 들은 기억이 있었어요. 바로 모세 선생님이 십계명을 받을 때 몰래 엿들었던 하나님의 음성이었어요. 여호수아 장군은 너무나 놀라고 두려워 신발을 벗고 땅바닥에 엎드렸어요.

“하나님! 종에게 무슨 말씀을 하시려고 오셨습니까?”

그러자, 여호와의 군대장관은 말했어요.

“너는 여리고성을 무서워하지 말아라. 마음을 강하게 하고 극히 담대히 하라. 내 말을 그대로 순종하면 승리하게 될 것이다”라고 말씀하시면서 여리고성을 정복하는 전략을 일러주셨어요.

3. 이스라엘 백성들의 순종

하나님을 만난 여호수아는 더 이상 떨지 않았어요. 한숨 쉬며 걱정하지 않았어요. 돌아온 즉시 백성들을 불러 모아 외쳤어요.

“여러분! 여러분들은 하나님의 말씀에 그대로 순종만 하십시오. 그러면 하나님께서 저 여리고성을 우리에게 주시겠다고 약속하셨습니다.”

연설이 끝난 여호수아는 나팔 부는 제사장 일곱명을 세웠어요. 이들에게 여리고성을 한바퀴 돌게 하고 백성들은 그 뒤를 조용히 따라가도록 명령했어요. 백성들은 수군거렸어요.

“아니, 이렇게 돌기만 한다고 여리고성이 정복될까?”

“그러게 말이에요. 그래도 하나님께서 승리를 약속하셨다고 하니, 그대로 순종만 합시다.”

이스라엘 백성들은 의심하지 않았어요. 오직 하나님의 약속을 믿고 순종했어요.

그 둘쨋날 아침이 되자 여호수아는 백성들을 또 다시 불러모았어요. 그리고는 여리고성을 또 한번 돌라고 했어요.

성 위에서는 여리고성 군인들이 이스라엘 백성들이 도는 모습을 바라보고 있었어요. 처음에는 왜 도는지 궁금하기도 하고, 혹시 작전은 아닐까 긴

여리고의 항공사진

장되기도 했어요.

"저렇게 빙빙 도는 것은 우릴 속이려는 전략일거야. 우리를 방심시켜 놓았다가 갑자기 기습할 게 분명해" 라고 생각하면서 화살을 당기고 있었어요.

그런데 셋 째날이 되자 이번에도 똑같이 성을 도는 거였어요. 넷 째날도 다섯 째날도 여섯 째날도 이렇게 한바퀴씩만 돌고 지나갔어요. 여리고성 군사들은 긴장이 풀렸어요. 이제는 노골적으로 이스라엘 백성들을 조롱하기 시작했어요.

"야, 이스라엘 놈들아! 너희 혹시 미친 거 아니야? 왜 공격은 안하고, 매일 돌기만 하냐?"

이스라엘 사람들은 화가 났어요. 하지만 꾹 참기로 했어요. 하나님의 방법이 이해가 되지는 않았지만, 그 말씀에 끝까지 순종하기로 했거든요.

드디어 일곱 째날 아침이 밝았어요. 여호수아 장군은 모든 백성들을 불러 놓고 큰 소리로 외쳤어요.

"여러분! 오늘은 승리의 날이 될 것입니다. 오늘은 한바퀴만 돌지 않고, 일곱 바퀴를 연속으로 돌겠습니다. 도는 것을 마치고 제가 신호를 내리면, 제사장들이 양각 나팔을 불 것입니다. 그러면 힘껏 외치십시요. 하나님께서 여리고성을 우리에게 붙이셨습니다."

여호수아 장군의 말에 이스라엘 백성들은 마지막까지 순종해야겠다고 굳게 다짐했습니다. 그리고 여리고성을 향해 출발했습니다.

드라마실시 [15] (교사 혹은 어린이는 상자 뒤에 숨어서 대기한다)

그런데 어린이 여러분, 마지막 일곱 번째 도는 것은 저와 여러분이 이스라엘 백성이 되어 보겠습니다. 좀더 현장감을 높이기 위해서 특별히 여러분 중에서 나팔을 부는 제사장을 선발하겠어요.

또 이스라엘 백성이 이동할 때는 제일 앞에 언약궤를 세웠거든요. 언약궤를 들고 갈 제사장도 필요합니다. 제사장이 되고 싶은 친구들은 앞으로 나오셔요.

강단이 여리고성이라고 생각하고 돌기시작하겠습니다(나팔을 든 어린이들과 언약궤를 든 어린이들이 돌기 시작한다) .

한 바퀴, 두 바퀴, 세 바퀴……일곱 바퀴!

다 돌았으면 이리로 와 서 주세요. 자, 제가 '하나, 둘, 셋' 신호를 하면, 셋 소리에 '우와' 하고 함성을 지르는 거에요.

---

15) 박성수 목사 「하나님의 말씀에 순종하셔요」(사랑의교회 소년부 설교동영상, 2003.7.20) 참고, 위의 동영상설교에서 착안하였다.

다같이 : 우와~(함성)

(함성소리가 울리면, 상자 뒤에 숨어 있던 교사가 상자를 밀어 무너뜨린다) 여리고성이 무너지자 성안이 어떻게 되었을까요?. 사람들은 떨어지는 돌에 깔려 죽고, 돌에 끼어 살려달라고 소리지르고…… 성안은 온통 아수라장이 되어버렸어요. 이스라엘 사람들은 피 한방울, 땀 한방울 흘리지 않고 여리고성을 정복할 수 있었어요.

인간의 힘에 의해 여리고성은 무너지지 않았어요. 하나님께서 여리고성을 무너뜨려 주신 거예요. 현대의 고고학자들은 여리성을 발굴하면서 놀라운 사실을 발견했어요. 성은 무너지면 안에서 밖으로 넘어지도록 설계되었는데, 여리고성은 밖에서 안으로 넘어졌다는 거예요. 이것은 하나님께서 성을 무너뜨리셨다는 결정적인 증거예요. 받은 말씀을 그대로 믿고 순종했을 때 하나님께서 기적을 이루어 주신 것이지요!

4. 나의 여리고는 무엇인가요?

사랑하는 어린이 여러분! 이 시간 우리 앞을 막고 있는 여리고는 무엇일까요? 여리고는 내가 아무리 노력해도 되지 않는 것들이에요. 하나님의 뜻이 아니라 내 뜻대로 행하려는 고집, 자기가 쌓아온 생각이나 마음들이에요. 친구들과 형제와 자매를 시기하고 질투하는 마음이 여리고에요. 친구의 약점을 놀리고, 욕하고, 예배시간에 떠드는 것들이 여리고인 거에요.

우리 중에 어떤 친구는 자존감이 너무 낮아요. 자기 자신이 너무나 싫은 친구들이 있어요. 나의 생긴 모습이 싫고, 말투가 싫어요. 남들 앞에 나의 부모님이 보여지는 것이 부끄러워요. 이런 친구는 자기 자신을 사랑하지 못하는 여리고가 있는 거에요. 또 우리 중에는 너무나 부끄러움이 많아서 앞에 나가는 것이 두려운 친구들이 있어요. 이런 친구들은 자신감이 없는 여리고가 있는 거에요.

그렇다면 사랑하는 여러분!

나의 여리고를 무너뜨리기 위해서는 어떻게 해야 할까요? 여리고를 무너뜨릴 수 있는 방법이 있어요. 이스라엘 백성들처럼 하는 거에요. 이스라엘 백성들이 아침마다 여리고성 앞에 나와서 돌았던 것을 기억해 보셔요. 우리도 시간을 정해 놓고, 나의 여리고가 무너지게 해달라고 기도해야 해요. 하루만으로 끝내는 것이 아니라, 반드시 무너진다는 믿음을 갖고 기도해야 해요. 무너질 때까지 기도해야 해요. 나의 여리고가 무너지게 해달라고 큰소리로 외치며 기도하셔요. 그러면 여리고가 무너집니다. 되지 않을 것 같았던 여리고가 '와르르르' 무너지는 체험을 하게 될 것이에요.

47. 엘리야의 기도

- ■ **읽을본문** : 열왕기상 18:37-39
- ■ **참고성경** : 열왕기상 17:1-18:46
- ■ **교육목표** : 하나님께서 가장 싫어하는 죄는 우상 숭배라는 것을 알게 하고, 하나님보다 더 사랑하는 것은 우상이 될 수 있음을 경고한다. 또한 하나님을 향한 간절한 기도는 능력이 있음을 깨닫게 한다.
- ■ **포 인 트** : 우상을 버리고 기도하세요.
- ■ **설교형태** : 그림설교(움직이는 그림) *자료 1-3을 확대 복사해서 사용하세요.

1. 결혼을 잘못해서 나라를 망친 왕

성경에는 결혼을 잘못해서 평생 동안 고생한 남자들의 이야기가 많이 나와요. 그중에 대표적인 사람이 아스라엘의 아합왕이었어요. 아합은 시돈왕의 딸 이세벨과 결혼했어요. 그런데 이세벨은 이스라엘에 시집올 때 자기가 믿던 우상인 바알신을 섬기는 선지자들과 온갖 우상들을 갖고 왔어요. 그리고는 이스라엘 백성들에게 바알신을 믿으라고 명령했어요. 이스라엘 여기저기에는 바알신전이 건립되었어요. 결국 백성들은 하나님을 버리고 바알신을 섬기게 되었어요.

이런 죄악된 모습을 참다못한 하나님은 엘리야 선지자를 부르셨어요.

"엘리야야. 더 이상 보고 있을 수가 없구나. 너는 아합왕에게 가서 내가 앞으로 몇 년 동안 비가 한방울도 내리지 않게 하겠다고 전하여라."

엘리야는 아합왕 앞에서 하나님이 내리시겠다고 말씀하신 형벌을 그대로 전했어요.

그러자 하나님을 향한 믿음을 잃고 마음이 강퍅해진 아합은 "아니, 저 고얀 것 같으니라구. 그런 거짓말을 하면 내가 속을 것 같으냐?"라고 고함을 지르면서 엘리야를 체포하라고 명령했어요. 결국 엘리야는 도망칠 수밖에 없었고 그 후로 3년을 숨어 살았어요.

2. 엘리야를 통해 나타난 하나님의 능력

세월이 지나고 하나님께서는 엘리야를 다시 부르셨어요.

"엘리야. 너는 다시 가서 아합왕을 만나거라. 이제 곧 비를 내리겠다."

엘리야는 목에 칼이 들어와도 하나님 말씀에 순종하는 선지자였어요. 자기를 죽이려는 아합왕을 제발로 찾아가서 당당하게 외쳤어요.

"왕이시여, 지난 3년 6개월 동안 비가 내리지 않아 고통을 당한 것은 왕과 백성이 하나님을 떠났기 때문입니다. 바알신과 아세라신을 섬긴 죄가 낳은 결과란 말입니다."

그러자 아합왕이 소리쳤어요. "아니, 저 녀석이, 뭐가 어쩌고 어째?"

엘리야는 그래도 아랑곳하지 않고 계속 말했어요.

"왕이여, 과연 바알신과 하나님 중에 누가 참 신인지 가려내 보도록 합시다. 내일 모든 백성을 갈멜산에 모으십시요. 거기에 각기 제단을 쌓고 자기가 믿는 신에게 빌었을 때 하늘에서 불이 내려와 제물을 태우는 신만을 참

자료 1

신으로 섬깁시다"라고 제안했어요.

아합왕은 엘리야는 혼자고, 바알 선지자는 많기 때문에 틀림없이 이길 것이라고 확신하고 승낙했어요.

다음날 왕과 모든 백성들이 갈멜산에 모였어요. 숨을 죽이고 대결을 지켜보았어요(자료 1). 엘리야가 바알 선지자들에게 먼저 외쳤어요.

"당신들의 숫자가 많으니, 먼저 제사를 드리시오. 반드시 하늘에서 불이 떨어져 제물을 태워야 이긴다는 규칙을 잊지 마시오"

바알 신을 섬기는 선지자 400명과 아세라 신을 섬기는 선지자 450명, 도합 850명의 거짓 선지자들은 자신 있다는 듯 앞에 나왔어요. 그리고는 주문을 외우고, 절을 하고, 제단 주위를 빙빙 돌면서 춤을 췄어요.

하지만 하늘에서 불이 떨어지지 않았어요.

엘리야는 이 우스꽝스러운 광경을 보며, 놀리기 시작했어요.

"야~ 미련한 녀석들아. 더 큰 소리로 불러라. 너희가 믿는 바알신은 졸고 있냐? 놀러 갔냐?"

거짓선지자들은 땀을 뻘뻘 흘렸어요. 미친듯이 몸을 흔들고 심지어는 칼로 자기 몸을 찔러 피흘리기까지하며 소란을 피웠어요. 하지만 저녁이 다 되도록 불은 내려오지 않았어요. 결국 지친 거짓 선지자들은 탈진해서 하나둘씩 쓰러져 갔어요.

그러자 이제 엘리야가 나섰어요(자료 2).

"이제 내 차례다. 너희들은 물러가거라."

엘리야는 주변의 돌을 주워 이스라엘의 무너졌던 제단을 다시 쌓았어요. 이때 쓰인 돌은 모두 12개! 이스라엘의 12지파를 상징하는 숫자였어요.

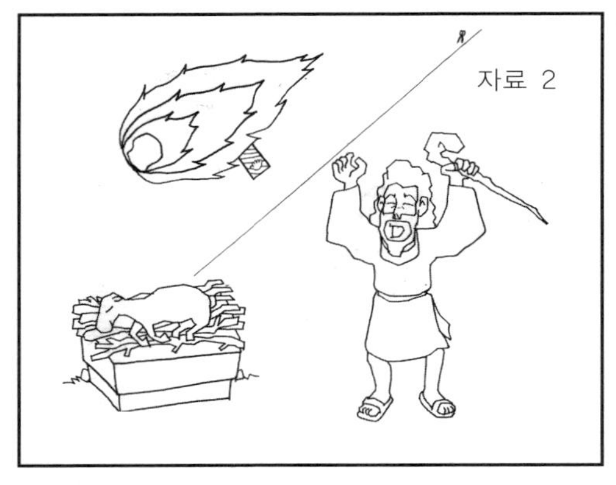

그 제단 위에 송아지를 잡아 제물로 올린 후, 그 위에 물을 떠다 부었어요. 얼마나 많이 부었던지 제단 주위의 도랑까지 물이 넘쳐 흘렀어요. 이 상태에서 제물이 불에 타는 것은 인간이 할 수 있는 일이 아니었어요.

물을 다 부은 엘리야는 제단 앞에 엎드려 기도하기 시작했어요.

"아브라함과 이삭과 이스라엘의 하나님, 주님만이 참신이라는 것을 보여 주십시요. 그리고 제가 주님의 종이라는 것과 주께서 저에게 명령하여 이 모든 일을 행하셨다는 것을 알게 하여 주옵소서"

엘리야의 기도가 끝나자마자 하늘이 갈라지면서 불이 떨어졌어요(자료 3). 순식간에 제물이 활활 타올랐어요. 불이 얼마나 뜨거웠던지 번제물과 나무는 물론 흙까지 모두 타버렸어요. 주변에 고여 있던 물도 전부 말라버렸어요.

아합왕과 백성들은 깜짝 놀랐어요. 하나님이 참 신인 것을 깨닫고 두려워서는 엎드려 벌벌 떨었어요. 엘리야는 거짓 선지자들을 모두 잡으라고 명령했어요. 잠시 뒤 체포된 모든 선지자들을 기손 시냇가로 끌고가 죽이라고 명령했습니다.

3. 우상은 멀리, 하나님께 가까이

이스라엘 사람들은 하나님께서 가장 싫어하는 우상을 숭배하는 죄를 저질렀어요. 하나님께서는 이 죄를 심판하시기 위해서 3년 6개월 동안 비가 내리지 않는 고통을 주신 것이예요. 우리도 헛된 우상을 섬기지 않도록 조심해야 해요. 그런데 우상은 무엇일까요? 우상은 하나님보다 더 사랑하는 모든 것입니다. 그래서 우리가 전혀 생각해 보지 않았던 것이 우상이 될 수 있어요. 하나님보다 친구를 더 좋아하면 친구도 우상이 될 수 있어요. 교회가서 예배드리는 것보다 친구가 좋아서 함께 PC방에 간다면 그 순간 친구가 우상이 된 거예요. TV나 게임을 하나님 보다 더 좋아해도 우상이 될 수 이어요. 우리는 언제나 하나님을 제일 사랑할 수 있어야 해요. 무엇과도 주님을 바꾸지 않겠다고 고백할 수 있어야 해요.

또 한 가지 엘리야에게 배울 중요한 것이 있어요. 그것은 기도하는 사람이 승리한다는 거예요. 하나님께서는 간절히 기도하는 사람에게 능력을 주셔요. 그것도 불가능한 것을 가능하게 할 수 있는 능력을 베풀어 주셔요. 사람의 생각으로 봤을때 거짓 선지자들과 엘리야의 대결은 850대 1이었어요. 이건 게임이 되지 않는 대결이에요. 하지만 엘리야는 기도했어요. 그리고 하나님께서는 엘리야의 간절한 기도를 들어주셨어요. 엘리야처럼 기도하는 친구들이 되셔요. 하나님께서 엘리야에게 주셨던 능력을 우리에게도 주실 거예요.

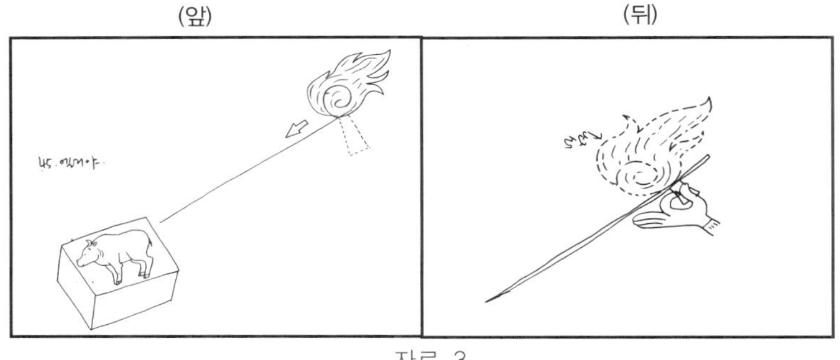

자료 3

48. 최고의 선장이신 예수님

- **읽을본문** : 누가복음 8:22-25
- **참고성경** : 마태복음 8:23-27, 마태복음 19:24, 마가복음 4:35-41, 요한복음 6:16-21
- **교육목표** : 주가 주되심을 인정했을 때 얻는 기쁨과 평안을 소개함으로써 힘들고 어려운 일이나 죽음의 문제 앞에서 예수님만 붙들고 살아갈 수 있는 어린이가 될 수 있도록 교육한다.
- **포 인 트** : 예수님께 맡겨요
- **설교형태** : 영상설교(일반영화/복음제시용 전장면 편집)
- **영상삽입** : 타이타닉 (Titanic, 1997)

  감독: 제임스 카메룬

  영화 전체장면들 중에서 설교에 필요한 부분을 선택해서 재편집한다. 선택할 장면으로는 ❶ 항구를 출발하는 타이타닉호, ❷ 부자들의 만찬, ❸ 가난한 사람들의 파티, ❹ 빙하와 충돌해서 가라앉은 타이타닉

1 인생의 시작(항구를 출발하는 타이타닉호/ 27:00-27:55)

세상에 태어나 살아가는 전과정을 '인생' 이라고 해요. 그런데 인생과 너무나 비슷한 여정이 있어요. 바로 항해예요. 항해도 인생처럼 시작이 있고 끝이 있어요. 그리고 그 사이에 얼마나 많은 일들을 일어나는지 몰라요. 그러면 항해할 때 나타나는 장면들을 차례대로 보면서 인생이 어떤 것인지 좀 더 자세히 알아보도록 해요.

수많은 사람들이 부두로 나와서 손을 흔들며 배를 타고 떠나는 사람들을 축하해 주지요. 우리가 태어났을 때도 많은 사람들이 기대를 갖고 우리의 첫 출발을 축하해 주었을 거예요. 저와 여러분은 각각 자기 배의 선장이 되어 '인생'이라는 거친 바다를 항해하기 시작한 거지요.

2 부유한 세상
(귀빈실에서 호화롭게 교제하는 부자들 / 1:02:00-1:03:00)

우리가 살고 있는 세상이라는 바다는 정말 다양한 곳이에요. 이 세상 어느 곳에는 모든 것이 풍부해서 사치스럽고 부유하게 사는 사람들이 있어요. 이런 사람들은 항상 기름지고 비싼 식사를 즐길 수 있어요. 비싼 드레스를 입고 보석으로 치장하고 부족한 것이 없는 사람들이죠. 하지만 이런 사람들은 세상을 사랑한 나머지 하나님을 잊고 살기 쉬워요. 그래서 예수님께서는 부자가 천국에 가기는 낙타가 바늘귀를 통과하는 것보다 어렵다고 경고하셨어요. 그만큼 하나님보다 세상을 사랑하기 쉬운 위험한 위치에 있다는 뜻이에요.

3 가난한 세상과 인생의 행복한 시간
(3등실에서 파티를 즐기고 있는 서민들 / 1:05:50-1:07:40)

하지만 세상의 다른 한켠에는 정말 가난한 사람들이 살고 있어요. 이들은 제대로 먹지도 못하고 입지도 못해요. 병에 걸려도 돈이 없기 때문에 별다른 치료도 못받는 사람들이 있어요. 이렇게 부유한 사람과 가난한 사람이 섞여서 살아가는 다양한 곳이 우리가 살아가는 세상이에요.

또한 우린 항해하면서 정말 즐겁고 행복한 때를 만나요. 가족과 너무나 재밌는 곳에 여행하는 시간! 내가 만든 작품이 큰 상을 받게된 것을 알게 된 시간! 평소에 좋아했던 친구가 예쁜 선물을 수줍게 전해준 시간! 이 시간들은 정말 꿈꾸는 것처럼 행복했던 순간들이에요. 이럴 때는 신나는 음악소리에 맞춰서 덩실 덩실 춤이라도 추고 싶어져요.

4 인생의 불행한 시간

(타이타닉호의 침몰 / 2:41:11-2:44-50)

하지만 살아가면서 생각지도 않은 불행을 만날 때가 있어요. 아빠, 엄마가 아파서 큰 수술을 받게 되는 위급한 일이 생길 수 있어요. 아빠가 하시는 사업이 잘 안되어서 집이 어려워 질 수 있어요. 믿었던 친구에게 배신당하거나 도움을 거절당하는 안타까운 일이 생길 수 있어요.

그러다가 인간들은 누구나 예외없이 '죽음' 이라는 가장 큰 불행을 만나게 됩니다. 이렇게 우리 모든 사람들의 인생은 거대한 배 타이타닉처럼 침몰하는 거예요.

그렇다면 사랑하는 어린이 여러분! 인생이라는 거친 항해 가운데에서 우리들의 배가 가라앉지 않으려면 어떻게 해야 할까요? 혹시 불행한 일을 만나더라도 침몰되지 않고 불행을 이기기 위해서는 어떻게 해야 할까요?

그 방법은 미숙한 내가 배를 운전하지 않는 거예요. 내 배를 나 대신 최고의 선장에게 운전해 달라고 맡기는 거예요. 정말이지 실수가 없고 졸지도 않으시는 분, 연약하지 않고 완전하신 분, 이런 분이 내 배의 선장이라면 얼마나 든든하겠어요? 이렇게만 된다면 어떤 태풍이 몰려와도 걱정 없을 거예요. 그리고 최종 목적지인 천국까지 무사히 도착할 수 있을 거예요.

그런데 우리 배를 운전해 주실 완벽한 선장이 계셔요. 이분은 바로 예수님이셔요. 예수님이 얼마나 최고의 선장인지 알아보도록 해요.

5. 예수님은 최고의 선장이셔요

어느날 예수님께서 배를 타고 제자들과 함께 갈릴리 바다를 건너가고 있을 때였어요. 예수님께서는 너무나 바쁜 일정을 보내시느라 피곤하셨던 것 같아요. 제자들이 열심히 노를 젖고 있을 때 예수님께서는 한쪽 구석에서 주무시고 계셨어요. 그런데 이때였어요.

맑았던 하늘에 먹구름이 몰려오더니 거센 바람이 불기 시작했어요. 이처럼 강한 바람은 노련한 어부들이었기 때문에 바다에 대해 자신감이 있던 제자들에게도 처음이었어요. 곧이어 집채 같은 파도가 일어나기 시작했어요. 배가 흔드리고 물이 가득 차자 제자들은 두려웠어요. 그래서 모두 예수님 곁으로 달려갔지요. 그런데 이게 왠일인가요? 이 난리통에서도 예수님은 여전히 태연하게 주무시고 계신 거였어요. 제자들이 예수님을 흔들어 깨우며 말했어요.

"예수님, 큰일 났습니다. 갑자기 폭풍이 몰려와 배가 가라앉을 것 같습니다. 죽게 되었으니 제발 우리를 좀 살려주서요."

예수님께서는 일어나셨어요. 그러더니 뱃머리에 가서 폭풍을 향해 큰 소리로 꾸짖으셨어요.

"잠잠하라!"

예수님의 이 말씀 한마디에 기적이 일어났어요. 갑자기 거센 파도가 잔잔해지고 바람이 고요해진 거예요. 하늘이 개이더니 찬란한 햇빛이 바다를 비취기 시작했어요. 아무 일 없었던 것처럼 바다가 평온해 졌어요.

"어떻게 예수님의 말씀에 파도와 바람이 복종하는 걸까?"

정말 놀랄 따름이었어요. 이와 같은 기적을 체험한 뒤에 제자들은 변했어요. 자신감이 생겼어요. 예수님이 함께 계신다면 불가능한 일이 없다는 사실을 깨달았기 때문이에요.

6. 나의 배를 예수님께 맡기셔요

사랑하는 어린이 여러분! 예수님은 자연을 움직일 수 있는 하나님의 아들이에요. 예수님의 말씀 한마디면 바람과 파도가 복종해요. 아픈 사람의 병이 낫고 죽은 사람이 살아나요. 무엇보다 예수님은 죽었다가 다시 살아나신 분, 그래서 지금도 우리와 함께 계셔서 우리를 도와 줄 수 있는 분이셔요.

이 예수님께 인생을 항해하는 나의 배를 맡기지 않으시겠어요?

내가 항해하려고 하면 제자들처럼 인생의 거친 폭풍 앞에 꼼짝할 수 없어요. 불행한 일을 당할 때 극복할 수 없어요. 하지만 예수님께 우리 배를 맡기면 달라져요. 예수님은 우리들의 모든 힘든 문제를 잠잠하게 만들어 주셔요. 예수님이 해결해 주시는 거죠.

이시간, 예수님께 나의 인생을 맡기는 마음으로 눈을 감겠어요. 눈을 감은 친구들은 저를 따라 기도해 주셔요.

"하나님 아버지, 저는 내 마음대로 살려고 했던 죄인이었습니다. 하나님의 말씀보다는 제가 하고 싶은 대로, 제가 옳아 보이는 대로, 제 기분대로 살아왔던 것을 고백합니다. 하지만 이제는 제 자신을 하나님께 맡깁니다. 예수님께서 제 인생의 배를 항해해 주셔요. 예수님께서 선장이 되어주셔서 가장 아름답고 평안한 길로 인도해 주셔요. 최고의 선장이신 예수님의 이름으로 기도드립니다. 아멘."

49. 서로 용서해요

- **읽을본문** : 요한복음 8장 1-11절
- **참고성경** : 시편 103편 12절, 마태복음 7장 3-5절
- **교육목표** : 우리 모두는 하나님 앞에서 용서받은 죄인이라는 사실을 깨닫게 함으로써 불편을 끼친 다른 사람들을 용서하도록 교육한다.
- **포 인 트** : 죄인임을 인정해
- **설교형태** : 실물설교(일반실물)
- **준 비 물** : 검은색 모자 1개, 마분지 1장, 빨대 1개, 손에 쥘 수 있는 큰 돌맹이 1개

 마분지를 이용해 바리새인 얼굴을 만들고 빨대를 스카치 테잎으로 얼굴에 붙인다. 검은색 모자와 돌맹이는 숨겨 놓았다가 순간적으로 꺼내어 활용한다.

1. 나과다 판사이야기

(설교자는 검은 모자를 쓰고 설교를 시작한다)

미국 뉴욕에 '나과다' 라고 하는 공항이 있어요. '나과다' 라는 평소에 착한 일을 많이 한 뉴욕 시장을 기념하기 위해서 세워진 공항이예요. 나과다 씨는 시장이 되기 전에 판사였어요.

그런데 하루는 어느 노인이 죄를 지어 법정에 끌려오게 되었어요.

나과다 판사는 얼굴이 창백해진 노인에게 "노인 께서는 어떤 죄를 지어서 끌려오게 되었습니까?" 라고 묻자 노인이 겁먹은 목소리로 대답했어요.

"저는 뉴욕 길거리에서 빵을 훔쳐먹은 죄로 오게 되었습니다."

나과다 판사가 다시 "어째서 빵을 훔쳐 먹었습니까?" 라고 묻자 노인이 "배가 너무 고파서 저도 모르게 손이가서 빵을 훔쳐 먹었습니다." 하고 대답했습니다. 나과다 판사는 잠시 눈을 감고 생각한 뒤 입을 열었어요.

"노인께서는 남의 물건을 훔쳤기 때문에 법대로 벌금 10불을 내도록 판결을 합니다."

그때 노인이 말했어요.

"판사님, 그런데 저는 돈이 한 푼도 없습니다. 용서해 주십시오."

그러자 판사는 호주머니에서 10불을 꺼내면서 이렇게 말했어요.

"제가 대신 벌금을 내겠습니다. 노인께서 먹을 것이 없어서 훔치고 있을 때 저는 너무 잘먹고 있었습니다. 제가 죄를 지었기 때문에 대신 벌금을 내겠습니다."

그러면서 방청객들을 돌아보면서 이렇게 말했어요.

"여러분도 지금 저와 같은 심정이라면 제 모자를 돌릴테니 그 안에 모금을 해주십시오."(썼던 검은 모자를 벗어서 어린이들에게 보여준다)

그러면서 모자를 방청객에게 돌렸고 거둔 돈을 노인에게 주면서 말했어요. "앞으로는 죄를 짓지 말고 다시는 이곳에 오지 마십시오."

나과다 판사의 모습을 지금도 뉴욕 사람들이 존경하고 흠모하는 이유가 어디에 있을까요? 그것은 나과다 판사가 다른 사람의 죄를 정확히 찾아내고 공정히 판결했기 때문이 아니에요. 오히려 다른 사람의 죄를 끌어안고 불쌍히 여길줄 아는 사람이었기 때문이에요.

그런데 그가 판사이면서도 이렇게 다른 사람들을 용서할 수 있었던 비결이 있는데 그것은 "노인이 배고파 하는 사이에 저는 너무나 잘먹었습니다. 제가 죄를 지었기 때문에 대신 벌금을 내겠습니다"라고 말한 대답 속에서 찾을 수 있어요. 나과다 판사는 자기도 죄를 지은 노인과 똑같이 죄인이라는 사실을 알고 있었기 때문이에요. 그래서 노인을 불쌍히 여기고 용서해 줄 수 있었던 거예요. 용서할 수 없는 사람을 용서할 수 있는 비결을 알고 싶으셔요? 그 비결이 성경에 나와 있어요.

"용서할 수 없는 사람을 용서하고 싶니? 그러면 나 역시 죄인임을 인정해.”

우리는 간음한 여인을 끌고 온 이스라엘 사람들과 예수님의 대화를 통해서 어떻게 하면 용서할 수 없는 친구를 용서할 수 있는지 알 수 있어요.

2. 너희들 중에 죄없는 자가 먼저 돌로 치라

시끌벅적한 소리가 들리고 있었어요. 인상을 찌푸린 수많은 사람들이 가여운 여자를 짐승 끌듯이 데려가고 있었어요. 그 여인은 간음하던 현장에서 붙잡혔어요. 그런데 간음이 도대체 어떤 죄길래 이렇게 잔인하게 처벌하려는 걸까요? 하나님께서는 한 남자와 한 여자가 결혼 해서 부부끼리만 서로 사랑하고 잠자리를 같이 하라고 하셨어요. 간음이란 결혼한 남자와 여자가 다른 사람의 남편이나 아내를 사랑해서 잠자기를 함께하는 것을 말해요. 이것은 지금도 죄가 되지만 예수님이 살던 시대에는 돌로 쳐죽여도 될 만큼 큰 죄였어요.

그래서 이스라엘 백성들은 간음한 여인을 잡는 순간 돌로 쳐 죽이려고 한 거예요. 이때 어떤 바리새인이 말리면서 말했어요(바리새인 얼굴을 들고 말한다).

“잠깐, 나에게 좋은 수가 생각났어. 지금 죽이지 말고 쓸 만큼 쓰고 죽이자. 여자를 미끼로 써서 예수를 잡을 함정을 만들자구.”

교활한 사람들은 바리새인과 사두개인이라고 하는 당시 이스라엘의 지도자들이었어요. 예수님의 인기가 높아지고, 그들이 주장하는 옳지 못한 가르침을 예수님께서 정면으로 공격해오자 질투와 증오심이 생긴 거예요. 그래서 예수님의 빈틈만 발견하면 꼬투리를 잡아 죽이려고 했어요. 사람들이 대체 어떤 함정을 놓아 예수님을 잡을 수 있겠냐고 무엇인지 물어보자 좋은 수가 있다고 말한 바리새인이 대답했어요.

"이 여자를 데리고 예수에게로 가는 거야. 그리고는 간음을 저지른 여자이니 어떻게 해야 하냐고 한번 물어보는 거지. 만약에 예수가 이 여자가 죄를 저질렀으니 돌로 쳐 죽이라고 한다면 어떻게 되겠어? 그건 로마법을 어기는 거니까 고소할 조건이 생기는 거지. 그럼 이번엔 반대로 여자를 불쌍히 여긴 예수가 돌로 치지 말고 풀어주라고 하면 어떻게 되겠어? 그것은 우리 율법을 어긴 거잖아? 이제 예수는 독 안에 든 쥐야, 으하하하!"

이 악독한 바리새인과 사두개인들은 예수님이 이러나 저러나 죽을 수밖에 없도록 여인을 가지고 계략을 짜낸 거예요. 이들은 속으로 음흉한 미소를 지으며 예수님께로 이 여인을 데리고 갔어요. 이때 예수님은 성전에서 백성들에게 하나님의 말씀을 전파하고 계셨지요. 이 몹쓸 사람들은 시치미를 뚝 떼고는 손에 여자를 죽일 큰 돌을 쥐고 말했어요(설교자는 돌을 들며 말한다).

"이 못된 여자야. 당장 예수님 앞에 무릎을 꿇어라. 예수님! 저희가 간음한 여자를 잡아왔습니다. 이 여자를 죽여야 합니까? 살려야 합니까?"

이 순간, 예수님께서 어떻게 말씀해야지 위기를 모면할 수 있을까요? 예수님께서는 어떻게 대답하든지 죽게 되어있어요. 이들의 질문은 예수님을 위기에 몰아넣기 위한 함정이었기 때문이에요.

그런데 예수님께서는 악독하고 증오에 찬 무리들에게 아무 말씀도 하지 않으셨어요. 깊은 생각에 잠기셔서는 땅에 뭔가를 쓰셨어요. 잠시 후 예수님은 바닥에서 고개를 드셨어요. 그리고 관중들을 바라보셨죠. 예수님의 호수같이 맑고 신비한 눈동자를 바라본 사람들은 한마디 말도 할 수 없었어요. 예수님께서는 침묵을 깨뜨리고 차분하고 엄중하게 말씀하셨어요.

"너희들 중에 죄없는 자가 먼저 돌로 치라."

잠시 후 사람들에게 둘러싸여서 겁에 질린채 엎어져 있던 간음한 여인은 '툭, 툭' 돌이 하나 둘씩 떨어지는 소리를 들을 수 있었어요. 자신을 죽이려고 던지는 돌소리가 아니었어요. 자기를 붙잡아 온 사람들이 양심에 가책을 느낀 나머지 들고 있던 돌을 버리는 소리였어요.

모든 사람들이 돌아가자 예수님은 그녀에게 다가오셨어요. 그리고 여인에게 말씀하셨어요.

"나도 너의 죄를 용서했으니 다시는 죄를 범하지 말아라."

3. 죄를 인정하는 사람의 특징

혹시 우리에게도 돌을 든 바리새인과 사두개인들과 같은 모습은 없나요?(돌을 들어 보여주며) 다른 사람들의 잘못과 죄가 무엇인지는 분명히 알고 비판하기에는 재빠르지만 자기가 지은 죄는 모르고 살아갔던 바리새인과 사두개인의 모습은 없어요? 우리 인간은 다른 사람의 눈에 있는 작은 티끌은 보면서 자신의 눈에 있는 기둥처럼 큰 들보는 보지 못한대요. 다른 사람의 죄는 알면서 자신이 지은 죄는 알지 못한다는 말이에요.

그럼 이제 두 손을 가슴에 모으고 눈을 감아보셔요. 그리고 진실한 목소리로 '예', '아니요' 라고만 대답하세요. 여러분에게 묻겠어요. 여러분은 학교와 가정, 그리고 어디서든 죄와 잘못을 저지를 때가 있나요?

우리는 지금 모두가 죄를 짓는다는 사실을 인정했어요. 그런데 이렇게 자기가 죄인인 것을 인정하는 사람에게는 중요한 특징이 있어요.

그것은 잘못을 저지른 친구를 용서해 줄 수 있다는 거예요. 이런 사람들은 자신이 하나님 앞에서 더 큰 죄인이라는 사실을 알고 있어요. 그리고 자신처럼 다른 친구들도 죄를 짓기 쉽고 연약하다는 것을 알지요. 그래서 다른 친구들의 잘못을 함부로 욕하거나 업신 여기지 않아요. 다른 사람들에게 소문내지도 않고요. 오히려 조심스럽게 '다음부터는 그러지마' 라고 충고하고 용서하는 너그러운 마음을 가졌어요.

잘못한 친구를 용서해 줄 수 있는 너그러운 마음을 갖고 싶나요?

하나님 앞에서 나 역시 죄인이라는 사실을 인정하셔요. 용서의 비결이 여기에 있어요.

50. 우리는 하나예요

- **읽을본문** : 에베소서 4:1-6
- **참고성경** : 잠언 11:11-13, 15:1; 에베소서 4:2; 빌립보서 2:3-4; 히브리서 10:24-25; 야고보서 1:19
- **교육목표** : 초대교회 성도들의 하나된 삶을 모범으로 나와 성격이 다른 사람을 포용하고 사랑할 수 있다.
- **포 인 트** : 우리는 하나예요
- **설교형태** : 영상설교(성화)
- **영상삽입** : 쿼바디스(Qvo vadis 1984)
  감독: 프란코 로스
  '물고기' 설명(54:40-55:10)
  초대교인들의 순교장면(1:05:14-1:09:43)

1. 친구를 가려서 사귀지 말아요

이번 달부터 우리는 모두 새 학년이 되었어요. 그리고 새 선생님과 친구들을 만났어요. 그런데 저는 한가지 일 때문에 지금 마음이 아파요. 몇 명의 친구들이 와서 반을 바꿔달라고 했기 때문이에요. 왜 반을 바꾸려고 하는지 물어보니까 친한 친구가 옆반에 있어서 그렇대요. 물론 그런 부탁을 하는 친구들을 이해할 수 있어요. 누구나 친한 친구와 가까이 있고 싶으니까요. 하지만 친한 친구들과만 편하다고 같이 있고, 새로운 친구들은 낯설다고 멀리하면 이게 좋은 모습일까요? 아닐 거예요. 설령 새 반에 아는 친구가 한 명도 없다고 해도 사이좋게 지내야 해요.

오늘 우리는 옛날 기독교인들이 서로를 얼마나 사랑하고 아껴주었는지 살펴 보겠어요. 이런 아름다운 모습은 '우리는 하나' 라는 마음에서 시작되었어요. 나와 다른 친구들과 가까워지고 싶으셔요? 낯선 친구들과 친해지고 싶으셔요? 그러면 '우리는 하나' 라는 마음을 가지세요.

2. 기독교인의 암호였던 물고기 표시

최초의 기독교인들은 어떻게 신앙생활을 했을까요? 교회가 처음 세워졌을 때 기독교인들의 생활은 지금과는 너무나 다른 점이 많았어요. 로마 황제의 핍박이 심했기 때문에 숨어서 예배드려야 했어요. 당시 로마 황제는 자기를 숭배하지 않고 하나님만 경배하는 기독교인들을 몹시 싫어했기 때문이예요.

바울 사도 역시 복음을 전하다가 체포되었어요. 그래서 지금은 어둠침침한 감옥에서 밖에 있는 성도들에게 편지를 쓰고 있어요. 편지 속에서 바울은 이렇게 힘들 때일수록 예수님을 믿는 우리들은 서로를 더욱 믿고 하나가 되라고 당부하고 있어요.

그 당시는 "난 예수님을 믿어." "나는 기독교인이야." 이런 말을 함부로 할 수 없는 시대였어요. 누군가가 신고하면 꼼짝없이 붙들려갈 수밖에 없었기 때문이예요. 그래서 기독교인은 자신이 기독교인이라는 사실을 알려주기 위해 그들끼리만 통하는 암호가 있었어요. 이 암호가 뭘까요? 이 암호는 바로 땅바닥이나 상대방의 손바닥에 물고기를 그려주는 거였어요.

　이런 물고기 그림을 본적이 있지요?(물고기 상징을 보여주며) 아마 자동차 뒤에 붙이고 다니는 것을 많이 보았을 거예요. 그런데 이 물고기 그림이 지금으로부터 약 2000년 전 기독교인들이 핍박을 당하던 시절에 사용하던 암호라는 것을 아는 사람은 많지 않아요. 그렇다면 이 물고기 암호의 뜻이 무엇일까요? 이 물고기는 '예수 그리스도는 하나님의 아들, 구원자' 라는 뜻이에요. [16]

　다른 말이 필요 없었어요. '물고기 그림' 만 그려주면 예수님을 믿고 있다는 게 확인이 되었기 때문에 기독교인끼리는 서로를 도와주었어요. 비록 처음 만난 낯선 사람이더라도 형제만큼 사랑하고 도와주었어요. 그러면 저와 함께 초대교회 기독교인들이 물고기 그림을 이용해서 서로를 어떻게 도와주었는지를 살펴볼까요?

쿼바디스(물고기를 그리는 여인)

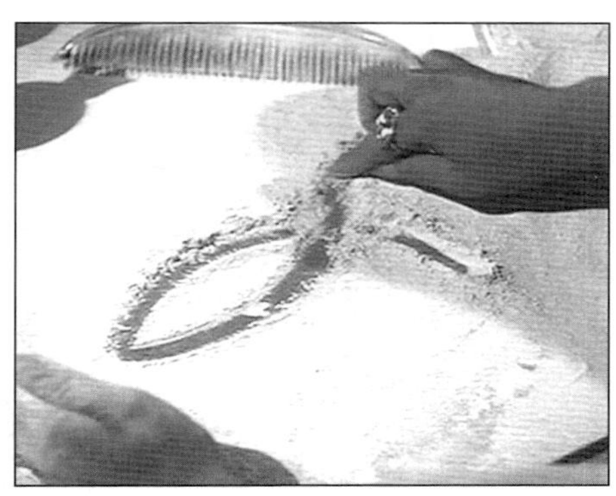

상영시간(54:40~55:10)

왕궁의 여인이 물고기 그리는 것을 보았나요? 두 여인은 서로 처음 만나는 사이에요. 하지만 예수님을 믿는 한 여인이 위험에 처하자 다른 여인이

---

16) 물고기는 익투스(*ΙΧθγΣ*)로서 함축된 의미로는 *Ι* : 예수스(예수), *Χ* : 크리스토스(그리스도), *θ*: 데오(하나님의), *γ*: 휘오스(아들), *Σ*: 소테르(구원자)란 뜻이다.

도와주고 싶었던 거예요. 그래서 일부러 밀가루를 쏟으면서 그 위에 물고기를 그린 거죠. 자기도 예수님을 아는 사람이니까 도와주고 싶다는 뜻을 표현한 것이예요. 이처럼 물고기 그림 하나로 기독교인들은 처음 만나는 사이라도 서로를 믿어주었어요. 인종과 신분이 달라도 서로를 진정으로 아껴주었어요.

특별히 로마인들 중에는 이전에 예수님을 믿지 않다가 기독교인으로부터 복음을 전해듣고 신앙을 갖게 된 사람들이 있었어요.

그런데 로마황제가 기독교인들을 못살게 굴자 자기의 모든 권리를 포기하면서까지 도와주려고 했어요. 사실 그들은 로마인으로서 호화로운 집과 재산을 가지고 평생을 편하게 지낼 수 있었어요.

하지만 신앙을 갖게 된 로마인들은 가난하고 핍박당하는 기독교인들의 고통을 보고만 있을 수 없었어요. 왜냐하면 예수님을 믿는 사람은 예수님 안에서 한 가족이라는 생각이 있었기 때문이에요.

실제로 이들 중에는 기독교인들을 숨겨주고 도와주다가 함께 사형장까지 끌려간 사람들이 있었어요.

이들은 사자밥이 되어 순교하는 순간까지도 찬송을 부르며 영원한 생명을 주신 예수님께 감사드렸어요. 그리고 마지막까지 함께 죽게된 다른 기독교인들을 섬겨주었어요. 그들이 어떻게 순교했는지 영화를 통해 보겠어요.

쿼바디스 2 (초대교인들의 순교장면)
상영시간(1:05:14~1:09:43)

어떻게 그들은 사자의 잔인한 울음소리 앞에서도 서로를 도와줄 수 있었을까요? 어떻게 그 죽음의 순간까지도 찬송을 부를 수 있었을까요? 대관절

어떻게 그들은 마지막까지도 서로를 평소보다 더 아껴주고 사랑할 수 있었을까요?

그것은 죽어가던 그들의 안에는 강력 본드보다 더 접착력이 강한, 이 세상의 그 무엇도 갈라놓을 수 없는 '우리는 하나' 라는 마음이 있었기 때문이에요.

3. 그리스도인은 왜 하나일까요?

그렇다면 우리는 왜 하나일까요? 예수님께서 우리 모두를 차별없이 똑같이 사랑하셨기 때문에 하나인 거예요. 예수님은 특별한 어느 한 사람의 죄가 아니라 우리 모두의 죄를 용서해 주시기 위해서 십자가에 달려 죽으셨어요. 그래서 우리는 하나인 거예요.

그리고 이제부터 우리는 사나 죽으나 똑같은 한 분을 '아버지' 로 섬기는 자녀들이 되었기 때문에 하나인 것입니다. 우리들의 아버지는 하나님 이셔요. 그렇기 때문에 우리들 모두는 하나님을 아빠로 모신 아들, 딸들입니다. 천국의 한 가족이 된 거죠.

우리는 한 가족이 되었기 때문에 교회에 나와 다르고 안맞는 사람이 있다고 해서 못마땅하게 여겨서는 안되요. 초대교회 성도들이 서로를 위해 목숨까지도 아끼지 않고 사랑했던 것처럼 우리도 그들을 끝까지 감싸안고 사랑해야 합니다. 그리고 이 다음에 커서도 이것만큼은 꼭 기억하세요.

하나님의 교회 안에서는 돈이 많거나 적거나, 사회적인 지위가 높거나 낮거나, 잘생겼거나 못생겼거나, 좋은 학교를 졸업했거나 못했거나, 공부를 잘하거나 못하거나 하는 세상적인 이유로 사람들은 차별해서는 안되요. 우리 모두는 한 가족이기 때문입니다.

4. 하나될 수 있는 비결?

물고기를 잡으려고 하면 낚시하는 법을 알아야 하고, 자전거를 타려고 하면 자전거 타는 법을 배워야 해요. 그렇다면 서로 다른 점이 많은 우리가 어떻게 하면 미워하지 않고 사랑할 수 있을까요?

그 좋은 비결을 바울 사도가 특별히 가르쳐주고 계셔요. 2절 보실까요? "모든 겸손과 온유로 하고 오래 참음으로 사랑 가운데서 서로 용납하고"라고 했어요.

우선 겸손한 게 첫 번째 비결이에요. 나하고 성격이 안맞고 차이가 많은 친구라도 높여주고 존중해 주는 겸손한 태도가 필요해요. 그리고 우리는 온유해야해요. 나와 생각이 다르다고, 혹은 나를 업신여긴다고 해서 거칠게 대하면 안되요. 부드럽고 온유한 태도로 살펴주면 친해질 수 있어요. 그리고 무엇보다 어려운 사람을 오래 참아주고 계속 인정해 주다 보면 그 친구는 변해요.

그래서 가깝고 친한 사이로 회복될 수 있어요. 겸손하고 온유하고 오래 참고 사랑으로 인정해주는 것이 비결이에요.

괜히 나와 다른 어려운 사람들을 미워해서 마귀가 기뻐하게 만들지 마셔요. 그러면 우리 마음도 불편해져요. 오히려 그런 사람일수록 예수님의 마음으로 사랑하고 용서해 주서요.

이럴 때 예수님은 우리 모습을 보고 기뻐하서요. 그리고 이럴 때 우리들의 마음에는 진정한 평안이 찾아와요. 서로 하나된 것을 힘써 지켜나가는 친구들이 되서요.

51. 추수감사절에 가져야 할 마음

- **읽을본문** : 느헤미야 8:15-18
- **참고성경** : 신명기 31:10, 역대하 8:13, 시편 126:5-6, 느헤미야 8:13-18, 고린도후서 5:1-10
- **교육목표** : 추수감사절의 유래에 대하여 설명하고 구약시대 초막절(장막절)과의 비교를 통해 이날 우리가 품어야될 마음을 교육한다. 특별히 한해 동안 지켜주신 하나님께 감사하는 마음을 갖게 하며, 천국을 소망하는 기간이 될 수 있도록 한다.
- **포인트** : 감사해요, 소망해요.
- **설교형태** : 사진설교

인터넷 사이트에 백과사전과 이미지 검색을 이용하여 필요한 사진을 수집할 수 있도록 한다.

❶ 이승엽 선수(일반 검색사이트 / 검색어: 이승엽)

❷ 메이플라워호/ 청교도교회/ 청교도무덤/ 인디언과 함께한 청교도(yahoo.com 에서 검색어 plimoth 혹은 pilgrim 관련 사이트: pilgrims.net polymouth 혹은 plimoth.org)

❸ 이스라엘의 장막절 풍경(성경문화CD, 총신대학교 성지연구소)

1. 역경 속의 감사

한 소년이 있었어요. 야구를 좋아하긴 했지만 운동신경이 뛰어난 것은 아니었어요. 아버지조차 그만둘 것을 거듭해서 말할 정도로 공 던지는 모습은 늘 어설펐어요. 하지만 소년에게는 고래심줄 같은 고집이 있었어요. 결국 소년은 야구를 시작했어요. 바라는 투수가 되었지만 인생은 순조롭지 않았어요. 운도 없었어요. 프로선수가 된 뒤에 팔꿈치에 큰 부상을 당해서 수술을 받았지만 투수로서의 생명이 끝났기 때문이에요. 그는 좌절했고 결국 타자가 되었어요. 뒤 늦은 출발이었습니다. 게다가 그에게는 뇌종양으로 쓰러진 어머니가 있었어요.

여러분! 이 소년의 이름은 이승엽이에요. 56호 홈런을 쳐 아시아 홈런왕이 된 이승엽 선수의 이야기인 것입니다. 물론 이승엽 선수의 업적은 대단한 거예요.

하지만 우리가 그의 일화에 더욱 감동에 젖는 이유는 이승엽 선수는 실패와 불행을 딛고 일어나 승리한 사람이라는 데 있어요. 그가 좋은 집안에서 태어나, 다친 곳 하나 없는 건강한 상태에서 이런 기록을 냈다면 감동은 훨씬 떨어질테니 말이에요.

사랑하는 여러분! 오늘은 추수 감사절이에요 한해 동안 일어난 일들을 하나 하나 생각해보며 하나님께 감사드리는 날입니다. 물론 우리 중에는 감사드리기에는 너무나 힘든 한해를 보낸 친구들도 있을 거예요.

하지만 여러분! 오히려 한해 동안 많이 실수하고 실패했기 때문에 나중에 느끼게 되는 승리의 기쁨은 더욱 값진 거에요.

오늘은 추수 감사절을 맞아 마음 속 깊이 간직해야할 감사의 제목이 무엇인지 배워보도록 해요.

2. 추수감사절의 시작

우선 추수감사절이 어떻게 시작되었는지 알아 보도록 하죠. 추수감사절은 400년 전부터 미국에서 시작된 명절이에요. 영국왕 헨리8세가 영국 국교회라는 다른 종교를 믿으라고 기독교인들을 탄압했어요.

그러자 영국에 살던 청교도라고 불리는 102명의 기독교인들은 예배 드릴자유를 찾아 미국으로 떠날 것을 결심했어요. 이들은 '메이플라워' 라는 배를 타고 거친 파도가 치는 대서양을 건너 당시에는 아무것도 없는 땅, 미국에 도착했어요.

그때는 겨울이 시작되는 시기였기 때문에 너무나 추웠어요. 게다가 먹을 것이 없고 전염병이 돌아 몇 달이 되지 않아 47명이 죽고 결국 55명만 남게 되었지요. 절반이나 죽은 거죠. 바로 오늘날 강력한 나라, 미국은 어려운 환경 속에서도 하나님을 원망하지 않고, 하나님께만 매달리고 순종했던 기독교인들에 의해 시작된 거예요.

이 사람들은 살아갈 집을 짓기 전에 교회와 학교부터 지었어요. 이곳 신대륙에 도착한 것은 먹고 잘 살기 위해서가 아니라 자유롭게 예배를 드리기 위해서였기 때문이에요. 결국 절반의 목숨을 앗아간 혹독한 겨울이 지나고 따뜻한 봄이 되자 예기치 않던 일이 벌어졌어요.

착한 인디언들의 찾아와 옥수수와 보리, 콩씨를 주면서 재배하는 법까지 가르쳐 주었기 때문이에요. 자신감을 얻은 미국인들은 한해 동안 열심히 농사를 지었고 그 결과 가을에는 풍성한 결실을 맺게 되었어요. 추수를 마친 이들은 하나님께 감사의 예배를 드리고, 도움을 준 인디언들을 초청해 큰

잔치를 열었어요. 이번에도 친절한 인디언들은 어깨 위에 사냥해서 잡은 사슴과 칠면조를 가져와 선물했어요.

이때부터 추수감사절은 칠면조를 먹는 전통이 생겼죠. 이 즐거운 행사가 매년 계속되고 발전되면서 오늘날의 '추수 감사절'이 된 거에요. 사실 추수 감사절이 언제였는지는 정확히 몰라요. 그냥 9월 말부터 11월 사이였다고만 짐작이 될 뿐이에요. 하지만 링컨 대통령이 11월 마지막주 목요일을 '추수감사절'로 정하기로 한 뒤부터 우리는 지금까지 계속 이 날을 '추수감사절'로 지키고 있어요.

3. 성경 속의 추수감사절인 장막절

그러면 여러분! '추수감사절'이라는 말이 성경에는 나올까요? 물론 나오지 않아요. 추수감사절은 400년 전에 생긴 명절이니까요. 성경은 2000년 보다 오래 전에 이스라엘 지역에서 일어난 일들을 중심으로 쓰여졌잖아요. 하지만 성경에도 '추수 감사절'과 비슷한 명절이 있어요. 추수를 마치고 이웃과 가족들을 초청해서 하나님께 감사의 예배를 드리고 잔치를 벌이는 명절이 다른 이름으로 나와 있어요.

이 명절이 바로 '장막절' 입니다. 그래서 하나님께서 우리가 추수 감사절은 어떤 마음으로 보내는 것을 기뻐하시는지 알아보려면 장막절의 의미를 알아야 해요.

이스라엘에서는 오늘날까지도 가을이 되면 장막절 행사를 열고 있어요.

이 행사는 우리가 생각하는 것보다 훨씬 규모가 큽니다. 한국에서 제일 큰 명절 두개를 꼽아 보라면 설날과 추석이잖아요? 이스라엘에서 제일 큰 명절 두개는 봄에 있는 '유월절' 과 가을에 있는 '장막절' 이에요. 그런데 아주 재미있는 사실이 있어요. 그것은 지금도 이스라엘 사람들은 장막절을 수천 년전 조상들이 지켰던 모습 그대로 지키고 있다는 거에요. 그래서 지금 이스라엘에 가서 장막절을 즐기는 풍경을 보면 그 옛날 장막절의 모습을 그대로 알 수 있어요.

먼저 장막절이 되면 이스라엘 사람들은 동네 여기 저기에 '장막' 을 쳐요. 장막은 텐트를 말하는데, 이 명절에는 장막을 치는 특징이 있기 때문에 이름이 '장막절' 이 된 거에요. 장막의 지붕 위에는 종려나무, 감람나무, 석류나무 잎을 가져와 아름답게 장식을 해요. 그리고 그 안에서 8일 동안 생활하는 거예요. 이스라엘 사람들은 가족끼리 모여서 그 안에서 음식도 해먹고, 올 한해도 풍성한 수확을 주신 하나님께 감사예배도 드립니다. 여러분도 텐트치고 가족들과 함께 야영을 해본 적 있죠? 이스라엘 사람들은 1년에 한 번씩 장막절이 되면 텐트를 치고 가족끼리 생활을 하니 얼마나 서로간에 친해지겠어요.

그런데 하나님께서 이스라엘 사람들에게 추수 감사절을 장막 안에서 보

내라고 하신데는 중요한 뜻이 숨어 있어요. 장막 속에서 생활해 보면서 어려웠던 순간 도와주신 하나님을 기억하고 감사하라는 거에요.

이스라엘 사람들은 장막을 보면 딱 떠오르는 게 있어요. 춥고 힘들고 어려웠던 광야에서의 생활이에요. 모세를 따라 광야로 나왔을 때 이스라엘 사람들은 40년 동안을 장막에서 보냈거든요. 하나님께서는 광야를 지나는 백성들에게 낮에는 서늘한 구름기둥으로 뜨거운 햇볕을 가려주시고, 밤에는 뜨거운 불기둥을 사용해 맹렬한 추위로부터 보호해 주셨어요. 목마르면 샘물이 솟아 나게 해주시고 배고프면 만나와 메추라기를 주셨어요. 이윽고 이스라엘 백성들이 가나안에 도착했을 때 하나님께서는 추수감사절인 장막절이 되면 어려웠던 순간마다 도와주신 하나님을 기억하라고 하신 거에요.

사랑하는 여러분! 그래서 우리들도 추수 감사절이 되면 일년 동안 하나님이 도와주신 것을 기억해야 해요. 그리고 반드시 하나님께 감사드리는 마음을 가져야 해요.

두 번째, 우리는 장막절이 되면 우리가 장차 가게 될 영원한 집인 천국을 바라봐야 해요. 이 세상은 우리가 영원히 살 집이 아니에요. 이 세상은 잠깐 거쳤다가 가는 장막이에요. 우리가 영원히 살 집은 앞으로 갈 천국밖에 없어요.

제가 어릴 때 가족들과 함께 거제도로 캠핑을 간 적이 있어요. 경치 좋은 해변가에 텐트를 치면 그렇게 좋을 수가 없었어요. 그런데 텐트는 치면 집에 돌아갈 땐 반드시 다시 걷어야되요. 텐트는 임시로 사는 곳은 될 수 있지만 영원히 살 곳이 안되요. 만일 "난 여기 텐트 안이 너무나 좋아요. 여기서 영원히 살래요!"라고 고집을 부리는 사람이 있으면 빨리 정신 병원에 데려가야지요.

우리가 사는 세상도 이와 똑같아요. 아무리 비싼 텐트든지, 싸구려 텐트든지 때가 되면 걷어야 하듯이, 이 세상도 우리가 아무리 멋지게 살든지 힘들게 살든지간에 때가 되면 끝나는 거에요. 그 다음에는 영원히 살 집에 돌아가야 해요. 오늘 성경에는 이렇게 쓰여있어요.

"만일 우리가 거하는 땅에 있는 천막집이 무너지면, 하늘에 있는 영원한 집이 우리에게 있다는 것을 압니다."

결국 마지막 때가 되면 우리는 세상에 태어날 때 쳤던 장막을 걷어야 한다는 말씀이에요. 그리고 하나님이 기다리시는 영원히 살 집, 천국에 가야 해요.

4. 추수감사절을 이렇게 보내요

사랑하는 초등부 친구 여러분!

이번 추수감사절은 성경에 나타난 '장막절'의 의미에 맞게 지내보았으면 좋겠어요. 한해 동안 광야와 같이 어려운 생활 속에서도 하나님이 얼마나 신실하게 우리를 도우셨는지 기억하고 감사하도록 해요. 그리고 지금이 아무리 힘들고 어려워도 이 세상은 잠깐 거하는 장막이지 영원한 집이 아니에요. 우리가 장차 살아갈 행복하고 영원한 집은 천국에 있어요. 나를 위해 하늘에 영원한 집을 준비해 두신 하나님을 바라보고 더욱 감사드리는 감사절이 되기를 소망합니다. 모두 저를 따라 크게 외쳐볼까요?

"도와주신 하나님을 기억합시다!"

"영원한 집, 천국을 바라봅시다!"

52. 성탄절의 주인공

- **읽을본문** : 마태복음 2:1-12
- **참고성경** : 마태복음 1:18-2:23, 누가복음 1:26-2:40
- **교육목표** : 인본주의와 상업주의로 인해 성탄절은 인간 중심의 절기로 변질되고 있다. 왜곡된 세상 문화 속에 살아가는 어린이들에게 성탄의 진정한 주인은 예수님이라는 참된 진리를 가르치도록 한다.
- **포 인 트** : 성탄의 주인공은 예수님 이에요
- **설교형태** : 그림설교(앞치마를 사용한 융판설교)
- **준 비 물** : 헝겊으로 만든 앞치마, 헝겊조각(동방박사들, 보좌에 앉은 헤롯왕, 구유에 뉘인 아기, 마리아, 요셉, 말, 사람들, 야자수, 건물,황금,유향,몰약)

※ 앞치마를 사용한 융판설교란?:
천조각으로 '주머니' 가 달린 앞치마를 만든다. 이 주머니 안에 설교할 때 필요한 헝겊조각을 순서대로 넣어 두었다가, 꺼내어 보여주면서 설교를 진행한다.

1. 성탄절의 주인공은 누굴까요?

성탄절이 다가오고 있어요. 거리에는 신나는 캐롤이 울려퍼지고 있어요. 백화점과 아트점마다 화려한 트리 장식과 이쁜 카드를 진열해 놓고 있어요. 이런 들뜬 분위기가 우리 친구들의 마음을 더욱 흥분시키는 것 같아요. 여러분도 성탄절하면 떠오르는 것이 있을 거에요. 성탄절하면 제일 먼저 무엇이 생각나나요? 굴뚝을 타고 내려와 선물을 놓고 가는 빨간 코트에 하얀 수염이 가득한 산타 할아버지? 재밌는 영화와 만화들로 가득한 TV 프로그램?

아빠가 퇴근길에 사오시는 피자와 케익과 치킨? 정말 이 정도만 생각해 봐도 우리 친구들이 눈 빠져라 성탄절을 기다리는 이유를 알 것 같아요.

그런데 친구 여러분! 성탄절을 이렇게만 보낸다면 뭔가 중요한 것이 빠진 것 같지 않나요? 성탄절에서 제일 중요한 것이 빠졌어요. 바로 성탄절에 태어나 우리를 구원해 주신 주인공, 예수님이 빠진 거에요. 우리는 성탄절에 나의 즐거움만 생각한 나머지 예수님께 감사하고, 예수님을 높이는 일을 잊을 때가 얼마나 많은지 몰라요. 예수님이 주인공으로 앉아야 될 바로 그 자리에 우리가 주인공으로 앉아있어요. 하지만 이런 모습은 하나님께서 기뻐하지 않으셔요. 하나님께서는 성탄절의 주인공이 예수님이 되길 원하셔요.

오늘은 성경에서 성탄절을 맞을 준비를 하는 두 종류의 사람들을 볼거에요. 두 종류의 사람은 바로 동방박사들과 헤롯왕이에요. 이들은 전혀 다른 마음으로 성탄절을 준비하고 있어요. 이 두 마음을 비교해 보면서 하나님이 누구의 마음을 기뻐하실지 맞춰보셔요. 맞춘 정답을 통해서 저와 여러분은 이번 성탄절에 어떤 마음을 품어야될지 알 수 있어요.

2. 버려야 될 마음, 헤롯의 마음

여기를 보서요. 예루살렘이 온통 떠들썩해요. 수많은 사람들이 거리로 뛰어나와 굉장한 행렬을 구경하고 있어요(자료 1).

"저게 누구야? 정말 대단한걸"

"그러게 말이에요. 아라비아에서 온 동방박사들이라죠"

어린이 여러분, 역사가들 중에는 예수님의 탄생을 축하하러 온 동방박사들은 세 사람만 온게 아니라고 설명하는 사람이 많아요. 당시 하늘의 별을 연구하는 박사들의 신분은 왕의 신분과 맞먹기 때문에 수십에서 수백 명의 사람들이 동방박사를 보호하기 위해 같이 왔을 거라고 추측해요. 그러니 예루살렘이 이렇게 떠들썩 한 이유를 알겠죠? 성문을 들어온 박사들은 곧장 예루살렘을 통치하는 헤롯왕을 만나러 갔어요.

신하가 헤롯왕께 뛰어 갔어요(자료 2).

"헤롯 대왕님, 동방에서 온 웬 박사들이 대왕님을 뵙고자 밖에 도착했습니다"

"들라 이르라"

이색적인 복장을 한 동방박사들이 걸어들어오자 헤롯왕은 호기심이 생겼어요.

"어서들 오시오. 귀한 분들께서 우리 유대땅에는 어쩐 일로 오셨소?"

가장 키 큰 동방박사가 말했어요.

"저희는 동방에서 별을 연구하는 박사들 입니다. 그런데 하늘에 유대인의 왕이 태어난다는 소식을 가르쳐주는 큰 별이 떴습니다. 그래서 우리는 그 별을 따라 유대인의 왕의 탄생을 축하드리기 위해 가는 길이지요. 대왕님께서는 새 왕은 어디서 태어날 것인지 알고 계십니까?"

이 말을 들은 헤롯왕은 깜짝 놀랐어요. 금새 입술이 파랗게 변하고 손이 부들 부들 떨렸어요. 겁과 분노가 동시에 치밀어 올랐기 때문이에요. '아니, 이 유대땅에 왕이 나 말고 또 누가 있다는 거냐. 새 왕이 태어났다면 빨리 찾아내서 죽여버려야 겠구나.' 하지만 헤롯왕은 잔인한 계략을 감쪽같이 감출 수 있을 만큼 뻔뻔스럽고 교활한 사람이었어요. 오히려 밝은 미소을 지으며 박사들에게 말했어요.

"미안하오. 난 아직 새 왕이 태어났다는 소식을 듣지 못했소. 하지만 예전부터 전해 내려오는 예언에 따르면 새 왕은 베들레헴이라는 동네에 태어난다고 했소. 그대들이 먼저 가서 태어난 왕을 만난다면 이곳으로 다시 돌아와 그 위치를 가르쳐 주겠소? 나도 새 왕의 탄생을 축하드리려 가고 싶소."

하지만 헤롯왕의 속셈은 따로 있었어요. 새 왕이 태어난 곳을 가르쳐 주면, 찾아가 죽여 버리려고 했던 거에요.

어린이 여러분! 헤롯은 자기만 왕이 되어야 했어요. 마음이 온통 자기 욕

심으로 가득차 있었죠. 그래서 역사상 가장 위대한 왕이 곧 태어나는데도,
축하해줄 만한 마음의 준비가 전혀 되어 있지 않았어요.

3. 가져야 될 마음: 동방박사의 마음

동방박사들이 궁전을 나오자, 큰 별이 다시 움직이기 시작했어요. 이번에
는 가장 뚱뚱한 동방박사가 말했어요.

"계속 저 별을 따라가 봅시다. 하나님께서 새 왕이 태어난 곳을 찾을 수
있도록 꼭 도와주실 겁니다."

두 명의 동방박사들도 고개를 끄떡이며 낙타 안장 위로 올라갔어요. 출발
한 지 두시간 쯤 지나자, 별은 예루살렘 남쪽 방향, 베들레헴이라는 시골 마
을의 외딴 집 위에 멈췄어요. 그런데 그곳은 왕이 태어날 만한 장소가 아니
었어요. 허름하고 춥고 냄새나는 마굿간이었기 때문이에요. 하지만 동방박
사들은 너무나 기뻐 환호성을 질렀어요.

"드디어 우리가 그렇게 찾아 헤매던 위대한 왕이 태어난 곳에 도착했소"

동방박사 세사람은 서로 얼싸안고 즐거워했어요. 눈에는 기쁨과 감격의 눈물이 흐르고 있었어요.

"어서 안으로 들어갑시다. 우리가 출발할 때 준비했던 소중한 보물을 갖고 말이요"

동방박사들이 마굿간 안으로 들어가자 그 곳에는 정말 막 태어난 아기가 말 구유에 뉘어 자고 있었어요(자료 3). 엄마와 아빠는 사랑 가득한 미소로 아기를 바라보고 있었어요. 동방박사 세 사람은 왕중의 왕으로 태어난 아기 예수님 앞에 엎드려 큰 절을 올렸어요. 그리고는 각자 준비해온 황금과 유황과 몰약을 선물로 드렸어요. 이 선물들은 당시로서는 가장 값진 보물들이었어요. 그리고 각각은 상징하는 의미가 있었어요. 황금은 만왕의 왕이신 예수님의 신분을, 유황은 성전에서 사용하는 신성한 물건이기 때문에 예수님이 하나님이신 것을, 몰약은 시신에 바르는 약으로서 장차 우리를 구원하시기 위해 십자가를 지실 예수님의 죽음을 상징하는 중요한 의미를 갖고 있었어요.

아기 예수님께 경배를 마친 세 번째 동방박사가 속삭였어요.

"가장 높은 곳에 계신 왕이 우리를 위해 가장 낮은 곳에 오셨군요. 정말 전에도 없었고 앞으로도 없을 이 세상에서 가장 위대한 왕임에 틀림이 없어요. 이런 왕의 탄생을 축하해 드렸으니 이제 난 눈을 감아도 후회가 없어요"

그러자 옆에 있던 친구 박사들이 잔잔한 미소를 지으며 고개를 끄떡였어요. 동방박사들은 그날 밤 꿈을 통해 하나님으로부터 헤롯 왕에게 들리지 말고 바로 떠나라는 계시를 받았어요. 그래서 일어나자 마자 동방을 향해 떠났어요.

사랑하는 어린이 여러분, 동방박사들은 예수님의 탄생을 축하드리기 위해 자기가 갖고 있는 많은 소유를 팔았어요. 또 산을 넘고, 사막을 지나고,

강을 건너 먼 길을 가야하는 위험과 고생을 참아내야 했어요. 어떻게 그들이 이렇게 할 수 있었을까요? 바로 그들에게 누구보다 먼저 아기 예수님의 탄생을 축하드리고 싶은 열망이 있었기 때문이에요. 그들의 마음 속에는 헤롯왕이 가진 욕심대신 예수님을 향한 사랑이 가득 차 있었어요.

4. 난 누구의 마음을 가졌나요?

사랑하는 어린이 여러분, 이 시간은 성탄절을 준비하는 우리들의 마음을 돌아보았으면 합니다. 성탄을 준비하는 여러분의 마음은 헤롯왕의 마음인가요? 아니면 동방박사의 마음인가요? 혹시 여러분의 마음 속은 아기 예수님의 탄생에 대한 기쁨과 감사는 온데 간데 없고, 온통 나의 즐거움과 욕심을 채울 어수선한 계획들로만 가득하지 않나요? 이런 어린이들은 성탄절의 주인공을 자기 자신이라고 착각하고 있는 거에요. 혹시 내가 헤롯왕의 마음을 품고 있는 것은 아닌지 돌아봐야 해요.

저는 여러분들이 헤롯왕의 마음 대신 모두가 동방박사의 마음을 품었으면 좋겠어요. 하나님께서는 동방박사의 마음을 품은 친구들을 사랑하고 기뻐하셔요. 동방 박사의 마음은 성탄의 주인공은 예수님인 줄 알고 예수님을 높이는 겸손한 마음이에요. 동방박사의 마음은 죄와 사망에서 우리를 구원하신 예수님께 감사드리는 마음이에요. 이 마음을 갖고 하나님이 기뻐하시는 뜻깊은 성탄절을 맞는 친구들 되셔요.

멀티미디어 설교의 종류

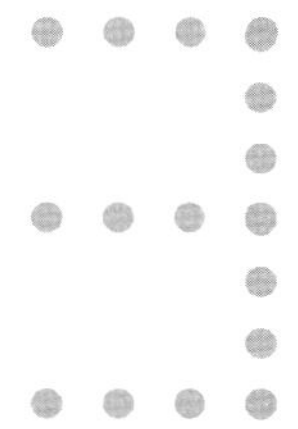

52주 시청각 설교 분석표 2

공과 제목	바뀐순서	본 문	시각자료	주제	설교유형	
아낌 없이 드려요	21과	요 6:10-13	실물	헌신(S3)	실물설교	헌신
밧줄에서 탈출하셨나요?	03과	롬 6:23	실물	거듭남(S1)	실물설교	죄/구원
난 하나님의 걸작품!	15과	딤후 2:20-21	실물	자존감(S2)	실물설교	자존감
축복은 이때를 위해 주셨어요	22과	에 4:13-17	실물	섬김(S3)	실물설교	헌신
서로 용서해요	49과	요 8:1-11	실물	용서(S2)	실물설교	신앙생활
좋은 우정을 가꾸는 비결	35과	삼상 20:17	공작	우정(S3)	실물설교	사랑
하나님이 기뻐하시는 예배	41과	요 4:24	공작	예배(S2)	실물설교	예배
성령충만을 받아요	08과	엡 5:18-21	실험	성령충만(S2)	실물설교	만남 그 이후
주홍같이 붉은 죄 눈같이 희겠네	04과	민 21:4-9	실험	구원확신(S1)	실물설교	죄/구원
우리는 하나예요	50과	엡 4:1-6	성화	교제(S3)	영상설교	신앙생활
나는 누구일까요?	16과	롬 8:15-16	성화	정체성(S2)	영상설교	자존감
안식일을 거룩히 지켜요	40과	출 20:8-11	영화	안식일(S2)	영상설교	예배
질투하지 마셔요	44과	삼상 18:5-9	영화	감사(S2)	영상설교	신앙생활
예수님께 더 가까이 가야할때	05과	히 12:13-14	영화	용서(S2)	영상설교	죄/구원
무엇을 선택할거에요?	10과	마 19:16-22	영화	결단(S3)	영상설교	만남 그 이후
하나님의 전신갑주를 입어요	09과	엡 6:10-17	영화	영적무장(S2)	영상설교	만남 그 이후
헐크에서 하나님의 자녀로	11과	롬 12:2	영화	성화(S2)	영상설교	만남 그 이후
부자와 나사로	38과	눅 16:19-26	영화	천국,지옥(S1)	영상설교	전도
늦으면 안돼요	36과	요 4:35	영화	전도(S3)	영상설교	전도
예수님과 바꿀 수 없어요	12과	롬 8:32	애니메이션	우선순위(S2)	영상설교	만남 그 이후
급할 때는 부르짖어요	42과	창 21:12-21	애니메이션	간구(S2)	영상설교	예배
생일에 기억할 것 한가지	24과	빌 1:3-11	애니메이션	하나님중심(S3)	영상설교	헌신
하나님은 포기하지 않아요	32과	롬 8:38-39	애니메이션	신뢰(S2)	영상설교	사랑
최고의 선장이신 예수님	48과	눅 8:22-25	편집영화	도우심(S2)	영상설교	신앙생활
하나님과 떠나는 아름다운 비행	13과	롬 8:30	편집영화	성화(S2)	영상설교	만남 그 이후
아빠 엄마 사랑해요	33과	잠언 1:8-9	TV영상	부모사랑(S3)	영상설교	사랑

주제 참고   S1 : Salvation(구원),   S2 : Sanctification(성화),   S3 : Service (섬김)

공과 제목	바뀐순서	본 문	시각자료	주제	설교유형	
약할때가 강할때!	29과	고후 12:7-10	TV영상	자존감(S2)	영상설교	고난극복
한치 앞을 몰라 불안할때	30과	약 4:13-17	TV영상	인도(S2)	영상설교	고난극복
금보다 귀한 믿음을 갖고싶나요?	31과	벧전 1:6-7	사진	시련극복(S2)	사진설교	고난극복
얼짱으로 충분한가요?	18과	롬 12:1-27	사진	자존감(S2)	사진설교	자존감
내마음 하나님집	17과	고전 3:16-177	사진	정체성(S2)	사진설교	자존감
예수님의 보혈	06과	히 9:1-7	사진	율법과 복음(S1)	사진설교	만남 그 이후
용서하셔요	34과	마 6:12	사진	원수사랑(S3)	사진설교	사랑
어린이 고구마 전도왕	39과	롬 10:12-15	사진	전도(S3)	사진설교	전도
목마르셔요?	01과	요 4:13-14	사진	회복(S2)	사진설교	죄/구원
추수감사절에 가져야할마음	51과	느 8:15-18	사진	추수감사(S2)	사진설교	추수감사절
하나님은 누구실까요?	07과	요 3:16	제작만화	구원(S1)	그림설교	만남 그 이후
예수님을 따라가요	20과	마 4:18-22	대중만화	부르심(S2)	그림설교	자존감
낮아지면 높아져요	45과	빌2:5-11	대중만화	겸손(S2)	그림설교	신앙생활
두려움을 이기려면	27과	삼상17:41-49	대중만화	동행하심(S2)	그림설교	고난극복
대표선수의 승리	26과	롬 5:18-21	융판	부활절(S2)	그림설교	부활절
말씀으로 창조하셨어요	14과	요 1:1-5	융판	천지창조(S2)	그림설교	자존감
니느웨로 간 요나	37과	욘 3:2	이동그림	순종(S3)	그림설교	전도
엘리야의 기도	47과	왕상18:37-39	이동그림	기도의 능력(S2)	그림설교	신앙생활
헌금을 드리는 마음	43과	고후 9:6-7	일반드라마	헌금(S3)	드라마설교	예배
친절을 베푸셔요	23과	요일 3:18	일반드라마	친절(S3)	드라마설교	헌신
선한 목자	02과	요 14:6	일반드라마	이단분별(S2)	드라마설교	죄/구원
창조자를 기억해	19과	전12:1	인터뷰드라마	하나님께 순종(S2)	드라마설교	자존감
예수님이 해결해 주셔요	28과	요 11:25-27	인터뷰드라마	예수님의능력(S2)	드라마설교	고난극복
여리고 무너뜨리기	46과	수 6:20-21	협동드라마	순종의 결과(S3)	드라마설교	신앙생활
최후의 만찬	25과	막 14:22-25	협동드라마	성만찬(S1)	드라마설교	성만찬/고난주간
성탄절의 주인공	52과	마 2:1-12	융판	성화(S2)	그림설교	성탄절

꿈은 이루어진다(히 11:1, 사진, 믿음(S2), 사진설교)는 시기상으로 늦은 감이 있어 책에서는 뺐으며
www.ccm2u.com에 자료는 실려 있습니다.

1. 실물(Object)설교

1. 가상현실에 익숙한 아동들에게 효과적인 실물설교

현대를 살아가는 어린이들은 가상현실의 세계에 익숙해져 있다. TV나 인터넷, 컴퓨터 게임에 푹 빠져있다 보면 먹고 자는 것도 잊곤한다. 이처럼 멀티미디어에 익숙해 지다보니 가상현실의 세계는 어린이들에게 있어 더 이상 새로운 것이 아니게 되었다. 지극히 일반적이고 평범한 문화가 된 것이다. 그래서 어린이들에게 직접 보여지고 만져지는 실물은 과거보다 더욱 참신한 교육효과를 가져온다.

아이들의 호기심을 자극하는 낯선 매체는 실물이지 멀티미디어가 아니기 때문이다. 따라서 제대로 사용된 실물은 멀티미디어 이상으로 어린이들의 시선을 제압할 수 있다.

홍수가 끝나고 땅이 말랐는지를 확인하기 위해 노아가 비둘기를 광주 밖으로 날려 보내는 장면을 설교하고 있다고 생각해 보자. 이 장면을 영화로 보여주는 것과 실제 새 한 마리를 숨겨두었다가 설교 중간에 날려보내는 것, 어느 쪽이 더 강렬한 인상을 심어 주겠는가? 따라서 설교 내용에 맞게 생선, 쥐덫, 짚신, 연탄, 활 등을 보여주는 것만으로도 교육에 큰 도움이 될 수 있다.

특별히 실물설교의 장점은 청중과 상호작용이 가능하다는 것이다. 멀티미디어를 통해 출력되는 동영상이나 정지화상, 음향 등은 정보가 청중들에게 일방적으로 전달된다. 따라서 청중들은 철저히 수동적일 수밖에 없다. 하지만 실물설교를 할 때 설교자는 청중들과 호흡을 함께 할 수 있다. 청중들의 반응에 따라 즉흥적으로 설교의 형태, 속도, 어조 등을 조절할 수 있다. 청중들과 보다 인격적인 상호교류가 가능해지는 것이다.

필자는 실물(Object)의 개념을 좀더 포괄적으로 정의하려고 한다. 즉, 3차원의 공간에서 손으로 들거나 만질 수 있는 모든 물체들을 실물로 보는 것이 그것이다. 이렇게 실물을 정의한다면 실물설교에는 실제적인 물건을 사용하는 일반적인 실물설교 이외에도 공작물을 이용한 설교, 실험을 통한 설교 역시 포함될 수 있다.

실물설교를 하기 위해 실물을 수집하다 보면 수집이 불가능한 경우가 있다. 만약에 구름이나 돌고래와 같은 실물이 필요하다면 구할 수 있겠는가? 다이아몬드와 같이 값비싼 실물이 필요할 때도 난처하기는 마찬가지다. 이때는 어쩔 수 없이 실물을 모방해서 공작하거나 모형을 만들어야 한다. 이런 이유로 공작물설교와 실험설교를 실물설교에 포함시켰다.

2. 실물설교에서 유의해야 할 점

실물설교를 할 때는 다음 사항을 유의해야 한다.

첫째, 설교할 본문에 도움이 되는 실물을 선정해야 한다. 그래서 실물은 언제나 성경 본문의 분석이 충분히 이루어진 후에 찾아야 한다. 실물은 어디까지나 본문의 의미를 정확히 전달하는 도구에 불과하기 때문이다. 또한 강렬하거나 잔인한 실물의 사용은 자제되어야 한다. 실물의 인상이 지나치게 강렬하면 어린이들은 설교 내용을 기억하진 못하고 실물만 기억한다. 이런 경우는 주일 저녁에 엄마가 오늘 들은 설교 말씀을 요약해 보라고 하면 기가 막힌 일이 생긴다. 내용은 하나도 기억 못하고 칼이 멋있었다느니, 생선이 징그러웠다느니 같은 이야기만 한다. 또한 실물을 갖고 설교하는 시간을 지나치게 길게 잡는 것은 좋지 않다.

실물을 보여주고 설명하는 시간을 합쳐 한번에 2~3분 이상이 초과되는 것은 바람직하지 않다. 이 시간을 넘으면 실물에 대한 인상 때문에 본문 내용이 가려질 수 있기 때문이다.

그리고 사용한 실물은 설교를 마칠 때까지 보이지 않는 곳에 숨겨두어야 한다. 실물을 올려놓고 설교를 계속하다 보면 어린이들이 설교는 듣지 않고 실물만 바라보고 딴 생각을 하기 때문이다. 또한 실물보다 중요한 것은 실물로 전달하려는 본의미이다.

따라서 실물을 보여주는 데만 그치지 않고 뜻하는 의미를 충분히 설명해 줄 수 있어야 한다. 실물을 선택할 때는 실물의 역효과로 인해 본문의 의미가 방해받지 않도록 세심한 주의가 필요하다.

둘째, 실물은 주변에서 쉽게 구할 수 있는 것이 좋다. 신문지, 플라스틱 병과 같은 재활용품에서부터 그릇 등과 같은 주방용품, 냉장고에 있는 조기, 상추, 무우에 이르기까지 설교에 사용할 수 있는 실물들은 대부분이 집에서 구할 수 있다. 집에서 구할 수 없는 대나무, 쥐덫과 같은 재료들도 집 근처의 철물점에 가면 다 있다.

한 가지 부탁하고 싶은 것은 실물을 준비하는데 지나치게 많은 시간과 돈을 사용하는 것은 낭비라는 점이다. 대신 이런 에너지는 연습에 집중시켜 실물을 가지고 자연스럽게 말할 수 있도록 반복해서 연습해야 한다.

3. 실물설교의 준비 및 연습 과정

실물설교를 준비하는 가운데 하나님께서 지혜를 주시도록 먼저 기도한다. 그리고 본문을 연구해야 하는데, 본문이 정확히 이해되도록 다른 번역본, 사전류를 통해서 분석한 후 본문을 구성한다. 주해와 강해단계를 거쳐 설교적 개요를 작성한 다음에는 사용할 실물과 본문 안에 삽입할 위치를 결정한다. 그리고 설교문을 작성하고 실물준비와 제작에 들어간다. 실물이 마련되면 실물설교의 연습에 들어간다.

실물설교를 할 때는 실물을 잡고 해야 하기 때문에 양손이 자유로워야 한다. 따라서 핀 마이크나 헤드셋이 있으면 가장 좋다. 그렇지 않을 때는 마이크를 고정시켜 사용한다.

이러한 환경을 가정해 놓고 철저히 연습하는데, 설교원고 전체를 암기하기가 힘들다면 실물을 사용하는 부분의 원고만큼은 확실히 외우도록 한다. 시선은 원고가 아닌 청중을 바라보고, 양손으로는 실물을 만지면서 말할 수 있는 멀티플레이어가 되도록 훈련해야 한다.

> **· 실물설교 준비과정**
>
> 기도 → 본문연구 → 본문구성(주해개요/ 강해개요/ 설교개요작성)
>
> → 어떤 실물자료를 이용할 것인가? 선택한 실물 제시를 어느 순서에 넣을 것인가? → 설교원고작성 → 실물 준비 및 제작 → 실물설교 연습

실물설교는 OHP나 환등기와 같은 최소의 교육기자재조차 준비되지 않은 환경 속에서도 최상의 교육효과를 가져올 수 있는 설교방법이다. 따라서 개척교회나 미자립교회의 아동 설교는 물론, 선교여행이나 농촌 봉사활동 때도 시도해 볼 수 있는 가장 적합한 방법이라고 하겠다.

이 책에는 9편의 실물설교들을 소개하고 있다. 위에서 제시한대로 실물

을 폭넓게 정의하여 '일반 실물설교' 뿐만 아니라 공작물 이용한 '공작물설
교', 실험을 통해 진리를 유추해 내는 '실험설교' 까지 다양하게 다루어 보
았다.

2. 영상(Moving Image)설교

영상설교란 영화나 TV드라마와 같이 모니터 상에 움직이는 영상을 시청각 자료로 이용한 설교를 말한다. TV, 인터넷, 게임, VTR 및 DVD에 익숙한 요즘 어린이들이 가장 친숙하게 느낄 수 있는 설교의 장르라고 볼 수 있다.

영상설교를 위해서는 먼저 영상을 보여줄 수 있는 시청각 기자재 구비가 필수적이다. 컴퓨터와 빔프로젝트, VTR만 있다면 어떤 영상설교도 어려움 없이 진행할 수 있다. 하지만 컴퓨터를 고가의 빔프로젝트 대신 일반 TV에 연결해도 동일한 효과를 얻을 수 있다. 요즘 모든 초등학교 교실은 TV와 데스크탑 컴퓨터를 연결해 영상수업을 진행할 수 있는 환경이 갖추어져 있다. 시간을 내서 방과후 학교교실을 방문해 보는 것도 예배실의 시청각 환경을 개선하는데 도움이 될 것이다.

영상설교는 사용하는 매체에 따라 크게 두가지로 실행할 수 있다.

1) VTR을 이용하는 방법

VTR로 영상을 보여주는 것은 가장 간편하고 일반적인 방법이다. VTR을 이용할 때 선택할 수 있는 재료로는 성화, 일반영화, 애니메이션, TV광고, 드라마, 다큐멘터리 등 매우 다양하다. 설교 중간에 영상이 삽입되기 때문에 방영시간은 3~5분 안팎으로 제한된다. 따라서 영상전체를 보여줄 수는 없고, 설교에 도움이 되는 인상적인 장면만을 방영한다. 만일 하나의 영상물 안에서 방영해야 할 장면이 두 개 이상이거나 양 장면간에 지나치게 긴

시간상의 거리가 있다면 두 가지 방법을 사용할 수 있다.

첫 번째 방법은 동일한 비디오 테이프를 두 개 이상 대여하는 것이다. 그래서 설교 전에 두 개의 테이프를 장면이 시작되는 지점을 맞추어 놓았다가 설교 중에 순서대로 VTR에 넣어 보여주면 된다.

이 방법은 준비과정이 쉽고 간편할 수는 있으나, 테이프를 갈아끼우는 동안 방영이 중단되어 흐름이 끊어지거나 집중되었던 분위기가 흩어질 수 있다는 약점이 있다.

두 번째 방법은 비디오 편집과정을 통하여 재구성해서 상영하는 것이다. 이 방법은 비교적 자연스럽게 두 장면을 연결할 수 있고, 다수의 테이프를 대여하지 않아도 되는 장점이 있다. 단 편집하는데 시간과 수고가 따른다.

2) 컴퓨터를 이용하는 방법

노트북 컴퓨터나 데스크탑 컴퓨터로도 영상설교를 진행할 수 있다. 마이크로 소프트사의 프로그램 중에 하나인 파워포인트나 기타 다른 멀티미디어 프로그램을 이용하여 방영한다. 컴퓨터에서 사용할 수 있는 재료는 CD와 DVD로 된 영상물, 인터넷에서 다운받은 동영상이다.

이때 컴퓨터 내부에 DVD 플레이어가 있어야 실행할 수 있는 DVD상영을 제외하고는 일반 컴퓨터환경에서 대부분의 영상을 실행할 수 있다.

무엇보다 컴퓨터를 이용할 때의 장점은 영상 편집이 효과적이고 수월하다는 점이다. 영상편집 프로그램을 이용하여 설교에 필요한 장면만 모아 영상을 빠르고 쉽게 편집할 수 있으며 영상과 함께 음향과 텍스트를 삽입하여 전달 효과를 높일 수 있다. 물론 컴퓨터로 영상을 편집하기 위해서는 멀티미디어에 관련된 소프트웨어를 잘 구사할 수 있어야 한다.

하지만 영상설교를 위한 편집은 기본적인 기능만 배워도 도전해 볼 수 있

다. 따라서 멀티미디어 세미나에 참석하거나 서적를 통해 독학할 수도 있
다.

2. 영상설교의 장르

영화설교는 사용하는 재료의 특성에 따라 성화설교, 일반영화설교, 애니
메이션설교, TV 영상설교 등으로 나누어진다.

이 구분은 영상이 다루고 있는 소재, 제작방법, 시청자 반응의 차이를 고
려해 구분한 것이다. 어린이들이 영상설교를 아무리 좋아한다 할지라도 한
장르만으로 계속되다 보면 식상해지기는 마찬가지이다.

따라서 영상 재료를 다양하게 보여줌으로써 설교에 변화를 주는 것이 좋
다. 각 장르별 특성을 보면 다음과 같다.

1) 성화설교

성화란 기독교적 주제와 스토리를 가진 영화를 말한다. 십계, 쿼바디스,
삼손과 데릴라 등 성경의 이야기나 기독교적 소재를 갖고 제작된 영화들이
여기에 속한다. 성경의 한 내용을 성화만큼 직접적이고 정확하게 표현한 영
화를 발견하기는 어렵다. 따라서 복음주의적 관점에서 제작된 성화라면 가
장 안심하고 보여 줄 수 있는 장르라고 하겠다.

성화를 통해 아이들은 상상 속에서 그려보던 성경의 내용들을 구체적으
로 이해할 수 있다. 초등학교까지의 연령은 허구(fiction)와 사실(fact)을 정
확히 구별하지 못한다.

그래서 허구적인 줄거리로 제작된 영화를 보더라도, 두 눈으로 봤기 때문
에 실제로 그런 일이 있었다고 믿게 된다. 어린이들의 이와 같은 특성은 영

화를 통해서 성경이 진리라는 사실을 더욱 확신하게 만든다. 「십계」에서 홍해가 갈라지는 장면을 통해서 아이들은 전능하신 하나님과 그 분께서 베푸시는 기적을 믿게 된다. 「쿼바디스」에서 나온 바울과 베드로와 같은 등장인물을 통해 성경의 역사성을 배울 수 있다.

또한 「벤허」에 간접적으로 나오는 예수님과 십자가 사건을 통해 예수님의 존재를 다시 한번 확신하게 되는 것이다.

하지만 성화는 이와 같은 유익에도 불구하고, 소재가 기독교적인 내용으로만 제한된다는 한계를 가진다. 그리고 사건의 현장이 2000년 이상 지난 과거이기 때문에 현재 어린이들이 갖고 있는 문제들과 일일이 연결시키기에는 어려움이 따른다.

2) 일반영화설교

일반영화설교란 기독교적인 내용을 담고 있지 않은 영화를 시각자료로 이용한 설교를 말한다. 일반영화는 복잡한 인생만큼이나 장르가 다양하다. 비디오 대여점의 진열목록인 드라마, 액션, 공상과학, 멜로, 공포, 코메디 등이 모두 일반영화의 장르가 될 수 있다.

일반영화를 설교의 영상으로 사용할 때는 두 가지 시각을 견지해야 한다. 첫 번째는 진리의 빛은 일반영화 안에도 숨어 있다는 것이다.

하나님께서 진리이신 예수 그리스도를 알리실 때는 '계시'의 방편을 사용한다. 계시는 성경말씀을 통해 진리가 전달되는 특별계시와 자연현상과 인간의 경험, 문화에 의해 전달되는 일반계시로 구분된다. 영화는 일반계시의 한 측면으로서 예수 그리스도를 간접적으로 전달할 수 있는 채널이 될 수 있다.

예를 들면 안드류 스탠톤 감독의 영화 「니모를 찾아서」는 아들을 찾아 나서는 아빠 물고기, 말린의 부성애을 통해 하나님 아버지의 포기하지 않는 사랑을 느낄 수 있다. 이안 감독의 영화 「헐크」는 친구 베티를 만나면 정상적인 인간이 되는 주인공 부르스를 통해 예수님을 만난 이후 변화되는 성도의 모습을 표현할 수 있다. 「타이타닉」은 인생의 불완전성과 구원자이신 예수 그리스도를 암시할 수 있고, 「딥 인펙트」는 인류의 종말사건과 연결시킬 수 있다.

이처럼 영화 속에는 성경을 설명하는데 도움을 줄 수 있는 무궁 무진한 소재들이 널려 있다.

두 번째 견지해야 할 시각은 영화는 진리를 전달할 수는 있지만, 완전하게 전달하기에는 불충분한 매체라는 것이다.

인간을 구원에 이르게 하는 완전한 길은 성경말씀을 통한 특별계시밖에 없다. 일반계시는 구원의 길을 암시하고 안내하는 조력자의 역할을 할 뿐이다. 따라서 영화설교는 영화를 보여준 후 영화 스토리를 말해주는 식으로 끝나면 안된다.

영화를 기독교적 세계관으로 해석하여 본문의 말씀과 연관시켜야 한다. 영화는 말씀의 효과적인 전달을 돕는 도구가 되어야 한다.

한편 일반영화는 제작자의 세속적 가치관이 투영되어 있다는 사실에 유의할 필요가 있다. 제작자들은 세상의 가치관에 영향을 받아 작품을 만든다. 세상의 가치관이 휴머니즘, 상대주의, 자본주의, 뉴 에이지 등의 세속사상에 뿌리를 두고 있다면, 제작자는 직간접적으로 이와 같은 가치관을 영화 속에 이식하게 된다.

그렇다면 비기독교적인 가치관에 영향을 받은 영화는 영상설교의 재료에서 제외되어야 할 것인가? 만일 그렇게 한다면 우리가 볼 수 있는 영화가 거의 없게 되는 난관에 부딪히게 된다. 기독교적 영화가 아닌 일반영화가 세속적 가치에 기반을 두고 있는 것은 당연한 사실이기 때문이다. 따라서 우리는 비기독교적인 영화를 '보지 않는' 소극적인 방법에서 벗어나야 한다. 영화를 보여주되, 기독교적인 세계관으로 영화를 재해석해서 설교하는 적극적인 방법이 요청된다.

영화 「천국의 아이들」의 배경은 이슬람국가인 이란이기 때문에 '알라' 라는 말이 자주 등장한다. 하지만 이슬람 배경이라고 해서 영상설교의 재료가 될 수 없는 것이 아니다. 그 안에서 필요한 메시지만을 선택해서 설교에 이용하면 된다.

또 일본인 감독, 미야자키 하야오의 작품 「이웃집 토토로」에는 여주인공 사츠키가 우상에게 합장하는 장면과 같은 일본의 다신교적 요소가 들어있다.

이 장면을 영상에 보여줄 때 역시 핵심 메시지만 찾아내서 설교에 이용하면 된다. 단 "일본사람들은 신이 많다고 생각하기 때문에 저렇게 우상에 기도하고 있는 거예요. 하지만 참신은 하나님 한 분밖에 없어요. 사츠키의 모습이 참으로 안타깝지요?"라고 말하면서 비기독교적인 내용은 짧게라도 꼭 교정을 해주어야 한다.

일반영화를 어린이들에게 보여줄 때 조심해야 될 부분은 관람등급에 유의해야 한다는 것이다. 비디오는 전체관람가, 12세, 15세, 18세이상 관람가로 시청 등급이 제한되어 있다.

이 등급은 외설과 폭력, 연령별 이해수준 등을 종합적으로 고려해서 공연윤리 심의위원회에서 지정한 것이다. 영화설교에서도 관람등급이 지켜져야 한다.

하지만 불가피할 경우에는 교사의 지도하에 문제의 소지가 없는 장면만 선택해서 보여줄 수 있도록 한다.

3) 애니메이션설교

애니메이션이란 한 장 한 장 그려진 그림이나 사물, 인형 등을 특수 촬영하여 움직이는 화상을 만들어내는 것이다. 여기에는 만화영화, 인형영화, 그림자영화 등이 포함된다.

애니메이션은 영상설교 중에서도 어린이들이 가장 좋아하는 장르라고 할 수 있다. 그 이유는 첫째 애니메이션 기법 자체가 일반영화에서는 다룰 수 없는 상상속의 세계를 표현할 때 사용되기 때문이다. 쥬라기 공원에서 뛰노는 공룡이나, 스타워즈에 나오는 외계인들은 모두 애니메이션 기법에 의해 만들어졌다. 동화나 꿈속의 세계가 애니메이션에 의해 펼쳐지고 있으니 어린이들은 빨려들어갈 수밖에 없다.

두 번째는 애니메이션 안에 등장하는 캐릭터의 이미지가 어린이들에게 친근감을 준다는 것이다. 어린이들은 눈이 유난히 크고, 귀엽고 깜찍한 이미지를 가진 캐릭터를 좋아한다.

더구나 미키마우스나 스누피, 가필드와 같이 의인화된 동물 캐릭터에 정감을 느낀다. 애니메이션의 캐릭터는 이와 같은 매력적 조건들을 골고루 갖추고 어린이를 현혹하는 것이다.

세 번째는 애니메이션이 갖고 있는 만화적인 요소이다. 어린이의 연령대는 만화에 가장 큰 흥미를 느끼는 시기이다. 게다가 애니메이션은 만화가 움직이는 매력까지 갖추고 있다.

그러니 어린이들의 기대와 관심을 독차지하고 있는 것은 당연하다. 애니메이션 영화 중에서 추천할 만한 작품은 역시 월트 디즈니사가 제작한 것들이다. 디즈니사의 작품들은 「인어공주」를 시작으로 90년대부터 지금까지 세계적인 흥행에 성공함으로써 애니메이션 업계에 활기를 불어넣었다. 최고의 기술력과 자본을 바탕으로 애니메이션의 영상효과를 현실과 차이를 느낄 수 없는 수준으로 끌어올렸다. 뿐만 아니라 내용에 있어서도 각 나라의 동화, 전설, 성경의 이야기 속에서 소재를 찾아내어 어린이들에게 유익한 교훈과 지혜를 제공하고 있다.

애니메이션을 영상설교에 이용할 경우 집중력을 높일 수 있으며 어린이들의 이해수준에 맞는 유익한 내용으로 성경본문의 이해를 도울 수 있다.

4) TV영상설교

TV영상설교는 TV에서 방영된 드라마, 다큐멘터리, 광고, 뉴스 등의 단편을 설교의 재료로 이용하는 것이다. TV영상의 장점은 TV가 집집마다 보급된 가장 대중적인 매체라는데 있다. 친숙한 TV장면에 의미 있는 복음적 메시지가 들어가면 잊지 못할 지식이 될 수 있다. 특별히 유행 프로의 명장면, 명대사를 이용할 경우 효과는 더욱 증폭된다.

「모래시계」의 박태수(최민수 역)가 사형당하기 직전, 친구 정우석(박상원 역)에게 했던 명대사 "나 떨고 있니?"를 설교에 이용한다고 해보자.

이 장면을 보여준 다음 설교자가 "세상에서 무서운 것이 없었던 폭력배 두목도 죽음 앞에서는 이렇게 부들부들 떨고 있어요"라고 한다면 죽음 앞에 인간이 얼마나 나약한 존재인지를 얼마나 효과적으로 설교하고 있는 것인가?

TV 영상재료를 확보하는 방법은 여러 가지가 있다. 가장 일반적인 방법은 방영되는 프로그램의 스케줄을 미리 확인해서 녹화시키는 것이다. 요즘 VTR은 대부분 예약녹화기능이 있으므로 집에서도 간단하게 작업할 수 있다. 이미 지나간 프로그램은 방송사의 홈페이지에 들어가서 구입할 수 있다. 방송제목을 모르더라도 관련주제, 방영날짜만 가지고도 검색이 가능하며 전화나 인터넷으로 주문하면 된다. 주문한 영상은 비디오테이프나 DVD

로 녹화되어 3~5일 내에 배달된다. 또한 최근 방송물이나 유명 드라마와 같은 영상물은 방송국의 홈페이지에 들어가 저렴한 가격에 다운로드할 수 있다. 다운받은 자료는 빔프로젝트나 TV모니터를 통해서 이용하면 된다.

3. 몇가지 실제적인 질문들

1) 상영 후 설교해야 하는가? 상영과 동시에 설교해야 하는가?

여기서 상영하는 영상은 영화가 상영되는 전체 시간을 의미하지 않는다. 전체 영화 중에서 설교에 필요한 한토막의 영상을 뜻하는 것이다. 그러면 영상을 본 뒤에 설교해야 하는가? 아니면 보면서 동시에 설교해야 하는가?

상황에 따라서 두 가지 방법이 모두 가능하다.

시청 후 설교하는 경우는 부연 설명이 필요 없을 정도로 전달 메시지가 확실한 경우에 사용한다. 이 방법은 영상물을 보기 전에 시청하면서 발견해야 할 과제를 던짐으로써 기대감과 집중도를 높일 수 있다는 장점이 있다. 그러나 방영한 다음 설교하기 때문에 시간이 길어진다는 단점을 갖는다.

반면 영상의 상영과 동시에 설교를 진행하는 방법은 시청자들의 이해를 돕기 위해서 부연설명이 필요한 영상물일 경우에 사용한다.

이 방법은 설교와 상영을 동시에 진행함으로써 시간을 절약할 수 있다. 하지만 설교자가 일방적으로 설명하는 것이므로 시청자와 상호작용이 약해질 수 있고, 영상의 음향과 설교자의 음성이 섞이게 되므로 메시지가 정확히 전달되지 않을 우려가 있다. 따라서 설교자가 말할 때는 음향을 줄이도록 한다.

2) 설교를 구성할 때 영상은 언제 삽입하는 것이 적절한가?

영상은 일반적으로 주제제기의 용도로 서론에서 많이 사용된다. 하지만 인상적인 여운을 남기기 위해 결론에서 사용하기도 한다.

그 외에 드물지만 본론의 특수한 내용을 설명하기 위해 설교 중간에 삽입 되기도 한다. 결국 영상을 방영하기에 적절한 고정된 지점은 없다고 볼 수 있다. 설교 내용을 효과적으로 전달할 수 있는 최적의 지점에서 상영하면 되는 것이다.

그러나 어떤 경우에도 3~5분 이상을 넘기면 안된다. 왜냐하면 영상 자체 가 강력한 매력과 흡입력이 있어서 아이들이 설교보다는 비디오에 관심을 빼앗길 수 있기 때문이다. 영상의 장면 중에서 설교본문의 설명을 위해 꼭 필요한 한 토막만을 잘라서 보여주는 게 가장 큰 효과를 얻을 수 있다.

3) 영상과 설교본문을 어떻게 연결시킬 수 있을까?

영상설교를 작성하기 전에 생각해 볼 고민이 있다. 설교본문 속에서 상영 할 영상을 찾아내야 하는가, 아니면 영상 속에서 설교할 본문을 찾아내야 하는가? 여기에는 일반적인 원칙이 없다고 본다.

일반적으로는 설교할 본문을 작성해 놓고, 이 본문을 효과적으로 전달할 수 있는 영상를 선정하지만 영상을 성경적인 관점에서 보다보면 설교할 본 문이 떠오르는 경우도 있다.

효과적인 영상설교를 진행하기 위해서는 성경으로 영상을 읽을 수 있어 야 한다. 이 능력은 영상과 성경말씀을 연결시키는 훈련을 통해서 길러진 다. 즉 영상이 '헌신', '섬김'의 주제를 다루고 있다면 이와 관련된 본문이 성경의 어느 부분에 위치하고 있는지 알 수 있어야 한다.

또한 설교할 본문을 묵상하다 보면 이 주제를 다룬 영상이 어떤 영상인지 가 머리 속에서 검색될 수 있어야 한다. 이를 위해서는 평소에 성경읽기와 묵상을 통해 성경지식을 많이 쌓아두어야 한다. 동시에 다양한 종류의 영상을 많이 보는 것이 필요하다. 영화를 볼 때도 생각 없이 그냥 봐서는 안된다. 성경적인 내용을 발견하는 즉시 수첩에 메모하는 습관을 가져야한다.

예를 들면,

집으로 (돌아온 손주를 할머니가 따뜻하게 맞는 장면) =>

돌아온 탕자 (누가복음 15장)

이 정도만 기록해 놓아도 자료가 모이게 되면, 영상과 본문을 연결시켜 한편의 영상설교를 만드는데 대단한 시간과 수고를 줄일 수 있다. 영상설교를 짧은 시간에 준비하기는 어렵다. 평소에 축적한 자료들을 기초로 더욱 완벽한 영상설교를 준비할 수 있는 것이다.

그리고 영상설교에 관심이 있는 사람들끼리 모여 소그룹을 만들 것을 적극 권장하고 싶다. 혼자서 그 많은 영상을 다 볼 수는 없는 일이다.

따라서 각자가 보았던 성경과 연결시킬 수 있는 인상깊은 영상의 장면들을 서로 공유한다면, 양질의 자료를 더욱 많이 모을 수 있다.

4) 영상설교 준비과정

영상설교는 다음의 과정을 거쳐 만들어 진다. 먼저 기도를 통해 성령님께 도우심을 구한다.

그 다음 설교할 본문을 결정하고, 본문연구에 들어간다. 본문의 내용 중 난해한 부분은 다른 번역판이나 사전, 주석 등으로 정확하게 분석, 이해하도록 한다. 그리고 본문을 구성하는데 성경주해, 강해단계를 거쳐 설교할 개요를 작성한다. 그 다음 본문에 적합한 영상을 선정하고, 본문 안에 삽입할 위치를 결정한 후 영상을 준비하고 제작한다. 주문하거나 대여한 영상을 설교 시간 중에 상영할 수 있는 형태로 작업한다. 마지막으로 준비한 영상을 실행시켜 보면서 반복적으로 설교를 연습해야 한다.

· 영상설교 준비과정

성령님께 기도 -> 본문 선택 -> 본문 연구 -> 본문의 구성 ->
영상의 종류 및 삽입지점 결정 -> 원고작성 -> 영상제작과 준비 ->
반복적인 연습

본 영상설교에서는 다양한 장르의 영상을 이용한 19편의 설교샘플이 제시된다. 특별히 일반영화설교에서는 설교 중간에 영상이 삽입되는 형태가 아닌, 다소 특수한 형태의 영상설교 두편을 소개했다. 그중에 '최고의 선장이신 예수님'은 영상이 시작될 때 설교가 시작되어 영상이 마칠 때 설교 역시 마치는 특징을 갖고 있다.

이것은 영화「타이타닉」의 내용상의 전개가 인생의 여정과 유사한 특징을 이용하여, 불신자들에게 복음을 흥미있고 인상깊게 전달하기 위해 편집했기 때문이다.

그리고 '하나님과 함께 떠나는 아름다운 비행'은 영화 안의 여러 중요 장면을 순서대로 엮어 보여주면서 설교가 진행된다. 이 영화 역시 내용의 전개가 성도가 성화되는 과정과 비슷하다는 특징을 이용하여 불신자에게 복음을 효과적으로 증거하기 위해서 편집된 것이다. 이 두 편의 영상설교는 친구 초청잔치 때 사용하면 적합할 것이다.

(www.ccm2u.com 자료제공)

3.사진(Picture)설교

사진설교는 시각자료로 사진을 보여주면서 진행하는 설교를 말한다. 설교의 주제나 내용에 관련된 사진이 있으면 내용이 훨씬 효과적으로 전달된다. 특별히 디지털 카메라의 출현과 인터넷의 발달은 양질의 사진자료를 얻는데 혁명적인 공헌을 했다. 디지털 카메라는 현상할 필요 없이 컴퓨터와 프린터기를 이용해 즉석으로 출력하거나, 영상자료로 변형해 이용할 수 있다. 또한 필름 대신 메모리 카드를 사용하기 때문에, 수 십에서 수백 장까지 영상을 반복해서 촬영할 수 있다. 촬영비용뿐만 아니라 현상하는 데까지 걸리는 시간과 비용이 절감된 것이다.

또한 인터넷 사이트에 들어가 무료로 사진자료를 제공받을 수도 있게 되었기 때문에 이제는 촬영이 필요없는 시대가 되었다. 이미지나 사진 검색에 들어가 원하는 사진에 관련한 검색어 하나만 쳐도 수십 장내지 수백 장의 사진자료가 쏟아진다. 그중에서 설교에 가장 적절한 사진을 다운로드해서 시각자료로 이용하면 된다. 사진자료는 다음과 같은 장점이 있기 때문에 어린이 설교에 가장 많이 이용할 수 있다.

2. 사진설교의 특징

첫째, 사진설교는 여러 시각자료 중에서도 제작비용과 수고가 적게 든다는 장점이 있다. 사진을 시각자료로 사용하는데 있어서는 그리거나 공작해야 하는 번거로움이 없다. 사진을 직접 보여주면 되기 때문이다. 작은 사진일 경우에도 스캐너나 디지털 카메라를 통해 영상 데이터로 변환해서 컴퓨터에 입력시킨 다음 빔프로젝트나 TV로 확대시켜 보여주면 된다. 물론 이런 장비가 없을 때도 OHP나 슬라이드로 확대시킬 수 있다. 하지만 요즘 대부분의 사진자료는 인터넷 무료검색을 통해서 구할 수 있다. 그러므로 사진자료는 준비과정이 가장 간편하고 저렴한 시각자료가 되었다.

둘째, 사진자료는 가장 최근의 뉴스나 희귀한 정보를 자료로 제시하고자 할 때 적합하다. 오늘 일어난 사건은 뉴스방송에서 다루어주지 않는다면 영상으로 금방 제작될 수 없다. 시간이 지난 다음에 수요가 있는 경우에 한하여 다큐멘터리 등으로 제작되기 때문이다. 또한 뉴스방송 조차도 모든 사건과 정보를 다루는 것이 아니다. 시청자가 알고 싶어하고 알아야 할 것만으로 취사 선택되어 방영된다.

하지만 사진자료의 형태로 최신 정보를 얻는 것은 어려운 일이 아니다. 인터넷에는 사건이 발생한 지 1시간이 되기도 전에 뉴스의 내용이 사진자료와 함께 올라온다. 오늘 태풍이 남해안을 강타했다고 하자. 그러면 현장의 피해상황이 수십 장의 사진으로 인터넷 뉴스 사이트마다 올라온다. 또 한국 대표팀의 안정환 선수가 골을 넣었다면, 골인하는 가장 기막힌 장면이 몇 시간도 지나기 전에 인터넷 사진으로 올라온다. 최근 정보에 관심이 많은 것은 성인이나 어린이나 마찬가지다. 최신 뉴스와 관련된 예화를 설교에 사용할 때, 그 장면을 보여주면서 설교한다면 효과는 더욱 높아진다.

한편 인터넷을 이용한 사진검색은 정보를 능동적으로 추적할 수 있다. TV 영상은 시청자에게 일방적으로 정보를 전달하고 끝난다. 시청자들은 의도된 정보를 수동적으로 받을 수밖에 없다. 시청한 장면 중에서 좀더 자세히 알고 싶은 부분이 있더라도 그냥 넘어가야 한다. 하지만 사진자료는 사용자

중심의 검색이 가능하다. 2003년 태풍 '매미'에 대한 사진자료를 찾다가, 태풍에 대한 좀더 전문적인 지식과 과거 피해 기록 같은 것이 궁금해지면 검색어로 '태풍'을 친다. 그러면 순식간에 태풍에 관한 다양하고 상세한 사진과 피해 지역 및 기록, 텍스트 자료들이 뜬다. 태풍이 다가 올 때의 위성사진, 태풍의 원인, 최근의 기상변화까지 수많은 자료도 추가로 검색할 수 있다. 또한 더욱 전문적인 지식을 알고 싶으면, 백과사전 검색을 이용하여 희귀하고 전문적인 자료와 이미지들을 무료로 얻을 수 있다.

셋째, 사진자료를 사용하면서 설교할 때는 청중들과 상호작용이 가능하다. 이것은 사진자료와 그림자료가 갖는 장점으로 영상자료로는 기대하기 힘든 효과이다. 영상자료는 일단 상영을 시작하면 보는 사람들은 수동적이 되어 영상의 흐름을 따라가야만 한다. 하지만 사진자료는 수동적인 청중을 능동적인 위치로 옮길 수 있다. 사진은 메시지의 내용을 정지된 모습으로 표현하기 때문에 사진을 보여주고 청중들에게 느낌을 묻는다든지, 질문을 던질 수 있기 때문이다. 사진이라는 매체를 통해서 설교자와 청중 사이에 상호작용이 일어나는 것이다. 이 상호작용은 지식을 체험적이고 전인격적으로 이해하는데 있어 대단히 중요한 교육효과라 뿐만 아니라 사진자료는 한 장면을 오랫동안 보여 줄 수 있기 때문에 영상자료보다 아이들의 기억에 오래 남게 한다.

넷째, 사진자료는 일상적인 생활을 다루기에 적합하다. 어린이들이 좋아하는 예화는 어른들의 이야기가 아니다. 자신의 생활 속에서 실제로 일어나고 있는 소재들에 관심이 많다. 따라서 아이들이 친근하고 실제적으로 느끼는 공간과 시간도 어른과는 차이가 난다. 어른들이 관심을 갖는 시간은 퇴근시간이나 휴일일 수 있다. 또한 현장감이 느껴지는 공간은 회사 사무실이나 지하철 안이 될 것이다. 하지만 어린이들에게 흥미있는 시간은 급식시간이나 점심식사 후의 쉬는 시간, 하교시간 등이다. 실제감이 느껴지는 장소 역시 학교교실이나 운동장이며, 집에 갈 때 새로운 장난감이나 과자가 나왔는지 궁금해서 한번씩 들르게 되는 문방구점이다.

필자는 평상시에도 항상 사진기를 갖고 다닌다. 그래서 어린이들의 실제적인 생활이 이루어지는 현장들을 촬영해 둔다. 어떤 때는 선생님들께 협조를 구해서 수업하는 장면, 급식이 배식되는 장면 등을 찍는다. 쉬는 시간에 복도의 한켠에 앉아 정답게 공기놀이 하는 모습, 운동장에서 땀을 뻘뻘 흘리면서 축구하는 모습, 학교 끝나고 웅성대면서 교문을 나오는 아이들의 모습이 진짜 생활하는 모습이다. 학교, 놀이터, 만화방, 게임방, 생일잔치집, 학원 등 어린이들이 돌아다니고 있는 자취를 추적해야 한다. 생활하는 순간 순간의 사진들을 설교에 이용한다면 아이들은 설교에 빨려 들어오게 되어 있다. 남의 이야기가 아니라 자신의 이야기이기 때문이다.

3. 사진자료의 종류와 보여주는 방법

사진자료를 수집하는 방법은 크게 세 가지 방법이 있다.

첫째, 일반 생활환경을 디지털 사진기나 일반 사진기로 직접 찍어서 자료로 활용하는 것이다. 먼저 일반사진기로 인물이나 환경을 촬영했을 때는 현상한 사진을 시각자료로 사용할 수 있도록 변형시켜야 한다.

변형시키는 방법은 세 가지 정도가 있다. 먼저 OHP에서 이용할 수 있는 자료로 만드는 것이다. 이 방법은 사진을 스캐너나 디지털 사진기를 이용해 영상데이터로 만든 다음 컴퓨터에 입력한다. 그 다음 프린터기에 OHP 투명용지[1]를 넣고 출력해서 OHP로 보여줄 수 있다. 다음은 사진을 현상할 때 슬라이드용 필름으로 현상하여 슬라이드기를 이용해 보여주는 것이다.

그리고 스캐너와 컴퓨터를 사용하는 방법이다. 사진을 스캐너기 위에 올려놓고 영상데이터로 바꾼 다음, 컴퓨터에 입력하여 빔프로젝트나 TV를 통해 보여줄 수도 있다. 하지만 되도록 일반 사진기보다는 디지털 사진기로 촬영할 것을 권장한다. 이 경우는 현상해야 하는 번거로움이 없기 때문이다. 디지털 사진기의 자료는 메모리카드나 USB방식으로 컴퓨터로 옮긴다. 그 다음 프린더기를 사용해 OHP 투명 용지로 출력하여 OHP로 확대시켜 보여준다. 또는 컴퓨터의 파워포인트 프로그램을 이용해서 빔프로젝트나 TV로 보여준다.

둘째, 책의 사진이나 화보를 스캐닝하는 것이다.[2] 책 안에 필요한 사진을 스캐너기에 올려놓고 스캐닝하여 영상데이터화 하면 컴퓨터를 통해 빔프로젝터나 TV모니터로 생생한 장면을 보여줄 수 있다. 그 외에 프린터기에서 OHP 투명용지로 출력하여 OHP로 보여줄 수 있는데 이때 스캐너가 없다면 책의 사진이나 화보를 디지털 카메라로 촬영해서 영상 데이터로 바꾸도록 한다. 요즘 시중에 판매되는 디지털 카메라들은 고해상도로 촬영할 수 있기 때문에 사진을 그대로 복사해 낼 수 있다. 복사한 자료는 위와 같은 방식으로 빔프로젝트, TV, OHP 등으로 보여준다.

세번째, 인터넷 검색을 이용해 사진을 수집하는 방법이다. 이 방법은 양질의 자료를 가장 쉽게 얻을 수 있는 방법이다. 최근 뉴스에서부터 휘귀한 역사, 문화, 인류학적인 자료, 생활 속의 일상적인 자료들까지 거의 모든 사

---

1) 컬러로 된 사진을 OHP 투명용지에 입힐 때는 특수하게 제작된 컬러용 OHP투명용지를 사용해야 한다. 시중에서 구할 수 있으나 일반 OHP 투명용지보다 고가로 판매된다.
2) 이때 사진의 출처가 서적이기 때문에 저작권 문제가 제기될 수 있으나 비영리적 목적이므로 허용될 수 있다. 저작권 27조(사적 이용을 위한 복제)에 의하면 '공포된 저작물을 영리목적으로 사용하지 않고 개인적으로 이용하거나, 가정 및 학교강의수업, 이에 준하는 한정된 범위 안에서 이용하는 경우에는 이를 복제할 수 있다' 라고 규정되어 있다. 이에 의하면 설교를 위한 보조자료로 사진을 활용하는 것은 이윤을 추구하는 영리적 행위가 아니므로 정당하다 할 수 있다.

진 자료는 인터넷을 통해서 얻을 수 있다. 물론 어떤 자료는 유료화된 것도 있지만 설교의 소재가 될 만한 대부분의 사진자료 등은 무료로 이용할 수 있다.

각 인터넷회사마다 사진, 이미지, 백과사전 등의 서비스는 이용자들의 포 탈사이트[3]가 되기 위해 무료로 제공하는 경우가 많기 때문이다. 사진자료 가 풍부한 대표적인 검색사이트로는 야후(yahoo.co.kr에서 사진 혹은 이미 지검색), 네이버(naver.com에서 포토 혹은 이미지 검색), 엠파스 (empass.com에서 이미지 검색), 한미르(hanmir.com에서 이미지, 뉴스 검 색), 다음(daum.net에서 뉴스, 포토, TV뉴스 검색), 드림위즈(dream-wiz.com에서 이미지, 뉴스 검색), 코리아(Korea.com에서 이미지, 뉴스검 색) 등이 있다. 이 사이트들은 문화, 지식, 생활, 뉴스와 관련된 사진자료를 찾는데 유용하다. 만일 국내 사이트만으로 필요한 사진 자료를 구할 수 없 다면, 외국검색 사이트를 이용해 보는 것도 좋은 방법이다. yahoo.com과 같은 외국의 검색사이트의 이미지 검색은 국내에서 보기 힘든 사진자료들 이 주제어별로 방대하게 저장, 관리되고 있다.

또한 생생한 뉴스 장면은 신문사 홈페이지의 사진검색으로 이용할 수 있 다. 대표적인 신문사 사이트로는 연합일보(yonhapnewss.co.kr에서 사진검 색), 조선일보(chosun.com에서 포토뱅크검색), 중앙일보(joins.com에서 검 색), 동아일보(donga.com에서 포토포토, 디카세상검색), 한국일보 (hankooki.com에서 포토 뉴스검색), 매일일보(mk.co.kr 포토검색), 한겨레

일보(hani.co.kr 검색) 등이 있다. 사이트에서 다운로드한 사진자료는 컴퓨터의 파워포인트 프로그램을 이용하여 빔프로젝트나 TV로 보여준다. 혹은 OHP 필름으로 만들어서 OHP 확대하여 보여줄 수도 있다.

4. 사진설교 준비과정

사진설교는 다른 시각설교들과 비슷한 준비과정으로 완성된다. 사진자료 역시 설교 원고의 작성을 마쳐 놓은 다음에 준비하는 것이 바람직하다. 영화는 스토리가 있어 영화를 보았을 때 그 내용에 적합한 성경본문을 떠올릴 수 있다.

하지만 한 장의 사진 속에서 성경의 본문을 떠올리기는 힘든 일이다. 따라서 본문을 구성해 나가는 과정에서 시각자료가 필요한듯 하면 메모만 해두고 계속 원고를 작성해 나간다. 일단 이렇게 해서 원고 작성이 끝난 다음 메모한 자료들을 검색하고 수집하는 것이 좋다. 이때는 인터넷에서 찾아보거나 직접 촬영하러 다닐 수도 있다.

이와 같은 요소들을 고려해 준비과정을 살펴보도록 하자. 먼저 성령님께서 말씀을 조명해 주시도록 기도한다.

그리고 설교할 본문을 선택하고 본문을 분석, 구성해 나간다. 이때 본문을 설명하면서 사진자료가 들어가면 효과가 있을 것 같은 부분을 표시한다. 또한 장차 검색해야 할 사진이 무엇인지 메모해둔다. 그 다음에 원고를 작성한다. 원고 작성을 마치면 사진자료를 수집하고 시각자료로 제시할 수 있는 형태로 작업한다. 마지막으로 시각자료를 사용해 보면서 반복적으로 연습한다.

5. 사진설교에 대해 이것이 궁금하다!

1) 사진설교를 할 때 유의해야 될 점은 무엇인가요?

첫째, 사진을 보여줄 때 어린이들에게 관련된 내용을 충분히 제시해 주어야 한다. 설명이 없는 사진은 무의미하며 어린이들에게 어떠한 영향도 줄 수 없다. 또한 사진을 너무 오랫동안 보여주면 학습의 흐름을 잃기 쉬우므로 적당하게 조절해야 한다.

둘째, 사진은 설교내용의 전달을 도울 수 있어야 한다. 사진을 검색하여 선택할 때 본문의 내용은 생각하지 않고 어린이들의 흥미만을 고려하면 안 된다. 사진은 참신하면서도 설교의 내용이 명확해 질 수 있도록 도와주어야 한다.

따라서 내용과 상관없거나 지나치게 잔인하거나 흥미위주의 사진들은 피해야 하며 설교가 진행되면서 사진과 관련된 내용이 지나가면 반드시 이전 사진은 안보이도록 내려 놓는다. 그렇지 않으면 새로운 지식이 전달되고 있는데도 딴 생각을 할 수 있다.

셋째, 사진자료는 모든 어린이들이 볼 수 있도록 충분히 커야 한다. 이를 위해 OHP나 슬라이드 혹은 TV, 빔프로젝트를 사용할 수 있다. 또한 설교자는 사진자료를 제시할 때 모든 어린이들이 충분히 보았는지를 확인하는 섬세한 배려가 있어야 한다.

2) 어린이들이 특별히 좋아하는 사진자료가 있나요?

사진자료들 중에 어린이들이 특별히 좋아하는 것이 몇가지 있다.

첫째, 우선 TV에 나오는 스타들이다. 특히 탤런트, 가수, 스포츠와 관계된 스타들이다. 스포츠 중에서도 특별히 야구나 축구 선수들을 좋아한다. 스포츠나 연예계 스타들의 소식 중에 설교의 예화로 인용하기에 적절한 것이 있으면 스타의 사진과 함께 설교해 보라. 사진을 제시함과 동시에 어린이들의 시선을 잡게 되어 후반부까지 끌고 가는 신비한 체험을 하게 될 것이다.

하지만 잊지 말아야 할 것이 있다. 설교하는 동안의 우리의 스타는 오직 예수님 한 분뿐이라는 것이다. 스타의 사진을 보여주는 것도 말씀에 관심을 집중시키기 위해서이다. 설교 중에서 대장금의 주인공, 탤런트 이영애씨의 사진을 사용하는 경우는 병의 원인을 고칠 수 있는 예수님의 능력을 설명하기 위해서이다. 또한 샘플 설교에서 이승엽 선수의 사진을 보여준 이유는 역경을 딛고 승리한 운동 선수의 삶을 통해서 추수감사절의 기쁨을 표현하기 위해서다. 스타들은 진정한 스타를 강조하기 위한 수단일 뿐이다.

둘째, 희귀한 역사적인 사진자료들이다. 이제까지 어린이들이 한번도 본 적이 없는 역사적 사진들은 구하기 힘든 만큼 그 가치를 톡톡히 해낸다. 역사적 사진은 인터넷 검색으로 다운받거나, 사진이 게재된 역사적 인물의 자서전에서 스캐닝할 수 있다. 본 사진설교에서 제시된 손양원 목사님의 장례식 장면, 청교도들이 타고 온 메이플라워호, 그들의 교회건물과 무덤, 구약 성경속의 나오는 성막의 모형을 촬영한 사진들은 이런 점에서 어린이들의 이해력과 관심을 높일 수 있는 촉매제가 된다.

셋째, 어린이들은 최신자료에 흥미가 끌린다. 샘플 설교로 제시된 '금보다 귀한 믿음을 갖고 싶나요' 는 태풍 매미가 휩쓸고 지나간 그 주간의 설교이다. 아픔을 담은 한 장 한 장의 사진들이 우리의 일로 느껴진다. 이와 같은 효과는 실시간으로 사진 자료가 올라오는 인터넷이 출현하지 않았으면 불가능했을 것이다.

넷째, 어린이들은 자신들의 얼굴이 사진자료로 제시되는 것을 좋아한다. 자기가 생활하고 있는 모습이 찍혀서 설교 때 보여 진다면 쑥스러우면서도 이처럼 기쁠 때가 없다. 설교 '어린이 고구마 전도왕' 은 실제로 초등부 어린이의 얼굴을 촬영한 것이다.

앞으로 제시될 사진설교 9편은 어린이들이 가장 좋아하는 사진자료들을 분석해서 구성했다.

1) 인터넷을 통한 최신 사진자료를 이용한 설교

　금보다 귀한 믿음을 갖고 싶나요?/ 얼짱만으로 충분한가요?

2) 희소성있는 역사적 사진을 이용한 설교

　내 마음 하나님의 집 / 예수님의 보혈, 용서하서요 / 추수감사절에 가져야 할 마음

3) TV 스타사진을 이용한 설교

　목마르세요 / 추수감사절에 가져야 할 마음

4) 어린이들의 얼굴을 이용한 설교

　어린이 고구마 전도왕

4.그림(Painting)설교

1. 그림 설교란 무엇인가?

그림은 인류가 시작된 이래로 가장 먼저, 가장 오랫동안 사용한 예술의 형태이다. 그것은 그림이 사람의 생각과 감정을 가장 잘 표현할 수 있는 매체이기 때문일 것이다. 무엇보다 그림의 장점은 어떤 현실을 비교적 효과적으로 압축하고, 간결한 모양으로 바꾸어 표현할 수 있다는 데 있다. 즉 사진설교는 중요한 부분만을 확대시켜 보여줄 수 없다. 특정부분을 확대시켜 보여주려고 하면 다른 부분도 확대시켜야 하는 것이다. 하지만 그림설교는 강조하고 싶은 부분만을 확대하거나 자세히 그릴 수 있다. 또한 상상 속의 이야기를 표현할 수 있다는 것도 빼놓을 수 없는 장점이다.

이와 같은 그림의 효과를 설교에 이용하는 것을 '그림설교' 라고 한다. 설교의 이해를 돕기 위해서 설교의 내용이나 예화를 설명하는 보조도구로서 그림을 사용하는 것이다. 설교자는 설교 도중에 시각자료의 필요를 느끼는 부분에서 '그림' 을 들고 설명한다. 이때 그림은 미리 제작된 그림을 보여줄 수도 있고 직접 그려서 보여줄 수도 있다. 이러한 그림 자료의 복사와 확보는 비교적 쉽기 때문에 어린이 설교에 널리 활용된다.

2. 그림설교의 종류와 제작방법

그림설교는 사용되는 그림자료에 따라서 몇가지 종류로 나누어 볼 수 있

"

다. **첫째**로 회화와 같이 일반적인 그림을 사용하는 그림설교가 있다. 이것을 말그대로 '일반그림설교' 라고 한다. 이와 같은 그림은 미리 제작된 그림일 수도 있고, 설교자가 직접 그린 그림일 수도 있다. 제작된 그림들은 상품화되어 기독교 백화점 그림설교 코너에서 판매되고 있다. 그림을 직접 파는 경우도 있고 OHP로 바로 사용할 수 있도록 그림을 입힌 필름지 형태로 판매되기도 한다.

특별히 부활절이나 성탄절과 같은 절기가 되면 더욱 다양한 그림설교 자료들이 전시, 판매된다. 설교시 그림을 보여줄 때 충분히 크다면 들고 보여줄 수 있다. 하지만 청중 전체가 보기에 지장이 있을 정도로 작다면, 확대시켜 보여주어야 한다. 확대시키는 방법은 빔프로젝트나 컴퓨터를 이용한 TV, 혹은 OHP나 슬라이드 등의 교육 기자재를 사용하는 것이다.

두 번째는 만화를 사용하는 '만화설교' 가 있다. 만화설교는 그림 설교 중에서 어린이들이 가장 좋아하는 장르로서는 보통 설교의 주제 제기나 예화로 사용하되, 만화 장면들을 넘겨주면서 설교하는 것이다. 청중의 입장에서는 마치 만화책을 넘겨가면서 보는 것 같은 효과를 낸다. 만화설교를 하기 위해 직접 만화를 그릴 수도 있지만, 이미 제작된 대중만화를 이용할 수도 있다. 대중만화는 굳이 만화책을 복사하거나 스캔하지 않더라도 인터넷 사이트에 대부분의 장면들이 올라와 있다. 따라서 인터넷에서 다운로드하면 간편하게 이미지를 얻을 수 있다. 어린이들은 자기가 애독하는 만화책의 주인공이 설교의 예화로 나왔다는 사실 만으로도 얼마나 즐거워하고 집중하는지 모른다.

세 번째는 '움직이는 그림설교'이다. 이것은 직접 그린 그림 뒤에 얇은 플라스틱판을 넣어 그림 속 인물들이 움직이게 만드는 것이다. 플라스틱판을 좌우로 움직이면, 그림 속 인물의 팔이나 다리가 따라서 움직이게 되어 있다. 간단하게 작업할 수 있는데 비해, 움직이므로 시선을 집중시키는 효과가 상당하다. 또한 시중에는 이미 제작되어진 '움직이는 그림설교' 역시 판매되고 있다[4]

네 번째 종류는 '융판설교'이다. 융판설교는 부직포를 부직포 위에 붙여 가며 설교하는 것이다. 시간과 장소의 변화가 많은 장면을 설교할 때 재미있고 이해하기 쉽게 설명할 수 있다. 예컨대 창세기의 천지창조 본문은 날마다 급격한 변화가 생기면서 이야기가 진행된다. 빛이 생기고, 땅과 바다가 만들어지고, 식물로 덮히는 자연의 변화를 어떤 시청각자료로 표현 할 수 있겠는가? 실물이나 드라마나 사진 등으로는 불가능하다. 하지만 융판설교로는 이러한 장면의 변화를 부직포를 붙였다 떼면서 얼마든지 소화해 낼 수 있다. 부직포는 쉽게 구할 수 있을 뿐만 아니라 부직포가 주는 따뜻한 느낌 때문에 감성적 접근이 중요해지는 아동기의 교육자료로 널리 사용되고 있다. 융판설교는 독립된 어린이 설교장르로 구분되기도 한다.

하지만 필자는 그림설교 안에 포함시키고자 한다. 부직포 위에 스케치하고 색칠을 한 뒤 잘라서 완성하는 일련의 과정을 그림작업으로 생각했기 때문이다.

융판은 완성된 제품을 판매[5] 하기도 하지만, 설교자가 손쉽게 제작해 볼 수도 있다. 융판은 전지크기의 나무판이나 골판지 혹은 하드보드지 위에 천

---

4) 임세빈, 김성일 저, 땅끝까지 전할 말씀 (서울: 선화교육사, 2002)
5) 시중에 나와있는 융판제품 중에서도 Betty Lukens through the Bible in Felt(Published by Betty Lukens, Ins. 1966 revised 1992)은 추천할 만한 훌륭한 자료가 될 수 있다.

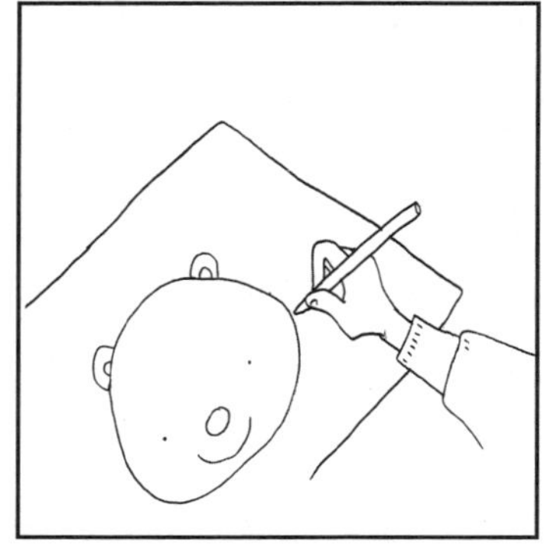

을 발라만든다. 만들어진 이 융판을 이젤 위에 올려놓고 보여주면 안정감 있게 고정, 멀리까지 보여줄 수 있다.

또한 천으로 앞치마를 만들어 융판대용으로 사용하는 것도 효과만점이다. 앞치마에 주머니를 만들어, 설교할 때 붙일 천조각을 넣어두었다가 적절할 때 하나씩 붙이면서 설교하는 것이다. 앞치마는 특별히 반별 성경 공부시간에 담임 선생님이 사용하면 유용할 것이다. 이렇게 해서 지난 시간에 배운 내용을 복습할 수도 있고, 금주에 배울 내용을 알기쉽게 설명할 수도 있다. 한편 본 설교집에서는 다루지 않았지만 '그림책을 이용한 설교' 들도 그림설교에 포함될 수 있다. 근래 들어 맥스 루카도가 쓴 그림책을 비롯해서 다수의 기독교계열의 그림책 수작들이 번역, 출판되고 있다. 글 옆에 내용의 흐름에 맞는 멋진 그림이 연속적으로 나와있는 책이라면 중요한 장면들을 스캐닝하여 설교할 때 확대시켜 보여줄 수 있다. 이때 어린이들은 설교자가 마치 동화책을 넘겨주며 설교를 하는 것처럼 느끼게 된다.

3. 그림설교 준비과정

그림설교는 사진설교와 준비과정이 일치한다. 설교준비 전에 기도하면서 성령님의 도우심을 간구한다. 그림자료에 대해서는 아직 생각할 단계가 아니며, 가장 먼저 본문연구에 들어간다. 더 나아가 주해와 강해를 통해 설교를 구성해 간다. 이 과정에서 어떤 시청각 자료가 설교 원고의 어느 순서에 들어가야 하는지를 결정한다. 만일 사용할 시청각 자료가 그림이라면 어떤 그림을 준비할 것인지에 대해 간략하게 나마 계획을 수립한다.

이렇게 설교의 구성이 끝나면 설교원고 작성에 들어간다. 원고 작성을 마치면 그림자료를 구하거나, 제작해야 한다. 그후 준비된 그림자료를 갖고 연습에 들어간다. 그림자료를 들고 설교할 때 흐름이 끊기지 않도록 반복해서 연습한다.

> **· 그림설교준비**
>
> 기도 -> 본문연구 -> 본문구성 -> 어떤 그림자료를 이용할 것인가? 설교문의 어느 순서에 위치시킬 것인가? -> 설교원고작성 -> 그림자료준비 -> 그림설교 연습

4. 그림설교 샘플

이 책에서 소개할 그림설교는 모두 8편이다. 8편의 설교를 그림설교의 종류별로 다시 분류해 보면 다음과 같다.

일반그림설교: 하나님은 누구실까요?
만화설교: 예수님을 따라가요,. 낮아지면 높아져요., 두려움을 이기려면
융판설교: 대표선수의 승리, 말씀으로 창조하셨어요. 성탄절의 주인공
이동그림설교: 니느웨로 간 요나, 엘리야의 기도

5. 드라마(Drama)설교

1. 드라마설교란 무엇인가?

　가장 좋은 시각자료가 있다면 그것은 바로 '사람' 자신이다. 메시지를 효과적으로 전달하기 위해 설교 중간에 배역을 맡은 사람들이 출연해서 공연을 펼치고 퇴장하는 유형을 '드라마설교' 라고 한다. 출연자는 교사나 어린이들이 할 수도 있고, 아니면 설교자가 직접하는 것도 매우 효과적이다. 드라마와 실물설교는 영상이나 그림, 사진 등의 평면적 시각자료와는 다른 입체적인 성격을 가진다. 하지만 드라마설교는 실물설교와는 차원이 다르다. 움직이지 않는 실물과는 달리 드라마는 배역을 맡은 사람들이 움직이기 때문에 청중과 상호작용이 가능한 설교들 중에서도 가장 높은 상호작용을 이루어 낼 수 있다. 또한 드라마설교는 한 번만 연출할 수 있는 '시간예술' 로서의 특징을 지니기 때문에 청중들의 기대감은 더욱 증폭된다.

　드라마설교는 원고를 작성할 때부터 다른 설교와는 다른 방법으로 접근해야 한다. 일반 설교 원고에 희곡(시나리오)이 포함되어야 하기 때문이다. 설교문 안에 전혀 다른 문학장르가 삽입되는 것이다. 하지만 이런 이질적인 형태가 만나 내용의 전달이 혼란스러워져서는 안된다. 시너지 효과가 생겨서 흥미와 더불어 메시지가 명확히 전달될 수 있도록 노력해야 한다.

2. 드라마설교의 종류

드라마설교는 등장하는 인물의 성격에 따라 세 가지로 구분해 보았다.

첫 번째 방법은 일반 드라마형 설교이다. 이것은 설교 중간에 배역을 맡은 사람들이 나와 공연을 하고 퇴장하는 가장 일반적인 형태이다. 드라마는 설교의 도입부분에서 앞으로 진행될 내용의 문제제기를 해줄 수 있다. 또한 설교의 본문 자체를 드라마로 진행할 수도 있으며, 결론도 드라마로 함으로써 어떻게 실천하며 살아야 할지 강렬한 여운을 남길 수도 있다.

두 번째 방법은 인터뷰형 설교이다. 이 형태는 설교자가 말씀을 전하고 있을 때, 갑작스럽게 성경 본문과 관련된 인물이 출연해 깜짝쇼를 하고 퇴장하는 것이다. 이때 설교자는 놀라는 척 하면서 등장인물에게 질문을 던지고 대화를 나눌 수 있다. 전도서 설교를 하면서 솔로몬이 나와 저자특강을 해줄 수도 있다. 또 나사로를 불러내 살아난 소감을 들어볼 수도 있다. 성경 속의 인물이 타임머신을 타고 돌아온 것이므로, 현장감이 느껴지고 지루해질 틈이 없다.

세 번째 방법은 협동 드라마형 설교이다. 이것은 설교자와 모든 청중들이 설교 속 드라마에 출연하는 것이다. 이게 어떻게 가능한지 알아보자. 설교자가 '잃은 은전을 애타게 찾는 여인'(눅 15:8-10)에 관한 설교를 하고 있다. 설교자가 설교를 갑자기 중단하고, 앉아 있는 어린이들을 향해 100개의 구슬을 던진다. 그리고는 1분의 시간을 줄테니 바닥에 흩어진 구슬을 1명당 10개씩 주으라고 외친다. '오늘 설교는 정말 깬다'고 느낀 어린이들은 함성을 지르며 일제히 일어나 즐겁게 구슬을 주울 것이다. 하지만 곧 9개는 찾았으나 1개를 못찾아 애타는 어린이들이 속출하기 시작한다. 시간은 다 가오고 잃어버린 1개가 얼마나 중요한지를 체험할 수 있다. 1분 후 앉게 한 다음 "여러분, 잃어버린 1개의 은전을 찾은 여인의 마음이 어땠을까요?"라고 말문을 열며 설교를 다시 진행한다. 이 과정을 통해 청중들은 잃은 은전을 찾는 여인의 배역을 체험해 본 것이다. 이것이 협동 드라마형 설교이다.

이 책에 소개된 샘플 설교에서는 다양한 형태의 드라마설교를 모두 감상해 볼 수 있다. 일반드라마형 설교는 '헌금을 드리는 마음', '친절을 베풀어요', '선한 목자' 에 적용한다. 그리고 인터뷰형 설교는 '창조자를 기억해', '예수님이 해결해 주서요' 이며, 마지막으로 '여리고를 무너뜨려요' 는 협동 드라마형 설교에 해당한다.

3. 드라마설교의 준비 과정 & 방법

우선 설교할 본문을 선택해야 한다. 본문 중에는 특별히 드라마설교에 적합한 분문이 있다. 드라마설교를 시도할 수 있는 본문의 특징으로는

첫째, 스토리가 있어야 한다. 즉 등장인물이 나오고 그들에 의해서 전개되는 내용이 있어야 한다. 따라서 로마서나 갈라디아서와 같은 교리서는 극화시키기에 어려움이 따르는 본문이다. 하지만 의외로 성경에는 극적 요소를 갖춘 본문들이 풍부한 편이다. 왜냐하면 성경은 엄밀히 말해서 하나님의 이야기책이기 때문이다. 하나님께서는 이야기란 방식을 통해 그의 백성들에게 진리를 전달하셨다. 창세기뿐만 아니라 역사서의 대부분이 이야기를 통해 주제를 전달한다. 예수님 또한 어려운 하나님 나라에 대한 개념들을 비유라는 이야기를 통해 가르치셨다. 따라서 설교할 본문 안에 극화시킬 만한 스토리가 있는지를 확인하고, 드라마의 도입 여부를 결정하도록 한다.

둘째, 본문 속의 스토리에 내용상의 발전이 있어야 한다. 스토리의 내용이 위기를 통해 긴장이 고조되면서 절정, 결말로 이어져야 짜임새 있는 드라마가 되는 것이다. 예를 들면 '되찾은 아들 이야기' (눅15:11-32)는 내용상의 발전이 있는 좋은 본문이라고 할 수 있다. 이야기 속에서 집나간 아들이

가난이라는 위기에 봉착한다. 결국 집으로 돌아갈 것을 결심하고, 귀가해 아버지와 만나는 장면에서 절정을 맞고 있다. 이와같이 내용이 발전되는 진행을 보이는 본문들은 드라마설교를 하기가 훨씬 쉬워진다.

셋째, 본문 속에 등장인물이 출연해야 하며, 인물 수는 공연할 수 있는 범위에 맞아야 한다. 설교할 본문을 드라마로 공연했을 때 2~5명 정도의 등장인물로 소화해 낼 수 있는 본문이 적당하다. 지나치게 많은 인물들이 등장하는 본문은 피하는 것이 좋다. 하지만 그런 본문일지라도 내용이 변질되지 않는 선에서 소수의 중요 인물만 선택하여 출연시킬 수도 있다.

선택한 본문을 분석한 결과 본문의 성격이 드라마설교를 시도할 수 있는 위의 조건에 부합된다면, 그 다음 단계인 설교의 구성에 들어간다.

이 구성 단계에서 본문을 주해, 강해한 뒤 설교의 개요를 세울 때 드라마의 삽입 위치 결정하도록 한다. 드라마의 극본은 설교전체의 본문중에 메시지가 가장 명확해 질 수 있는 곳에 배치한다. 드라마의 삽입 위치가 결정되었으면, 설교원고와 드라마 극본을 작성한다. 이때 극본 작성에 대한 기본 지식이 있으면 유익하다. 지문과 대사, 막과 장, 필요하다면 효과음이나 조명지원까지 극본에 포함시켜 작성해두면 드라마가 효과적으로 준비될 수 있다. 극본을 포함한 설교원고 작성이 끝나면, 연극 연습에 들어간다. 배역을 결정하고 자기가 맡은 역의 대사를 암기한다. 마지막 리허설에는 실전처럼 설교 중에 출연하여 연습해 본다.

> **· 드라마설교 단계**
> 기도 -> 본문분석 및 구성 -> 드라마 삽입위치 결정 -> 설교원고 및 극본 작성 -> 드라마연습 및 리허설

4. Up-grade된 드라마설교 준비 요령

1) 드라마팀의 구성

드라마설교는 다른 설교들보다 오랜 준비기간이 필요하다. 공연을 준비하는 기간이 필요하기 때문이다. 따라서 드라마설교는 부활절이나 추수감사절, 크리스마스와 같은 교회 절기나 전도잔치나 여름수련회와 같은 특별한 집회에 하는 것이 바람직하다. 또한 매번 할 때마다 등장인물을 새로 선발하고, 기초부터 다시 가르쳐야 한다면 부담이 커지게 된다. 따라서 드라마설교를 위해서 연초에 재능있는 담당교사들과 관심있는 어린이들을 중심으로 팀을 구성하는 것이 효과적이다. 드라마팀에 참여함으로써 연극에 재능이 있는 어린이들의 은사가 계발될 수 있을 뿐만 아니라 공연을 거듭할수록 팀웍이 생기고 실력이 향상되어, 설교자가 주문한 드라마를 어렵지 않게 준비해 낼 수 있게 된다.

2) 신종 연습법

요즘은 어린이들처럼 바쁜 연령이 없다. 학교 갔다오면 2~3개 학원을 다니는 일은 기본이다. 그래서 모여서 연습하는 것도 이전처럼 쉬운 일이 아니다. 연습시간을 절약하는 방법으로는 극본을 이메일로 발송하는 방법이 있다. 드라마팀에 소속된 어린이들에게 이메일을 보내서, 자기 배역의 대사를 집에서 암기해 오게 한다. 연습을 각자 집에서 해오게 하는 것이다. 주일날은 주간에 암기한 것을 잠깐만 모여서 확인해 보면 된다.

3) 쉽고 간편한 무대 꾸미기

드라마설교의 무대는 물론 설교 강단 주변이다. 하지만 몇가지 간단한 작업을 통해서 효과만점인 무대를 만들 수 있다.

먼저 연극무대 뒤의 배경을 다른 개념으로 제작할 수 있다. 이전에는 무대 뒤의 배경을 장과 막마다 일일이 그려서 연극의 현장감을 주려고 했다. 하지만 직접 그린 그림대신, 사진을 빔프로젝트 등으로 확대해 스크린 위에 보여줌으로써 무대배경을 대신할 수 있다.

또한 간단한 조명을 설치해 극적 효과를 높일 수 있다. 조명은 고가의 장비를 구입하거나 대여하지 않더라도 손전등 몇 개로 충분한 효과를 볼 수 있다. 손전등 3~4개를 끈으로 묶어 붙인 다음, 발광되는 앞부분에 검은 종이의 끝부분을 붙여 둥글게 만다. 그렇게 하면 빛이 모아져 사람들의 시선을 무대에 집중시킬 수 있다. 또한 셀로판 종이로 발광되는 입구를 막는다면, 빛의 색깔을 이용하여 특수한 분위기를 조성할 수 있을 것이다.

4) 녹음을 통한 명확한 대사전달

공연을 할 때 가장 큰 문제점은 배역을 맡은 사람들의 대사가 청중들에게 정확히 전달되지 않는다는 점이다. 장소가 크고, 청중이 많을수록 대사의 전달은 더욱 어려워진다. 그리고 배역이 많을수록 마이크가 많이 필요한데, 대부분의 예배실은 마이크의 개수가 극히 제한되어 있다.

이와 같은 문제를 해결하기 위해 공연전에 등장인물의 대사를 녹음시켜 놓고, 공연시에는 녹음시킨 테이프를 트는 것은 좋은 대안이 될 수 있다. 즉 연극은 동작과 립씽크로만 하는 셈이다. 어린이 수준의 연극발표는 이 방법이 매우 효과적이다. 녹음시킬 때 장면에 들어가는 효과음까지 첨가시킨다면 더욱 절묘해질 것이다.

기타 영상설교

영상명	자료형태	영상시간	주제와 장면설명	성경본문
흐르는 강물처럼	영화	01:49:00-01:51:25	전도: 사람을 낚는 어부로 부름 받은 우리들은 연습을 통해서 능숙한 전도자가 될 수 있다.	마태복음 4:17-20
딥 임펙트	영화	01:51:37-02:00:00	종말: 인류의 역사는 시작과 끝이 있다. 종말 대비하는 것은 오늘하루를 예수님의 제자답게 살아가는 것이다.	데살로니가전서 4:13-18
다이너소어	애니메이션	00:17:00-00:21:55	종말: 세상의 마지막 날을 준비하기 위해서 날마다 깨어있어야 한다	마태복음 25:1-13
센스 앤 센서빌러티	영화	02:15:50-02:18:30	사랑: 신랑되신 예수님과 더욱 깊은 교제를 나누어야 한다.	이사야 62:5
토끼울타리	영화	01:21:25-01:23:30	회복: 죄로 인해 추방된 우리들은 하나님께로 돌아가야 한다.	호세야 6:3
집으로	영화	01:14:35-01:16:30	하나님의 사랑: 집 나간 우리를 기다리시는 하나님의 사랑을 소개한다.	누가복음 15:11-32
모래시계	TV영상	disk8 01:52:58-02:00:06	구원: 목숨 바쳐 우리를 구원한 하나님의 사랑을 느끼게 한다. 죽음: 두려운 죽음을 극복할 수 있는 해결책으로 복음을 제시한다.	로마서 8:32 고린도전서 5:53-58
천국의 계단	TV영상	마지막회 정서가 눈뜨는 장면	능력: 바디매오의 눈을 뜨게 하신 하나님의 능력을 믿는다.	마가복음 10:46-52

영상명	자료형태	영상시간	주제와 장면설명	성경본문
쇼생크 탈출	영화	01:57:30-02:00:14	구원: 죄의 억압에서 탈출해 자유와 해방을 누려야 한다.	로마서 6:22-23
사이먼비치	영화	01:36:50-01:50:05	자존감: 모든 사람은 장점을 갖고 있으므로 존중해야 한다.	고린도전서 12:14-27
포레스트검프	영화	00:15:30-00:17:45	자신감: 검프가 장애를 극복했듯이 기도하고 노력하면 불가능한 일이 가능해진다.	여호수아 1:9
라스트 모히칸	영화	00:07:20-00:09:58	생명존중:인디언들은 사냥을 해서 짐승을 불가피하게 죽였을 때도 생명을 위해서 기도해주는 전통이 있었다. 우리도 이와 같이 생명을 존중하는 태도가 필요하다.	창세기 7:1-5
병속의 편지	영화	1:55:00-1:58:35	구원: 예수님께서는 죄에 빠진 우리를 목숨 바쳐 구원하셨다.	로마서 5:8
존큐	영화	1:33:00-1:41:40	구원: 예수님께서는 우리를 대신해 십자가에서 죽으시고 부활하셨다.	베드로전서 3:18
천국의 아이들	영화	01:36:50-01:47:07	섬김: 으뜸이 되고자 한다면 도리어 다른 사람을 섬기는 자가 되어야 한다.	마태복음 20:26-28
이집트 왕자	애니메이션	01:26:00-01:32:30	능력: 홍해를 가른 하나님의 능력을 확신한다.	출애굽기 14:21-31

영상명	자료형태	영상시간	주제와 장면설명	성경본문
인디아나 존스	영화	00:42:00-00:46:20	선교: 나와 다르고, 맞지 않는 사람에게도 복음을 전해야 한다.	사도행전 10:9-16
진주만(불)	영화	02:08:40-02:11:55	용기: 장애를 극복한 루즈벨트의 투지를 본받아 어려움에 도전하여 승리한다.	히브리서 12:12-13
K2	영화	01:15:33-01:20:07	우정: 생명을 나눈 두 등산가의 우정을 통해 예수님의 사랑을 깨닫게 하고, 이웃을 사랑하게 한다.	전도서 4:10
마지막 황제	영화	00:18:00-00:20:00	세상 부귀영화의 헛됨.	전도서 1:2